James Lee Burke

Neonregen

James Lee Burke

Neonregen

Aus dem Amerikanischen von
Hans H. Harbort

Ullstein Kriminalroman

Deutsche Erstausgabe

Ullstein Kriminalroman
Ullstein Buch Nr. 10670
im Verlag Ullstein GmbH,
Frankfurt/M – Berlin
Titel der amerikanischen Originalausgabe:
The Neon Rain

Printed in Germany 1990
Gesamtherstellung: Ebner Ulm
ISBN 3 548 10670 6

Januar 1991

CIP-Titelaufnahme
der Deutschen Bibliothek

Burke, James Lee:
Neonregen / James Lee Burke. Aus dem
Amerikan. von Hans H. Harbort. – Dt.
Erstausg. – Frankfurt/M; Berlin: Ullstein, 1991
(Ullstein-Buch; Nr. 10670:
Ullstein-Kriminalroman)
ISBN 3-548-10670-6
NE: GT

Für Familie Walter J. Burke
in New Iberia, Louisiana,
mit großer Dankbarkeit
für ihre Liebenswürdigkeit und freundliche Art

1

Der Abendhimmel war mit Streifen, violett wie überreife Pflaumen, durchzogen, und ein leichter Regen hatte eingesetzt, als ich das Ende der Asphaltstraße erreichte, die zwanzig Meilen weit durch eine dichte, beinahe undurchdringliche Vegetation aus Zwergeichen und Kiefern führte und vor dem Eingangstor des Staatsgefängnisses von Angola endete. Vor dem Zaun hatte sich die übliche Gemeinde der Todesstrafengegner zur Andacht versammelt – Priester, Nonnen in Laientracht, Studenten der Louisiana State University mit brennenden Kerzen in der Hand. Doch es gab auch eine andere Gruppe – eine seltsame Mischung aus Burschenschaftlern und Rednecks –, die Bier aus Plastikkühlboxen trank, »Glimme, kleines Glühwürmchen, glimme« sang und Schilder in der Hand hatte, auf denen stand EIN BUDWEISER AUF DICH, MASSINA und JOHNNY, HEUTE DARFST DU SELBER GRILLEN.

»Ich bin Lieutenant Dave Robicheaux vom New Orleans Police Department«, sagte ich zu einem der Wächter am Tor. Ich zeigte ihm meine Dienstmarke.

»Oh, jawoll, Lieutenant. Ich hab Ihren Namen auf meiner Liste. Ich fahr mit Ihnen rüber zum Block«, sagte er und stieg in meinen Wagen. Die Ärmel seines Khakihemdes waren über den sonnengebräunten Armen hochgekrempelt, und er hatte die wässerig grünen Augen und kräftigen Backenknochen, die typisch sind für die Leute aus dem nördlichen Hügelland von Louisiana. Er roch leicht nach getrocknetem Schweiß, Kautabak und Talkumpuder. »Ich weiß nicht, welche Bande mich mehr ärgert. Diese religiösen Typen tun so, als würden wir jemand wegen Falschparken grillen, und die Jungs mit den Schildern kriegen offenbar drüben auf der Uni nicht genug zu bumsen. Bleiben Sie bis zum Schluß?«

»Ne.«

»Haben Sie den Kerl hopsgenommen, oder was?«

»Er war bloß ein kleiner Eintreiber, über den ich früher ab und zu mal gestolpert bin. Ich hab ihn aber nie wegen irgendwas drangekriegt. In Wirklichkeit, glaube ich, hat er mehr versiebt, als er durchgezogen hat. Vielleicht ist er durch ein Arbeitsbeschaffungsprogramm beim Mob gelandet.«

Der Wachmann lachte nicht. Er blickte aus dem Wagenfenster auf das riesige, flache Areal der Gefängnisfarm und verkniff jedesmal die Augen, wenn wir auf der unbefestigten Straße an einem der Vertrauenshäftlinge vorbeikamen. Der Hauptwohnbereich des Gefängnisses, eine Anzahl einstöckiger Gebäude mit Hochsicherheitszellen, von einem Maschendraht umgeben, durch überdachte Laufgänge und Höfe miteinander verbunden und in ihrer Gesamtheit als der »Block« bezeichnet, war hell erleuchtet und strahlte im Regen wie Kobalt, und in der Ferne sah ich die mit chirurgischer Präzision angelegten Zuckerrohr- und Süßkartoffelfelder, die Silhouetten verfallener Lagerbaracken aus dem neunzehnten Jahrhundert vor dem roten Nachglühen der Sonne, die sich im Wind biegenden Weiden entlang des Mississippiufers, unter denen manch ein ermordeter Häftling begraben lag.

»Steht der Stuhl noch im Red Hat House?« fragte ich.

»Ganz genau. Dort kriegen sie Feuer unterm Arsch gemacht. Wissen Sie, woher der Name stammt?«

»Ja«, antwortete ich, aber er hörte nicht zu.

»Damals, bevor die Gemeingefährlichen im Block eingesperrt worden sind, mußten sie unten am Fluß arbeiten und diese gestreiften Joppen und rotgefärbten Strohhüte tragen. Abends mußten sie sich dann nackt ausziehen, eine Leibesvisitation über sich ergehen lassen, wurden dann ins Red Hat House getrieben, und ihre Klamotten hat man ihnen hinterhergeschmissen. An den Fenstern war kein Fliegendraht, und die Moskitos haben einen Mann schon zum Christenmenschen gemacht, wo's ein Baseballschläger nicht geschafft hat.«

Ich parkte den Wagen, und wir betraten den Block, passierten den ersten Zellentrakt, wo sowohl die kleinen Taschendiebe als auch die gefährlicheren Häftlinge einsaßen, gingen durch den langen, strahlend erleuchteten Gang zwischen den Auslaufhöfen zum nächsten Bereich, kamen, vorbei an einer weiteren hydraulischen Sperre und einem Verbindungsraum, in dem zwei Wachen an einem Tisch Karten spielten und an dessen Wand ein Schild mit der Aufschrift KEINE WAFFEN HINTER DIESEM BEREICH hing, zu den Aufenthalts- und Speiseräumen, wo schwarze Vertrauenshäftlinge mit elektrischen Bohnermaschinen die glänzenden Fußböden polierten, und stiegen endlich die eiserne Wendeltreppe zu dem kleinen Hochsicherheitstrakt empor, in dem Johnny Massina die letzten drei Stunden seines Lebens zubrachte.

Der Wachmann vom Tor verließ mich hier, und ein anderer betätigte den einfachen Hebel, der die Zellentür öffnete. Johnny trug ein weißes Hemd, schwarze Hose und ein Paar schwarze Air-Force-Schuhe mit weißen Socken. Sein drahtiges, grau-schwarzes Haar war schweißnaß, und sein Gesicht hatte die Farbe und Beschaffenheit von altem Papier. Er blickte von seinem Platz auf der Pritsche zu mir auf, und seine Augen glänzten heiß und fiebrig, und auf seiner Oberlippe sammelten sich kleine, feuchte Perlen. Mit nikotingelben Fingern hielt er eine Camel-Zigarette, und der Boden rings um seine Füße war mit Kippen übersät.

»Streak, bin ich froh, daß Sie gekommen sind. Ich war mir nicht sicher, ob Sie's rechtzeitig schaffen«, sagte er.

»Wie geht's, Johnny?«

Seine Hände umklammerten die Oberschenkel, und er blickte auf den Fußboden, dann wieder zu mir. Ich sah, wie er schluckte.

»Haben Sie schon mal so richtig Schiß gehabt?« fragte er.

»In Vietnam ein paarmal.«

»Richtig. Sie waren ja drüben, nicht?«

»Damals, '64, bevor es richtig heiß wurde.«

»Wette, Sie waren ein guter Soldat.«

»Ich hab's überlebt, das ist alles.«

Auf der Stelle merkte ich, wie blöde meine Bemerkung war. Er sah mir am Gesicht an, daß ich sie bedauerte.

»Machen Sie sich nichts draus«, sagte er. »Ich hab Ihnen 'ne ganze Masse zu erzählen. Schau, erinnern Sie sich noch, wie Sie mich ein paarmal zu diesen Versammlungen von den Anonymen Alkoholikern mitgenommen haben, zu diesem Schritt, den ihr da immer macht, wenn ihr was zu beichten habt – wie sagt ihr noch mal dazu?«

»Schritt fünf, wo man vor sich selbst, vor Gott und anderen alle seine Fehler offen und ehrlich eingesteht.«

»Genau. Tja, das hab ich auch gemacht. Bei 'nem farbigen Pfarrer, gestern morgen. Ich hab ihm jede Schlechtigkeit erzählt, was ich je gemacht habe.«

»Das ist gut, Johnny.«

»Nein, hören Sie zu. Ich hab ihm die Wahrheit gesagt und bin ein paar echt schlimme Sachen losgeworden, sexuelles Zeug, wegen dem ich mich immer geschämt und das ich nie so richtig kapiert habe. Wissen Sie, was ich meine? Ich hab alles rausgelassen. Ich hab ihm auch von den beiden Jungs erzählt, die ich in meinem Leben abgemurkst habe. Den einen hab ich auf dem Weg nach Havanna über die Reling von 'nem Passagierschiff gekippt, und 1958 hab ich den Cousin von Bugsy Siegel mit 'ner Schrotflinte erledigt. Wissen Sie, was es heißt, 'nen Verwandten von Bugsy Siegel kaltzumachen. Sobald ich dem Pfarrer alles gebeichtet hatte, hab ich's auch dem Wächter und dem stellvertretenden Direktor erzählt. Wissen Sie, daß es den blöden Arschgeigen absolut egal war?

Moment noch, lassen Sie mich ausreden. Ich hab all das Zeug erzählt, weil mir einfach irgendwer glauben muß, daß ich diese Braut nicht allegemacht habe. Ich würd kein junges Mädchen aus 'nem Hotelfenster werfen, Streak. Ich fang nicht an zu zetern, weil ich gegrillt werde. Ich schätze, letzten Endes geht das schon alles klar, aber ich möchte, daß diese Mistkerle wissen, daß ich nur die Jungs über die Klinge hab springen lassen, die nach den gleichen Regeln wie ich gespielt haben. Begreifen Sie das?«

»Ich glaube schon. Und ich bin froh, daß Sie auch den fünften Schritt gemacht haben, Johnny.«

Zum erstenmal lächelte er. Sein Gesicht glänzte im Licht. »He, sagen Sie mal, stimmt das, daß Jimmie the Gent Ihr Bruder ist?«

»Auf der Straße hört man allerhand Quatsch.«

»Sie haben diese schwarzen Cajun-Haare mit dem weißen Fleck drin, als hätten Sie Stinktierblut in den Adern.« Er lachte. Seine Gedanken lösten sich von dem Gang, den er, mit einer Kette um den Bauch gefesselt, in drei Stunden zum Red Hat House antreten würde. »Er hat uns mal den Auftrag gegeben, ein paar Pokerautomaten für seine Läden aufzustellen. Sobald die Dinger installiert waren, haben wir ihm gesagt, daß er ab jetzt alle Automaten von uns kriegt – Zigaretten, PacMan, Gummis. Und er sagt, Gummis nicht, er hat nur erstklassige Clubs, und in denen will er keine Gummiautomaten aufstellen. Also sagen wir ihm, er hat keine Wahl – entweder kauft er das ganze Paket, oder sein Wäschedienst fällt aus, die Gewerkschaft stellt Streikposten vor seinem Laden auf und das Gesundheitsamt kriegt raus, daß seine Tellerwäscher die Lepra haben. Und was macht der Typ? Er lädt Didoni Giacano – Didi Gee höchstpersönlich – und seine ganze Sippe zum Lasagne-Essen in sein Restaurant ein, und am Sonntagnachmittag trudeln alle bei ihm ein wie eine Bande *cafoni*, die gerade mit dem Schiff aus Palermo kommt, weil nämlich Didi glaubt, daß Jimmie anständige Beziehungen hat und ihn bei den Knights of Columbus unterbringen kann oder so. Didi Gee wiegt so um die zweieinhalb Zentner und ist behaart wie 'n Affe, und unten in New Orleans hat jeder mehr Schiß als Vaterlandsliebe vor ihm, aber seine Mama ist eine vertrocknete kleine sizilianische Lady, die aussieht wie eine in schwarze Tücher gewickelte Mumie, und sie haut Didi heut noch mit dem Löffel auf die Finger, wenn er über den Tisch langt, statt höflich zu bitten.

Mitten beim Essen fängt also Jimmie an, Mama Giacano zu erzählen, was für ein toller Bursche ihr Didi Gee doch ist, daß beim Fremdenverkehrsamt und der Handelskammer jeder der Meinung ist, er wär ein großes Plus für die Stadt, und daß Didi es nicht zuläßt, wenn jemand seine Freunde rumschubst. Zum Beispiel, sagt er, haben da so ein paar Dreckskerle versucht, in Jimmies Restaurant Automaten aufzustellen, die Jimmie als guter Katholik nicht haben will. Nun sieht Mama Giacano vielleicht aus, als wär sie aus vertrockneter Pasta gemacht, aber ihre kleinen, heißen schwarzen Augen verraten jedem, daß sie genau weiß, wovon die Rede ist. Und Jimmie sagt, daß Didi die Automaten rausgerissen und sie mit 'nem Hammer zertrümmert hat und hinter dem Restaurant noch 'n paarmal mit 'nem Lastauto drübergefahren ist.

Didi Gee hat den Mund voll Bier und rohe Austern und erstickt fast dran. Er speit den Sülz quer über seinen Teller, seine Kinder klopfen ihm auf den Rücken, und er hustet eine Auster raus, die glatt den Abfluß verstopfen könnte. Mama Giacano wartet, bis sein Gesicht nicht mehr puterrot angelaufen ist, dann sagt sie ihm, daß sie ihren Sohn nicht großgezogen hat, damit er sich bei Tisch wie eine Herde Schweine benimmt, und er soll ins

Bad gehen und sich den Mund abwischen, weil den andern am Tisch vom bloßen Anschauen schlecht wird, und als er nicht sofort aufsteht, haut sie ihm mit ihrem Löffel auf die Fingerknöchel. Dann sagt Jimmie, er würd gern die ganze Familie auf sein Segelboot einladen, und vielleicht sollte Didi Gee auch in den Jachtclub eintreten, weil die ganzen Millionäre ihn für einen tollen Kerl halten, und außerdem würden Mama Giacano bestimmt die Feiern zur italienisch-amerikanischen Freundschaft gefallen, die dort jedes Jahr am vierten Juli und am Columbus Day veranstaltet werden. Und selbst wenn Didi nicht beitritt – was jeder schon vorher weiß, weil er wasserscheu ist und sich schon auf der Mississippi-Fähre immer die Seele aus dem Leib kotzt –, bietet Jimmie an, Mama Giacano abzuholen, wann immer sie will, und mit ihr auf dem Lake Pontchartrain segeln zu gehen.«

Er lachte wieder und strich sich mit der Hand durch das feuchte Haar. Dann leckte er sich über die Lippen und schüttelte den Kopf, und ich sah ihm an den Augen an, wie die Angst wiederkehrte.

»Wette, er hat Ihnen die Geschichte schon erzählt, oder?« sagte er.

»Die haben mir nur ein paar Minuten gegeben, Johnny. Willst du mir sonst noch was sagen?«

»Yeah, eins noch. Sie haben mich immer anständig behandelt, und ich hab gedacht, ich könnte 'n bißchen was gutmachen.« Er wischte sich mit der flachen Hand den Schweiß aus den Augen. »Ich denke, vielleicht muß ich da drüben noch für 'ne Menge Dinge gradestehen. Da kann's nicht schaden, wenn man probiert, jetzt so viel wie möglich auszubügeln, nicht wahr?«

»Du bist mir nichts schuldig, Johnny.«

»Wenn man soviel auf dem Kerbholz hat wie ich, ist man der ganzen verdammten Welt was schuldig. Jedenfalls, die Sache ist folgende. Gestern hat dieser Schwachkopf von L. J. Potts aus der Magazine Street draußen auf dem Korridor gefegt und immer mit dem Besen an mein Zellengitter geschlagen und jede Menge Krach gemacht, so daß ich nicht schlafen konnte. Also sag ich ihm, ich will keinen Preis als Saubermann des Jahres, und wenn der Sack nicht sofort seinen Besen fortschafft, bevor ich ihn in die Finger kriege, ramm ich ihm das Ding in sein Loch. Da will mir doch dieser Sack, der einen Bruder namens Wesley Potts hat, imponieren. Er fragt mich, ob ich einen Greifer namens Robicheaux von der Mordkommission New Orleans kenne, und dabei grinst er so komisch, verstehen Sie, weil er glaubt, Sie sind einer von den Cops, die mich hopsgenommen haben. Ich sag also, vielleicht, und er grinst immer noch so komisch und sagt, na ja, vielleicht hat er gute Nachrichten für mich, weil sein Bruder Wesley nämlich gehört hat, daß dieser spezielle Greifer von der Mordkommission die Nase in Sachen gesteckt hat, was ihn nichts angehen, und wenn er's nicht sein läßt, wird er abgemurkst.«

»Das klingt nach Sprücheklopfer, Johnny.«

»Yeah, ist er wahrscheinlich auch, bis auf den Unterschied, daß sein Bruder und er, glaub ich, irgendwie mit den Schmalzlocken zusammenhängen.«

»Den Kolumbianern?«

»Volltreffer. Die breiten sich schneller im Land aus wie AIDS. Die legen einfach jeden um – ganze Familien, Kinder, alte Leute, das spielt für die keine Rolle. Erinnern Sie sich an diese Bar an der Basin Street, die abgefackelt worden ist? Der Schmalzkopf, der das gemacht hat, stand am hellichten Tag mit 'nem beschissenen Flammenwerfer in der Tür, und weil er gute Laune gehabt hat, hat er den Leuten 'ne Minute gegeben, den Laden zu räumen, ehe er ihn in 'nen Haufen geschmolzenes Plastik verwandelt hat. Nehmen Sie sich vor diesen Arschgeigen in acht, Streak.«

Er zündete sich mit der Kippe, die er in der Hand hielt, eine neue Camel an. Er schwitzte jetzt heftig, wischte sich mit dem Hemdsärmel das Gesicht ab und schniefte gleichzeitig daran. Dann wurde sein Gesicht grau und leblos, und er starrte geradeaus, während seine Hände die Oberschenkel packten.

»Gehen Sie jetzt lieber. Ich glaub, mir wird wieder schlecht«, sagte er.

»Du wirst es schon packen, Johnny.«

»Diesmal nicht.«

Wir schüttelten uns die Hand. Seine fühlte sich glitschig und leicht an.

* * *

Um Mitternacht wurde Johnny Massina hingerichtet. Ich saß wieder in meinem Hausboot auf dem Lake Pontchartrain, während der Regen auf das Dach prasselte und die Tropfen draußen auf dem Wasser tanzten, und erinnerte mich an die Verse, die ich einmal einen schwarzen Häftling in Angola hatte singen hören:

I ax my bossman, Bossman, tell me what's right.
He whupped my left, said, Boy, now you know what's right.
I wonder why they burn a man twelve o'clock hour at night.
The current much stronger; the peoples turn out all the light.

Mein Partner war Cletus Purcel. Unsere Schreibtische standen in einem kleinen Zimmer der alten, umgebauten Feuerwache an der Basin Street einander gegenüber. Bevor das Gebäude als Feuerwache genutzt wurde, war es ein Baumwollager gewesen, und vor dem Bürgerkrieg wurden im Keller Sklaven gehalten und die Treppe hoch auf einen ungepflasterten Hof geführt, der sowohl als Auktionsplatz wie auch als Hahnenkampfarena diente.

Cletus' Gesicht sah aus, als sei es aus gekochter Schweinsschwarte gemacht, abgesehen von den Nahtnarben quer über den Nasenrücken und durch eine Augenbraue, wo ihn als Kind drüben im Irish Channel ein Eisenrohr erwischt hatte. Er war ein großer Mann, der erfolglos gegen sein Übergewicht ankämpfte, indem er viermal die Woche abends in seiner Garage Gewichte stemmte.

»Kennst du eine Figur namens Wesley Potts?« fragte ich.

»Lieber Gott, ja. Ich bin mit ihm und seinem Bruder zur Schule gegangen. Es war, als hätte man Schimmelpilz als Nachbarn.«

»Johnny Massina sagte, der Kerl erzählt rum, er will mir das Lebenslicht ausblasen.«

»Klingt mir nach Blödsinn. Potts ist 'n Asozialer ohne jeden Mumm. Hat drüben an der Bourbon Street ein Schmutzkino laufen. Ich stell ihn dir heut nachmittag vor. Den Kerl wirst du echt mögen.«

»Ich hab gerade seine Akte hier. Zweimal wegen Narkotika, sechsmal wegen Sittenwidrigkeit hopsgenommen, keine Verurteilung. Offensichtlich einmal ernsthaft Zoff mit dem Finanzamt.«

»Er macht den Strohmann für die Schmalzlocken.«

»Genau das sagte Massina.«

»Also gut, wir gehen nach dem Mittagessen hin und reden mit ihm. Ich sag, ›nach dem Mittagessen‹, weil dieser Kerl ein echter und einzigartiger Scheißhaufen ist. Übrigens, der Leichenbeschauer vom Sprengel Cataouatche hat zurückgerufen und gesagt, daß sie bei dem farbigen Mädchen keine Autopsie gemacht haben.«

»Was soll das heißen, sie haben keine gemacht?« fragte ich.

»Er meint, sie hätten keine Autopsie gemacht, weil das Büro des Sheriffs keine verlangt hat. Die Sache ging als Tod durch Ertrinken durch. Was soll das Ganze überhaupt, Dave? Hast du nicht genug ungelöste Fälle, ohne daß du dir noch im Sprengel Cataouatche Arbeit suchst? Die Leute dort unten spielen sowieso nicht nach den gleichen Regeln wie wir. Das weißt du doch.«

Zwei Wochen zuvor war ich mit einer Piroge auf dem Bayou Lafourche zum Angeln gewesen und hatte am Rande der Wasserlilien, die sich vom Ufer her ausbreiten, meine künstlichen Fliegen ausgeworfen. Das Land war zu beiden Seiten dicht mit Zypressen bestanden, und es war kühl und still gewesen im grüngoldenen Morgenlicht, das durch das Blätterdach über mir fiel. Die Wasserlilien waren übersät mit violetten Blüten, und ich konnte die Bäume, das Moos, die feuchtgrünen Flechten auf der Rinde und den Duft der karmesinroten und gelben Wunderblumen riechen, deren Blüten an den schattigeren Stellen noch geöffnet waren. Dicht neben ein paar Zypressenwurzeln lag ein Alligator, der mindestens anderthalb Meter lang gewesen sein muß. Nur sein mit kleinen Krebsen und Muscheln bewachsener Kopf und die Augen ragten aus dem Wasser und sahen einem Haufen brauner Steine zum Verwechseln ähnlich. Ein Stück weiter sah ich einen zweiten schwarzen Schatten an einer anderen Zypresse, und ich dachte, es sei vielleicht der Gefährte des ersten Alligators. Dann kam ein Boot mit Außenborder vorbei, und das Kielwasser rollte den Schatten hoch zu den Zypressenwurzeln, und ich sah plötzlich ein nacktes Bein, eine Hand und ein kariertes, von einer Luftblase aufgeblähtes Hemd.

Ich legte meine Angelrute beiseite, ruderte näher und berührte den Körper mit meinem Paddel. Der Körper drehte sich im Wasser, und ich sah in das Gesicht einer jungen schwarzen Frau, die Augen weit aufgerissen, den Mund geöffnet wie zu einem wässerigen Gebet. Sie trug ein Herrenhemd, das unter der Brust zusammengeknotet war, und abgeschnittene Bluejeans, und einen Augenblick lang sah ich, daß sie eine Zehn-Cent-Münze an einer dünnen Schnur um das Fußgelenk trug. Es war eine Art Glücksbringer, wie ihn manche Acadians und Schwarze trugen, um den *gris-gris* abzuwehren, eine Art böser Fluch. Ihr junges Gesicht sah aus wie eine Blume, die jemand jählings vom Stengel geschnitten hatte.

Ich wickelte ihr mein Ankertau um den Knöchel, schleuderte den Anker möglichst weit unter die Bäume am Ufer und band mein rotes Taschentuch an einen der überhängenden Zweige. Zwei Stunden später sah ich zu, wie die Deputies vom Büro des Sprengelsheriffs den Leichnam auf eine Bahre legten und zu einem Krankenwagen trugen, der im Röhricht am Wasser stand.

»Einen Augenblick noch«, sagte ich, ehe sie sie in den Wagen hievten. Ich lüftete das Tuch, um noch einmal einen Blick auf etwas zu werfen, was mir aufgefallen war, als sie die Leiche aus dem Wasser gezogen hatten. Auf der Innenseite ihres linken Armes waren zahlreiche Nadeleinstiche, während der rechte, soweit ich sehen konnte, nur einen einzigen aufwies.

»Vielleicht spendet sie beim Roten Kreuz Blut«, sagte einer der Deputies grinsend.

»Sie sind hier wohl der Alleinunterhalter«, sagte ich.

»War doch bloß ein Witz, Lieutenant.«

»Richten Sie dem Sheriff aus, daß ich ihn wegen des Autopsieberichtes anrufe«, sagte ich.

»Jawohl, Sir.«

Aber der Sheriff war nie im Büro, wenn ich anrief, und er rief auch nicht zurück. So telefonierte ich schließlich direkt mit dem Büro des zuständigen Leichenbeschauers, und nun erfuhr ich, daß der Sheriff eine Autopsie des toten schwarzen Mädchens für nicht so wichtig hielt. Nun, das werden wir ja sehen, dachte ich.

In der Zwischenzeit machte ich mir immer noch Gedanken darüber, warum sich diese Kolumbianer – vorausgesetzt Johnny Massina hatte recht – für Dave Robicheaux interessierten. Ich ging alle meine Fälle durch und fand keinerlei Anhaltspunkte. Es handelte sich aber auch um eine ganze Aktenschublade voller Not und Elend: eine Prostituierte, von einem psychotischen Freier mit dem Eisstößel abgestochen; ein siebzehnjähriger Ausreißer, dessen Vater keine Kaution stellen wollte und der am nächsten Morgen von seinem schwarzen Zellengenossen erhängt wurde; die Augenzeugin eines Mordes, von dem Mann, gegen den sie aussagen sollte, mit einem Hammer erschlagen; ein vietnamesischer Bootsflüchtling, den man vom Dach einer städtischen Mietskaserne gestürzt hatte; drei kleine Kinder, von ihrem arbeitslosen Vater nachts in ihren Betten erschossen; ein Fixer, während einer Satansmesse mit Blumendraht erdrosselt; zwei Homosexuelle, bei lebendigem Leibe verbrannt, als ein abgewiesener Liebhaber das Treppenhaus eines Schwulenlokals mit Benzin getränkt hatte. Meine Schublade war sozusagen das mikrokosmische Abbild einer anomalen Welt, bevölkert von Heckenschützen, mit Rasiermessern herumfuchtelnden Schwarzen, gedankenlosen Pfennig- und Groschenräubern, die irgendwann die Nerven verlieren und einen Ladenverkäufer wegen sechzig Dollar umbringen, und Selbstmördern, die in ihrer Wohnung das Gas aufdrehen und das ganze Haus in einen schwarzorangen Feuerball verwandeln.

Und so einer Sorte widmete ich mein Leben.

Doch ich suchte vergebens nach einer Nabelschnur, die ins südliche Ausland führte.

Cletus beobachtete mich die ganze Zeit.

»Verdammt, Dave, ich könnt schwören, du bist ernsthaft beleidigt, wenn die Schmalzlocken nicht scharf auf dich sind.«

»Wir haben nicht gerade viele Kaffeebraune in diesem Geschäft.«

»Also gut, ich sag dir was. Wir machen ein bißchen früher Mittag, du lädst mich ein, und ich mach dich mit Potts bekannt. Der Kerl ist die Wucht. Ein richtiger kleiner Sonnenschein.«

Es war dunstig und gleißend hell, als wir ins French Quarter fuhren. Kein Luftzug war zu spüren, und die Palmwedel und Bananenstauden in den Vorgärten standen grün und bewegungslos in der Mittagshitze. Die Gerüche im French Quarter erinnerten mich jedesmal wieder an das kleine Kreolenstädtchen am Bayou Teche, wo ich geboren bin: die Kisten mit Wasser-, Honigmelonen und Erdbeeren unter den verschnörkelten Kolonnaden, der saure Wein- und Bierdunst und das Sägemehl in den Bars, die Poor-Boy-Sandwiches voller Shrimps und Austern, der kühle, feuchte Duft des alten Mauerwerks in den kleinen Gassen.

Es gab immer noch einige wenige echte Bohemiens, Schriftsteller und Maler, die im French Quarter lebten, und auch ein paar Freiberufler, die bereit waren, astronomische Mieten für die modernisierten Apartments am Jackson Square zu zahlen, aber die Mehrzahl der Bewohner des Vieux Carré bestand aus Transvestiten, Fixern, Wermutbrüdern, Prostituierten, Gaunern jeder Couleur sowie ausgebrannten LSD-Freaks und anderen Eckenstehern, die aus den sechziger Jahren übriggeblieben waren. Die meisten von ihnen lebten von den zahlreichen gutbürgerlichen Konferenzteilnehmern und Familien aus dem Mittleren Westen, die durch die Bourbon Street zogen, Kameras um den Hals, als besuchten sie den Zoo.

In der Nähe von Pearl's Oyster Bar war kein Parkplatz frei, und so mußte ich ein paarmal um den Block fahren.

»Dave, woran merkt man eigentlich, ob man ein Alkoholproblem hat?« fragte Cletus.

»Wenn's anfängt, weh zu tun.«

»Mir scheint, als wär ich in letzter Zeit so gut wie jeden Abend halb angesoffen gewesen. Ich kann scheinbar nicht mehr heimgehen, ohne vorher in der Kneipe an der Ecke einzukehren.«

»Wie läuft's denn zwischen dir und Lois?«

»Ich weiß nicht. Es ist für uns beide die zweite Ehe. Vielleicht hab ich einfach zu viele Probleme, vielleicht haben wir die beide. Es heißt doch, wenn man's beim zweitenmal nicht schafft, schafft man's überhaupt nicht. Glaubst du, da ist was dran?«

»Das weiß ich nicht, Clete.«

»Meine erste Frau hat mich verlassen, weil sie nicht mit einem Mann verheiratet sein wollte, der jeden Tag die ganze Gosse von der Arbeit mit nach Hause bringt. Damals hab ich noch bei der Sitte gearbeitet. Sie sagte, ich hab immer nach Huren und Joints gestunken. Dabei war die Arbeit bei der Sitte gar nicht so übel. Und jetzt kommt Lois daher und sagt, sie will nicht, daß ich jeden Abend meine Knarre mit nach Hause bringe. Sie macht jetzt auf Zen, meditiert jeden Tag und schickt unser ganzes Geld an irgend 'nen Buddhistenpriester in Colorado, und dann sagt sie mir, sie will nicht, daß ihre Kinder mit Waffen aufwachsen. Waffen sind schlecht, weißt du, aber dieser Kerl da drüben in Colorado, der meine Kohle kassiert, der ist gut. Vor zwei Wochen komm ich angesäuselt nach Hause, und sie fängt an zu heulen und braucht 'ne ganze Packung Kleenex auf. Da hab ich mir dann noch 'n paar Gläser Jack Daniel's eingepfiffen und ihr erzählt, wie du und ich den ganzen Nachmittag damit zugebracht haben, mit 'ner Harke die Überreste von 'nem vierzehnjährigen Bengel aus 'nem Abfallhaufen zu kratzen. Heraus kam 'ne weitere Viertelstunde Tränen und Naseschneuzen. Da bin ich einfach loskutschiert, noch was zu trinken holen, und in 'ner Mausefalle kriegen die mich fast dran. Nicht grade gut, was?«

»Jeder hat irgendwann mal Ärger daheim.«

Er verzog das Gesicht und starrte nachdenklich aus dem Fenster. Er zündete sich eine Zigarette an, inhalierte tief und schnippte das Zündholz hinaus ins helle Sonnenlicht.

»Mann, spätestens um zwei säg ich dir einen weg«, sagte er. »Ich werd zum Lunch 'n paar Bierchen trinken. Beruhigt das Hirn, stillt den Magen und schont die Nerven. Hast du was dagegen?«

»Es ist dein Leben. Du kannst damit tun, was du willst.«

»Sie will mich verlassen, ich kenn die Vorzeichen.«

»Vielleicht könnt ihr euch noch irgendwie einigen.«

»Komm schon, Dave, du bist schließlich nicht von gestern. So läuft das nicht. Du erinnerst dich doch, wie es damals war, kurz bevor deine Frau abgehauen ist.«

»Stimmt, ich erinnere mich. Ich weiß, wie es war. Aber niemand sonst. Kommst du mit?« Ich grinste ihn an.

»Schon gut, tut mir leid. Aber wenn's zum Eimer geht, geht's halt zum Eimer. Du kriegst nicht damit die Kurve, daß du deine Knarre im Spind läßt. Stell dich da drüben in die Ladezone. Es ist zu verdammt heiß hier draußen.«

Ich hielt in der Ladezone vor Pearl's Oyster Bar und stellte den Motor ab. Cletus schwitzte in der Sonne.

»Sag mal ehrlich«, sagte er, »hättest du dich auf so was eingelassen, bloß deiner Frau zuliebe?«

Ich wollte nicht einmal darüber nachdenken, was ich alles meiner Frau zuliebe getan hätte – meiner blassen, dunkelhaarigen, wunderschönen Frau aus Martinique, die mich wegen eines Ölmannes aus Houston hatte sitzenlassen.

»Hör mal, du mußt das Essen bezahlen«, sagte ich.

»Was?«

»Ich hab kein Geld dabei.«

»Nimm deine MasterCard.«

»Die wollten sie mir nicht erneuern. Irgendwas von wegen, ich hätte meinen Dispo um vierhundert Dollar überzogen.«

»Großartig. Ich hab noch 'nen Dollar fünfunddreißig. Große Klasse. Was soll's, lassen wir's auf die Rechnung setzen. Und wenn's ihm nicht gefällt, sagen wir einfach, wir geben der Einwanderungsbehörde 'nen Tip wegen der Haitianer, die er in seiner Küche beschäftigt.«

»Ich wußte gar nicht, daß er welche hat.«

»Ich auch nicht. Aber ich bin gespannt, was er sagt.«

Das Pornokino war direkt an der Bourbon Street. Die Straße hatte sich verändert, seit ich vor mehr als zwanzig Jahren als Student immer hierherkam. Die alten Dixielandbands mit Leuten wie Papa Celestin oder Sharky Bonnano waren von Pseudo-Countrybands abgelöst worden, bestehend aus jungen Spunden in Designer-Jeans, Kunstlederwesten und weitärmeligen weißen Seidenhemden mit Brokatstickereien, wie sie Mambotänzer oder Transvestiten tragen. Die Tingeltangels waren immer schon ziemlich halbseiden gewesen, wo die Tänzerinnen zwischen ihren Auftritten im Publikum Drinks schnorrten und kurz vor Schluß die letzten Freier aufgabelten, aber damals hatten sie auf städtische Anordnung hin G-Strings und aufgeklebte Sterne auf den Brustwarzen tragen müssen, und außerdem hatte es damals noch keine Drogen gegeben, von dem einen oder anderen Joint abgesehen, den die verzweifelten, ausgebrannten Musiker rauchten, die in einer kleinen, dunklen Grube unten vor dem Laufsteg spielten. Inzwischen jedoch waren die Tänzerinnen auf der Bühne völlig nackt, ihre Augen glänzten schwarz vor Speed, und manchmal sah man, daß ihre Nasenlöcher noch feucht waren und zuckten von dem Koks, das sie durch eine zusammengerollte Dollarnote schnupften.

Die Fenster von Plato's Adult Theater waren mit Hohlziegeln vermauert, so daß niemand in den Laden hineinschauen konnte, und das Innere der kleinen, in Gold und Violett gehaltenen Vorhalle war mit Meisterwerken erotischer Kunst geschmückt, die aussahen, als seien sie von Blinden gemalt. Wir durchquerten den Vorraum und gingen direkt in das Büro, ohne vorher anzuklopfen. Ein dünner Mann mit einem spitzen, glänzenden Gesicht sah überrascht von seinem Schreibtisch auf. Er trug einen ultramarinblauen Anzug aus Polyester und Lackschuhe mit silbernen Schnallen, und sein schütteres, geöltes Haar glänzte im Licht der Schreibtischlampe. In einem Holzregal an einer der Seitenwände waren zahlreiche Filmdosen aufgestapelt. Die Überraschung und Angst wichen sofort aus seinem Gesicht, und er kratzte sich mit der einen Hand die Wange und nahm die mit einem Filtermundstück versehene Zigarre aus dem Aschenbecher.

»Was wollen Sie, Purcel?« sagte er gleichmütig.

»Dave, darf ich dir Wesley Potts vorstellen, unsern heimischen Scheißhaufen«, sagte Cletus.

»Ich hab keine Zeit für Ihre Beleidigungen, Purcel. Haben Sie 'nen Durchsuchungsbefehl oder so?«

»Das sagen die doch bloß im Fernsehen, Pottsie«, sagte Cletus. »Siehst du hier irgendwo Fernsehkameras, Dave?«

»Ich sehe keine Fernsehkameras«, antwortete ich.

»Die Typen im Fernsehen sagen immer: ›Haben Sie einen Durchsuchungsbefehl?‹ oder ›Sie müssen mir meine Rechte vorlesen‹«, fuhr Cletus fort. »Aber unter großen Leuten machen wir das anders. Das solltest du doch wissen, Pottsie.«

»Ich dachte, Sie arbeiten nicht mehr für die Sitte«, sagte Potts.

»Ganz richtig. Ich bin jetzt beim Morddezernat. Mein Partner hier heißt mit Nachnamen Robicheaux. Fängt dir dabei nicht der Sektquirl an zu zittern?«

Der Mann hinter dem Schreibtisch blies Zigarrenrauch vor sich hin und starrte mit stumpfem Blick hinein, aber ich sah, wie sich seine Finger auf der Schreibunterlage verkrampften.

»Dein kleiner Bruder da oben in Angola sagt, du würdest überall rumposaunen, daß Dave hier abgemurkst werden soll«, sagte Cletus.

»Wenn mein Bruder das sagt, dann sollten Sie mit ihm drüber reden. Ich hab keine Ahnung, worum es sich handelt.«

»Die Leute da oben in Angola haben es nicht so gern, wenn die Bullen ihre Strafgefangenen anhauen. Sie meinen, das wär schlecht für ihr Image und so«, sagte Cletus. »Aber was zwischen dir und uns läuft, ist schließlich eine ganz andere Kiste, Wes.«

Pott blickte mit kleinen, stechenden Augen geradeaus.

»Entspann dich«, sagte Cletus. »Du bist Geschäftsmann, du zahlst Steuern, mit dir kann man reden. Die Sache ist nur die, daß dein Mundwerk Durchfall hat und du Gerüchte in die Welt gesetzt hast, und daß wir nun gern wissen möchten, warum du das getan hast. Wirklich keine große Sache. Du brauchst uns bloß zu erklären, was es mit diesen komischen Sachen auf sich hat, die wir gehört haben, und dann kannst du weiter deine Perversen unterhalten. Schau dir das Zeug hier an. Große Klasse.« Cletus fing an, mit den Filmdosen auf dem Holzregal herumzutoben. Er nahm eine Dose in beide Hände und inspizierte mit kritischem Blick das mit Bleistift beschriebene Etikett. »Das hier ist wirklich Pornographie allererster Qualität, Dave. In einer Szene bringt 'n Typ 'n nacktes Mädchen mit 'ner Nagelknarre um. Sie schreit und bittet, aber der Kerl jagt sie durchs ganze Haus und nagelt sie Stück für Stück an die Holzwände.« Cletus öffnete die Dose, hielt das eine Ende des Films mit den Fingern fest und ließ die Rolle zu Boden fallen. Dann hielt er den Filmstreifen ans Licht. »Das Komische ist bloß, Wes, daß manchmal ein Freier ausflippt und 'ne Nutte abschlachtet, und ich hab das Gefühl, daß dieser Kerl grade da draußen in deinem Kino sein Popcorn aufgefuttert hat. Was sagst du dazu?«

»Ich hab mir das Zeug noch nie angesehen. Ich hab keine Ahnung, was drauf ist. Ich bin hier bloß der Geschäftsführer. Dies ist ein Kino, wir haben eine Lizenz, wir haben Notausgänge, wir haben saubere Toiletten – genau wie andere Kinos auch. Wenn Ihnen der Laden nicht gefällt, dann wenden Sie sich an die Leute, die uns die Lizenz gegeben haben.«

Cletus machte sich daran, weitere Filmdosen zu öffnen, die Spulen auf den Boden fallenzulassen, und während er sich durch die gesamte Länge des Regals vorarbeitete, trampelte er auf den Filmstreifen herum. Bald hatten sich die Filme um seine Schuhe und Knöchel geschlungen.

»Hören Sie auf damit, Sie Mistkerl«, schimpfte Potts.

»Wie hast du eigentlich Zoff mit dem Finanzamt bekommen?« fragte Cletus.

»Leck mich!«

»Du machst den Strohmann für die Kanaken, hab ich nicht recht?« sagte Cletus. »Du hast da draußen wahrscheinlich grade mal fünfzehn Besucher, aber du machst 'nen Profit, als hättst du das Rad erfunden. Wie kann das angehen?«

»Ich verkauf 'ne Menge Popcorn.«

»Das ganze Geld aus Koks und Mexenheroin muß schließlich in irgendwelchen Büchern auftauchen«, sagte Cletus. »Die Sache ist bloß die, daß die Jungs vom Finanzamt kurz davor sind, dir den Arsch aufzureißen.«

»Ich seh hier niemand vom Finanzamt. Ich seh bloß ein Arschloch in Zivil, das sich aufführt wie ein Schuljunge«, erwiderte Potts. »Was zum Teufel soll das Theater? Sie kommen hier rein, Sie ruinieren meine Filme, Sie machen mir die Hölle heiß, weil mein kleiner Bruder irgendwas gesagt hat, von dem ich überhaupt nichts weiß, und Sie erzählen mir was von mexikanischem Heroin, wo Sie doch, wenn ich mich recht erinnere, nie jemand wegen 'ner größeren Sache verhaftet haben als vielleicht mal 'nen Fixer mit 'n paar Tütchen Stoff in der Unterhose. Wer weiß, vielleicht haben Sie ja hier und da 'n bißchen Schmiergeld genommen, als Sie bei der Sitte waren, was? Sie sind ein verdammter Witz, Purcel.«

»Hör dir bloß diesen Kerl an«, sagte Cletus. »Ich glaube, wir müssen uns mal privat mit ihm unterhalten. Die Tür hier führt doch ins Kino, oder? Vielen Dank, hab ich mir gedacht.«

Er öffnete eine kleine Seitentür, hinter der sich der Kinosaal befand, der wie eine umgebaute Garage aussah. Im flackernden Halbdunkel starrten ungefähr ein Dutzend Männer wie gebannt auf die Leinwand.

»Wie läuft's denn so, ihr Spanner?« rief Cletus mit lauter Stimme und knipste in schneller Folge das Licht an und aus. »Hier spricht die Polizei von New Orleans. Ich wollte bloß mal kontrollieren, ob auch alles funktioniert. Viel Spaß weiterhin.«

Die Zuschauer erhoben sich eilig aus ihren Sitzen, gingen geschlossen den am weitesten von Cletus entfernten Gang hinunter und verschwanden durch den mit einem Vorhang verhängten Ausgang.

»Tolle Sache. Dieselben Kerle sitzen heut abend wieder hier«, sagte Potts.

»Könntest du mich mal 'n paar Minuten mit Wesley allein lassen?« fragte ich Cletus.

»Hab mir schon gedacht, daß du das sagst«, antwortete er, stapfte gemächlich über die ruinierten Filmstreifen, verließ das Büro und schloß die Tür hinter sich.

Ich setzte mich auf eine Ecke von Potts' Schreibtisch und faltete die Hände auf dem Oberschenkel.

»Was glauben Sie, wie die Sache ausgehen wird?« fragte ich ihn.

»Wie meinen Sie das?«

»Genau, wie ich's gesagt habe. Glauben Sie, Sie können überall rumerzählen, daß jemand mich umlegt, und ich verschwinde einfach wieder von hier?«

Er biß sich auf die Lippen und starrte die Wand an.

»Erzählen Sie mir mal, was Ihrer Meinung nach jetzt passieren wird«, sagte ich.

»Ich weiß nicht. Ich hab Sie nie gesehen. Warum sollte ich rumlaufen und Sachen über Sie erzählen?«

»Wer will mir an den Kragen, Wes?«

»Ich hab keine Ahnung von so was.«

»Sie halten mich wohl für einen Dummkopf?«

»Ich hab keine Ahnung, was Sie sind.«

»Oh, doch, haben Sie. Ich bin der Kerl, von dem Sie meinten, Sie würden ihn nie zu sehen kriegen. Sie hatten nur so ein verschwommenes Bild von mir im Kopf und dachten sich, Sie könnten sich eins lachen, wenn ich umgelegt werde. Daß ich jetzt hier aufgetaucht bin, muß Ihnen vorkommen wie ein böser Traum, stimmt's?«

»Ich hab doch überhaupt nichts gegen Sie«, sagte er. »Ich betreibe ein legales Geschäft. Ich hab Ihnen noch nie irgendwelche Schwierigkeiten gemacht.«

»Aber jetzt sitze ich plötzlich hier auf Ihrem Schreibtisch. Das ist so, als würde man aufwachen und hätte einen Geier auf dem Bettpfosten sitzen, nicht wahr?«

»Und was wollen Sie jetzt machen? Den Laden hier auseinandernehmen und mich fertigmachen? Na, und wenn schon.«

Ich holte mein Puma-Messer aus der Hosentasche und klappte es auf. Mit der Klinge konnte ich einen Barsch filieren wie mit einem Rasiermesser. Sie schimmerte im Schein der Lampe.

»Guter Gott, Mann, was haben Sie vor?« fragte er.

Ich nahm seine Zigarre aus dem Aschenbecher, legte sie auf den Schreibtisch, schnitt das glimmende Ende ab und steckte den noch warmen Stummel in Potts' Hemdtasche.

»Den Rest kannst du später rauchen«, sagte ich.

»Was zum Teufel soll das? Sind Sie verrückt geworden, Mann?« Sein Gesicht war kalkweiß. Er schluckte und starrte mich an, die Augen voller Angst und Verwirrung.

»Du weißt doch, wer Didi Gee ist, nicht?«

»Klar, weiß doch jeder. Warum fragen Sie nach –«

»Und was treibt er so?«

»Wie meinen Sie das?«

»Ich meine, was er so treibt. Komm schon, raus damit.«

»Alles mögliche. Huren, Lotterie, Gewerkschaften – das wissen Sie doch alles!«

»Weißt du was? Wir leisten ihm beim Essen Gesellschaft und ich erzähle ihm, was du mir verraten hast.«

»Was?«

»Er geht jeden Dienstag um Punkt zwei Uhr in das Restaurant von Jimmie the Gent zum Lunch. Wir beide werden uns an den Tisch neben ihm setzen und ein wenig mit dem fetten Kerl plaudern. Glaub mir, er wird seine helle Freude an dir haben.«

»Ich geh nicht mit.«

»O doch, das tust du. Du bist verhaftet.«

»Wofür denn? Ich hab gar nichts getan«, sagte er verzweifelt.

»Du hast vorhin was von Geld gesagt. Das klang mir verdammt nach 'nem Bestechungsversuch.«

Seine Blicke zuckten aufgeregt hin und her. Schweißtropfen traten ihm auf die Stirn.

»Ich hab kein Wort davon gesagt . . . Ich hab Sie bloß gefragt, ob Sie den Laden auseinandernehmen wollen.«

»Vielleicht bin ich schwerhörig. Wie dem auch sei, ich werde noch mal drüber nachdenken, während wir zum Restaurant rübergehen. Glaubst du eigentlich diese Geschichte mit Didi Gees Aquarium voller Piranhas? Ich hab gehört, er hat mal die Hand von einem dieser Leute von der Transportarbeitergewerkschaft 'ne volle Minute da hineingehalten. Aber vielleicht ist das auch nur eine dieser albernen, übertriebenen Geschichten, die man der Mafia nachsagt. Streck mal die Hände aus, ich will dir Handschellen anlegen. Du kannst ja deinen Mantel über den Arm nehmen, wenn's dir peinlich ist, so gesehen zu werden.«

»Hören Sie, darauf fall ich nicht rein. Sie treiben doch ein Spielchen mit mir.«

»Du hast das Blatt gegeben, Wes. Jetzt mußt du's auch ausspielen. Aber jetzt streck erst mal die Hände aus, sonst schlag ich dir deine verdammte nichtsnutzige Fresse ein.«

Er atmete jetzt laut, und seine Hände waren auf der Schreibunterlage zu Fäusten geballt.

»Hören Sie, Lieutenant, ich hab bloß gehört, wie 'n paar andere Jungs was erzählt haben. Meistens protzen die bloß so rum, und normalerweise steckt gar nichts dahinter. Jedenfalls hab ich's nicht von Mr. Segura gehört. Haben Sie mich verstanden? Es kam nicht von Mr. Segura. Es ist bloß Gerede. Ein paar Burschen, die auf der Straße rumalbern und Quatsch erzählen.«

»Du meinst den Kolumbianer?«

»Er ist aus Nicaragua.«

»Sprich weiter.«

Er wischte sich mit der Hand über den Mund und zog dann mit den Fingern an der Hautfalte unter seinem Kinn.

»Es hat irgendwas zu tun mit 'nem Niggermädchen. Ich glaub, sie war mal Straßennutte. Haben Sie nicht vor kurzem 'ne Niggerin aus dem Bayou gezogen, drüben in Cataouatche?«

»Keine Fragen, Wes. Erzähl mir einfach alles, was du weißt.«

»Guter Gott, Lieutenant, wofür halten Sie mich eigentlich? Ich bin bloß ein kleiner Kinobesitzer. Also, einmal im Monat oder so lädt Mr. Segura 'nen Haufen Leute in sein Haus da draußen am See ein. Es gibt ein Büffet, 'nen Haufen Schnaps, 'n paar Nutten im Swimmingpool. Er schüttelt allen die Hand, trinkt vielleicht 'nen Tom Collins mit uns oder spielt 'n paar Minuten Karten unter einem dieser Gartenschirme, dann verschwindet er irgendwo im Haus.«

»Was hatte dieses Mädchen bei Julio Segura zu suchen?«

»Sie haben mich nicht verstanden, Lieutenant. Das sind Dinge, über die er nicht mit mir spricht. Ehrlich gesagt, spricht er überhaupt nicht viel mit mir. Hören Sie, der Bursche ist echt ein großer Fisch. Ich glaub, er hat Beziehungen zu den ganz großen Leuten. Warum wollen Sie sich mit ihm anlegen? Für solche Typen ist doch die Bundespolizei zuständig.«

Ich starrte ihn weiter unverwandt und wortlos an. Seine Hände auf der Schreibunterlage zuckten, als ob sie an einem Faden hingen.

»Es heißt, Sie machen 'ne große Sache draus, daß Sie in 'nem andern Sprengel ein Niggermädchen gefunden haben«, erzählte er weiter. »Das ist nicht Ihr Revier, und deshalb fragt man sich, warum Sie sich so dafür interessieren. Aus irgendeinem Grund sind die der Meinung, Sie wärn hinter ihnen her. Fragen Sie mich nicht, warum. Ich mag nicht mal in der Nähe sein, wenn drüber geredet wird. Ich hau dann immer ab. Das ist die Wahrheit, bei Gott.«

»Du machst mir wirklich Sorgen, Wes. Ich mach mir so meine Gedanken über deine Ehrlichkeit. Außerdem hab ich den Eindruck, du hältst dich für allwissend.«

»Was?«

»Sag's mir, wenn ich was Falsches sage. Ich glaube, du rechnest dir ziemlich genau aus, was ich akzeptiere und was nicht. Du meinst, du kannst mich an der Nase rumführen und mir irgendwelche Märchen erzählen und dir dann ein paar Lines reinziehen, wenn ich wieder weg bin, und deine Nerven beruhigen, und damit ist die Welt wieder in Ordnung. Es sieht verdammt so aus, als hättest du ein ernstes Problem von wegen Eitelkeit und Stolz. Was hältst du davon?«

»Hören Sie –« setzte er an, ein Lächeln um den Mund, den Blick scheinbar unterwürfig gesenkt.

»Nein, nein, jetzt wird Wes zuhören, und ich werde reden. Weißt du, wenn man sein Maul aufreißt und damit angibt, daß ein Polizeibeamter umgelegt werden soll, dann holt man sich schnell ein paar gefährliche Komplikationen an den Hals. Erstens macht dich die Tatsache, daß du davon weißt, zu einem Mitschuldigen, Wes. Und zweitens gibt es, um es mal einfach auszudrücken, ein paar Männer, mit denen ich zusammenarbeite und die dich ganz einfach kaltstellen. Verstehen wir uns in diesem Punkt?«

»Ja«, antwortete er unsicher.

»Keine Mißverständnisse?«

»Nein.«

»Also gut, Wes. Wir werden uns später noch mal drüber unterhalten. Du verstehst doch, was das heißt, oder?«

»Jawohl.«

Ich erhob mich von seinem Schreibtisch und ging zur Tür. Hinter mir konnte ich ihn tief aufatmen hören.

Dann plötzlich: »Lieutenant?«

Ich drehte mich um und sah ihn an. Sein Gesicht wirkte schmal und blaß.

»Wird Mr. Segura von unserer Unterhaltung erfahren?« fragte er. »Ein paar von den Latinos, die für ihn arbeiten . . . grausame Jungs . . . die waren früher mal Bullen oder Nationalgardisten oder so was in Nicaragua . . . Mir wird ganz anders, wenn ich dran denke, was die machen.«

»Keine Garantien, Wes. Wenn du das Gefühl hast, daß irgendwas in der Luft liegt, dann komm zu uns, und wir schaffen dich aus der Stadt.«

Draußen brannte die Sonne. Auf der anderen Straßenseite, im Schatten der eisernen Kolonnaden, führten drei schwarze Jungen einen Steptanz für die Touristen auf. Die riesigen Platten, die sie an den Schuhen hatten, klangen wie Trommelstöcke auf Metall. Cletus stand im Schatten und sah zu, die Jacke über den Arm gehängt. »Na, was rausgekriegt aus dem alten Pottsie?«

»Es hat was mit dem schwarzen Mädchen zu tun, das ich drüben im Bayou Lafourche gefunden habe. Es riecht nach Dope und den Barataria-Piraten. Hast du bei der Sitte irgendwann mal mit Julio Segura zu tun gehabt?«

»Kann man wohl sagen. Der Bursche ist echt der Inbegriff von 'nem Schmalzkopf. Dem kommt die Pomade aus jeder Pore.«

»Ich dachte, er ist Kolumbianer.«

»Er steckt mit denen unter einer Decke, aber er ist aus Managua. Ich hab gehört, daß ihm da unten so ungefähr hundert Puffs gehört haben sollen. Es heißt, die Sandinisten haben sein Flugzeug völlig durchsiebt, als die Maschine grade abgehoben hatte. Der Kerl ist ein Überlebenskünstler. Wir haben zwei- oder dreimal vergeblich versucht, ihm was anzuhängen. Ich glaube, er hat 'n paar ausgezeichnete Beziehungen nach ganz oben, die ihn beschützen.«

Wir spazierten im warmen Schatten zurück zur Royal Street und zum Wagen, den wir vor der Oyster-Bar abgestellt hatten. Unterwegs ging ich in einen dieser kleinen, dunklen Lebensmittelläden mit einem riesigen hölzernen Ventilator unter der Decke und kaufte mir eine *Times-Picayune*. Im Innern des Ladens roch es nach Bananen, Kaffee, großen Käsestücken und riesigen Holzkästen voller Rosinen und getrockneter Pflaumen. Im Weitergehen schlug ich den Sportteil der *Picayune* auf.

»Habt ihr Lust, heut abend mit mir zum Rennen zu gehen?« fragte ich.

»Vergiß die Rennen. Greifen wir uns den Kanaken. Wir sagen dem Captain vorher Bescheid, und dann fahren wir zu seinem Haus und ziehen ihn ein bißchen am Schlips.«

»Ne. Zu früh.«

»Quatsch. Diesen Jungs muß man sofort auf den Sack treten, das ist die einzige Art, wie man mit denen fertig wird. Und was diesen Fall betrifft, so soll er kapieren, daß das 'ne persönliche Sache ist. Wir stellen ihm die Glückwünsche direkt im Wohnzimmer zu.«

»He, ich weiß es zu schätzen, Clete, aber ich sag dir Bescheid, wenn's Zeit zum Loslegen ist. Keine Sorge, du wirst die Party nicht verpassen.«

»Du nimmst das alles viel zu leicht. Ich sag dir, dieser Typ ist echt kein Mensch. Im Vergleich zu dem wirkt Didi Gee fast wie der Erzbischof.

»Verdammt«, sagte ich.

»Was ist?«

»Nächstes Mal nehmen wir dein Auto, wenn wir essen gehen.«

»Warum?«

»Weil sie meinen Wagen grade abschleppen.«

* * *

Ein sanftes, weiches Licht lag über dem See, als ich mich am Abend auf meinem Hausboot anzog. Am Ufer sah ich die Palmen und Zypressen in der Brise schwanken, die vom Golf herüberwehte. Es roch wieder nach Regen. Ich fühlte mich ziemlich alleine, aber zugleich auch gelöst, und ich fragte mich, ob dieses Gefühl von Selbstsicherheit und Ruhe, von innerer Gelassenheit, nicht nur ein trügerisches Vorspiel für eine weitere turbulente Phase meines Lebens war. Vielleicht war es so etwas wie ein Anfall von Narzißmus. Mein Körper war immer noch schlank und kräftig und meine Haut sonnengebräunt, und die alte Narbe von dem mit Mist beschmierten *pungi*-Stock sah aus wie eine auf meinen Bauch tätowierte, seltsame graue Schlange. Mein Haar und mein struppiger Schnurrbart waren immer noch schwarz wie Tinte, abgesehen von einem kleinen weißen Fleck über meinem einen Ohr, und ich redete mir jeden Morgen vor dem Spiegel ein, die Tatsache, daß ich alleine lebte, habe ebensowenig mit Alter und Versagen zu tun wie mit Jugend und Erfolg. Die dunkelvioletten Wolken, die sich am südlichen Horizont über dem Golf aufgetürmt hatten, wurden von Wetterleuchten durchzuckt.

An diesem Abend saß ich ganz allein in einer Loge beim Pferderennen und schaute ebenso entspannt wie fasziniert auf die hellerleuchtete Rennbahn, die sorgfältig angefeuchtete und geharkte Grasnarbe, den schimmernden, kurzgemähten Rasen auf dem Innengrün. Es war die gleiche unbestimmte, beinahe lähmende Euphorie, die ich immer empfunden hatte, wenn ich nach einer zweitägigen Sauftour sanft ins Delirium tremens abrutschte. Ich war plötzlich allwissend geworden. Mein weißer Tropenanzug leuchtete im Licht der Bogenlampen über mir. Ich holte mir das Geld für meine drei Platzwetten und zwei Gewinne nacheinander ab. Die Kellnerinnen im Clubhaus, alle mit einem Teint wie Pfirsiche, brachten mir geschälte Shrimps auf Eis sowie eine Portion Hummer und Steak und streiften absichtlich mit ihren Hüften meinen Arm, als sie meine schmutzige Serviette und den bluttriefenden Teller abräumten.

Irgend jemand hatte mir mal gesagt, daß das, was sich ein Spieler am meisten wünscht, nämlich in die Zukunft sehen zu können, uns alle in den Wahnsinn treiben würde. Als ich an diesem warmen Sommerabend nach Hause zurückfuhr und sah, wie der Mond sich auf der Wasserfläche des Sees spiegelte und die Glühwürmchen in den Palmen und Eichen leuchteten, da fühlte ich ein leichtes Zittern in mir, wie das leise Klirren von Kristall oder die fast unhörbaren Resonanzen von mitschwingenden Gitarrensaiten – ein Hauch von Kassandras tragischer Gabe, und ich war geneigt, das Gefühl auf meine alten Alkoholikerängste zurückzuführen, die in meinem Unterbewußtsein herumwühlten wie blinde Schlangen. Aber einer, der auf der Rennbahn gewonnen hat, schert sich nicht um Vorsicht oder Stimmungen im Mondschein.

2

Am nächsten Morgen verließ ich in aller Frühe New Orleans in südwestlicher Richtung und fuhr ins Bayou Country. Hier, im Süden Louisianas, war ich aufgewachsen, in der Nähe von New Iberia. Eichen, Zypressen und Weiden säumten die zweispurige Landstraße. Der Nebel hing noch wie zerrupfte Watte in den halb im Wasser stehenden toten Bäumen des Marschlandes. Das Röhricht war dicht und leuchtete intensiv grün in der Sonne. Die Lilien, die in dichten Kolonien am Ufer des Bayous wuchsen, waren über und über mit Blüten besät, die mit deutlich hörbarem Geräusch aufsprangen, ihre Blätter benetzt mit kleinen Tropfen von Quecksilber. Die Brassen und Barsche waren noch auf Futtersuche im schattigen Wasser nahe den Wurzeln der Zypressen. Silberreiher nisteten ein Stück weiter im Sand, wo die Sonne bereits über die Baumwipfel geklettert war, und hin und wieder erhob sich ein Graureiher von seinem Futterplatz dicht bei den Rohrkolben und schwebte mit vergoldeten Schwingen das lange Band des braunen Wassers entlang durch eine Schneise im Gehölz.

Jetzt waren diese Bayous, Kanäle und Sümpfe, in denen ich meine Jugend verbracht hatte, das Revier der Barataria-Piraten. Im Vergleich zu ihnen waren ihre Namensvettern, die Bande von Briganten und Sklavenhändlern, die Jean Lafitte einst um sich geschart hatte, beinahe schon romantische Figuren. Die heutigen Piraten setzten sich zusammen aus Marihuana-, Kokain- und Heroinschmugglern, die da draußen auf dem Golf ohne Skrupel eine ganze unschuldige Familie umbrachten, um mit ihrem Boot eine einmalige Lieferung an Land zu bringen und es danach durch Öffnen der Seeventile zu versenken. Manchmal fand die Küstenwache eines dieser Boote halb voll Wasser irgendwo auf einer Sandbank gestrandet, das Deck mit Blut beschmiert.

Aber war das schon so schockierend und abstoßend? Die gleichen Leute brachten es fertig, ein Kleinkind mit einer Injektion zu töten, den Leichnam zu konservieren und ihm den Bauch mit Heroinbeuteln zu füllen. Dann gingen weibliche Kuriere damit unbehelligt durch den Zoll, als trügen sie ihr schlafendes Kind auf dem Arm.

Der Sheriff des Sprengels Cataouatche war nicht im Gerichtsgebäude, sondern auf seiner Pferderanch außerhalb der Stadt. Er hatte Gummistiefel an den Füßen und fütterte gerade zwei Vollblutaraber, die in einer kleinen, abgetrennten Koppel standen. Das Wohnhaus war frisch geweißt und besaß eine breite, mit Fliegendraht geschützte Veranda. Rings um das Haus standen Azaleen und flammendrote Hibiskusbüsche. Der langgestreckte weiße Zaun, der die Pferdekoppeln begrenzte, war mit Kletterrosen überwachsen. Der Sheriff war ein Mann von etwa fünfzig Jahren, der seinen Besitz und seine politische Karriere im Griff hatte. Seine blaue Uniform saß eng auf dem kompakten, muskelharten Leib, und sein rundliches, frisch rasiertes Gesicht mit den direkt blickenden Augen vermittelte den Eindruck eines selbstsicheren Polizeichefs vom Lande, der leicht mit allen Schwierigkeiten fertig wurde, die von außerhalb auf ihn zukamen.

Zu seinem Leidwesen erwies ich mich als die Ausnahme von der Regel.

»Sie ist ertrunken«, sagte er. »Meine Deputies haben berichtet, daß ihr ein Eimer Wasser aus der Lunge lief, als sie sie von der Bahre nahmen.«

»Sie hatte Einstichspuren an den Armen.«

»Na und? Auch Süchtige ertrinken. Brauchen Sie eine Autopsie, um das festzustellen?«

»Wissen Sie vielleicht, ob sie rechtshändig oder linkshändig war?«

»Wovon sprechen Sie, zum Teufel?« antwortete er.

»Sie hatte sich offenkundig regelmäßig in den linken Arm gespritzt, aber an ihrem rechten Arm war nur ein einziger Einstich zu sehen. Das müßte Ihnen doch was sagen.«

»Das sagt mir, verdammt noch mal, überhaupt nichts.«

»Wenn ein Fixer die Vene im einen Arm ramponiert hat, nimmt er den anderen. Aber ich glaube nicht, daß das Mädchen schon so lange an der Nadel hing. Ich schätze, jemand hat ihr einen goldenen Schuß verpaßt.«

»Der Leichenbeschauer des Sprengels hat den Totenschein ausgestellt. Darin heißt es, daß sie ertrunken ist. Wenden Sie sich an ihn, wenn Sie die Sache wirklich weiterverfolgen wollen. Ich habe zu arbeiten, bin schon spät dran.« Er verließ die Pferdekoppel, zog sich auf dem Rasen die schmutzigen Gummistiefel aus und stieg in seine polierten halbhohen Stiefel. Ich konnte sein rundes Gesicht nicht sehen, als er sich vornüber bückte, aber ich hörte die mühsam unterdrückte Wut in seinen Atemzügen.

»Das sind wirklich sehr schöne Araber«, sagte ich. »Ich kann mir vorstellen, daß die gut dreißigtausend Dollar bringen, wenn sie austrainiert sind.«

»Das kommt nicht mal entfernt ran, Lieutenant. Wie ich schon sagte, ohne unhöflich zu sein, aber ich bin spät dran. Möchten Sie, daß ich Sie mit dem Leichenbeschauer bekanntmache?«

»Ich glaube nicht. Aber sagen Sie mir, nur interessehalber, wie, glauben Sie, kann eine gesunde junge Frau, die ihre sämtlichen Kleider anhat, in einem schmalen Bayou ertrinken?«

»Wie hätten Sie's denn gern, Lieutenant? Wollen Sie eine schriftliche Bestätigung, daß sie an einem goldenen Schuß gestorben ist? Möchten Sie diese Bestätigung mit nach New Orleans nehmen? Also gut, Sie haben meine Erlaubnis. Uns tut das nicht weh. Aber was ist mit ihrer Familie? Die Kleine ist auf einer Zuckerrohrplantage etwa fünf Meilen von hier aufgewachsen. Ihre Mutter ist geistesschwach, ihr Vater halb blind. Wollen Sie vielleicht zu denen rausfahren und ihnen erklären, daß ihre Tochter eine Fixerin war?«

»Das Ganze stinkt doch geradezu nach Mord, Sheriff.«

»Lassen Sie sich noch zwei Dinge sagen, Partner, und ich möchte, daß Sie das wirklich verstehen. Ich vertraue auf das, was meine Deputies mir sagen, und wenn Sie sich beschweren wollen, dann gehen Sie gefälligst zum Leichenbeschauer. Und zweitens: Unsere Unterhaltung ist beendet.«

Er schaute zu seinen Pferden weit draußen auf der Koppel, als wäre ich überhaupt nicht da, setzte sich seine Pilotensonnenbrille auf, stieg in seinen Cadillac und fuhr die kiesbestreute Auffahrt zum Highway hinunter. Ich kam mir vor wie ein Zaunpfahl im Boden.

* * *

Der Name des toten Mädchens war Lovelace Deshotels. Ihre Eltern lebten in einer der verwitterten, ungestrichenen Hütten an einer kleinen, unbefestigten Nebenstraße hinter einer der Zukkerrohrplantagen eines großen Konzerns. Die Hütten sahen alle gleich aus. Die kleinen, überdachten Verandas bildeten eine so gerade Linie, daß man einen Pfeil durch die gesamte Reihe hätte schießen können, ohne irgendwo Holz zu treffen. Die satten grünen Zuckerrohrfelder erstreckten sich über Meilen und wurden nur von ein paar alleinstehenden Eichen und der Silhouette der entfernten Zuckerfabrik unterbrochen, deren Schlote die Hütten im Winter mit ekligsüßem Gestank umgeben würden, bei dem einem die Augen tränten.

Die Hütte sah aus wie tausend andere, die ich mein Leben lang überall in Louisiana und Mississippi gesehen hatte. Die Fenster besaßen keine Scheiben, sondern nur Läden aus Brettern, die oben an Scharnieren befestigt waren und mit Hilfe eines Stockes hochgestellt werden konnten. Die Wände waren mit Versandhauskatalogpapier ausgestopft und dann mit Tapete überklebt, die sich bereits löste und mit braunen Wasserflecken übersät war. Die Außentoilette stand neben einem kleinen Schweinekoben und hatte ein rostiges altes Cola-Schild als Dach.

Aber es gab noch andere Dinge, die einem ins Auge sprangen, wenn man ins Haus trat: ein Farbfernseher, eine nachgemachte bayerische Wanduhr über dem mit Holz beheizten Ofen, Plastikblumen in Marmeladengläsern, ein leuchtendgelber, mit Resopal beschichteter Frühstückstisch neben einem uralten gemauerten Kamin, der voll Müll gestopft war.

Die Eltern konnten oder wollten mir nur wenig erzählen. Die Mutter starrte ständig mit leerem Blick auf die Unterhaltungssendung im Fernsehen. Ihr massiger Körper steckte in limettengrünen Stretchhosen und einem alten Herrenoberhemd mit abgetrennten Ärmeln. Der Vater war grauhaarig und alt und ging am Stock, als habe er einen Wirbelschaden. Er roch streng nach der Maiskolbenpfeife, die er in der Hemdtasche trug. Seine Augen waren verhornt und getrübt vom grauen Star.

»Sie is fort nach New Orleans. Ich hab ihr gesagt, ein schwarzes Mädchen vom Land hat dort nix zu suchen, hat sie«, erzählte er. Er saß auf der Couch, die Hand um den Griff seines Stocks gelegt. »Sie's bloß 'n Mädchen vom Land. Was hat sie mit die Leute da in New Orleans zu tun? Das hab ich ihr gesagt, hab ich.«

»Für wen hat sie gearbeitet, Mr. Deshotels?«

»Was weiß ich von New Orleans? Ich hab da nix mit zu tun, hab ich.« Er lächelte mich an und ließ mich seinen zahnlosen blauen Gaumen sehen.

»Sind Sie auch der Meinung, daß sie ertrunken ist?«

Er antwortete nicht gleich, und das Lächeln verschwand von seinem Gesicht. Seine Augen schienen mich jetzt zum erstenmal richtig zu erfassen.

»Sie glauben, die kümmert's, was 'n alter Nigger sagt?« fragte er mich.

»Mich schon.«

Er antwortete nicht. Er steckte sich die kalte Pfeife in den Mund, schnalzte mit der Zunge und starrte ausdruckslos auf den Fernsehschirm.

»Ich gehe jetzt«, sagte ich und stand auf. »Tut mir leid, was mit Ihrer Tochter geschehen ist. Wirklich.«

Er wandte den Blick wieder mir zu.

»Wir ham elf gehabt, wir«, sagte er. »Sie war unser Baby. Ich hab sie *tite cush-cush* genannt, weil sie immer so gern *cush-cush* gemocht hat, als sie 'n kleines Mädchen war. Helfen Sie mir hoch. Ich bring Sie raus, Sie.«

Ich faßte ihm unter den Arm, und wir gingen gemeinsam in das strahlende Sonnenlicht auf der Veranda. Der Wind strich über die grünen Zuckerrohrfelder auf der anderen Seite der Straße. Der Arm des alten Mannes war mit einem Netz hervortretender Venen überzogen. Er humpelte neben mir bis zu meinem Wagen, ehe er wieder mit mir sprach.

»Die ham sie umgebracht, nich wahr?« fragte er.

»Ich glaube, ja.«

»Sie is nur 'ne kleine farbige Zuckerschnecke für die weißen Männer gewesen, und dann ham se sie abgestoßen«, sagte er. Seine Augen wurden feucht. »Ich sag immer zu ihr: ›Zuckerschneck, Zuckerschneck, rollt über'n Damm, immer auf der Suche nach 'ner Frau ohne Mann.‹ Sie sagt: ›Schau doch den Fernseher und die Uhr und den Tisch, den ich Mama mitgebracht hab.‹ Das hat se gesagt, hat sie. Ein kleines Mädchen, das nich mal lesen kann, bringt ihrer Mama 'n Fernseher für fünfhundert Dollar mit. Was soll man machen, wenn se erst mal neunzehn sin? Die hören einfach nich, nich wenn se Geld vom weißen Mann kriegen. Sie is mit 'nem großen Auto aus New Orleans rübergefahren und sagt mir, sie will mit uns nach Norden ziehen, sagt sie. Kleines Mädchen, ißt immer noch *cush-cush* und glaubt, sie is schlauer als die weißen Männer, glaubt sie, und bringt ihren alten Niggerdaddy nach New York rauf. Was hat sie getan, daß die sie umgebracht ham?«

Ich hatte keine Antwort für ihn.

Ich fuhr eine dieser einsamen Landstraßen entlang, ein flacher, schimmernder See auf der einen Seite und ein überschwemmter Wald auf der anderen, als ich den blau-weißen Polizeiwagen im Rückspiegel bemerkte. Der Fahrer hatte bereits sein Kaugummilicht angestellt und ließ kurz seine Sirene ertönen, während er sich fast an die Stoßstange meines Wagens hängte. Ich nahm Gas weg und wollte auf den Seitenstreifen fahren, aber die Steine und das Gras waren übersät mit Scherben alter Bierflaschen, die wie bernsteinfarbene Zähne in der Sonne glänzten. Ich fuhr langsam weiter, um mir einen geeigneteren Parkplatz zu suchen, aber der Streifenwagen setzte sich sofort vor mich. Der Motor heulte auf, und der Deputy auf dem Beifahrersitz zeigte wütend mit dem Finger zum Straßenrand. Ich hörte, wie die Reifen über Glas knirschten.

Als ich die beiden Deputies aus ihrem Wagen steigen sah, wußte ich, daß es ernst werden würde. Die beiden waren riesige Kerle, wahrscheinlich Cajuns wie ich, aber der Anblick ihrer kräftigen, sehnigen Gestalten, ihrer enganliegenden taubengrauen Uniformen, der auf Hochglanz polierten Revolvergurte und Halfter, der glänzenden Patronen und Revolvergriffe ließ einen eher an finstere, abgelegene Gegenden in Mississippi oder Nord-Louisiana denken, als hätten sie erst woandes hingehen müssen, um dort die typische Grausamkeit eines Rednecks zu lernen.

Keiner der beiden hatte einen Strafzettelblock in der Hand oder in der Tasche.

»Die Sirene heißt, daß Sie anhalten sollen. Sie heißt nicht, daß Sie langsamer fahren sollen, Lieutenant«, sagte der Fahrer. Er sah mich lächelnd an und nahm die Sonnenbrille ab. Er war etwas älter als der zweite Deputy. »Bitte steigen Sie aus.«

Ich öffnete die Tür, verließ den Wagen und stellte mich auf die Straße. Die beiden sahen mich an, ohne ein Wort zu sagen.

»Also gut, ich beiße. Weshalb haben Sie mich angehalten?« fragte ich.

»Sechzig Meilen auf 'ner Straße, wo bloß fünfundvierzig erlaubt sind«, sagte der zweite Deputy. Er hatte einen Kaugummi im Mund, und seine Augen blickten mich intensiv und humorlos an.

»Ich dachte, ich wäre nicht mal fünfzig gefahren«, erwiderte ich.

»Wahrscheinlich haben Sie's gar nicht gemerkt«, meinte der ältere der beiden Männer. »An einem so schönen Morgen wie heut schaut man sich halt ein bißchen um, vielleicht auf das Wasser oder die Bäume, denkt vielleicht an 'nen schönen Arsch, und eh man sich's versieht, hat man Blei nicht bloß im Schwanz, sondern auch im Fuß.«

»Ich nehme an, Sie werden in diesem Fall kein Auge zudrükken, weil es sich um einen Kollegen handelt, oder?« fragte ich.

»Der Richter läßt uns nicht grade besonders viele Fälle durchgehen«, sagte der ältere Mann.

»Na gut, dann schreiben Sie mir einen Strafzettel, und ich rede mit dem Richter drüber.«

»Viele Leute von außerhalb kommen gar nicht erst zur Verhandlung«, sagte der ältere Deputy. »Das macht ihn noch wilder als 'ne Hornisse mit Scheiße am Rüssel. Deshalb müssen wir sie immer gleich zum Gericht mitnehmen.«

»Sie haben sich heute morgen nicht vollständig angezogen«, sagte ich.

»Wie das?« fragte der ältere Deputy.

»Sie haben vergessen, Ihre Namensschilder anzustecken. Und warum wohl?«

»Machen Sie sich keine Sorgen wegen 'ner Kleinigkeit wie diesen verdammten Namensschildern. Sie kommen mit uns zum Gericht«, sagte der jüngere Deputy. Er hatte aufgehört, Kaugummi zu kauen, und sein Kieferknochen zeichnete sich deutlich unter den Wangen ab.

»Sie haben sowieso 'nen platten Reifen, Lieutenant«, sagte der Ältere. »Ich schätze, das ist in gewissem Sinne unsere Schuld. Deshalb würd ich sagen, Sie fahren mit uns rein, und ich ruf unterwegs den Pannendienst, damit die Ihnen den Reifen wechseln.«

»Ich glaube, es ist Zeit, ein paar Dinge klarzustellen«, sagte ich. »So können Sie mit einem Polizeibeamten aus New Orleans nicht umspringen.«

»Unser Revier, unsere Regeln, Lieutenant.«

»Sie können mich mal«, sagte ich.

Die beiden schwiegen. Die Sonne schien gleißendhell auf die hinter ihnen liegende Wasserfläche. Das Licht war so stechend, daß ich mich zwingen mußte, nicht die Augen zusammenzukneifen. Ich hörte, wie die beiden atmeten, ich sah, wie sie sich gegenseitig unsichere Blicke zuwarfen, und ich konnte fast den leichten Schweiß auf ihrer Haut riechen.

Der Schuh des Jüngeren rutschte auf dem Kies herum, und sein Daumen zuckte zum Verschluß des Halfters, in dem sein verchromter 357er Magnum Revolver steckte. Ich riß meinen 38er aus der Tasche am Gürtel, ging in die Hocke und richtete die Waffe mit beiden Händen auf ihre Köpfe.

»Schwerer Fehler, Freundchen! Hände hinter den Kopf und auf die Knie!« brüllte ich.

»Hören Sie –« begann der ältere Deputy.

»Nicht überlegen, gehorchen! Ich gewinne, Ihr habt verloren!« Mein Atem ging schwer.

Die beiden sahen sich an, verschränkten die Hände hinter dem Kopf und knieten vor ihrem Wagen auf der Straße. Ich stellte mich hinter sie, zog ihnen die schweren Revolver aus den Halftern und schleuderte sie in den See.

»Nehmt eure Handschellen und fesselt euch an die Stoßstange«, befahl ich.

»Sie stecken bis über den Kopf in Schwierigkeiten«, sagte der ältere Deputy. Auf seinem sonnenverbrannten Nacken standen kleine Schweißperlen.

»Das seh ich anders«, sagte ich. »Ihr habt gedacht, ihr könnt hier ein bißchen Cowboy spielen, und jetzt steckt ihr voll im Dreck. Was hattet Ihr denn mit mir vor? Einen Tag im Knast, oder vielleicht eine heftige Plauderei auf dem Weg ins Gefängnis?«

Die beiden antworteten nicht. Ihre Gesichter waren rot angelaufen, und sie sahen wütend aus. Außerdem schmerzten ihnen die Knie auf dem scharfen Geröll der Straße.

»Steckt die Handschellen hinter der Stoßstange durch und fesselt euch die Gelenke zusammen«, befahl ich noch einmal. »Ihr habt nicht geantwortet. Also frag ich mich, ob ich je bis zum Gefängnis gekommen wäre. Steckt Ihr Burschen so tief drin?«

»Leck mich am Arsch«, sagte der jüngere Deputy.

»Sagt mal, seid Ihr wirklich so blöde? Habt ihr gedacht, Ihr könnt einen Polizisten aus New Orleans einfach so umlegen und damit durchkommen?«

»Wir werden sehen, wer womit durchkommt«, sagte der ältere Deputy. Er mußte sich auf seinen Knien zur Seite drehen und in die Sonne blinzeln, um mich anzusehen.

»Der Sheriff läßt euch die Kastanien aus dem Feuer holen, stimmt's?« fragte ich. »Sieht mir verdammt nach Drecksarbeit aus. Ihr solltet ihn dazu bringen, ein bißchen großzügiger mit der Kohle zu sein. Ich nehme an, ihr haltet euch ab und zu am Wechselgeld schadlos, und vielleicht kriegt ihr's auch im Puff ab und zu umsonst, aber er fährt 'nen Cadillac und züchtet Araber.«

»Für einen vom Morddezernat sind Sie ein ziemlich dummer Hund«, sagte der ältere Deputy. »Wie kommen Sie drauf, daß sie so wichtig sind, daß man Sie umlegen muß? Sie sind nichts als 'n Haar in der Nase von jemand.«

»Ich fürchte, ihr Jungs habt ab heute begrenzte Aufstiegschancen.«

»Sie sollten sich lieber Gedanken machen, wie Sie hier weggkommen«, sagte der jüngere Deputy.

»Wegen meines kaputten Reifens? Das ist allerdings ein Problem«, sagte ich nachdenklich. »Wie wär's, wenn ich mit eurem Wagen ein Stück die Straße runterfahre, euch beide hinten dran?«

Zum erstenmal zeigten ihre Gesichter jetzt, daß sie anfingen, wirklich Angst zu bekommen.

»Ruhig. Wir haben bestimmte Grundsätze in New Orleans. Mit geistig Behinderten legen wir uns nicht an«, sagte ich.

In der Ferne sah ich einen braunen Wagen näher kommen. Die beiden Deputies hörten das Motorengeräusch und blickten sich erwartungsvoll an.

»Tut mir leid, heute fällt die Kavallerie leider aus«, sagte ich und hockte mich vor ihnen hin, so daß ich mit den beiden auf gleicher Augenhöhe war. »Also hört zu, ihr Witzbolde, ich weiß nicht, wie weit ihr dieses Spiel treiben wollt, aber wenn es euch ernst ist, dann solltet ihr eins wissen: Ich hab mehr Saft als ihr, mehr Leute, mehr Verstand, einfach mehr von allem, was zählt. Also überlegt euch die Sache. In der Zwischenzeit werde ich jemand herschicken, um nach meinem Wagen zu sehen, und es wäre gut, wenn er hierbleibt. Also sagt dem Witzbold, für den ihr arbeitet, daß unsere Unterhaltung noch nicht beendet ist. Er wird schon wissen, was ich meine.«

Ich winkte mit meiner Polizeimarke, hielt die braune Limousine an und stieg auf den Beifahrersitz, noch ehe die Fahrerin, eine blonde Frau von etwa Ende Zwanzig mit vom Wind zerzaustem Haar und großen, aufgerissenen Augen, ein Wort sagen oder sich auf die beiden gefesselten Deputies konzentrieren konnte. Ihr Kassettenradio war laut aufgedreht und spielte Tschaikowskys Klavierkonzert Nr. 1, und auf dem Rücksitz befand sich ein unglaubliches Durcheinander von Papieren, Notizbüchern und Behördenformularen.

»Ich bin Polizeibeamter aus New Orleans. Ich muß Sie bitten, mich bis zur nächsten Stadt mitzunehmen«, rief ich mit lauter Stimme, um die Musik zu übertönen.

Ihre überraschten und angstvollen Augen waren so blau und rund wie die einer Puppe. Sie fuhr langsam an, wobei ihr Blick die beiden mit Handschellen gefesselten Polizisten streifte, und starrte dann beim Weiterfahren wie gebannt in den Rückspiegel.

»Sind die beiden Männer da an die Stoßstange gefesselt?« fragte sie.

»Ja. Sie waren ein bißchen ungezogen«, antwortete ich wieder mit lauter Stimme. »Haben Sie was dagegen, wenn ich das ein bißchen leiser stelle?«

»Tut mir leid, aber es muß sein. Sie können ja auf mich schießen, wenn Sie wollen.«

Damit trat sie voll auf die Bremse, schaltete das Automatikgetriebe auf Rückwärtsfahrt und jagte mit durchgetretenem Gaspedal nach hinten, wobei die Reifen laut quietschten und eine Wolke dunklen Qualms erzeugten. Ich knallte mit dem Kopf gegen die Windschutzscheibe, dann sah ich meinen alten Chevrolet immer schneller näher kommen. »Passen Sie doch auf!« rief ich.

Aber es war schon zu spät. Ihre Stoßstange erwischte meinen vorderen Kotflügel und schrammte beide Türen. Dann kam der Wagen endlich zum Stehen. Sie stellte mit einer schnellen Handbewegung die Stereoanlage ab, lehnte sich vor mir zum Seitenfenster und rief den Deputies zu: »Dieser Mann hier behauptet, er ist ein Polizeibeamter. Stimmt das?«

»Rufen Sie das Büro des Sheriffs von Cataouatche an, Lady«, erwiderte der ältere Deputy. Er kniete auf einem Bein, und sein Gesicht war schmerzverzogen.

»Wer ist dieser Mann, den ich hier im Wagen habe?«

»Er ist ein Stück Scheiße, das wir auf dem Beton platttreten«, sagte der jüngere Deputy.

Mit einem Ruck legte die Frau die niedrige Stufe des Automatikgetriebes ein, trat das Gaspedal bis zum Anschlag durch und donnerte erneut an meinem Wagen vorbei. Ich spürte genau, wie ihre hintere Stoßstange noch einmal meinen vorderen Kotflügel erwischte. Sie fuhr wie eine Wahnsinnige. Die Papiere auf dem Rücksitz flogen durcheinander, und der See und der überschwemmte Wald sausten an uns vorüber.

»Tut mir leid, wegen Ihres Autos. Aber ich bin versichert. Jedenfalls glaub ich, daß sie noch gültig ist«, sagte sie.

»Das macht nichts. Ich wollte schon immer mal sehen, wie es ist, im Auge eines Hurricanes über Land zu jagen. Haben Sie immer noch Angst, oder fahren Sie immer so?«

»Wovor?« fragte sie. Ihr Haar wurde vom Fahrtwind zerzaust, und ihre runden blauen Augen sahen angestrengt über das Steuerrad.

»Glauben Sie immer noch, daß ich ein entflohener Verbrecher bin?« fragte ich.

»Ich hab keine Ahnung, was Sie sind, aber ich hab einen der

Deputies erkannt. Er ist ein Sadist, der mit seinem Penis eine meiner Mandantinnen besudelt hat.«

»Ihre Mandantinnen?«

»Ich arbeite für die staatliche Behindertenfürsorge.«

»Sie könnten ihn hinter Gitter bringen.«

»Die Frau ist völlig verängstigt. Er hat ihr gesagt, er würde noch mal das gleiche mit ihr machen und sie dann als Prostituierte ins Gefängnis stecken.«

»Um Himmels willen, Lady, passen Sie doch auf! Hören Sie, es gibt da ein kleines Restaurant auf Pfählen, ein kleines Stück hinter der Sprengelgrenze. Halten Sie da an, ich muß kurz telefonieren, und dann lad ich Sie zum Lunch ein.«

»Warum?«

»Weil Sie völlig überdreht sind und nicht wissen, wer ich bin. Nebenbei gesagt, Ihr Verhalten vorhin war ganz schön mutig.«

»Durchaus nicht. Ich habe nur nicht die Angewohnheit, merkwürdige Leute im Auto mitzunehmen. Und es gibt schon eine Menge Merkwürdigkeiten heutzutage. Wenn Sie wirklich Polizeibeamter sind, warum fahren Sie dann so ein Wrack von einem Auto?«

»Vor ein paar Minuten war es durchaus noch kein Wrack.«

»Das meine ich eben mit Merkwürdigkeiten. Ich hab Ihnen vielleicht grade das Leben gerettet, und Sie kritisieren meinen Fahrstil.«

Fang nicht an, an diesem sonnigen Morgen hier in einem Tunnel zwischen den Bäumen die Fügungen Gottes in Frage zu stellen, Robicheaux, ermahnte ich mich. Und außerdem sollte man nicht mit einer Frau streiten, die gerade hundertvierzig fährt und die Baumstämme mit einem Hagel von Geröll und Steinchen eindeckt.

Das Restaurant war ein ziemlich heruntergekommener Bretterladen, dessen Fenster mit Fliegendraht bespannt waren und das auf Stelzen in den See gebaut war. Die Außenwände waren übersät mit angenagelten Blechschildern, die Reklame für Dixie 45 und Jax-Bier machten. Da die Langustensaison zu Ende war, bestellte ich uns gebratene Barbe und zwei kleine Teller Shrimp-Gumbo. Während wir auf das Essen warteten, lud ich sie zu einem Drink an der Bar ein und hängte mich ans Telefon, um mein Büro im Polizeihauptquartier des Ersten Reviers in New Orleans anzurufen. Ich hielt ihr kurz den Hörer ans Ohr, damit sie mitbekam, wie Clete sich meldete, dann zog ich meine Hand mit dem Hörer wieder zurück.

»Ich bin grade beim Mittagessen mit 'ner Dame, die möchte, daß du mich beschreibst«, erklärte ich Clete und reichte ihr dann den Hörer. Ich sah, wie sie lächelte, während sie zuhörte, dann verzog sie das Gesicht und fing laut an zu lachen.

»Das ist einfach unglaublich«, sagte sie.

»Was hat er gesagt?«

»Daß Ihr Haar gestreift ist wie das Fell eines Stinktiers, und daß Sie manchmal versuchen, sich aus dem Staub zu machen, ohne die Rechnung zu bezahlen.«

»Clete hatte schon immer 'ne satirische Ader.«

»Ist das die Art, wie Sie arbeiten? Indem Sie andere Cops an Autos fesseln, fremde Menschen auf der Straße erschrecken und am Telefon Witze reißen?«

»Eigentlich nicht. Es ist bloß so, daß die im Sprengel nach anderen Regeln spielen, und ich habe mich sozusagen aus meinem Revier gewagt.«

»Und was ist mit den beiden Deputies da hinten? Werden die nicht hinter Ihnen her sein?«

»Ich glaube, die werden sich eher Gedanken machen, wie sie dem Mann, für den sie arbeiten, die ganze Sache erklären. Wäre es vielleicht möglich, daß Sie mich nach dem Essen in die Stadt zurückfahren?«

»Ich muß nur noch 'nen Hausbesuch bei einem meiner Mandanten machen, dann können wir zurückfahren.« Sie nahm einen Schluck von ihrem Manhattan und aß die Kirsche, die auf dem Zahnstocher steckte. Als sie sah, daß ich sie beobachtete, wandte sie den Kopf und blickte durch das Fenster auf den See hinaus, wo der Wind das Moos in den Zweigen der Zypressen bewegte.

»Mögen Sie Pferderennen?« fragte ich sie.

»Ich war noch nie beim Rennen.«

»Ich hab einen Mitgliedsausweis für das Clubhaus. Was halten Sie davon, wenn wir morgen abend auf die Rennbahn gehen, vorausgesetzt, ich habe bis dahin meinen Wagen wieder?«

Sie sagte eine Weile nichts, während ihre leuchtendblauen Augen mein Gesicht studierten.

»Ich spiele Cello in einem Streichquartett. Morgen abend üben wir«, sagte sie dann.

»Oh.«

»Aber so gegen halb neun werden wir wohl fertig sein, wenn das nicht zu spät ist. Ich wohne am Audubon Park«, fügte sie hinzu.

Siehst du, misch dich nicht ein, dann geht alles seinen geregelten Gang, sagte ich mir.

Am nächsten Tag im Revier lief dann leider doch nicht alles so glatt. Es war wie immer, wenn ich mit den Leuten von der Sitte zu tun hatte, insbesondere mit Sergeant Motley. Er war ein Schwarzer, ein ehemaliger Berufssoldat, aber er hatte nur wenig Sympathie für seine eigenen Leute. Ein schwarzer Wermutbruder in einer der Ausnüchterungszellen hatte Motley einmal Schwierigkeiten gemacht und ihm gesagt, er sei »ein Diener des weißen Mannes mit dem Ausweis des weißen Mannes und der Pistole des weißen Mannes«, und Motley hatte ihn darauf von Kopf bis Fuß mit einer Sprühdose mit Reizgas eingenebelt, ehe der Wächter sie ihm aus der Hand schlug.

Es gab aber noch etwas anderes, was Motley betraf, und die Erinnerung daran war viel düsterer. Bevor er zum Sergeant befördert wurde und zur Sitte ging, hatte er als Justizdiener im Gericht gearbeitet, wo er die Aufgabe hatte, morgens die Gefangenen von der Ausnüchterungszelle zur Anhörung zu bringen. Einmal war er gerade mit sieben Gefangenen, die an den Händen zusammengefesselt waren, im Fahrstuhl, als im Keller ein Feuer ausbrach und die Stromleitungen ausfielen, so daß der Fahrstuhl zwischen den Etagen steckenblieb. Motley kletterte über den Notausstieg im Dach der Fahrstuhlkabine hinaus, aber die sieben Gefangenen starben an Rauchvergiftung.

»Was wollen Sie über das Mädchen wissen?« fragte er. Er war übergewichtig und trug einen dichten Schnurrbart, und sein Aschenbecher war voller Zigarrenstummel.

»Sie haben sie in einem einzigen Monat dreimal festgenommen – zweimal wegen Prostitution, einmal wegen Drogenbesitz. Sie scheinen ein besonderes Interesse an ihr gehabt zu haben«, sagte ich.

»Sie war 'ne Zehn-Dollar-Mieze, 'ne echte Pflaume.«

»Nicht grade viel, was Sie mir da erzählen, Motley.«

»Was gibt's da schon zu erzählen? Sie hing an der Nadel und hat den Jungs in einem dieser Massagesalons an der Decatur Street einen runtergeholt. Eine von der Sorte, die von 'nem Freier aufgeschlitzt oder von 'nem Zuhälter angesteckt wird. Wie ich schon sagte, ein typisches Opfer. Ein Mädchen vom Lande, das ganz nach oben wollte.«

»Wer hat für sie die Kaution gestellt?«

»Ihr Zuhälter wahrscheinlich, ich erinner mich nicht mehr so genau.«

»Wer war das?«

»Weiß ich nicht mehr. Der Laden hat alle zwei Monate 'nen neuen Geschäftsführer.«

»Kennen Sie jemand, der Grund haben könnte, ihr einen goldenen Schuß zu verpassen?«

»Fragen Sie mich doch gleich nach ihrer Schuhgröße. Seit wann ist das überhaupt Ihr Fall? Ich hab gehört, die haben das Mädchen draußen in Cataouatche aus dem Bayou gefischt.«

»Meine Neugier ist rein persönlicher Natur. Hören Sie, Motley, wir arbeiten doch immer gut mit Ihnen und Ihren Leuten zusammen. Sie könnten mir doch auch mal einen Gefallen tun.«

»Und was glauben Sie, was ich weiß? Ich hab Ihnen doch gesagt, sie war bloß eine dieser hirnlosen Nutten. Die sind doch alle nach dem gleichen Muster gestrickt. Außerdem hab ich sie sowieso aus den Augen verloren.«

»Was soll das heißen?«

»Wir haben ein paarmal eine Razzia in diesem Massagesalon gemacht und festgestellt, daß sie dort nicht mehr arbeitet. Eine von den anderen Schnallen hat gesagt, Julio Segura hat sie zu sich in sein Haus genommen. Das muß aber nicht unbedingt was heißen. So was macht er ziemlich regelmäßig. Wenn er von den Mädchen genug hat, gibt er ihnen ein paar Tüten mexikanischen Braunen, und der Zwerg, der für ihn Chauffeur spielt, fährt sie zur Bushaltestelle oder zurück in den Massagesalon.«

»Sie sind wirklich unglaublich.«

»Glauben Sie, ein Typ wie der hat ein Interesse dran, Nutten umzubringen? Schreiben Sie die Sache ab, Robicheaux. Sie verschwenden bloß Ihre Zeit.«

Fünfzehn Minuten später kam Captain Guidry in das Büro, das ich mit Clete teilte. Er war etwa fünfzig, lebte bei seiner Mutter und gehörte den Columbusrittern an. Seit einiger Zeit ging er regelmäßig mit einer Witwe aus, die im städtischen Wasserwerk arbeitete, und wir wußten, daß es etwas Ernstes sein mußte, als der Captain sich einer Reihe von Haartransplantationen unterzog. Sein glänzender kahler Schädel war jetzt übersät mit winzigen runden Inseln von transplantiertem Haar, so daß sein Kopf aussah wie ein mit Unkraut bewachsener Stein. Aber er war ein guter Vorgesetzter, immer offen und direkt, und er hielt oft genug den Kopf für uns hin, auch wenn er es nicht nötig hatte.

»Der Automobilclub hat angerufen und gemeldet, daß sie Ihren Wagen abgeschleppt haben«, sagte er.

»Das ist gut«, antwortete ich.

»Nicht ganz. Sie sagten auch, jemand muß alle Fenster mit einem Hammer oder einem Baseballschläger eingeschlagen haben. Was ist eigentlich vorgefallen da draußen mit dem Sheriffsbüro, Dave?«

Ich erzählte es ihm, und er hörte mit ausdrucksloser Miene zu. Ich erzählte ihm auch von Julio Segura. Cletus beschäftigte sich derweil intensiv mit unserem Aktenschrank.

»Die Geschichte ist nicht erfunden? Sie haben tatsächlich zwei Deputies mit Handschellen an ihr eigenes Auto gefesselt?« fragte der Captain.

»Ich hatte keine besonders guten Karten, Captain.«

»Nun, wahrscheinlich haben Sie die Burschen ganz richtig eingeschätzt, denn bis jetzt haben sie nichts unternommen, abgesehen davon, daß sie Ihr Fahrzeug ein wenig verschönert haben. Wollen Sie sie ein bißchen unter Druck setzen? Ich könnte das Büro des Generalstaatsanwalts anrufen und ihnen noch etwas Dampf machen.«

»Clete und ich wollten mal zu Seguras Haus rausfahren.«

»Die Sitte ist der Meinung, das ist ihr Zuständigkeitsbereich«, gab Captain Guidry zu bedenken.

»Diese Leute reden davon, einen Polizisten umzubringen. Damit fällt es in unsere Zuständigkeit«, sagte ich.

»Also gut, aber keine Cowboymethoden«, sagte der Captain. »So wie die Situation im Augenblick ist, haben wir da draußen rechtlich gesehen nichts zu suchen.«

»In Ordnung.«

»Beschränken Sie sich darauf, mit ihm zu reden und ihm zu sagen, daß uns Dinge zu Ohren gekommen sind, die uns nicht gefallen.«

»Okay, Captain.«

Er strich sich mit dem Fingernagel über eines der verkrusteten Implantate auf seinem Schädel.

»Dave?«

»Ja, Sir?«

»Vergessen Sie, was ich gesagt habe. Er hat einen Polizeibeamten aus New Orleans bedroht, und das können wir nicht dulden. Stecken Sie ihn mit dem Kopf in die Toilette. Und sagen Sie ihm einen schönen Gruß von mir.«

Oleander, Azaleen und Myrrhe standen in dichten Gruppen hinter dem verschnörkelten Eisenzaun, der Seguras ausgedehnten blaugrünen Rasen umgab. Gärtner waren damit beschäftigt, die Hecken zu schneiden, die Geranien- und Rosenbeete zu wässern und die toten braunen Blätter aus den Bananenstauden zu entfernen. Weiter unten am See erkannte ich das zweistöckige, mit weißem Stuck verzierte Haus mit dem roten Ziegeldach, das in der Sonne leuchtete. Die Königspalmen neben dem Swimmingpool bewegten sich im Winde. Irgend jemand hüpfte lärmend von einem Sprungbrett ins Wasser.

Ein muskulöser Lateinamerikaner in langen Hosen und Golfhemd kam an das Einfahrtstor und beugte sich zu Cletes Seitenfenster herunter. Unter der dichten schwarzen Behaarung seiner Unterarme waren verblichene Tätowierungen zu sehen. Außerdem trug er an beiden Händen mächtige Ringe.

»Kann ich etwas für Sie tun, Sir?« fragte er.

»Wir sind Polizeibeamte. Wir möchten mit Segura sprechen«, antwortete Clete.

»Haben Sie einen Termin?«

»Sag ihm einfach, daß wir hier sind, Partner«, meinte Clete.

»Er hat Gäste.«

»Hast du was mit den Ohren?« fragte Clete.

»Ich habe hier eine Liste mit Namen. Wenn Ihr Name drauf ist, kommen Sie rein. Wenn nicht, bleiben Sie draußen.«

»Hör zu, Schmalzkopf . . .« Clete verzichtete darauf, den Satz zu beenden, stieg aus dem Wagen und versetzte dem Mann einen mörderischen Faustschlag in die Magengrube. Der Mann knickte zusammen. Sein Mund war aufgerissen, als ob er von einem Schmiedehammer getroffen worden wäre, und seine Augen sahen aus, als würde er ertrinken.

»Hast du Verdauungsprobleme? Probier's doch mal mit Pillen«, sagte Clete.

»Hast du irgendwas?« fragte ich ihn.

»Jetzt nicht mehr«, antwortete er und schob das Eisentor auf, damit wir durchfahren konnten. Der Lateinamerikaner hielt sich mit der einen Hand am Zaun fest und schnappte immer noch krampfhaft nach Luft. Wir fuhren die Auffahrt hinauf auf das stuckverzierte Haus zu. Ich sah Clete an.

»Du hast nie bei der Sitte gearbeitet. Du hast keine Ahnung, was diese Typen für Abschaum sind«, sagte er. »Wenn dir so ein Schmalzkopf in die Quere kommt, dann mußt du einfach auf ihm rumtrampeln. Damit er weiß, wo's langgeht.«

»Hast du gestern abend gesoffen?«

»Sicher, aber ich brauch keine Entschuldigung, um einen von diesen Scheißern fertigzumachen.«

»Jetzt aber Schluß damit, Clete.«

»Wir sind doch reingekommen, oder? Wir sind heut nachmittag die Überraschung in Julios Wundertüte. Sieh dir bloß mal die Bande da drüben am Pool an. Ich wette, wenn wir die überprüfen, können wir ihnen jedes einzelne Drogengeschäft in Orleans und Jefferson anhängen.«

Etwa ein Dutzend Leute hielten sich in oder an dem kleeblattförmigen Swimmingpool auf. Manche ließen sich auf Gummiflößen auf dem türkisblauen Wasser treiben, andere spielten

Karten an einem steinernen Mosaiktisch mit Bänken, der im flachen Teil des Beckens stand, wieder andere hatten sich in die Liegestühle unter den schlanken grauen Stämmen der Palmen zurückgezogen, während eine ganze Familie von zwergwüchsigen Dienern ihnen in hohen Gläsern tropische Drinks mit viel Früchten und Eis servierte.

Clete ging geradewegs über den kurzgeschorenen Rasen auf einen der Tische zu, an dem im Schatten eines Sonnenschirms ein Mann mittleren Alters mit cremefarbenen Hosen und einem gelben, mit blauen Papageien verzierten Hemd saß, neben ihm zwei andere Männer, dunkelhäutig wie Indianer und mit einer Statur wie Feuermelder.

Der Mann in dem bedruckten Hemd war eines der merkwürdigsten menschlichen Wesen, die ich je gesehen hatte. Sein Gesicht war dreieckig mit einem kleinen Mund und ungewöhnlich kleinen Ohren, und seine Augen waren pechschwarz. Drei tiefe Falten liefen über seine Stirn, und in den Falten saßen kleine Hautkügelchen. Am Handgelenk trug er eine goldene Armbanduhr mit einem schwarzen digitalen Zifferblatt. Er rauchte eine Bisonte, die in einer Zigarettenspitze steckte. Die beiden dunkelhäutigen Männer erhoben sich vorsorglich, als wir auf den Tisch zugingen, aber der Mann in dem gelb-blauen Hemd winkte ihnen, sich wieder hinzusetzen. Er verkniff die Augen immer mehr, als treibe Cletes Gesicht aus einer dunklen Erinnerung hoch.

»Wie sieht's aus, Julio?« fragte Clete. »Vor dem Haus ist ein Kerl, der gerade sein Mittagessen auf den Rasen kotzt. Das macht sich nicht grade gut hier in der Gegend. Du solltest dir 'nen Türsteher suchen, der mehr Klasse hat.«

»Purcel, stimmt's?« sagte Segura, und seine Miene spiegelte das Wiedererkennen wider.

»Sehr gut«, erwiderte Clete. »Und jetzt zähl eins und eins zusammen, und du hast raus, wer der Kerl neben mir ist.«

Einer der dunkelhäutigen Männer sagte ein paar Worte auf spanisch zu Segura.

»Halt's Maul, Schmalzkopf«, fuhr Clete ihn an.

»Was glauben Sie eigentlich, was Sie hier machen, Purcel?« fragte Segura.

»Das hängt ganz von dir ab, Julio. Wir haben gehört, daß du ein paar ernste Dinge über meinen Partner hier rausläßt.«

»Ist er das?« wollte Segura wissen.

Ich antwortete nicht. Ich starrte ihm in die Augen. Er zog an seiner Zigarettenspitze und erwiderte meinen Blick, ohne mit der Wimper zu zucken, als ob er einen Gegenstand betrachtete, nicht einen Menschen.

»Ich habe gehört, daß Sie ein paar Möbel zerschlagen haben«, sagte er endlich. »Aber ich kenne Sie nicht. Ich habe noch nie was von Ihnen gehört.«

»Ich glaube, Sie sind ein Lügner«, antwortete ich.

»Das ist Ihr gutes Recht. Und was haben Sie mir sonst noch zu sagen?«

»Ihre Leute haben ein neunzehnjähriges Mädchen namens Lovelace Deshotels umgebracht.«

»Ich sag Ihnen mal was, wer immer Sie sind«, sagte er. »Ich bin amerikanischer Staatsbürger. Ich bin Amerikaner, weil ein amerikanischer Senator eine Gesetzesvorlage eingebracht hat, um mich hierher zu bringen. Ich habe einen Sohn in West Point. Ich bringe niemand um. Es stört mich nicht, wenn Purcel und seine Leute mich hin und wieder belästigen. Auch hier gibt es *la mordida*, genau wie in Nicaragua. Aber kommen Sie nicht an und beschuldigen mich, ich hätte jemand umgebracht.« Er nickte einem der dunkelhäutigen Burschen zu, der sofort aufstand und langsam auf das Haus zuging. »Ich will Ihnen noch was sagen. Wissen Sie, warum Purcel hierhergekommen ist? Weil er ein schlechtes Gewissen hat und anderen Leuten die Schuld daran gibt. Er hat sich ein Mädchen aus einem dieser Massagesalons im French Quarter geholt und sie auf dem Rücksitz seines Wagens vernascht. Und das sind die Leute, die mir erzählen wollen, was Moral ist.«

»Was hältst du davon, wenn ich dir die Zähne einschlage?« fragte Clete.

»Meine Anwälte sind bereits unterwegs. Wenn Sie mir drohen wollen, wenn Sie jemand tätlich angreifen wollen, dann werden Sie sie reich machen. Die freuen sich schon.«

»Sie sind ein ziemlich glatter Bursche, Julio«, sagte ich.

»Finden Sie? Vielleicht sind Sie auch ein schlaues Kerlchen, wie Ihr Partner«, war die Antwort.

»Glatt wie Vaseline. Da gibt es keine Delle, keine rauhe Stelle«, fuhr ich fort. »Aber ich will Ihnen auch mal eine Geschichte erzählen. Mein Daddy war ein Trapper, draußen auf Marsh Island. Er hat immer zu mir gesagt: ›Wenn es sich nicht bewegt, dann rühr's auch nicht an. Aber wenn es anfängt, nach deinen Kniescheiben zu schnappen, mußt du warten, bis es das Maul so richtig aufreißt, und dann spuckst du rein.‹ Wie finden Sie die Geschichte?«

»Sie sind ein erwachsener Mann. Warum wollen Sie sich zum Narren machen? Ich habe Ihnen nichts getan. Aber aus irgendeinem Grund sind Sie darauf aus, sich in Schwierigkeiten zu bringen.«

»Was ist das Schrecklichste, was Sie jemand haben zustoßen sehen, Julio?« fragte ich ihn.

»Wovon reden Sie?« fragte er zurück. Seine Stirn lag in Falten, und die winzigen Hautbällchen in den Falten sahen aus wie kleine, violette Schrotkörner.

»Ich habe gehört, Sie lassen ein paar grausame Leute für sich arbeiten. Wahrscheinlich aus der alten Nationalgarde von Somoza, echte Experten, wenn's drum geht, Journalisten zu garrotieren und katholische Priester zu ermorden.«

»Ich verstehe nicht, was Sie meinen.«

»Wirklich nicht?« sagte ich. »Sie waren sicher schon im Keller von einigen Polizeistationen von Somoza. Sie haben sie gesehen, an den Armen aufgehängt und mit einem mit Insektenvernichtungsmittel getränkten Sack über dem Kopf. Sie haben geschrien und wurden blind und erstickten auf grausame Weise. Und selbst ein Scheißkerl wie Sie hat ein paar Alpträume deswegen. Sie wußten auch von dem Vulkan, in dessen Krater die Armee immer die Sandinisten aus dem Hubschrauber geworfen hat. Das sind ziemlich schreckliche Dinge, wenn man dran denkt, Julio.«

»Na, heute haben die uns ja ein tolles Pärchen geschickt. Ein Bulle von der Sitte, der nur *puta* im Kopf hat, und ein zweiter, der wie ein Marxist redet«, sagte er. Ein paar der Leute am Swimmingpool lachten.

»Sie verstehen nicht, worauf ich hinaus will«, sagte ich. »Sehen Sie, ein schreckliches Schicksal ist für Sie das, was Sie Ihre Leute anderen Menschen haben antun sehen. Aber sobald Sie der Horrorshow da unten in Managua entkommen waren, dachten Sie, Sie wären in Sicherheit. Wie Somoza auch. Er setzte sich mit seinen Millionen ab. Aber eines Tages fuhr ihn sein Chauffeur in seiner Limousine durch Asunción, mit einer Motorrad-Eskorte vorn und hinten, und irgend jemand legte ihm eine Bazooka in den Schoß. Was blieb, war ein Haufen Lasagne. Können Sie mir folgen, Julio?«

»Haben Sie es auf mich abgesehen, großer Mann?«

»Sie haben's immer noch nicht kapiert. Sehen Sie, es ist fast wie in der Bibel. Irgendwann wird jemand anders Ihren Braten essen, und es kommt immer aus einer Richtung, aus der Sie es nicht erwarten. Vielleicht hält Ihnen ein Redneck-Cop seinen Fünfundvierziger hinters Ohr und jagt Ihnen ein Dumdum in den Kopf, das Ihnen das Gesicht wegreißt. Oder vielleicht schnallt man Sie im Red Hat House in Angola auf den Stuhl und grillt Ihr Gehirn zu Maisgrütze.«

»Sie sollten Comic-Schreiber werden«, sagte er.

»Aber vielleicht sitzen Sie auch einfach an Ihrem Swimmingpool, in völliger Sicherheit, mit Ihren Nutten und diesen trainierten Affen um Sie rum, und plötzlich geschieht was Unerwartetes.« Ich nahm seinen tropischen Cocktail voller Eis und Früchte und goß ihm den Inhalt des Glases in den Schoß.

Er fuhr wie von der Tarantel gestochen aus seinem Stuhl auf und wischte sich das Eis von seinen cremefarbenen Hosen. Ein wilder, grimmiger Ausdruck lag auf seinem Gesicht, gleichzeitig aber auch ein ungläubiges Erstaunen. Der untersetzte, dunkelhäutige Mann, der ihm gegenübersaß, wollte sich erheben, aber Clete drückte ihn wieder auf seinen Stuhl.

»Fang an, Paco, und wir bringen es zu Ende«, sagte er.

Der Dunkelhäutige blieb sitzen und umklammerte die schmiedeeisernen Armlehnen seines Stuhls. Dabei starrte er Clete mit einem Gesicht an, das so platt und latent brutal wirkte wie eine Bratpfanne.

»Verschwinden Sie!« rief Segura.

»Das war nur die Kostprobe. Die Jungs von der Mordkommission sind einfallsreich«, sagte ich.

»Sie sind Speichel auf der Straße«, antwortete er.

»Wir haben eine ganze Wundertüte voller Geschenke für Sie,

Julio. Aber am Ende werde ich Sie aufs Tomatenfeld zurückschikken«, sagte ich.

»Ich hab ein paar Leute, die Ihnen jeden Tag ein Stück Fleisch vom Knochen schneiden können«, sagte Segura.

»Das klingt nach Bedrohung eines Polizeibeamten«, sagte Clete.

»Ich spiele euer Spiel nicht mit, *maricón*«, sagte Segura. »Ihr seid Amateure. Versager. Seht euch doch um. Wollt ihr immer noch andere Leute rumschubsen?«

Es waren zwei Männer, die ihren kanariengelben Lincoln Continental unten an der Auffahrt geparkt hatten und jetzt über den Rasen auf uns zukamen. Die beiden sahen aus wie aufgestiegene halbseidene Kredithaie.

»Der gute alte Whiplash Wineburger, wieder mal aus der Tiefe aufgetaucht«, sagte Clete.

»Und ich dachte, er wäre wegen Geschworenenbestechung aus der Anwaltskammer ausgeschlossen worden«, sagte ich.

»Das war sein Bruder. Whiplash ist zu glatt für solche Sachen«, erklärte Clete. »Er hat sich auf Versicherungsbetrug spezialisiert und darauf, seine eigenen Klienten übers Ohr zu hauen.«

»Und wer ist die Ölkanne neben ihm?«

»Das ist irgend so ein Mex-Abgeordneter, der schon seit Jahren hier rumläuft und seinen Arsch verhökert.«

»Ich dachte, Sie hätten gute Beziehungen nach ganz oben«, sagte ich zu Segura. »Die Typen hier brauchen doch Bleigewichte in den Schuhen, wenn's mal windig ist.«

»Ma cago en la puta de tu madre«, erwiderte er.

»Ihr beiden Hitzköppe habt zwei Minuten, um von hier zu verschwinden«, sagte der Anwalt. Er war schlank und sonnengebräunt wie ein alternder Tennisprofi und trug ein beiges Sportsakko, ein gelbes, am Hals offenes Hemd und eine braungetönte Brille.

»Wir wollten grade gehen. Sieht so aus, als geht das Viertel hier unheimlich schnell vor die Hunde«, sagte Clete.

»Ein guter Rat ganz nebenbei, Wineburger«, warf ich ein. »Sie sollten Ihre Kenntnisse der Steuergesetze auffrischen. Ich habe gehört, das Finanzamt ist dabei, Seguras Steuererklärung etwas genauer unter die Lupe zu nehmen.«

»Tatsächlich? Sie haben einen guten Draht zum Weißen Haus, was?« antwortete er.

»Hören Sie, unten im Regierungsgebäude weiß es bereits jeder. Ich würde sagen, Sie haben einfach Ihre Hausaufgaben nicht gemacht«, meinte ich.

Wir gingen gemächlichen Schrittes zu unserem Wagen zurück, während Segura und sein Anwalt sich gegenseitig anstarrten.

Wir nahmen die Straße am See entlang in Richtung auf den Pontchartrain Expressway. Die Palmen am Ufer bogen sich im Wind, und draußen auf dem See bildeten sich kleine, weiße Schaumkronen auf den Wellen. Ein paar Segelboote kreuzten hart am Wind.

Cletus saß am Steuer. »Was meinst du, ob wir ihm ein paar Reißzwecke in den Kopf gedrückt haben?« fragte er nach einer Weile, ohne mich anzusehen.

»Wir werden sehen.«

»Die Bemerkung mit dem Finanzamt war wirklich großartig.«

»Wolltest du mir nicht was erzählen, Clete?«

»Soll das heißen, daß ich jetzt zur Beichte gehen muß oder so?«

»Ich hab's einfach nicht gerne, wenn ein Typ wie Segura versucht, meinen Partner aufs Kreuz zu legen.«

»Also gut. Es war vor ungefähr drei Jahren. Meine Frau und ich hatten uns getrennt, und ich war schon seit sechs Wochen auf dem trockenen.«

»Du hast das Mädchen laufenlassen?«

»Sie war überhaupt nicht festgenommen. Sie war 'ne Informantin. Ich mochte sie ganz gern.«

»Und das war der Grund, warum du dem Typ die Faust in den Magen gerammt hast?«

»Und wenn schon. Ich bin auch nicht grade stolz darauf. Aber ich schwör dir, Dave, ich hab nie 'ne Nummer umsonst gekriegt, bloß weil ich 'ne Polizeimarke trage. Und ich stand auch noch nie auf der Liste.« Er warf mir von der Seite einen Blick aus seinem aufgedunsenen, narbenübersäten Gesicht zu.

»Schon gut, ich glaube dir.«

»Na also. Dann lädst du mich jetzt auf einen Kaffee und ein Beignet im Café du Monde ein.«

Über dem Lake Pontchartrain braute sich ein Nachmittagsgewitter zusammen. Weit hinten am Horizont hatte sich der Himmel grün gefärbt, und überall auf dem See waren jetzt weiße Schaumkronen zu sehen. Die wenigen Segelboote, die noch draußen waren, kämpften sich durch die Gischt und die Wellen und strebten gegen den starken Wind ihren Liegeplätzen zu. Große, schwere Tropfen fielen, als wir auf den Expressway einbogen, und plötzlich prasselte es so laut auf Cletes Wagen herunter, daß es wie eine Batterie Preßlufthämmer klang.

In der Stadt war alles durchgeweicht und triefnaß, als ich mich auf den Weg machte, um die Sozialarbeiterin, die Annie Ballard hieß, abzuholen. Sie wohnte in der Nähe des Audubon Parks. Die Straßenlaternen erleuchteten die nebelverhangenen Bäume entlang der Esplanade auf der St. Charles Avenue. Die ausgeschliffenen Straßenbahnschienen und die alte grüne Straßenbahn glänzten stumpf in dem feuchten Licht, und die verrauchten Neonschilder, die hellen, regennassen Fenster der Restaurants und des Drugstores an der Ecke sahen aus wie auf einem dieser Nachtbilder aus den vierziger Jahren. Dieser Teil von New Orleans schien sich nie zu verändern, und irgendwie hatte dieses Bewußtsein um die Vergangenheit an einem regnerischen Sommerabend auf mich eine beruhigende Wirkung, die meine Ängste ob meiner Vergangenheit und Sterblichkeit verscheuchte. Es war diese träumerische Stimmung, die mich unvorsichtig werden ließ, die mich den Wagen ignorieren ließ, der hinter mir parkte, und die mich auf ihr Haus zugehen ließ in der leichtsinnigen Annahme, daß nur Leute wie Julio Segura von unerwarteten Ereignissen überrascht werden könnten.

3

Sie wohnte in einem alten, aus Backstein gebauten Reihenhaus, das mit den anderen Häusern durch eine gemeinsame Veranda und einen von Sträuchern überwucherten Vorgarten verbunden war. Hinter mir hörte ich Schritte. Ich drehte mich um und sah drei Männer, die sich über irgend etwas lustig machten und eine in eine Papiertüte gewickelte Weinflasche trugen, aber ich schenkte ihnen weiter keine Aufmerksamkeit, als ich sah, daß sie auf ein hellerleuchtetes Haus zugingen, in dem offenbar eine Party im Gange war.

Sie lächelte, als sie mir die Tür öffnete. Sie trug ein blaues Kleid mit durchsichtigen Schultern, und ihre blonden Locken schoben sich unter einem breiten Strohhut hervor. Sie sah sehr hübsch aus mit dem Licht hinter ihr, und mir war es völlig egal, ob wir es bis zum Rennplatz schafften oder nicht. Dann sah ich plötzlich, wie sie an meinem Kopf vorbeiblickte und ihr Gesicht einen erschreckten Ausdruck annahm. Gleichzeitig hörte ich hinter mir auf der Veranda Schritte, die jetzt nach schnellem Laufen klangen. Gerade als ich mich umdrehte, stieß mich einer der drei Männer mit einem heftigen Schubs in Annie Ballards Wohnzimmer und zielte mit einer Browning Automatik-Pistole direkt auf mein Gesicht.

»Versuch nicht zu ziehen, Weißbrotfresser, wenn du nicht willst, daß dir das Gehirn aus der Nase rauskommt«, sagte er. Mit einem schnellen Griff faßte er unter mein Sportsakko und zog mir den 38er aus dem Gurt, den ich um die Hüfte trug.

Er war groß und kräftig. Sein Haar war bis auf die Kopfhaut rasiert, so daß er wie eine geschälte Zwiebel aussah, und sein Bauch war flach wie ein Dachziegel unter der schweren Gürtelschnalle seiner Bluejeans. Er hatte einen starken Südstaatenakzent, original von hinterm Walde, und auf dem rechten Arm sah ich eine Tätowierung, ein grinsender Totenschädel mit einem grünen Barett und darunter gekreuzte Bajonette sowie die Inschrift: TÖTE SIE ALLE ... SOLL GOTT SIE SORTIEREN.

Der zweite Mann war klein und hatte eine olive Hautfarbe,

langgeschnittene semitische Augen und eine Falkennase. Er ging schnell durch die einzelnen Zimmer, wobei er wie ein Wiesel wirkte. Aber es war der dritte Mann, der offensichtlich der Anführer war. Seine Hände hatte er bequem in die Taschen seines Regenmantels gesteckt. Er sah sich mit so teilnahmslosem Gesichtsausdruck im Raum um, als stünde er an einer Bushaltestelle. Er war vielleicht Anfang Fünfzig und hatte ein fettes, rundes irisches Kinn, einen kleinen Mund, dessen Winkel heruntergezogen waren, und Wangen, die von winzigen blauen und roten Venen durchzogen waren. Die unscharfen Konturen seines Gesichts, die buschigen Augenbrauen und das ungepflegte graue Haar ließen mich an einen verlebten Kiwani denken.

»Sonst is niemand da«, sagte der Mann mit der olivfarbenen Haut. Sein Akzent klang nach Nahem Osten.

»Ist euch klar, daß ich Polizeibeamter bin?« fragte ich mit ruhiger Stimme.

»Wir wissen eine ganze Menge über Sie, Lieutenant. Sie haben Ihren Namen in letzter Zeit ziemlich verbreitet«, sagte der Mann in dem Regenmantel.

»Ich habe gedacht, Segura wäre zu schlau für so was«, sagte ich.

»Kann ich nicht beurteilen, ich hab den Mann nie gesehen. Sie jedenfalls sind nicht sehr schlau.« Er nahm ganz ruhig einen Revolver aus der Manteltasche und nickte dem Mann mit der Tätowierung zu, der daraufhin ins Badezimmer ging, meinen 38er in die Kloschüssel warf und den Wasserhahn aufdrehte, um die Badewanne zu füllen. Annies Augen waren weit aufgerissen, und sie atmete schwer durch den Mund.

»Ich habe ein paar Freunde eingeladen, sie werden gleich kommen«, sagte sie.

»Natürlich, deswegen haben Sie auch den Hut aufgesetzt«, sagte der Mann mit der Tätowierung, der in der Badezimmertür stand und lächelte. Sein Haar war so kurz rasiert, daß sein Schädel in dem Licht von einer Aura umgeben war. In der Hand hatte er eine große Rolle mit Klebeband.

»Ich werde jetzt das Haus verlassen«, sagte sie. Ihr Gesicht war gerötet und fleckig, als habe sie Fieber, und ihre Stimme verriet ihre Anspannung. »Ich habe Freunde nebenan und draußen im

Garten und drüben im nächsten Block. Die Wände hier sind so dünn, daß sie alles hören können. Sie werden uns also nichts tun . . .«

»Annie«, unterbrach ich sie mit ruhiger Stimme.

»Wir werden jetzt gehen, und diese Männer werden uns nichts tun«, sagte sie.

»Annie, hör auf«, sagte ich. »Diese Männer haben geschäftlich mit mir zu tun, und danach werden sie wieder gehen. Du darfst jetzt nichts unternehmen.«

»Hören Sie lieber auf die Stimme der Erfahrung«, sagte der Mann im Regenmantel.

»Nein«, fuhr sie auf. »Diese Männer werden gar nichts machen. Ich geh jetzt nach draußen. Diese Leute sind schwach, sonst bräuchten sie keine Waffen.«

»Du blöde Fotze«, sagte der Mann mit der Tätowierung und versetzte Annie einen Fausthieb auf den Hinterkopf. Der Hut flog ihr vom Kopf, und sie fiel vornüber auf die Knie, ihr Gesicht kalkweiß von dem Schock. Sie blieb auf den Knien und fing an zu weinen. Es war ein Weinen, das seinen Ursprung in einem echten, tiefsitzenden Schmerz hat.

»Du Mistschwein«, sagte ich.

»Bringt sie nach hinten«, sagte der Mann im Regenmantel. Die beiden anderen Männer zogen Annie die Arme auf den Rücken und banden ihr die Handgelenke mit Klebeband zusammen. Auch ihr Mund wurde mit einem Streifen überklebt. Ihr lockiges Haar hing ihr in die Augen, und ihre Wangen waren voller Tränen. Die beiden Männer führten sie langsam in das Schlafzimmer.

»Bobby Joe – nur das, wozu wir hier sind«, mahnte der Mann im Regenmantel.

»Wolltest du etwa, daß sie auf die Veranda geht?« fragte Bobby Joe, der Mann mit der Tätowierung.

»Das hab ich nicht gemeint. *Nur das, wozu wir hier sind.* Hast du mich verstanden?«

»In Guatemala krieg ich schon für zwei Dollar was Besseres«, meinte Bobby Joe.

»Halt den Mund und kleb ihr die Füße zusammen, und dann kommst du wieder zurück«, sagte der Mann im Regenmantel.

»Wer seid ihr eigentlich?« fragte ich.

»Sie stecken bis über den Kopf drin, Lieutenant. Ich bin mir nur nicht drüber im klaren, wieweit Sie sich dessen bewußt sind. Das ist das Problem, das wir heute abend lösen müssen.«

»Ich werde euch noch was geben, worüber ihr nachdenken könnt. Ich werde mich für alles, was heut abend hier passiert, revanchieren.«

»Sie setzen 'ne Menge voraus.«

»Tatsächlich? Wir können dafür sorgen, daß New Orleans ein heißes Pflaster wird für Rowdies, die Frauen prügeln. Oder für ausgemusterte Geheimdienstler«

Er wirkte amüsiert.

»Sie glauben wohl, Sie haben mich durchschaut?« fragte er.

»Jedenfalls riechen Sie verdächtig nach Bundesbehörde.«

»Wer weiß. Heutzutage ist alles möglich, bei der hohen Arbeitslosigkeit. Aber immerhin sind Sie ein Profi und haben offensichtlich ein gutes Auge für menschliche Charakteristiken. Dann werden Sie auch gemerkt haben, daß Bobby Joe und Erik hier nur bezahlte Aushilfskräfte sind und keine Profis. Manchmal gehen ihnen eben die Pferde durch. Verstehen Sie, was ich meine? Ganz besonders Bobby Joe. Er hatte ein schlechtes Leben in der Armee. Jede Autorität ist ein rotes Tuch für ihn. Und Frauen kann er schon gar nicht ausstehen. Nicht gerade eine gute Mischung, wenn man Ihre Situation betrachtet. Also sagen Sie mir einfach, wo Fitzpatrick ist, und wir werden sofort wieder verschwinden.«

»Wer?«

»Ich hatte befürchtet, daß wir das zu hören kriegen.«

Die beiden anderen Männer, Bobby Joe und Erik, kamen aus dem Schlafzimmer zurück, kreuzten mir die Arme auf dem Rükken und wickelten mir das Klebeband so fest um die Handgelenke, daß es tief ins Fleisch einschnitt. Ich spürte, wie sich das Blut in meinen Venen staute. Dann nickte der Mann im Regenmantel Bobby Joe zu, der mit beiden Händen meinen Kopf packte und nach unten zog, während er mir gleichzeitig das Knie ins Gesicht stieß. Ich knallte gegen den Couchtisch. Ein scharfer Schmerz schoß in meine Nase, und meine Augen waren sofort voller Tränen. Bobby Joe und Erik ergriffen jeweils einen meiner

Arme und zogen mich hoch. Ihre Hände waren wie Schraubstöcke. Dann versetzte mir Bobby Joe zwei kräftige Hiebe in den Bauch. Ich klappte zusammen und hinterließ eine lange Speichelspur auf dem Teppich.

»Jetzt wirst du gleich kooperieren, Weißbrotfresser«, sagte Bobby Joe, während die beiden mich ins Badezimmer schleiften.

Die Badewanne lief bereits über. Erik drehte die Wasserhähne zu. Der Mann mit dem Regenmantel klappte den Klodeckel herunter, setzte sich darauf und zündete sich gemächlich eine Camel an.

»In Vietnam haben wir Charlie immer ein Handtuch um den Kopf gewickelt und ihn dann ordentlich eingeweicht«, sagte er. »Das war so 'ne Art tragbarer Fluß, um jemand zu ertränken. Aber es hat immer funktioniert. Sogar noch besser, als ihn mit dem Feldtelefon anzuwählen. Also raus damit, Lieutenant, damit wir uns das Theater ersparen können.«

Die beiden hatten mich auf die Knie gezwungen und meinen Oberkörper über die Wanne gebeugt. Aus meiner Nase tropfte das Blut ins Badewasser. Sie warteten einen Moment, ohne etwas zu sagen, dann drückten sie meinen Kopf unter Wasser.

Ich kämpfte mit allen Kräften, um wieder hochzukommen, aber es war aussichtslos. Meine Knie fühlten sich an, als seien sie mit Vaseline eingeschmiert. Der Rand der Wanne preßte sich in meine Magengrube, und Bobby Joe lehnte sich mit dem ganzen Gewicht seines Körpers auf meinen Nacken. Die Luft kam mir in dicken Blasen aus Mund und Nase. Unter Aufbietung aller Kräfte bewegte ich meinen Kopf hin und her, die Augen weit geöffnet und die Zähne fest zusammengebissen. Dann öffnete sich plötzlich meine Kehle, und das Wasser brach in meinen Kopf und meine Lungen ein. Es war, als schlüge eine endlose Reihe von Türen zu.

Die beiden Männer rissen mich in einer Explosion von Wasser und Luft hoch und schleuderten mich gegen den eisernen Unterbau des Waschbeckens.

»Das war gar nicht so schlimm. Überhaupt keine dauernden Schäden«, sagte der Mann mit dem Regenmantel. »Es wäre weitaus schlimmer geworden, wenn Seguras Leute die Sache in die Hand genommen hätten. Muß irgendwie mit der lateinamerikanischen Tradition zusammenhängen. Ich glaube, das haben die von den Römern. Wußten Sie, daß Nero sich selbst umgebracht hat, als der Senat ihm die Mitteilung überbringen ließ, er würde ›auf die alte Weise‹ hingerichtet? Das bedeutet, daß man seinen Kopf in eine hölzerne Gabel gespannt und ihn zu Tode geprügelt hätte. Wenn Sie uns nicht sagen wollen, wo Fitzpatrick ist, dann können Sie es auch einfach auf ein Stück Papier schreiben. Komisch, aber manchen Leuten fällt's so tatsächlich viel leichter.«

Mein Herz schlug wie wild, und die Luft brannte wie Feuer in meiner Kehle.

»Ich habe keine Ahnung, wer die Pfeife ist«, stieß ich hervor.

Ich spürte, wie Bobby Joe mich wieder am Arm packte und hochzuziehen begann.

»Wartet noch«, sagte der Mann mit dem Regenmantel. »Der Lieutenant ist wirklich kein schlechter Kerl. Er hat einfach noch nicht verstanden, worum's hier geht. Wenn er das wüßte, wär er vielleicht sogar auf unserer Seite. Wahrscheinlich hat Fitzpatrick an seine patriotische Ader appelliert, und er denkt, er unterstützt eine gute Sache.«

»Ich habe nicht die leiseste Ahnung, wovon Sie reden, zum Teufel.«

»Sie sind wahrscheinlich ein recht guter Polizist, aber Sie wollen uns doch nicht weismachen, daß Sie hier in New Orleans und in ganz Cataouatche einen solchen Wirbel machen, bloß weil irgendwo ein farbiges Mädchen ertrunken ist.«

»Zwei Minuten diesmal. Er wird's uns schon sagen«, sagte Erik.

Der Mann mit dem Regenmantel beugte sich vor und betrachtete forschend mein Gesicht.

»Er meint, was er sagt. Zwei Minuten unter Wasser. Vielleicht überleben Sie's«, sagte er. »Manche schaffen's nicht. Ist schon vorgekommen.«

»Er braucht bloß seinen Kopf rauf und runter zu bewegen, dann kriegt er soviel Luft, wie er sich bloß wünschen kann«, sagte Bobby Joe.

Er riß mich am Arm in eine halb aufrechte Stellung und schleifte mich über die nassen Fliesen wieder zum Rand der

Badewanne. Diesmal jedoch triefte ich vom Wasser und Schweiß und entglitt seinem Griff. Ich landete auf dem Hintern, und mein lederbesohlter rechter Schuh knallte ihm wie ein Schmiedehammer an die Rippen. Er war nicht darauf vorbereitet, und ich konnte spüren, wie einer der Knochen wie ein Stück Holz brach. Das Blut wich ihm aus dem Gesicht, seine Zunge lag rosa auf seinen Zähnen, seine Gesichtshaut spannte sich über dem Schädel, als ob er stumm den unerträglichen Schmerz und die Wut unterdrücken wollte.

»O weh, das hätten Sie lieber nicht tun sollen«, sagte der Mann mit dem Regenmantel.

Erik packte mich an den Haaren und knallte mich mit dem Kopf gegen die Wanne. Ich teilte blind nach allen Seiten Fußtritte aus, traf aber immer nur ins Leere. Dann legte Bobby Joe seine kräftigen Arme um meinen Hals und zog mich wieder über den Rand der Badewanne. Sein Körper zitterte und verkrampfte sich unter der brutalen und mörderischen Anstrengung, und ich wußte plötzlich, daß alle meine früheren Ängste, ich könnte von einem Wahnsinnigen erschossen, von einem Drogensüchtigen aufgeschlitzt oder in Vietnam von einer Tretmine zerrissen werden, nichts weiter als das Produkt jugendlicher Phantasie gewesen waren. Meine wahre Nemesis hatte immer schon darin bestanden, daß mich ein verliebter Redneck kopfüber an seine breite Brust drücken würde, während meine Seele durch ein grünes, wassergefülltes Porzellanloch in den Boden versank, durch die Tiefen des Mekong, in dem die Leichen anderer Männer in Kampfanzügen und ganzer Familien von Zivilisten schwammen, immer noch mit dem Ausdruck des Erstaunens und des Schocks ob des plötzlichen Artillerieeinschlags, und weiter bis an die algenbewachsenen Stützen einer Ölbohrplattform draußen im Golf von Mexiko, wo mein Vater immer noch auf mich wartete mit seinem Schutzhelm, seinem Overall und seinen mit Stahlkappen versehenen Arbeitsschuhen, seit er vor beinahe zwanzig Jahren dort ertrunken war.

Dann gaben Bobby Joes Arme meinen Hals frei, als sei er meiner müde geworden, und ich sank zu einem embryogleichen Häufchen auf dem Badezimmerboden zusammen und schnappte nach Luft, ein Auge auf die nassen Fliesen gedrückt.

»Geh raus und sieh nach, was da los ist!« befahl der Mann mit dem Regenmantel.

Bobby Joe erhob sich, stieg über mich hinweg und verschwand.

»Haben Sie sich das mit Fitzpatrick noch mal überlegt?« fragte der Mann mit dem Regenmantel.

Ich konnte nicht antworten. In dem Zustand, in dem ich mich befand, konnte ich mich nicht einmal mehr an meinen Namen erinnern. Dann hörte ich, wie Bobby Joe wieder in der Tür erschien und Meldung machte.

»Dieses Weibsbild hat ihre Füße vom Bettgestell losgerissen und eine Lampe durch das Fenster getreten. Der ganze verdammte Hinterhof ist voll mit Leuten von einer Party.«

»Zeit, daß wir uns auf den Weg machen«, sagte der Mann mit dem Regenmantel. Er stand auf und kämmte sich die Haare, während er an mir vorbeiging. »Sie sind wirklich ein Glückspilz heut abend, Lieutenant«, sagte er. »Ich hoffe, daß Sie aus dieser Erfahrung was lernen. Versuchen Sie nicht, auf eigene Faust in der Oberliga mitzumischen. Die Aussichten sind beschissen, glauben Sie mir. Die Risiken sind enorm groß, und Sie haben es mit einem Haufen Verrückter zu tun. Abgesehen davon kriegt man nur wenige solche Leckerbissen, wie Sie sie hier im Schlafzimmer liegen haben. Sie haben wirklich bewiesen, daß Sie *cojones* haben, aber das nächste Mal werden Bobby Joe und Erik sie Ihnen abschneiden.«

Dann verließen die drei das Haus durch die Vordertür und verschwanden in der Dunkelheit wie drei makabre Harlekine, denen plötzlich eingefallen war, mit ihren Baseballschlägern der Welt der Normalsterblichen einen Besuch abzustatten.

Drei Streifenwagen vom Zweiten Revier, ein Krankenwagen und ein Löschzug der Feuerwehr reagierten auf den Notruf der Nachbarn. Die rotierenden roten und blauen Lampen erleuchteten die Bäume und Häuser. Der Rasen und das Haus waren voll von Polizisten, Sanitätern, Feuerwehrleuten in gelben Schutzanzügen, Bier und Sangria trinkenden Nachbarn und zahllosen Leuten mit Schreibblöcken und piependen, rauschenden Funksprechgeräten in der Hand. Dabei hatte der Aufwand überhaupt keinen Sinn. Jeder einigermaßen ehrliche Polizist wird einem sagen, daß wir nur selten jemanden aufgrund unserer Untersuchungen oder Nachforschungen erwischen. Mit anderen Worten: Wenn wir sie nicht auf frischer Tat ertappen, kann man in der Regel davon ausgehen, daß wir sie überhaupt nie bekommen. Und wenn wir sie doch kriegen, dann oft genug nur durch irgendwelche Informanten oder weil sie über ihre eigenen Füße stolpern und wegen irgendwelcher dämlichen Kleinigkeiten auffallen, zum Beispiel durch Alkohol am Steuer, abgelaufene Nummernschilder oder eine Kneipenschlägerei. Es ist durchaus nicht so, daß wir schlau sind – die anderen sind einfach dumm.

Das ist auch der Grund, warum die Bundespolizei damals, Ende der sechziger und Anfang der siebziger Jahre, so schlecht aussah, als es ihnen nicht gelang, eine Handvoll Studenten aus der Mittelschicht festzunehmen, die plötzlich auf der Liste der zehn meistgesuchten Verbrecher standen. Statt sich mit leicht auszurechnenden Psychopathen wie Alvin Karpis oder Charles Arthur Floyd herumzuschlagen, sah sich das FBI plötzlich mit Literaturstudenten aus Brandeis und Wisconsin konfrontiert, die Forschungslabors in die Luft sprengten und Banken und Geldtransporter überfielen, um dann wieder im ruhigen Leben der Vorstädte unterzutauchen. Eine Zeitlang machten diese Amateure allen, die mit Verbrechen zu tun hatten, das Leben schwer.

Der letzte, der den Schauplatz verließ, war der Spezialist von der Spurensicherung, den ich angefordert hatte. Er bestäubte Türen, Schlaf- und Badezimmer, sah mich achselzuckend an und verließ wortlos das Haus. Damit wollte er mir sagen, was er von der fruchtlosen Arbeit hielt, die ich ihm gemacht hatte.

»Hat er was gefunden?« fragte Annie. Sie saß an dem großen Eßtisch im Speisezimmer und hielt ein großes Glas Whiskey in der Hand. Ihr Gesicht war bleich, und ihre Stimme und die Augen wirkten teilnahmslos.

»Wahrscheinlich waren alle Abdrücke verschmiert. Fingerabdrücke nützen uns normalerweise sowieso nicht viel, es sei denn, wir haben eine Leiche oder einen Verdächtigen. Selbst wenn wir einen ganzen Satz blutiger Abdrücke von allen Fingern haben, müssen wir sie noch mit Zehntausenden anderen in unserer Kartei vergleichen, und das ist etwa so unterhaltsam, als ob man versucht, mit geschlossenen Augen einen Faden in eine Nähnadel zu fädeln. Darum hat unser Mann auch so glücklich ausgesehen, als er ging. Hören Sie, es tut mir leid, daß ich Ihnen all das eingebrockt habe. Ich war unvorsichtig heut abend. Ich hätte wissen müssen, woran ich mit diesen Burschen war, als ich sie aus dem Wagen steigen sah.«

»Es war nicht Ihr Fehler.« Ihre Stimme klang ausdruckslos, als käme sie von weither.

»Ich glaube, es wäre besser gewesen, wenn Sie im Krankenwagen in die Klinik gefahren wären. Eine Gehirnerschütterung ist manchmal schlimmer, als man meint.«

»Mit einer Gehirnerschütterung hat das überhaupt nichts zu tun.«

Ich betrachtete ihr blasses, erschöpftes Gesicht.

»Hören Sie, ich will nur kurz zu meinem Boot rüber und mir was anderes anziehen, dann gehen wir zusammen in ein italienisches Restaurant am See. Die machen eine Lasagne, die Ihnen das Herz bricht.«

»Ich glaube nicht, daß ich in der Lage bin, irgendwo hinzugehen«, erwiderte sie.

»Na gut, dann geh ich zu dem Chinesen an der St. Charles Avenue und hol uns 'ne Kleinigkeit. Ich bin in ein paar Minuten zurück.«

Einen Augenblick lang starrte sie schweigend in den Raum.

»Wäre es schlimm, wenn ich Sie bitten würde, jetzt noch nicht zu gehen?« fragte sie dann.

»In Ordnung. Aber hören Sie – keinen Alkohol. Ich mache Ihnen statt dessen ein Glas warme Milch und vielleicht ein Omelette dazu.«

Ich nahm ihr den Whiskeybecher aus der Hand. Dann sah sie mir mit einem verzweifelten Ausdruck in die Augen, ein Zucken lief um ihren Mund, und die Tränen strömten ihr über die Wangen.

»Er hat mich überall angefaßt«, sagte sie mit schwacher Stimme. »Er hatte seine Hände überall. Und der andere hat die ganze Zeit zugesehen.«

Sie weinte jetzt heftig, das Kinn auf die Brust gedrückt, und ihre Schultern bebten.

»Hören Sie, Annie, Sie sind sehr tapfer gewesen«, sagte ich zu ihr. »Sie wissen es vielleicht nicht, aber Sie haben mir das Leben gerettet. Wie viele Menschen hätten das fertiggebracht, was Sie getan haben? Die meisten stellen sich einfach tot, wenn sie plötzlich mit brutaler Gewalt konfrontiert werden. So ein Typ kann jemand wie Ihnen nichts anhaben.«

Sie hatte die Arme um den Bauch geschlungen und den Blick auf die Tischplatte gesenkt.

»Kommen Sie mit rüber ins Wohnzimmer und setzen Sie sich zu mir auf die Couch«, sagte ich. Ich legte ihr den Arm um die Schultern und geleitete sie zum Diwan. Dann setzte ich mich neben sie und hielt ihre Hände. »Was um uns herum vorgeht, zählt nicht. Darüber haben wir keine Gewalt. Entscheidend ist nur, wie wir damit umgehen, wie wir darauf reagieren – das allein ist wichtig. Sie machen sich doch auch keine Vorwürfe oder schämen sich, wenn Sie sich einen Virus einfangen, oder? Hören Sie, ich will ganz offen mit Ihnen sprechen. Sie haben sehr viel mehr Mut bewiesen als ich. Ich war auch schon mal in einer Situation, wo mir etwas sehr Schlimmes zugestoßen ist, aber ich hatte nicht den Mut, den Sie bewiesen haben.«

Sie schluckte. Ihre Augen weiteten sich, und sie berührte mit dem Handrücken ihre tränenfeuchten Wangen. Bei jedem Atemzug, den sie machte, lief immer noch ein Zucken über ihr Gesicht, aber sie hörte mir jetzt aufmerksam zu.

»Ich war in Vietnam, kurz nach Beginn des Krieges«, fuhr ich fort. »Ich war ein hitzköpfiger junger Leutnant, hatte ein Diplom in englischer Literatur und war überzeugt, auf alles vorbereitet zu sein. Warum auch nicht? Es war nie besonders hart gewesen, seit ich dort war. Der Vietcong knallte immer wieder mit seinem uralten japanischen und französischen Schrott auf uns, den er heißgemacht und um einen Baum gebogen hatte. Meistens flog ihnen das Zeug selber um die Ohren. Aber eines Tages durchkämmten wir eine Kautschukplantage und trafen dabei auf ganz neue Kontrahenten – reguläre nordvietnamesische Truppen, ausgerüstet mit AK-47 Sturmgewehren. Sie lockten uns in vermintes Gebiet und rieben uns auf. Wenn einer von uns versuchte, umzukehren und zurückzukriechen, wurde er entweder von einer Tretmine zerrissen oder vom feindlichen Kreuzfeuer durchsiebt. In weniger als fünfzehn Minuten verloren wir zehn Mann, worauf sich unser Captain ergab. Sie brachten uns durch die Gummipflanzung zu einem kleinen Flußbett, wo die Artillerie der ARVN ein Vietcong-Dorf beschossen und zahlreiche Zivilisten getötet hatte. Überall im Wasser und an den Ufern des Flusses lagen tote Kinder und Frauen und alte Leute. Ich rechnete damit, daß man uns am Fluß aufstellen und umlegen würde, damit wir den anderen Gesellschaft leisteten. Statt dessen zogen sie uns die Tarnanzüge aus und banden uns mit Klaviersaiten, die sie aus einem alten, zerschossenen Flügel im Herrenhaus gerissen hatten, die Hände an die Bäume. Dann verspeisten sie unsere Rationen, rauchten unsere Zigaretten und urinierten abwechselnd auf uns. Wir saßen auf dem Erdboden wie geprügelte Hunde und ließen alles über uns ergehen. Ich machte unserem Hauptmann Vorwürfe, weil er sich ergeben hatte. Ich empfand sogar eine gewisse Befriedigung, als sie auf ihn urinierten. Aber dann passierte etwas anderes, was mir später wirklich ein paar Bretter ans Hirn nagelte.

Ein Kampfhubschrauber flog vorbei und entdeckte uns, und etwa zehn Minuten später kam ein Trupp Ranger und Scouts durch dasselbe Minenfeld, um uns herauszuhauen. Wir waren der Köder in dieser Rattenfalle. Ich hörte, wie die Sturmgewehre und die Tretminen losgingen, ich hörte unsere Jungs schreien, ich sah Blut und menschliche Gliedmaßen zwischen den Bäumen explodieren, und ich war froh, daß ich nicht dabei war, daß ich völlig bepißt dalag und sicher war vor dem Horror da draußen, in dem diese Männer draufgingen bei dem Versuch, uns zu befreien.

Früher hab ich mir oft einzureden versucht, daß die Empfindungen, die ich hatte, gar nicht meine Empfindungen waren, und daß das, was mir damals durch den Kopf ging, gar nichts mit dem Ausgang der Sache zu tun hatte. Manchmal wollte ich einfach alle Nordvietnamesen und Vietcongs töten, die ich finden konnte. In Wirklichkeit war es aber einfach so, daß ich, ehe ein paar Hueys die ganze Szenerie in einen einzigen Feuersturm verwandelten, tatsächlich froh war, weil jemand anders als ich da draußen zu Hackfleisch verarbeitet wurde.

Das hab ich gemeint, als ich vorhin sagte, die meisten stellen sich einfach tot. Sie dagegen sind aus ganz anderem Holz. Sie haben außergewöhnlichen Mut – daran kann auch kein schwachsinniger Hinterwäldler was ändern, den ich zur Schnecke mache, wenn ich ihn in die Finger kriege.«

»Ihre Reaktion war nur menschlich, Sie konnten gar nicht anders«, antwortete sie.

»Das mag sein, aber heut abend waren Sie der bessere Soldat, besser als ich in Vietnam je war, auch wenn Sie das nicht wahrhaben wollen.« Ich strich ihr mit einer Hand die blonden Locken aus der Stirn. »Abgesehen davon sind Sie auch noch ungleich hübscher.«

Sie sah mich unverwandt an.

»Hübsch und tapfer. Das ist eine unschlagbare Kombination«, ergänzte ich.

Das Blau ihrer Augen, das etwas Kindliches hatte, rührte mich tief in meinem Innern an.

»Was meinen Sie, wollen Sie jetzt vielleicht doch etwas essen?« fragte ich.

»Gern.«

»Mein Daddy war ein großartiger Koch. Er hat mir und meinem Bruder alle seine Rezepte beigebracht.«

»Ich glaube, er hat Ihnen auch sonst 'ne Menge beigebracht. Ich finde, Sie sind wirklich ein ungewöhnlicher Mann.«

Ihre Augen strahlten mich an. Ich drückte ihre Hand, die sich immer noch kalt und formlos anfühlte. Dann ging ich in die Küche, wo ich einen Topf Milch heiß machte und ein Omelette mit Frühlingszwiebeln und Weißkäse bereitete. Wir setzten uns zum Essen an den Couchtisch, und ich sah, wie ihr Gesicht langsam wieder Farbe annahm.

Ich brachte sie dazu, mir von ihrer Familie, ihrem Elternhaus, ihrer Musik und ihrer Arbeit zu erzählen – all das, was ihr Leben bestimmt hatte, ehe Bobby Joe sie mit seinen gierigen Händen überall berührt hatte. Sie sagte mir, daß sie auf einer Weizen- und Hirsefarm nördlich von Wichita in Kansas aufgewachsen sei, daß ihre Mutter den Mennoniten angehört und für deren Entwicklungshilfeprogramm gearbeitet hatte und ihr Vater in direkter Linie von John Brown, dem berühmten Abolitionisten, abstammte. Sie schilderte mir die Landschaft von Kansas als ein gewelltes grünes Land, durchzogen von träge dahinströmenden Flüssen und immer wieder mit Gruppen von Eichen, Pappeln und Hartriegel aufgelockert, ein weites Land ohne Horizont unter einem heißen blauen Himmel, der an Sommerabenden mit dem Gesang der Zikaden erfüllt war. Aber es war auch ein Land, das von religiösen Fanatikern, Prohibitionsanhängern und rechtsradikalen Schwachköpfen bevölkert war, und auf der anderen Seite standen Atomkraftgegner und etliche rabiate Gruppen aus der Antikriegsbewegung. Das Ganze klang wie ein großes Irrenhaus unter freiem Himmel. Jedenfalls war es das für sie gewesen, denn sie war nach New Orleans an die Tulane Universität gegangen, um hier Musik zu studieren, und hatte die Stadt seitdem nicht wieder verlassen.

Jetzt breitete sich Müdigkeit auf ihrem Gesicht aus.

»Ich glaube, für ein kleines Mädchen, das ich kenne, ist es Zeit, ins Bett zu gehen«, sagte ich.

»Ich bin nicht müde, wirklich nicht.«

»Ach wirklich?« Ich legte meinen Arm um sie, drückte ihren Kopf an meine Schulter und berührte mit den Fingerspitzen sanft ihre Augen, um sie zu schließen. Ich fühlte ihren regelmäßigen Atem an meiner Brust.

»Ich bin kein kleines Mädchen, ich bin siebenundzwanzig«, sagte sie mit schläfriger Stimme.

Ich schob meinen anderen Arm unter ihre Knie und trug sie ins Schlafzimmer, wo ich sie vorsichtig auf das Bett gleiten ließ. Ich zog ihr die Schuhe aus und legte die Bettdecke über sie. Sie sah mich vom Kissen aus an und legte ihre Hand um meinen Nacken.

»Geh nicht«, bat sie.

»Ich schlafe auf der Couch im Wohnzimmer«, antwortete ich. »Morgen früh gehen wir zusammen auf den French Market frühstücken. Wenn du heute nacht noch Lärm hören solltest, dann bin nur ich es. Ich laufe nachts immer eine ganze Weile rum.« Dann löschte ich das Licht.

Es stimmte. Normalerweise schlief ich nicht besonders gut. Manchmal waren es latente Erinnerungen an den Krieg, aber meistens konnte ich einfach nicht schlafen, weil ich allein war. Selbst die wie Mönche lebenden Heiligen hatten nie die nächtliche Einsamkeit gepriesen. Ich sah mir nacheinander drei Spätfilme im Fernsehen an, bis draußen in den Bäumen das erste Licht des Tages zu dämmern begann. Als ich endlich einschlief, geschah das in dem Bewußtsein, daß das Tageslicht nur noch kurze Zeit entfernt war und sich meine schmerzhafte zölibatäre Einsamkeit, meine angeschlagenen moralischen Prinzipien und meine sämtlichen alkoholischen Drachen bald auf vertraute und erträgliche Weise auflösen würden.

Der Mann, den ich manchmal als den fehlgeleiteten Sproß meines Vaters betrachtete, rief mich kurz vor Mittag an und bat mich, zum Lunch in sein Restaurant an der Dauphine Street zu kommen. Eigentlich war mein Halbbruder Jimmie, den die meisten Leute für meinen Zwillingsbruder hielten, auf seine Weise durchaus ein Gentleman. Er besaß den gleichen Humor und den gleichen Sinn für Gerechtigkeit wie unser Vater. Er brachte nicht nur seinesgleichen, sondern auch denen, die weit unter ihm standen, Achtung und Respekt entgegen, und er bezahlte immer pünktlich seine Spielschulden. Außerdem hatte er eine überaus ehrenhafte Einstellung Frauen gegenüber, die schon fast viktorianisch wirkte – vielleicht weil seine Mutter angeblich eine Prostituierte aus Abbeville gewesen war, auch wenn keiner von uns beiden sich an sie erinnern konnte. Aber er war auch tief verstrickt in illegale Wettgeschäfte und den Handel mit Poker- und anderen Glücksspielautomaten. Diese dunklen Geschäfte waren auch der Ursprung seiner oberflächlichen, aber dennoch gefährlichen Verbindung mit Didoni Giacano.

Ich hatte mich mit ihm oft genug nicht nur wegen dieser Verbindung und seiner laxen Einstellung dazu gestritten, sondern auch wegen einiger anderer Dinge, die er sein Leben lang immer wieder tat, um irgendwie zu beweisen, daß er sowohl anders war als ich, zugleich aber nicht einfach nur mein Halbbruder und der uneheliche Sohn seines Vaters. Dabei konnte ich ihm nie lange böse sein, wie früher schon nicht, als wir noch Kinder waren und er immer wieder Pläne schmiedete, die unweigerlich schiefgingen und uns beide immer wieder in Schwierigkeiten brachten.

Obwohl er fünfzehn Monate jünger war als ich, hatten wir immer alles gemeinsam gemacht. Wir arbeiteten als Flaschenspüler in der Tabasco-Fabrik unten am Bayou, rupften im Schlachthaus Hühner für fünf Cents das Stück, stellten in der Bowlingbahn die Kegel auf, als nur wenige weiße Jungs bereit waren, in diesem mehr als vierzig Grad heißen Kegelgruben zu arbeiten, die voller fluchender, schwitzender Neger, herumfliegender Kegel und sauschwerer Bowlingkugeln waren, die einem glatt das Schienbein brechen konnten, wenn man nicht aufpaßte. Aber seinetwegen verloren wir beide unseren Job in der Tabasco-Fabrik, weil der Besitzer uns nicht auseinanderhalten konnte, als er versuchte, die Flaschen gleich massenweise zu spülen, indem er etwa ein Dutzend Jutesäcke mit ihnen füllte und sie mit Gewichten beschwert in der Strömung des Flusses versenkte. Im Schlachthaus wurden wir gefeuert, als er unsere Arbeit dadurch rationalisieren wollte, daß er sechs Dutzend Hühner auf einmal aus den Käfigen holte und sie in den Hof trieb, wo wir sie schlachten und dann in den riesigen Bottichen mit heißem Wasser abbrühen mußten; dabei brachen die armen Viecher in Panik aus, und viele von ihnen landeten bei ihrem Fluchtversuch in dem großen Lüftungsventilator des Stalls, wo sie von den Metallblättern zu Hackfleisch verarbeitet wurden.

Eines schönen, heißen Abends kam eine Gruppe harter Jungs, die unten an der Railroad Avenue wohnten, in die Bowlingbahn. Diese Burschen machten sich einen Spaß daraus, die zweite Kugel zu werfen, noch ehe der Kegelbursche Zeit hatte, die Kegel wieder aufzustellen. Es war die gleiche Bande, die jeden Samstagabend auf Niggerjagd ging, ausgerüstet mit Zwillen, Tonkugeln und Stahlkugeln aus Kugellagern. Die Neger, die in der Kegelgrube arbeiteten, konnten nicht viel dagegen tun, wenn sie von Besoffenen oder von frechen Schuljungs beschimpft wurden, aber Jimmie tat sich keinerlei Zwang an, sondern entschied sich immer für sofortige Vergeltung. Er war gerade dabei, in der Grube neben mir vier Kegel auf einmal aufzunehmen, sein T-Shirt völlig verdreckt und die Haare schweißnaß, als eine Kugel knapp seine Kniescheibe verfehlte und an das Lederpolster am Ende der Bahn krachte. Eine Minute später passierte das gleiche noch mal. Er zog die Schranke herunter, um die Bahn zu sperren, ging in eine der anderen Gruben und kam mit einem Spucknapf zurück, der mit den Resten von Red-Man-Kautabak gefüllt war. Er goß das Zeug in das Daumenloch der Bowlingkugel, stopfte es mit einem Kaugummi zu und rollte die Kugel die Schiene entlang zu den Spielern zurück.

Einen Augenblick später hörten wir lautes Fluchen. Wir bückten uns, um unter den Schranken hinauszuschauen, und sahen einen riesigen, drahthaarigen Kerl, der mit einem angewiderten Ausdruck auf seine Hand starrte.

»He, Partner, reib dir was von dem Zeug auf die Nase! Steht dir bestimmt prima!« brüllte Jimmie ihm zu.

Drei von den Burschen erwischten uns auf dem Parkplatz, nachdem die Bowlingbahn geschlossen war, und machten uns fünf Minuten lang fertig, ehe der Besitzer herauskam, die Bande verjagte und uns sagte, wir seien beide gefeuert. Jimmie lief ihrem Pickup hinterher und zielte mit Steinen auf die Fahrerkabine.

»Wir holen uns eine Zeitungstour«, sagte er später. Sein Gesicht war erhitzt und staubig und übersät mit den Spuren angetrockneten Schweißes. »Wer will schon sein ganzes Leben Kegelbursche spielen? Heutzutage kann man mit Zeitungaustragen 'ne Menge Geld verdienen.«

Natürlich änderten wir beide uns, als wir in Lafayette aufs College gingen, und in vieler Hinsicht ließen wir die Welt der Cajuns, der unser Vater angehörte, hinter uns. Ich ging schließlich zur Army und wurde nach Vietnam geschickt, während Jimmie zur Nationalgarde ging, eine Hypothek auf das Häuschen und die kleine Farm aufnahm, die uns unser Vater hinterlassen hatte, und in der Decatur Street in New Orleans ein Café aufmachte. Später kaufte er sich in das erste von mehreren Restaurants ein, trug teuren Schmuck und modische Anzüge von Botany 500 und nahm die Umgangsformen der Leute an, die im Garden District von New Orleans wohnten und Mitglieder im Southern Yacht Club waren – in erster Linie, weil er dachte, sie würden mehr von Geld und Macht verstehen als er selbst, und bald schloß sich ihm eine endlose Kette attraktiver Frauen an und verließ ihn wieder. Jedesmal wenn ich ihn an der Canal Street oder in seinem Restaurant mit einer Gruppe gutgelaunter Geschäftsleute sah, wie er lächelnd und wohlmeinend auf ihren banalen Humor einging, dann leuchtete das alte Bild für kurze Zeit in meiner Erinnerung auf wie in einem Spiegel, und ich sah wieder den Jungen im Overall vor mir, wie er eine Schar Hühner in den Ventilator scheuchte oder mit Steinen nach einem in der Dunkelheit verschwindenden Pickup warf.

Didi Gee und mein Bruder speisten gerade in einer der mit rotem Leder gepolsterten Nischen hinten im Raum, als ich das Restaurant betrat. Didis Bauch und Hüften hatten die gleichen Konturen wie drei aufeinandergelegte Schläuche von Lastwagenreifen. Seine Hände waren groß wie Bratpfannen, sein Nacken dick wie ein Feuerhydrant, sein lockiger schwarzer Kopf so rund und dick wie eine Kanonenkugel. Als junger Bursche war er Geldeintreiber für eine Gruppe Kredithaie in Algiers gewesen, drüben, auf der anderen Seite des Flusses. Daher kam auch die Geschichte, daß er Leuten die Hände in ein Aquarium voller Piranhas gesteckt hatte. Außerdem wußte ich aus zuverlässiger Quelle, daß ein Bulle in Gretna ihm ein Stück aus der Schulter geschossen, so groß wie das Kernhaus eines Apfels, und sich geweigert hatte, einen Krankenwagen zu rufen, sondern ihn einfach auf dem Gehsteig liegenlassen hatte, damit er verblutete. Er überlebte jedoch und sorgte dafür, daß der betreffende Polizist aus dem Dienst entlassen und später von jedem neuen Job gefeuert wurde, bis er endlich für Didi Gee als Lotterieeinnehmer arbeiten mußte – eine Art menschliches Ausstellungsstück, das Didi Gee sich hielt wie eine mit Stecknadeln gespickte Voodoo-Puppe.

Jimmie grinste mich mit seinen weißen Zähnen an, schüttelte mir die Hand und winkte dem Kellner, mir eine Portion Steak und Hummer aus dem Wärmeschrank hinter dem Tresen zu bringen. Didi Gee hatte den Mund so voll, daß er Messer und Gabel auf den Tisch legte und noch fast eine halbe Minute lang kauen und dann mit einem Glas Rotwein nachspülen mußte, ehe er wieder sprechen konnte.

»Wie geht's Ihnen, Lieutenant?« sagte er mit fast tonloser Stimme. Er klang immer, als ob seine Nase zugewachsen sei.

»Ganz gut«, antwortete ich. »Und Ihnen, Didi?«

»Nicht besonders gut, wenn ich ehrlich sein soll. Ich habe

Dickdarmkrebs. Die Ärzte wollen mir ein Stück rausschneiden und mir das Loch zunähen. Ich werd die ganze Zeit mit 'nem Beutel Scheiße an der Hüfte rumlaufen müssen.«

»Tut mir leid, das zu hören«, sagte ich.

»Mein Arzt sagt, entweder laß ich mich operieren oder die nageln mich in 'ne Klavierkiste ein. Seien Sie froh, daß Sie jung sind.« Er beförderte einen mit Spaghetti umwickelten Fleischkloß und ein Stück Brot in seinen Mund.

»Wir haben Gerüchte über dich gehört«, sagte Jimmie mit einem Lächeln. Er trug einen kohlschwarzen Anzug mit grauer Krawatte, und seine goldene Uhr und die goldenen Ringe glänzten in dem weichen Licht, das im Restaurant herrschte. Seit seiner Jugend hatte er dieses Grinsen aufgesetzt, um zu verdecken, daß er sich schuldig fühlte, um komplizierten Dingen aus dem Weg zu gehen oder um das Gute, das in ihm steckte, zu verleugnen.

»Du weißt ja, man hört einen Haufen Quatsch auf der Straße«, antwortete ich.

»Julio Segura in die Eier zu treten, ist kein Blödsinn«, widersprach Jimmie.

»Na ja, manchmal muß man einem Kerl das Leben ein bißchen verschönern«, sagte ich.

»Aber es gibt Leute, von denen man besser die Finger lassen sollte«, sagte Jimmie.

»Also, was genau hast du gehört?« fragte ich.

»Es heißt, ein Cop von der Mordkommission soll ins Gras beißen.«

»Das sind keine Neuigkeiten, Jim. Das hab ich schon oben in Angola von Johnny Massina gehört.«

»Du solltest es lieber nicht so leicht abtun«, sagte Jimmie.

»Wir haben es hier mit einer niedrigen Spezies von Menschen zu tun, Lieutenant«, sagte Didi Gee. »Die sind halb indianisch oder farbig oder so was. Ich hab mir einen hübschen kleinen Winterruhesitz in Hallendale in Florida gekauft, und dann ziehen nebenan irgendwelche Kolumbier ein und graben den ganzen verdammten Garten um und machen ein Gemüsebeet draus. Ihre Gören pissen aus dem Fenster im zweiten Stock auf mein Auto. Und das in einer Gegend, in die man nicht unter dreihunderttausend reinkommt. Diese Leute düngen ihre Tomaten mit frischem Hühnermist. Das gibt 'nen Gestank, bei dem einem die Nase abfällt.«

»Komm, Jimmie, warum hast du mich zum Lunch hierherbestellt?« fragte ich.

»Julio Segura ist ein Stück Dreck. Er hält sich an keine Regeln. Weder an deine noch an Didis. Es gibt 'ne Menge Leute, die den Kerl gerne eliminiert sehen würden. Aber er ist immer noch da, und zwar deswegen, weil ein paar Leute wollen, daß er da ist. Ich will nicht, daß du dir die Finger verbrennst, bloß weil du zufällig auf was stößt, was überhaupt nicht wichtig ist.«

Nach diesen Worten verfiel Jimmie in Schweigen. Didi Gee hörte auf zu essen, steckte sich eine Zigarette an und ließ das abgebrannte Streichholz auf seinen leeren Teller fallen.

»Es gibt da ein paar Jungs, die früher mal für mich gearbeitet haben«, sagte er. »Zur Zeit arbeiten sie nicht für mich, aber sie treiben sich gelegentlich in meinen Läden rum. Sie unterhalten sich gern drüber, was in der Stadt so läuft. Jimmie hier wird Ihnen sagen, daß ich für Klatschgeschichten nichts übrig habe. Abgesehen davon gehen die Typen bloß nach ihrem Schwanz. Ich verschwende meine Zeit nicht damit, drüber nachzudenken, was solche grüne Jungs so erzählen. Um Ihnen die Wahrheit zu sagen, Lieutenant, meine Einstellung zu Menschen hat sich in der letzten Zeit geändert. Ich glaube, es liegt an meinem Alter und an dieser verdammten Krankheit in meinem Darm. Es gibt eben bestimmte Leute, mit denen ich nichts mehr zu tun haben möchte. Dazu gehören diese Burschen. Wenn Sie mich später nach den Namen der beiden fragen, müßte ich ehrlich sagen, daß ich mich nicht an sie erinnere. Ich fürchte, ich habe so 'ne Art geistiger Sperre, wenn es um eine gewisse Klasse von Leuten geht, die ich einfach einstellen mußte.«

»Ich mache mir zur Zeit nicht besonders viel aus Namen, Didi«, sagte ich.

»Schließlich ist diese Geschichte, wenn sie wirklich wahr ist, ziemlich schrecklich. Daran kann man sehen, welchen Abschaum dieses Land in letzter Zeit reinläßt«, fuhr er fort. »Dieses farbige Mädchen hat in einem dieser Massagesalons gearbeitet, die diesem Kanak gehören, der da draußen am See wohnt. Dieser Kanak

– und ich benutze den Ausdruck bloß, weil er ein echter Asozialer ist – hat nichts als Nutten im Kopf. Sein Landhaus ist ständig voller Weiber, Nutten, weil er ein verdammter Freak ist, den keine normale Frau anrühren würde, es sei denn, sie ist blind. Dieses farbige Mädchen ist also auch bei ihm eingezogen, und der Bursche war unheimlich scharf auf sie. Das Mädchen war offenbar der Meinung, sie muß im Leben nichts anderes mehr machen als bumsen. Der Kanak läßt sie von dem Zwerg, den er sich als Haustier hält, zum Einkaufsbummel in die Stadt chauffieren, er versorgt sie mit Koks, soviel sie haben will, und stellt sie einer Menge hochrangiger Schmalzlocken vor, als wär sie mehr als bloß 'ne Nutte mit 'nem Zehn-Dollar-Arsch und 'nem Fünf-Cent-Hirn. Was das Mädchen nicht gewußt hat, war, daß der Kerl seine Vögelchen verbraucht wie Jimmie Durante Papiertaschentücher. Eines schönen Morgens, nachdem sie sich völlig betrunken und ihm den Swimmingpool vollgekotzt hatte, hat er seinem Zwerg aufgetragen, sie wieder in den Massagesalon zurückzubringen. Was der Kanak dabei leider nicht einkalkuliert hat, war der Ehrgeiz, den ein farbiges Mädchen entwickeln kann, wenn sie das ganze Leben lang immer bloß Süßkartoffeln mit den Zehen aus der Erde gewühlt hat.

Die Schnalle jedenfalls hatte Augen im Kopf und ein Gedächtnis wie ein Fliegenfänger. Die ganze Zeit, während sie sich 'nen Plastikhalm in die Nase gesteckt oder mit dem Freak gevögelt hat, bekam sie 'ne Menge heiße Sachen mit. Und das sind wirklich heiße Sachen, Lieutenant, mit denen sich der Freak und ein paar andere Kanaken da draußen abgeben. Ich spreche vom Militär, von der Regierung.«

»Was soll das heißen – Regierung?« fragte ich.

»Ich wiederhole bloß Gerüchte, die mir zu Ohren gekommen sind. Ich analysiere sie nicht. Die Sache interessiert mich nicht. Ich bin der Meinung, die Einwanderungsbehörde sollte diese Leute in eine Fabrik befördern und zu Seife verarbeiten. Wie dem auch sei, das Mädchen hat jedenfalls versucht, ihm die Daumenschrauben anzusetzen. Auf diese Weise hat sie zumindest erreicht, daß die sie ganz schnell wieder aus dem Massagesalon rausgeholt haben. Sie sind mit ihr zum Fischen aufs Bayou rausgefahren, und dabei hat sie sich so viel Zeug gespritzt, daß es ihr zu den Ohren wieder rauskam. Als das noch nicht genügt hat, haben sie ihr schließlich selbst 'nen goldenen Schuß gesetzt, bei dem ihr das Herz im Leibe explodiert sein muß.«

»Ich weiß es zu schätzen, daß Sie mir diese Geschichte erzählen, Didi, aber ich wäre ernstlich beleidigt, wenn Sie glauben, daß wir dazu da sind, Ihre Konkurrenz aus der Stadt zu vertreiben.«

»Sie verletzen meine Gefühle, Lieutenant«, sagte er.

»Wir wissen nämlich längst über all das Bescheid, was Sie mir gerade gesagt haben, abgesehen von der Sache mit der Regierung und dem Militär, und das sind recht vage Informationen. Ich würde sagen, wir sind ein bißchen einseitig, meinen Sie nicht? Ich glaube, das ist nicht gut für einen Mann mit ihrer Vorgeschichte, der den Respekt so vieler Leute in meiner Behörde genießt.«

»Ich wollte ganz offen mit Ihnen sein, Lieutenant. Ich will nicht so tun, als verstehe ich alles, was ich von Leuten höre, die gelegentlich auch mal lügen.«

»Sie sind ein erwachsener Mann, Didi, und Sie sollten mich nicht behandeln, als wär ich weniger erwachsen.«

Er blies den Rauch seiner Zigarette durch die Nase und drückte den Stummel dann auf seinem Teller aus. Seine schwarzen Augen verloren vorübergehend den ausdruckslosen Blick.

»Ich hab keine Ahnung, was er vorhat. Jedenfalls sind's nicht die üblichen Geschäfte in der Stadt«, sagte er und machte eine kurze Pause, ehe er weitersprach. »Ich habe gehört, das Mädchen soll gekichert und was von Elefanten gesagt haben, ehe die sie ins Wasser geschmissen haben. Vielleicht können Sie was damit anfangen.«

Ein paar Minuten später ließ sich Didi Gee die Rechnung geben, winkte den beiden Gangstern, die an der Bar auf ihn gewartet hatten, und verschwand. Das rote Lederpolster, auf dem er gesessen hatte, sah aus, als sei es von einer Abrißbirne zerdrückt worden.

»Er gibt immer allen ein Trinkgeld, wenn er das Lokal verläßt«, sagte Jimmie. »Im Grunde seines Wesens ist er einfach unsicher.«

»Er ist einfach ein Psychopath«, sagte ich.

»Es gibt schlechtere Menschen als ihn.«

»Hältst du es tatsächlich für witzig, dich mit solchen Typen einzulassen? Du solltest mal drüber nachdenken, ob du für ihn nicht einfach ein Strohmann bist. Typen wie Didi Gee haben keine Partner, wenn sie mal abstürzen. Da ist immer jemand, der für sie den Sturz abfangen muß.«

Er grinste mich an.

»Du bist ein guter Bruder«, sagte er. »Aber du machst dir zu viele Sorgen um mich. Vergiß nicht, daß immer ich es war, der uns aus allen Schwierigkeiten rausgeholt hat.«

»Aber nur, weil du uns vorher reingeritten hast.«

»Immerhin bin nicht ich es, der gestern abend fast in einer Badewanne ertränkt worden wär. Du hast da 'nen ganzen Eimer Scheiße in 'nen Käfig voller Hyänen geworfen, Brüderchen.«

»Woher weißt du, was letzte Nacht passiert ist?«

»Mach dir keine Gedanken drüber, wie ich so was erfahre oder was ich mit Didi Gee mache. Du solltest dir zur Abwechslung lieber mal Sorgen um deine eigene Haut machen, sonst hängen sie diese Schmalzlocken eines Tages zum Trocknen auf die Leine.«

»Was meinst du, hat diese Sache mit den Elefanten zu bedeuten?«

»Woher zum Teufel soll ich das wissen?«

»Hast du schon mal was von einem gewissen Fitzpatrick gehört?«

»Nein, was ist mit ihm?«

»Gar nichts. Vielen Dank fürs Essen. Ach, noch was: Johnny Massina hat mir erzählt, wie du Didis Gummiautomaten zerdeppert hast. Unser alter Herr hätte sich ins Fäustchen gelacht.«

»Wie du selber gesagt hast, Dave, man hört da draußen auf der Straße 'ne Menge Quatsch.«

An diesem Abend setzte ich mich im gelblichgrünen Licht der Dämmerung auf das Sonnendeck meines Hausboots, ein Glas mit Eistee und Pfefferminzblättern neben mir, und nahm meine drei Pistolen auseinander – meine 38er Dienstwaffe, eine unauffällige 25er Beretta, die ich zur Reserve benutzte, und eine 45er Automatik, wie sie von der amerikanischen Armee ausgegeben wurde. Während ich den Lauf der 45er mit einer Rundbürste reinigte, mußte ich an die ganze Mythologie denken, mit der wir Jungs in den Südstaaten zu meiner Zeit aufgewachsen waren. Wie bei jedem Mythos handelte es sich dabei um ein mehr oder weniger treffendes metaphorisches Spiegelbild dessen, was tatsächlich in unserem Innern vorging, nämlich unsere dunkle Faszination angesichts des Bösen im Menschen. In solchen Augenblicken hatte ich immer den Verdacht, daß nicht so sehr Sir Walter Scott, sondern vielmehr John Calvin der eigentliche Erfinder unserer Südstaatenmentalität war.

Für die Südstaaten charakteristische Mythen – als Anregung zum Nachdenken, während man seine Waffen reinigt. Der Leser möge nach Bedarf und Belieben andere biographische Namen und geographische Bezeichnungen einsetzen, die auf den jeweiligen Staat der alten Konföderation zutreffen, in dem er selbst aufgewachsen ist.

1. In einer Stadt im Osten von Texas stand ein Schild am Straßenrand mit der Aufschrift: »Nigger, sieh zu, daß du bei Sonnenuntergang nicht mehr in diesem County bist.«
2. Johnny Cash hat in Folsom Prison gesessen.
3. Warren Harding war ein halber Neger.
4. Spanische Fliege und Coca-Cola verwandeln jedes Mädchen schlagartig in eine Autokino-Nymphomanin.
5. Der zerdrückte Rumpf eines alten deutschen U-Boots aus der Nazizeit, das 1942 vor Grand Island durch Wasserbomben versenkt wurde, treibt noch heute auf dem Kontinentalschelf rauf und runter. Es gibt eine bestimmte Stelle, an der die Krabbenfänger aus Morgan City in ruhigen Nächten die Schreie der ertrinkenden Männer in der Tiefe hören können.
6. Ein Neger, der eine Frau vergewaltigt hatte, wurde in der Nähe von Lafayette gelyncht und seine Leiche in eine rote Kiste gelegt und als Abschreckung für andere in die Krone eines Nußbaums genagelt. Das verwitterte Holz, die Kleiderfetzen und das Rattennest von Knochen hängt bis auf den heutigen Tag noch dort.
7. Die 45er Automatik wurde nach einem Filipino-Aufstand

entwickelt. Die Aufständischen banden sich seinerzeit die Genitalien mit Lederriemen zusammen und brachten sich auf diese Weise so wahnsinnige Schmerzen bei, daß sie die amerikanischen Befestigungen einfach überrannten, während die Kugeln unserer Springfields und 30-40er Kraigs in ihrem Körper nur wenig mehr Wirkung zu zeigen schienen als heiße Nadeln. Die neue 45er jedoch riß Wunden, die so groß waren wie Krocketkugeln.

In der Regel enthält jede Mythologie ein Körnchen Wahrheit, und bezüglich der 45er Automatik lautet die schlichte Wahrheit, daß es sich um eine absolut mörderische Waffe handelt. Ich hatte meine in Saigons Bring-Cash-Alley gekauft, draußen beim Flugplatz. Geladen hatte ich sie immer mit Stahlmantelpatronen, mit denen man einen Automotor durchlöchern, eine Mauer aus Schlackenstein in Schutt und Asche legen oder im Schnellfeuer selbst eine kugelsichere Weste in Stücke schießen konnte.

Die finsteren Gedanken, denen ich nachhing, beunruhigten mich. Meine Erfahrung als langjähriger Alkoholiker hatte mich gelehrt, meinem Unterbewußtsein nicht zu trauen, da es mich auf raffinierte Weise immer wieder in Situationen gebracht hatte, die für mich, für die Menschen um mich oder für alle Betroffenen oft genug katastrophale Folgen gehabt hatten. Andererseits wurde mir zu diesem Zeitpunkt auch klar, daß ich es hier mit Leuten zu tun hatte, die weit intelligenter und brutaler waren und weit bessere politische Beziehungen hatten als die psychotischen Verlierertypen, mit denen ich normalerweise konfrontiert wurde.

Wenn ich noch Zweifel hatte, was letztere Erkenntnis betraf, so wurden diese endgültig beseitigt, als ein grauer Dienstwagen der amerikanischen Regierung auf dem Dock neben mir parkte und ein rothaariger, sommersprossiger Mann in einem Leinenanzug ausstieg. Sein Alter mochte irgendwo zwischen fünfzehn und dreißig Jahren liegen, schätzte ich, während er die Gangway zu meinem Hausboot herunterkam.

Er ließ mich seinen Dienstausweis sehen und lächelte.

»Sam Fitzpatrick, US-Schatzamt«, stellte er sich vor. »Bereiten Sie sich auf einen Krieg vor?«

4

»Ich habe den Eindruck, Sie glauben mir nicht«, sagte er. »Trauen Sie mir etwa zu, daß ich nicht nur den Ausweis, sondern auch das Auto geklaut habe?« Er konnte nicht aufhören zu grinsen.

»Nein, nein, ich glaub Ihnen. Sie sehen bloß aus, als kämen Sie grade aus der Howdy-Doody-Show.«

»Nun, solche Komplimente höre ich öfter. Die Leute hier unten in New Orleans machen offenbar gern ein Späßchen. Ich habe gehört, daß Sie in letzter Zeit meinetwegen eine Menge Schwierigkeiten hatten.«

»Kann man wohl sagen.«

»Wollen Sie mir nicht einen Eistee anbieten?«

»Wenn Sie welchen möchten.«

»Nicht hier draußen. Sie sind zu heiß, Lieutenant. Ich würde beinahe sagen, Sie stehen schon in Flammen. Wir müssen Sie unbedingt aus dem Spiel nehmen, egal wie. Aber das wird nicht einfach sein, fürchte ich. Das gegnerische Team ist in gewisser Hinsicht unbelehrbar.«

»Wovon sprechen Sie überhaupt?«

»Die haben da so ein paar fixe Ideen. Irgendwas läuft nicht so richtig mit ihren Geschäften, und schon nehmen sie sich 'nen armen Schmock vor, der ihnen zufällig in die Quere gekommen ist. In der Regel nützt ihnen das auch nicht viel, aber die bilden sich das nun mal ein.«

»Und ich bin der Schmock?«

»Nein, Sie sind natürlich ein intelligenter Bursche und offenbar mit Eiern aus rostfreiem Stahl. Aber wir wollen nicht, daß Sie dabei draufgehen. Kommen Sie, fahren wir ein bißchen spazieren.«

»Ich geh heut abend mit einer Dame zum Pferderennen.«

»Ein andermal.«

»Nein, nicht ein andermal. Und hören Sie auf damit, hier Onkel Sam zu spielen, der sich in seiner Allwissenheit herabläßt und mit einem ahnungslosen kleinen Plattfuß spricht. Wenn irgendwo die Kacke am Dampfen ist, nehme ich an, daß es Ihre Kacke ist, und das bloß, weil ihr Jungs von der Regierung mal wieder was vermasselt habt.«

Er hörte auf zu grinsen und sah mich einen Augenblick lang nachdenklich an. Dann feuchtete er mit der Zunge seine Lippen an. Irgendwie wirkte er plötzlich sehr viel älter.

»Sie müssen schon ein bißchen Vertrauen in das haben, was ich Ihnen sage, Lieutenant«, sagte er. »Sie sind ein guter Mann. Sie haben viel Mut. Sie hatten noch nie Ärger mit dem Gesetz. Sie gehen jeden Sonntag zur Messe. Sie sind anständig zu den Menschen auf der Straße, und Sie haben eine Menge schwerer Jungs hinter Gitter gebracht. Wir wissen alles von Ihnen, weil wir nicht wollen, daß Ihnen etwas geschieht. Aber glauben Sie mir, es ist nicht sehr schlau, wenn wir beide uns hier draußen in aller Öffentlichkeit unterhalten.«

»Sie sagen immer ›wir‹ – wer ist damit gemeint?«

»Äh, also wenn ich ›wir‹ sage, dann meine ich mehr oder weniger mich selbst, zumindest beim jetzigen Stand der Dinge. Kommen Sie, ich werd's Ihnen erklären. Vertrauen Sie mir. Jemand, der nach Howdy Doody aussieht, muß einfach ein ehrlicher Kerl sein. Abgesehen davon lade ich Sie zu einem Poor-Boy-Sandwich ein – auf mein Spesenkonto.«

Also so ist das Niveau da unten im Regierungsgebäude, dachte ich bei mir. Wir hatten mit der Bundespolizei nicht viel zu tun, weil sie in der Regel allein arbeiteten, und obwohl sie das Gegenteil behaupteten, waren wir ihrer Meinung nach unfähig und ungebildet. Andererseits hatten auch wir nicht viel für sie übrig. Im Fernsehen erscheinen Bundespolizisten als gepflegte, adrette Altruisten, die elegante Anzüge von Botany 500 tragen und ständig hinter öligen Mafiosi her sind. Die Wirklichkeit sieht anders aus. Wie Didi Gee es ausdrücken würde, haben die Gangster vom Syndikat kaum Angst vor irgendeiner Polizeibehörde oder vor den Gerichten. Sie haben Richter, Cops und Staatsanwälte in der Tasche, und außerdem kommen sie ohne Schwierigkeiten an jeden Zeugen und jeden Geschworenen heran, wenn sie wollen.

Etwas anders sieht die Sache beim Schatzamt aus. Bei sämtlichen Strafverfolgungsbehörden, aber auch unter Kriminellen, gelten die Agenten des Schatzamts als absolut unbestechlich. Innerhalb der Bundesregierung sind sie für die Strafverfolgung etwa das, was Smokey der Bär und der U. S. Forest Service für den Naturschutz sind. Selbst Joe Valachi, der berühmte Informant des Mobs in Brooklyn, hatte vor den T-Men immer nur höchste Achtung.

Fitzpatrick fuhr mit mir quer durch die Stadt zu einem lateinamerikanischen Restaurant an der Louisiana Avenue. Wir setzten uns an einen geschützten Tisch im Innenhof unter den großen Eichen und Weidenbäumen. Überall in den Zweigen hingen elektrische Birnen, und durch das schmiedeeiserne Gittertor konnten wir den Verkehr auf der Avenue beobachten. Die Bananenstauden entlang der Ziegelmauer raschelten im Wind. Fitzpatrick bestellte uns Poor-Boy-Sandwiches mit Shrimps und Austern und goß sich gemütlich ein Glas Jax ein, während ich an meinem Eistee nippte.

»Sie trinken nicht, hab ich recht?«

»Nicht mehr.«

»Sie hatten wohl ein Alkoholproblem?«

»Und Sie sehen nicht nur wie ein kleiner Junge aus, Sie sind auch so taktvoll und diskret wie ein Scheißhaus, was?« gab ich zurück.

»Was glauben Sie, warum ich Sie in dieses Restaurant geschleppt habe?«

»Keine Ahnung.«

»Nun, fast alle, die hier arbeiten, sind das Produkt unserer Lateinamerikapolitik – Sie wissen schon: immer nur Sonne und Vergnügen. Ein paar sind legal hier, aber andere haben ihre Papiere von Kojoten gekauft.«

»Das trifft ja bloß auf rund 5000 Restaurants in den Bezirken Orleans und Jefferson zu.«

»Sehen Sie den Besitzer da drüben an der Kasse? Wenn sein Gesicht irgendwie nicht ganz rund aussieht, dann liegt das daran, daß Somozas Nationalgardisten ihm sämtliche Knochen im Kopf gebrochen haben.«

Er machte eine erwartungsvolle Pause, aber ich gab keine Antwort.

»Der Mann hinter der Bar ist auch ein interessanter Bursche«, fuhr er nach einer Weile fort. »Er stammt aus einem kleinen Dorf in Guatemala. Eines Tages kam die Armee in sein Dorf, und obwohl niemand die Soldaten provoziert hatte, brachten sie sechzehn Indianer und einen amerikanischen Priester aus Oklahoma um. Sein Name war Pater Stan Rother. Dann luden sie die Leichen in einen Hubschrauber der amerikanischen Armee und warfen sie einfach so aus Spaß aus großer Höhe raus.«

Er beobachtete forschend mein Gesicht. Die Farbe seiner Augen war ein ausgewaschenes Hellblau. Ich hatte noch nie einen Mann mit so vielen Sommersprossen gesehen.

»Ich kämpfe nicht mehr für 'ne gute Sache«, sagte ich.

»Ich nehme an, darum sind Sie zu Julio Segura rausgefahren und haben ihm ein wenig Feuer unterm Arsch gemacht.«

»Unser Dinner wird ein bißchen teuer.«

»Tut mir leid, wenn ich Sie gelangweilt habe«, sagte er. Bedächtig nahm er eine Stange Brot und brach sie in drei Stücke, die er aufrecht vor sich auf dem Tisch aufbaute. »Sprechen wir von was, das Sie direkt betrifft. Sprechen wir von den drei Typen, die Ihnen gestern abend in der Badewanne Nachhilfeunterricht im Gurgeln gegeben haben. Ich wette, das wird Sie mehr interessieren.«

»Sie geben sich nicht gerade Mühe, Ihre Feindseligkeit zu verbergen.«

»Wissen Sie, es gibt ein paar Dinge, auf die ich sehr emotional reagiere. Ich war auf einer Jesuitenschule, und da hat man mir beigebracht, immer offen mit der Sprache rauszurücken. Die sind so etwa das katholische Gegenstück zu den Ledernacken, nach dem Motto: Immer feste druff, den Leuten in den Arsch treten, Namen aufschreiben und so weiter. Wie dem auch sei, ich glaube einfach, daß Sie ein sehr schlechter Schauspieler sind, Lieutenant.«

»Hören Sie, Fitzpatrick –«

»Halten Sie die Klappe, zum Teufel. Ich werde Ihnen erzählen, worum es geht, und dann können Sie sich in aller Ruhe überlegen, was Sie tun wollen. Ich habe eine Menge Leute um mich herum, denen alles egal ist, und ich brauche nicht noch mehr von der Sorte. Aber ich will Sie auch nicht auf dem Gewissen haben. Abgesehen davon finde ich es nicht richtig, wenn jemand anders an meiner Stelle was abkriegt, besonders wenn er ganz zufällig in eine Sache reinstolpert, von der er keine Ahnung hat. Sie haben verdammt viel Glück gehabt, daß die Ihnen gestern abend nicht das Licht ausgepustet haben. Und dem Mädchen ebenfalls.«

Er machte eine Pause, während der Kellner zwei Portionen Sandwiches mit Austern und Shrimps vor uns hinstellte. Dann biß er in sein Sandwich, als habe er seit Wochen nichts mehr gegessen.

»Was ist, mögen Sie das nicht?« fragte er mit vollem Mund.

»Mir ist der Appetit vergangen.«

»Ah, also sind Sie doch ein empfindsamer Bursche. Das habe ich mir gedacht.«

»Haben die Leute bei Ihnen eigentlich alle die gleichen schlechten Manieren?«

»Offen gesagt, Lieutenant, bei uns gibt's Feuerwehrleute und Pyromanen auf derselben Straßenseite.«

»Was waren das für Burschen gestern abend?«

»Das ist noch leicht zu beantworten. Der Typ namens Erik ist ein Israeli. Er ist der kleine Bruder von jemand in Haifa und räumt für diese Leute bloß den Dreck weg, legt immer neues Klopapier hin und solche Sachen. Der andere, den Sie in Ihrem Bericht Bobby Joe genannt haben, ist ein echter Aufschlitzer. Er heißt Robert J. Starkweather und stammt aus Shady Grove, Alabama. Die Behörden haben ihm und seiner Frau das Kind weggenommen, um es vor ihnen zu schützen. Er soll drüben in Vietnam einen Unteroffizier kaltgemacht haben, aber man konnte ihm nichts nachweisen, deshalb hat man ihn der Einfachheit halber wegen schlechter Führung ausgemustert. Wie hat Ihnen seine Tätowierung gefallen, die mit dem schönen Spruch? Das Schlimme ist, daß es ihm tatsächlich ernst ist.«

»Und was ist mit dem Typ, der das Kommando hatte?

»Da wird die Sache schon ein wenig komplizierter. Sein Name ist Philip Murphy, jedenfalls soweit wir wissen. Wir haben diesen Burschen in alle Richtungen durchleuchtet und sind auf jede Menge Lücken gestoßen – kein fester Wohnsitz, kein feststellbares Einkommen, ein paar Jahre lang keine Steuererklärungen. Dann taucht er plötzlich als Besitzer eines Schuhgeschäfts in Des Moines auf. In solchen Fällen heißt das meistens, daß wir es mit einem vom Staat beschützten Zeugen oder einem CIA-Mann zu tun haben. Wahrscheinlich ist er einer von denen, die in unregelmäßigen Abständen immer wieder mal für die CIA arbeiten. Vielleicht arbeitet er auch auf eigene Rechnung. Ich schätze, daß er zumindest im Augenblick nicht bei denen an der Leine hängt, aber das läßt sich oft nur schwer sagen.«

Ich wandte mich meinem Poor-Boy-Sandwich zu und begann zu essen. Die Shrimps und Austern schmeckten köstlich mit dem Salat, den Tomaten und Zwiebeln und der *sauce piquante*. Das Laub der Eichen und Weiden warf ein bewegtes Muster ständig wechselnder Schatten auf unseren Tisch.

»Ich versteh immer noch nicht, wie das alles zusammenhängen soll. Was haben diese Kerle mit Seguras Nutten und Drogengeschäften zu tun?« fragte ich.

»So direkt eigentlich gar nichts.« Er begann wieder zu grinsen. »Kommen Sie, Sie sind doch Polizist. Sagen Sie mir, was Sie denken.«

»Sind Sie sicher, daß diese Burschen nicht bloß einfach hinter Ihnen her sind, weil sie das für komisch halten?«

»Vielleicht. Aber mal ehrlich: Sagen Sie mir, was Sie drüber denken.«

»Es fällt mir schwer zu glauben, daß Sie ein Agent des Schatzamtes sind.«

»Meinem Vorgesetzten geht's ähnlich. Kommen Sie, raus mit der Sprache.«

»Sie sind vom Büro für Alkohol, Tabak und Feuerwaffen.«

»Sehr gut.«

»Sprechen wir von Waffen?« fragte ich.

»Exzellento.«

»Von wegen. Überhaupt nicht exzellento. Ich blick immer noch nicht durch, und ich habe vorhin schon gesagt, daß dieses Essen langsam teuer wird.«

»Die Sache ist ganz einfach. Ich glaube, Segura investiert sein Geld aus dem Drogenhandel in militärische Ausrüstung für die Contras in Nicaragua. Das würde erklären, was diese anderen Typen damit zu tun haben. Die Israelis haben jahrelang Somoza mit Waffen beliefert und verkaufen das Zeug auch heute noch an Rechte wie zum Beispiel Pinochet in Chile. Soweit wir über diesen Buffalo Bob informiert sind, der Ihnen gestern abend fast den Kopf abgerissen hätte, hat er da unten an der Grenze nach Honduras für die CIA gearbeitet, wenn er nicht gerade seinen Schwanz mit 'nem M-16 verwechselte, und ich wette, Philip Murphy ist so was wie der Verbindungsmann zu einer Reihe Waffenhändler und Militärs hier in den Staaten. Das Ganze ist keineswegs neu oder ungewöhnlich. Letzten Endes haben wir es mit der gleichen unheiligen Allianz zu tun, die wir damals schon in Kuba eingesetzt haben. Sehen Sie mal, was glauben Sie, warum die CIA damals versucht hat, einen Haufen Mafiosi aus Chicago einzuspannen, um Castro zu erledigen? Der Mob hatte selber ein starkes Interesse an der Sache. Immerhin haben die damals mit Batista gute Geschäfte gemacht, bis Castro ihre Spielhöllen geschlossen hat.«

»Und wie sind Sie dieser neuen Sache auf die Spur gekommen?«

»Wir hatten schon 'ne ganze Weile ein Auge auf ein paar paramilitärische Trainingslager in Florida und in Mississippi, und irgendwann deponierte Buffalo Bob eine Maschinenpistole in einem Gepäckschließfach im Omnibusbahnhof von Biloxi. Wir hätten ihn festnehmen können, aber wir zogen es vor, ihn noch eine Weile zu beobachten. Schließlich tauchte Philip Murphy auf, und die ganze Sache wurde plötzlich sehr viel interessanter.«

Er machte eine Pause und sah mich dann wieder direkt mit seinen wäßrigen hellblauen Augen an, die sowohl gegen Höflichkeit wie auch gegen Beleidigungen immun zu sein schienen.

»Haben Sie schon mal jemanden umlegen müssen?« fragte er mich.

»Vielleicht.«

»Keine Ausflüchte.«

»Ja, zweimal.«

»Und wie haben Sie drauf reagiert?«

»Ich hatte in beiden Fällen keine andere Wahl.«

»Das nächste Mal, wenn Sie Murphy oder Buffalo Bob und Erik begegnen, werden die Sie umlegen. Das ist Ihnen doch klar, oder?«

»Sie haben vorhin gesagt, daß Sie immer offen und ehrlich sind. Und jetzt sag ich Ihnen mal, was mein Eindruck ist. Ich glaube nicht, daß Sie ehrlich sind.«

»Ach ja?«

»Ich glaube nicht, daß Sie mich aus der Sache raushaben wollen«, fuhr ich fort. »Ich glaube, Sie suchen einen Partner. Aber ich hab schon einen Partner. Er wird von der Stadt bezahlt, genau wie ich.«

»Sie sind wirklich ein heller Bursche.«

»Ich mag's einfach nicht, wenn jemand versucht, mich zu benutzen.«

»Das kann ich Ihnen nicht verdenken. Da ist noch was, was ich Ihnen nicht gesagt habe. Dieser amerikanische Priester, der in Guatemala umgebracht wurde, war ein Freund von mir. Unsere Regierung ist da unten in 'ne Menge dunkler Sachen verwickelt, mein Bester, aber nicht jeder, der für die Regierung arbeitet, gehört auch zu ein und demselben Team. Es gibt immer noch 'n paar unter uns, die an die alten Spielregeln glauben.«

»Schön für Sie. Aber wenn Sie hier schon auf Pfadfinder machen, dann sollten Sie nicht versuchen, einen anderen Polizisten reinzulegen.«

»Niemand hat gesagt, daß Sie einen Treueeid schwören sollen. Wovor haben Sie also Angst?«

»Sie fangen langsam an, mir auf den Wecker zu gehen«, meinte ich.

»Ich habe dieses Drehbuch nicht geschrieben. Sie sind von alleine in die Sache reingeschlittert. Und ich sag Ihnen noch was. Sie kommen da nicht so einfach raus. Das garantiere ich Ihnen. Typen wie Segura und Murphy sind nur kleine Lichter, hinter denen viel größere Burschen stehen. Ich habe noch eine Frage für Sie, Mister Saubermann: Was ist Ihnen eigentlich durch den Kopf gegangen, als Sie vorhin auf Ihrem Hausboot Ihre Waffen geölt haben? Haben Sie geträumt, Buffalo Bobs Nest ein wenig mit Blut und Knochen zu verschönern?«

»Ich würde gern sagen, mit ein bißchen Glück könnte ich's noch bis zum fünften Rennen schaffen.«

»Ich bring Sie zurück.«

»Nur keine Umstände. Die Stadtverwaltung hat ein Abkommen mit den Taxiunternehmen.«

»Hier, nehmen Sie meine Karte. Die Telefonnummer von meinem Motel ist hinten drauf.«

»Ich glaube, mein Telefon funktioniert noch nicht wieder. Wir sehen uns.« Ich verließ den Innenhof des Restaurants und trat auf die Louisiana Avenue. Ein paar schwarze Kinder auf Rollschuhen rasten an mir vorbei, und hinter den riesigen Eichen auf der anderen Straßenseite zuckten die ersten Blitze eines Wärmegewitters.

Ich rief Annie aus einer Telefonzelle an, um wenigstens den Rest des Abends noch zu retten, aber niemand ging ran. Es begann zu regnen, und ich wartete eine halbe Stunde lang unter einer nicht ganz dichten Markise auf mein Taxi. Im stillen schwor ich mir, nie wieder eine Einladung von einem Regierungsbeamten anzunehmen.

Aber es war so, wie Fitzpatrick gesagt hatte: Ich hatte das Drehbuch selbst geschrieben, und am nächsten Morgen schrieb ich prompt weiter, allerdings mit katastrophalen Folgen, die mich auf den Gedanken brachten, mein selbstzerstörerischer alkoholischer Inkubus könnte wieder die Oberhand gewonnen haben.

Zuerst machte ich mich auf die Suche nach Bobby Joe Starkweather. Ich hatte nicht viele Anhaltspunkte, aber er war für mich ein Typ, der sich immer an denselben Orten aufhielt. So versuchte ich mein Glück bei einer Reihe von Schießhallen, Rockerkneipen, Sexshops und einem Spezialgeschäft für solche Überlebenskünstler, die von den unbegrenzten Lebensmöglichkeiten nach dem Dritten Weltkrieg träumen. Meine Suche blieb ergebnislos.

Später, als ich mittags mit Clete auf einer Bank am Jackson Square saß und eine Pizza aus dem Pappkarton aß, fragte ich mich, warum ich mir eigentlich soviel Mühe machte, einen kleinen Fisch wie Bobby Joe Starkweather zu finden. Schließlich hatte ich die wichtigste Verbindung längst in der Hand. Wir saßen unter einem schattigen Mimosenbaum, während die Kathedrale von St. Louis und der Platz selbst in der heißen Sonne brüteten. Clete hatte kleine Schweißtropfen und rote Spritzer von Pizzasauce auf dem Gesicht, während er aß. Gedankenverloren blickte er auf die Straßenmaler, die ihre Werke an der Pirates Alley ausgestellt hatten.

»Was hast du auf dem Programm für heut nachmittag?« fragte ich ihn.

»Nichts besonderes. Ich will drüber nachdenken, was ich mit meiner verdammten Frau machen soll. Kannst du dir das vorstellen? Sie hat diesem komischen Buddhistenpriester in Colorado grade einen Scheck über sechshundert Dollar geschickt. Ich hab versucht, den Scheck sperren zu lassen, aber er war schon eingelöst. Das sind jetzt Tausende, die sie diesem Kerl in den Rachen geworfen hat. Und wenn ich was sage, meint sie nur, ich wär betrunken.«

»Vielleicht wär's gut, wenn ihr mal 'ne Weile getrennter Wege geht.«

»Das geht nicht. Sie ist ziemlich suizidgefährdet. Ihr Psychiater hat gesagt, sie dürfte eigentlich nicht mal mehr Autofahren.«

»Ich lade heut abend ein Mädchen zum Essen ein, wenn ich sie noch erreichen kann. Was hältst du davon, wenn du und Lois einfach mitkommt? Ihr seid eingeladen.«

»Wär vielleicht gar nicht schlecht, Dave. Vielen Dank.«

»Heut nachmittag wollte ich eigentlich zu Julio Segura rausfahren.«

»Wozu?«

»Ihn ein wenig durchschütteln und dann zum Verhör mit ins Büro nehmen.«

»Diesmal könnte er vielleicht Anzeige erstatten wegen Belästigung.«

»Er war der letzte Zeuge, der ein Mordopfer lebendig gesehen hat.«

»Klingt ein bißchen dünn. Außerdem fällt das nicht in unsere Zuständigkeit.« Seine Augen verrieten, daß er innerlich grinste.

»Also was ist, kommst du mit oder nicht?«

»Zum Teufel, natürlich bin ich dabei.«

Wir fuhren mit Cletes Wagen die Uferstraße am See entlang. Die schiefergraue Wasserfläche wurde von einem leichten Wellengang bewegt, und die Pelikane stürzten sich aus der gleißenden Sonne auf der Jagd nach Fischen ins Wasser. Die Palmen entlang der Esplanade raschelten trocken im Wind. Auf der rechten Seite der Straße, hinter den rosa verputzten Mauern, den langen Eisengitterzäunen, den undurchdringlichen Hecken und immergrünen Bäumen, lagen die großzügig angelegten Gärten und Villen der Reichen. Ich kannte ein paar Liberale draußen an der Tulane Universität, die mir immer einzureden versuchten, es seien vor allem diese Leute, denen wir dienten. Aber ich hatte nicht mehr für sie übrig als alle anderen. Andererseits hatten sie auch nicht viel für die Polizei übrig, zumindest trauten sie uns nicht, denn sie hatten eigenes Wachpersonal und ließen auf ihren Grundstücken scharfe Hunde patrouillieren, und ihre Flutlicht- und Alarmanlagen waren ein wahres Wunder an elektronischer Technik. Sie lebten in ständiger Angst vor Kidnappern, die ihre Kinder entführen könnten, vor raffinierten Juwelendieben und nicht zuletzt vor Angehörigen von Minderheiten, die den Wert ihrer Grundstücke beeinträchtigen könnten. Die Ironie dabei war, daß diese Leute vielleicht das größte Maß an Sicherheit auf der ganzen Welt genossen – sie waren sicher vor Krankheit, Armut, politischer Unterdrückung und so gut wie allem anderen –, außer vor dem Tod.

»Was schätzt du, was so ein Besitz kostet?« fragte Cletus.

»Keine Ahnung, vielleicht eine Million Dollar.«

»Mein Alter war Milchmann im Garden District, und ich bin im Sommer manchmal mitgefahren, wenn er seine Runde gemacht hat. Eines Morgens trieb ich mich so vor einem dieser großen Häuser direkt an der St. Charles Avenue herum, da kam diese Dame raus und sagte, ich wär das niedlichste Kind, das sie je gesehen hat, und ich sollte um drei Uhr nachmittags wiederkommen, dann würd ich 'n Eis bekommen. An diesem Nachmittag nahm ich also ein Bad und zog meine guten Sachen an und klopfte um Punkt drei an ihre Tür. Zuerst hat sie sich nicht mehr erinnert, wer ich war, dann hat sie gesagt, ich soll ums Haus rum an die Hintertür gehen. Ich hab überhaupt nicht kapiert, was los war. Als ich dann hinters Haus kam, hab ich gesehen, wie das Dienstmädchen an die zerlumpten farbigen Kinder aus der gesamten Nachbarschaft Eiskrem verteilt hat.

Diese Dame hatte hinten im Garten ein Gewächshaus, und ich bin am gleichen Abend mit einem Karton voller Steine zurück und hab ihr sämtliche Scheiben eingeschmissen. Sie ließ den Schaden reparieren, und drei Wochen später bin ich wieder hin und hab wieder alles zerdeppert. Als mein Alter spitzkriegte, daß ich der Übeltäter war, hat er mich mit dem Rohrstock vermöbelt, bis mir das Blut an den Beinen runterlief.«

Clete bog in die Straße ein, an der Julio Seguras Haus lag. Überall standen Bäume und blühende Sträucher.

»Hast du auch schon mal so eine Wut auf jemand gehabt, als du klein warst?« fragte er mich.

»Ich kann mich nicht erinnern.«

»Du hast mir doch mal erzählt, dein Bruder und du hätten es auch nicht leicht gehabt.«

»Was soll das, Clete? Das ist doch Schnee von gestern.«

»He, das weiß ich auch. Ist doch kein Grund, sich aufzuregen.«

»Du hast irgendwie ein rostigen Nagel quer im Kopf sitzen. Hör endlich auf, du machst aus 'ner Mücke 'nen Elefanten.«

»Ich finde, manchmal wirst du ganz schön persönlich, Streak!«

»Da kommt er! Los, drück drauf!« unterbrach ich ihn.

Julio Seguras lavendelfarbener Cadillac war gerade aus der Auffahrt gekommen und in die Straße eingebogen. Am Steuer saß ein Zwerg und auf dem Beifahrersitz eine blonde Frau. Segura und ein weiterer Mann saßen hinten im Wagen. Cletus trat das Gaspedal durch und setzte sich vor den Cadillac. Der Zwerg machte ein ängstliches Gesicht hinter der Scheibe und fuhr weiter. Ich hielt meine Dienstmarke hoch, damit er sie sehen konnte. Er trat auf die Bremse, beide Hände fest auf das Lenkrad gelegt und das Kinn trotzig erhoben unter der violetten Chauffeursmütze. Der rechte Vorderreifen hinterließ eine lange schwarze Schleifspur am Bordstein.

»Wie willst du vorgehen?« fragte Clete, ehe wir aus dem Wagen stiegen.

»Wir ziehen einfach die schwarze Flagge auf«, antwortete ich.

Clete hatte vor dem Cadillac geparkt, und wir gingen jeder auf einer Seite langsam auf den Cadillac zu.

Ich klopfte an die Fenster auf der Beifahrerseite und hinten, wo Segura saß, um ihnen zu bedeuten, sie sollten die Scheiben herunterlassen. Später spielte ich die Szene in Gedanken immer und immer wieder durch, ebenso wie die fahrlässige Bemerkung mit der schwarzen Flagge, die ich Clete gegenüber gemacht hatte, und fragte mich, welchen Verlauf dieser Nachmittag genommen hätte, wenn ich auf der Fahrerseite des Wagens gewesen wäre oder meine eigenen Ratschläge beherzigt hätte.

Clete griff durch das geöffnete Fenster, zog die Schlüssel aus dem Zündschloß und warf sie hinter sich in die Hecke. Der Zwerg war vor Angst wie versteinert. Seine kleinen Hände hielten das Lenkrad fest umklammert, und er richtete den kahlgeschorenen Kopf abwechselnd auf Clete und zum Rücksitz.

»Du hast doch wohl kein Blasrohr in der Unterhose versteckt, hoffe ich?« sagte Clete zu ihm. Dann sog er prüfend die Luft ein, die aus dem Wagen kam. »Ach du liebe Güte, was ist denn das für ein Aroma? Kolumbianischer Kaffee? Oder haben wir vielleicht auf dem Weg zum Golfplatz eine kleine *muta* geraucht?«

Die Luft war schwer von dem Geruch nach Marihuana. Die Blonde war blaß geworden. Ich sah den Zigarrenanzünder auf dem Wagenboden liegen und hatte sofort den Verdacht, daß sie wahrscheinlich den Joint angezündet und ihn dann, als wir den Wagen anhielten, verschluckt hatte. Sie hatte eine ganz nette Figur und trug weiße Shorts, hochhackige Schuhe und eine tief ausgeschnittene Bluse, aber sie hatte sich mit so viel Haarspray frisiert, daß ihre Haare wie Draht aussahen, und sie trug eine dicke Schicht Make-up auf dem Gesicht, um die tiefen Pockennarben zu verdecken.

Ich öffnete die Wagentür. »Gehen Sie zurück ins Haus«, sagte ich.

»Aber das Tor ist verschlossen.«

»Dann tun sie das Klügste, was Sie seit Jahren getan haben, und gehen Sie weiter«, riet ich ihr.

»Ich weiß nicht, was ich machen soll, Julio.« Sie blickte zum Rücksitz des Wagens.

»Tun Sie, was ich Ihnen sage, Schätzchen. Ihr Latin Lover hier wird heute auf die Nase fallen«, sagte ich.

Ihre Augen zuckten nervös, und sie biß sich auf die Lippen, nahm dann ihre Handtasche aus dem Wagen, machte vorsichtig einen Bogen um mich und ging mit schnellen Schritten und klappernden Absätzen die Straße hinunter.

Ich lehnte mich durch das Seitenfenster in den Wagen. Segura und der Torwächter, dem Clete neulich eins in die Magengrube gegeben hatte, saßen hinter der eingebauten Bar und hatten Wodkagläser in den Händen. Die Papierservietten hatten sie mittels Gummibändern um die Gläser gewickelt. Segura trug gelbe Golfhosen, auf Hochglanz polierte braune Slipper und ein geblümtes weißes Hemd, das bis zum Bauch aufgeknöpft war. Sein merkwürdiges dreieckiges Gesicht mit den kleinen Hautperlen in den tiefen Stirnfalten sah mich gegen die jetzt tiefstehende Sonne an.

»Was zum Teufel glauben Sie, was Sie hier machen, Robicheaux?« fragte er.

»Ich will Ihnen nur zeigen, wie ein richtig schlechter Tag aussehen kann«, sagte ich.

»Was wollen Sie? Eine kleine Nummer umsonst? Irgendwas, was Sie in der Stadt gesehen haben?«

»Ich will Philip Murphy, Bobby Joe Starkweather und den kleinen Israeli.«

»Ich kenne diese Leute nicht. Sie kommen immer wieder in mein Haus und reden von Dingen, von denen ich nichts weiß.«

»Der alte Streak ist heut nicht besonders gut drauf, Julio«, sagte Clete. »Deine Freunde haben ihn neulich abends ganz schön fertiggemacht und ein paar häßliche Dinge getan. Jetzt sind sie verschwunden, aber dafür haben wir dich. Dich und diesen kleinen Paco-Kotzbrocken hier.« Er blies dem Torwächter den Rauch seiner Zigarette ins Gesicht.

»Sie wollen mich unter Druck setzen? Schön, ich bin Realist. Ich habe öfter geschäftliche Kontakte mit Polizeibeamten«, sagte Segura.

»Diesmal kommen Sie nicht davon, Julio«, sagte ich. »Alle Türen sind verschlossen. Nur noch Sie und ich.«

»Ruf Wineburger an«, befahl Segura seinem Torwächter.

Der andere Mann griff nach dem Telefon, das in einem in die Rückenlehne des Vordersitzes eingelassenen Kästchen aus Mahagoni steckte.

»Wenn du das Telefon auch nur anfaßt, steck ich's dir quer in den Hals«, sagte Clete zu ihm.

Der Mann lehnte sich wieder in die Lederpolster, sein Gesicht angespannt und beide Hände flach auf die Knie gelegt.

»Sie haben überhaupt nichts, Sie wissen nicht das Geringste.

Sie machen einfach nur Lärm, so, wie sich jemand in die Hose furzt«, sagte Segura.

»Dann versuchen wir's doch hiermit«, sagte ich. »Lovelace Deshotels war ein kleines, schwarzes Mädchen vom Lande. Sie hatte sich viel vorgenommen, für sich und für ihre Familie. Sie dachte, sie hätte das große Los gezogen, aber Sie haben nichts übrig für Weiber, die Ihnen den Schnaps wegsaufen und das Schwimmbekken vollkotzen, deshalb haben Sie sie gleich wieder zurückverfrachtet ins Affenhaus. Die Sache hatte nur den Haken, daß Sie es diesmal mit einer wirklich harten Nuß zu tun hatten, die sich nicht einfach so abschieben lassen wollte. Abgesehen davon kam sie auf diese verrückte Sache mit den Elefanten.« Ich beobachtete bei diesen Worten sein Gesicht. Es zuckte wie ein Gummiband. »Also was macht ein Macho wie Sie, wenn eine seiner Schnallen widerborstig wird? Er läßt sie von ein paar seiner Ganoven zum Angeln mitnehmen und mit dem gleichen Zeug ins Jenseits exportieren, für das sie ohnehin schon ihre Seele verkauft hat.

Jetzt werden Sie sicher überlegen, woher ich das weiß, stimmt's Julio? Ganz einfach. Die Typen, die für Sie arbeiten, leiden an verbalem Dünnschiß. Solche Informationen kriegt man an jedem Kneipentisch. Ich würde sagen, es sind nicht mehr als zwölf Leute, die wir jetzt schon damit vors Schwurgericht bringen könnten.«

»Dann tun Sie's doch, Sie Schlaumeier.«

»Ich bin noch nicht am Ende. Nur damit Sie auch alle Fakten haben, wenn Wineburger heut nachmittag versucht, Sie gegen Kaution freizukriegen. Ich werde den Wagen hier abschleppen, mit dem Staubsauger reinigen und dann mit der Brechstange auseinandernehmen lassen. In Louisiana gibt's für Drogenbesitz fünfzehn Jahre, und alles, was wir brauchen, ist ein bißchen von der verbrannten Asche am Zigarrenanzünder oder auf dem Polster. Sie können es drehen und wenden, wie Sie wollen, Sie sitzen in der Klemme.«

In diesem Moment beging Cletus den wahrscheinlich dämlichsten und überflüssigsten Fehler seiner gesamten Karriere.

»Und dieses kleine Schwein hier ebenfalls«, sagte er, griff durch das Fenster in den Wagen, packte die Nase des Torwächters und drehte sie einmal kräftig.

Die Augen des Mannes füllten sich mit Tränen, er versuchte, Clete auf die Hand zu schlagen, aber dann verschwand sein haariger, tätowierter Arm im ledernen Seitenfach der Wagentür.

»No la hagas! No la hagas!« schrie Segura auf.

Aber es war zu spät. Für uns alle. Der Torwächter hielt plötzlich eine vernickelte Automatik in der Hand und feuerte einen Schuß ab, der den Fensterrahmen traf und Clete mit einem Schauer von Glasscherben übersäte. Danach ging alles sehr schnell. Während ich hinten in meinen Gürtel griff und meine 45er packte, sah ich, wie Clete blitzschnell seine 9-Millimeter aus dem Halfter zog, in die Hocke ging und zu feuern begann. Ich trat einen Schritt zurück, um besseres Schußfeld zu haben und Segura nicht zu treffen, und schoß zur gleichen Zeit wie er, mit der Linken mein rechtes Handgelenk stützend, um den Rückstoß zu verringern. Ich gab fünf Schüsse ab, so schnell ich den Abzug betätigen konnte, und die Explosionen dröhnten mir in den Ohren, aber ich konnte nicht genau erkennen, was im Wageninneren passierte. Es war, als ob der Cadillac von einem Erdbeben getroffen würde. Die Luft war voller Lederfetzen, Schaumstoffstückchen aus der Polsterung, herumfliegender Glasscherben und Metallteile, Mahagonisplitter, zerbrochener Schnapsflaschen, Kordit, Qualm und einem Gemisch aus Blut und Wodka, das am Rückfenster hinunterlief.

Julio Segura hatte keine Chance. Er versuchte sich zu einem embryoähnlichen Ball zusammenzukrümmen und aus Cletes Schußlinie zu kommen, aber seine Lage war aussichtslos. Dann sprang er plötzlich auf und versuchte durch das Fenster an mich zu kommen, die Hände wie Klauen nach mir ausgestreckt. Seine Augen blickten mich flehend an, sein Mund war zu einem lautlosen Schrei aufgerissen. Ich hatte den Finger bereits am Abzug, und der Schuß traf ihn in den weitgeöffneten Mund und riß ihm den Hinterkopf weg.

Ich zitterte am ganzen Leib und konnte kaum atmen. Ich trat ein paar Schritte vom Cadillac weg und stützte mich auf Cletes Wagen, die 45er noch in der kraftlosen Hand. Cletes narbiges, aufgedunsenes Gesicht war so blutleer und angespannt, daß man ein Streichholz daran hätte entzünden können. Seine Kleidung war mit Glassplittern übersät.

»Dieser Hundsfott hat mich tatsächlich aus weniger als einem Meter Entfernung verfehlt«, stieß er hervor. »Hast du das gesehen? Dieses verdammte Fensterglas hat mir das Leben gerettet. Geh mal rüber und schau dir das an. Wir haben sie echt auseinandergenommen.«

In diesem Moment sahen wir, wie der Zwerg, der den Wagen gefahren hatte, ausstieg und auf seinen kurzen Stummelbeinen mitten auf der Straße davonlief, während gleichzeitig lautes Sirenengeheul näher kam. Clete brach in ein hilfloses Kichern aus.

5

Am nächsten Morgen saßen Clete und ich an unseren Schreibtischen in dem kleinen, mit Glasscheiben abgeteilten Büro mit den schmutziggelben Wänden, die mich immer an die Umkleidekabinen im YMCA-Sportclub erinnerten. Cletus tat, als lese er ein ausführliches Memo von unserem Abteilungsleiter, aber entweder blickten seine Augen nur ins Leere oder er litt unter einem schmerzhaften Kater. Er rauchte eine Zigarette nach der anderen und kaute ständig Pfefferminzbonbons, um seinen Atem aufzufrischen, aber der Scotch der letzten Nacht steckte noch tief in seinen Eingeweiden. Wir hatten beide bereits unsere Berichte für Captain Guidry geschrieben.

»Das war das letzte Mal, daß ich dich rausgehauen habe, Clete«, sagte ich.

»Was soll das heißen, mich rausgehauen? Ich hatte dem Kerl längst eine zwischen die Rippen verpaßt, eh du einen einzigen Schuß abgegeben hast.«

»Ich spreche von was ganz anderem. Du hast die Sache provoziert. Es hätte nicht passieren müssen.«

»Davon bist du überzeugt, was? Und was wäre gewesen, wenn Paco mit seiner Automatik losgeballert hätte, während du Segura die Handschellen anlegst? Er hatte neun Schuß im Magazin. Damit hätte er uns beide in Stücke gelegt.«

»Du hast es provoziert.«

»Und wenn schon. Zwei miese Gauner, aus denen man längst Hühnerfutter hätte machen sollen. Du kannst dir die Blumen und Kränze sparen, Dave. Niemand wird's im geringsten interessieren, wie es Julio Segura erwischt hat. Ich bin sicher, du findest keine drei Leute, die auf seine Beerdigung gehen.«

»Darauf würd ich nicht wetten.«

Sergeant Motley kam den Flur entlang und blieb in der Tür unseres Büros stehen. Er war gerade von draußen hereingekommen, und sein runder schwarzer Kopf glänzte vor Schweiß. Er leckte genüßlich an einer Eiswaffel, und sein dicker Schnurrbart war mit dem Zeug bekleckert.

»Jemand im Labor hat mir gesagt, sie mußten Seguras Hirn mit dem Schlauch von den Polstern spritzen«, sagte er.

»Wirklich? Klingt wie ein Werbespot für Kopfschmerztabletten«, antwortete Clete.

»Rat mal, was ich noch gehört habe«, fuhr Motley fort.

»Wen interessiert das«, gab Clete zurück.

»Dich zum Beispiel, Purcel. Die Jungs vom Labor sagen, der Cadillac war alles andere als sauber. Reste von einem Joint am Zigarettenanzünder, Koksspuren auf dem Boden. Wer hätte gedacht, daß Seguras Nutten so leichtsinnig sind?« Er lächelte. »Ihr habt doch die Mine nicht selber gespickt, oder?«

»Warum so eklig, Motley?« fragte Clete. »Liegt das daran, daß Sie so fett und häßlich sind, oder sind Sie einfach bloß fett und dämlich. Wir zerbrechen uns darüber schon eine Weile den Kopf.«

»Tatsache ist, daß das Mädchen ausgesagt hat, ihr beide hättet Segura gedroht, diesmal würde er tief abstürzen. Nicht besonders schlau von unseren beiden Bobbsey-Zwillingen im Morddezernat«, sagte Motley.

»Trinken wir auf die schnelle Ausbreitung der Sichelzellanämie«, sagte Clete und prostete Sergeant Motley mit seiner Kaffeetasse zu.

»Mein Schwanz in deinem Ohr«, sagte Motley.

»Hört auf«, sagte ich.

»Bei dem Typ braucht man entweder 'ne Menge Humor oder 'ne Dose Insektenspray«, sagte Clete.

Ein paar Minuten später ließ mich Captain Guidry zu sich rufen. Ich war nicht gerade erpicht darauf, mit dem Captain zu reden, aber doch erleichtert, daß ich auf diese Weise wenigstens Clete aus dem Wege gehen konnte.

Captain Guidry kratzte sich die wenigen transplantierten Haarbüschel auf seinem Schädel und sah mich mit seinen hinter einer Hornbrille versteckten Augen an. Mein Bericht und der von Clete lagen vor ihm auf dem Schreibtisch.

»Das Labor hat in dem Wagen Aschenreste von Marihuana und einige Körnchen Kokain gefunden«, sagte er. Seine Stimme klang ausdruckslos und reserviert.

»Motley hat's uns grade erzählt.«

Er nahm einen Bleistift und trommelte sich damit auf die Handfläche.

»Darüber hinaus haben die Untersuchungen ergeben, daß ein aus dem Innern des Wagens abgegebener Schuß den Fensterrahmen traf und eine Menge Glassplitter auf die Straße geschleudert wurden«, fuhr er fort. »Ein zweiter Schuß durchschlug das Dach des Wagens, was darauf schließen läßt, daß der Schütze zu diesem Zeitpunkt bereits getroffen war. Ein Gartenarbeiter, der auf einem Grundstück auf der anderen Straßenseite arbeitete, hat ausgesagt, er hätte ein Geräusch wie von einem Feuerwerkskörper aus dem Cadillac kommen hören, und dann hätte er gesehen, wie Sie beide angefangen haben zu schießen. Es sieht also sehr gut für Sie aus, Dave.«

»Und was hat der Zwerg ausgesagt?« fragte ich.

»Gar nichts. Alles, was er will, ist ein Flugticket nach Managua.«

»Ich hab trotzdem das Gefühl, daß Sie mir irgendwas verschweigen, Captain.«

»Ich bin Ihre Berichte durchgegangen. Wirklich saubere Arbeit. Ich schätze, Sie werden keine Probleme mit den Leuten von der Dienstaufsicht haben.«

»Freut mich zu hören.«

»Wenn Sie mich fragen, stinkt die Sache zum Himmel. Können Sie mir erklären, warum ein Kerl ohne Vorstrafen, den Whiplash Wineburger in weniger als dreißig Minuten wieder auf freiem Fuß hätte, sich auf eine Schießerei mit zwei bewaffneten Cops einlassen sollte?«

Ich antwortete nicht.

»Glauben Sie etwa, daß der Bursche Selbstmordabsichten hatte?« fragte der Captain.

»Ich weiß es nicht.«

»Oder hat Segura ihm den Befehl gegeben?«

»Nein.«

»Warum um alles in der Welt hat der Bursche sich dann selber das Licht ausgepustet?« Seine Hand packte den Bleistift fester.

»Ich dachte, die Jungs von Internal Affairs werden dafür bezahlt, so was rauszufinden.«

»Zum Teufel mit Internal Affairs. Ich mag's nicht, wenn ich

einen Bericht vorgelegt kriege, in dem ich die passenden Antworten selber einsetzen darf.«

»Ich kann nichts weiter sagen, Captain.«

»Ich schon. Ich glaube, da draußen ist was ganz anderes vorgefallen. Außerdem glaube ich, daß Sie Purcel decken. Das hat nichts mit Loyalität zu tun, das ist reine Dummheit.«

»Der entscheidende Punkt in meinem Bericht ist, daß jemand einen Polizeibeamten mit der Waffe bedroht und auf ihn geschossen hat.«

»Reden Sie sich das ruhig ein. In der Zwischenzeit möchte ich Ihnen sagen, was ich von der Sache halte. Die Jungs von Internal Affairs werden einen Haufen Zeug vor sich hinbrummeln, Ihnen ein paar unangenehme Fragen stellen und Ihnen vielleicht eine Zeitlang auf der Pelle sitzen. Vielleicht versuchen sie sogar, Sie zu pieken. Aber am Ende wird man Sie für schuldlos erklären, und alle laden Sie beide zum Bier ein. Aber der Verdacht eines vermeidbaren Todesfalls wird an Ihnen klebenbleiben. Das ist wie eine Wolke, die Sie hinter sich herziehen, wohin Sie auch gehen. Manchmal wird aus so was eine Art Legende. Denken Sie an Motley und die gefesselten Jungs, die damals im Fahrstuhl erstickt sind?«

Ich konnte ihm nicht ins Gesicht sehen.

»Es ist einfach eine Sache zwischen Purcel und anderen Leuten, Captain. Ich hab den Vorfall da draußen jedenfalls nicht angezettelt«, sagte ich.

»Tut mir leid, daß Sie diese Haltung vertreten, Dave.« Er öffnete die Hand und ließ den Bleistift auf die Schreibtischunterlage fallen. »Ich möchte Ihnen noch einen Rat mit auf den Weg geben. Nehmen Sie Purcel zu ein paar von Ihren Sitzungen mit. Und noch was. Wenn Sie weiter drauf bestehen, einen Partner zu dekken, der die Kontrolle über sich verloren hat, dann sollten Sie auch die Konsequenzen tragen.«

Es war nicht gerade der ideale Vormittag.

Eine halbe Stunde später klingelte das Telefon in unserem Büro.

»Dreimal dürfen Sie raten, wer dran ist«, sagte die Stimme am anderen Ende.

»Die Howdy-Doody-Show.«

»Und nun raten Sie mal, was ich gerade mache.«
»Ich bin nicht interessiert.«
»Ich sehe mir gerade die wunderbaren Fotos auf der Titelseite der *Picayune* an«, sagte Fitzpatrick. »Offenbar habe ich Ihren Sinn für Dramatik unterschätzt. Das sind genau die Fotos, wie wir sie früher immer in der *Police Gazette* gesehen haben – grobkörnige Schwarzweißaufnahmen, aufgerissene Autotüren, aus dem Wagen hängende Leichen, riesige Blutlachen auf den Sitzen. Herzlichen Glückwunsch. Sie haben die einzige gute Verbindung gekappt, die wir hatten.«
»Wenn Sie mir heute morgen an den Karren fahren wollen, müssen Sie sich anstellen. Was mich betrifft, so haben Sie meine Zeit schon mehr als nötig in Anspruch genommen. Tatsache ist –«
»Halten Sie die Klappe, Lieutenant.«
»Was haben Sie gesagt?«
»Sie haben mich verstanden. Ich bin verteufelt wütend. Sie haben eine Menge Schaden angerichtet.«
»Sie waren nicht da draußen, Freundchen.«
»Nicht nötig. Ich hatte von Anfang an so ein Kribbeln in den Eiern, daß so was passieren könnte, und Sie haben mich nicht enttäuscht.«
»Würden Sie mir das mal erklären?«
»Ich weiß nicht, ob Sie's verkraften können. Ich dachte immer, Sie wären ein intelligenter Kerl. Statt dessen sieht es aus, als könnten sie keinen Fuß vor den anderen setzen, ohne daß Ihnen jemand wie in der Tanzschule die Schritte beibringt.«
Ich antwortete nicht. Meine Hand hatte sich um den Telefonhörer gekrampft und war schweißnaß. Clete warf mir einen neugierigen Blick zu.
»Können Sie frei sprechen?« fragte Fitzpatrick.
»Ich bin in meinem Büro.«
»Und wer ist bei Ihnen?«
»Mein Partner, Purcel.«
»Natürlich können Sie frei sprechen«, sagte er mit einem ärgerlichen Ton. »Ich hole Sie in zehn Minuten vor der Acme Oyster Bar an der Iberville ab. Ich fahre einen blauen Mietwagen, einen Plymouth.«

»Ich fürchte, das wird nichts.«

»Entweder Sie kommen, oder ich komme heute abend raus zu Ihrem Hausboot und schlage Ihnen die verdammten Zähne ein. Das ist ein Versprechen.«

Ich wartete zehn Minuten auf der Straße vor der Austernbar auf ihn, ehe ich hineinging und mir einen Becher Dr. Pepper mit viel zerstoßenem Eis und einer Scheibe Zitrone geben ließ. Mit dem Becher in der Hand stellte ich mich wieder auf die Straße und trank. Ich konnte die Kirchtürme der St. Louis Cathedral sehen, wo ich manchmal zur Messe ging. Sie glänzten in der klaren Morgenluft. Als Fitzpatricks Wagen endlich am Straßenrand hielt, hatte sich meine Wut so weit gelegt, daß ich ihn nicht mehr unbedingt an der Krawatte aus dem Auto zerren wollte. Sobald ich allerdings auf dem Beifahrersitz Platz genommen hatte, griff ich zum Zündschlüssel und stellte den Motor ab.

»Bevor wir irgendwo hinfahren, möchte ich ein paar Dinge klarstellen«, sagte ich. »Ich finde, Sie haben noch lange nicht das Recht, anderen Leuten zu sagen, sie sollen die Klappe halten, oder ihnen am Telefon zu drohen. Aber wenn Sie glauben, daß Sie wirklich ein harter Bursche sind, können wir gern zum YMCA gehen und uns ein paar Handschuhe geben lassen. Dann werden wir ja sehen, wie sich die Sache entwickelt.«

Er nickte und klopfte gleichmütig mit den Fingernägeln auf das Lenkrad.

»Keine Angst, die haben auch jemand für Erste Hilfe, falls Sie ein Bluter sein sollten«, fügte ich hinzu.

»Okay, okay, ich hab's verstanden.«

»Sie sind gar nicht so hart, wie Sie tun, was?«

»Ich wollte Sie bloß aus Ihrem Büro rausholen. Wenn Sie sich umsehen, werden Sie feststellen, daß Sie in meinem Wagen sitzen und nicht in meinem Büro. Ist es Ihnen recht, wenn ich jetzt losfahre?«

»Ich hab den Eindruck, Ihr Regierungstypen müßt alles auf die komische Tour machen. Wär's nicht viel einfacher, wenn wir beide in Captain Guidrys Büro gingen und uns wie vernünftige Menschen unterhalten? Uns liegt ebensowenig dran wie Ihnen, daß Philip Murphy und seine abgerichteten Psychopathen hier in New Orleans rumtoben. Der Captain ist ein guter Mann. Er wird Ihnen helfen, wenn er kann.«

Fitzpatrick ließ den Wagen an und fädelte sich in den Verkehr ein. Das Sonnenlicht fiel auf sein sommersprossiges Gesicht und sein rotgestreiftes Arrow-Hemd.

»Ist Purcel ein guter Mann?« fragte er.

»Er hat ein paar Probleme, aber die kriegt er in den Griff.«

»Glauben Sie, daß er sauber ist?«

»Soweit ich weiß, ja.«

»Vor sechs Wochen waren wir mal dienstlich in einer dieser Absteigen. Sein Name stand in dem Notizbuch des Mädchen. Er war offenbar regelmäßig bei ihr, einmal die Woche. Und es gab auch keine Eintragung über den Preis.«

Ich holte tief Luft.

»Er hat schon seit 'ner Weile Probleme mit seiner Ehe«, erklärte ich.

»Hören Sie auf. Wir sprechen von einem kompromittierten Cop, der gestern grundlos auf jemanden geschossen hat, der ein von der Regierung geschützter möglicher Zeuge war. Wer von Ihnen beiden hat Segura umgelegt?«

»Das war ich. Er hat versucht, aus dem Wagen zu kommen, und ging ganz plötzlich auf mich los.«

»Ich wette, Purcel hat ihm bereits vor Ihnen eine verpaßt. Was sagt der Autopsiebericht?«

»Keine Ahnung.«

»Großartig.«

»Wollen Sie mir einreden, Clete wollte Segura von Anfang an umlegen?«

»Das wäre eine Möglichkeit.«

»Kauf ich Ihnen nicht ab.«

»Es gibt vieles, was Sie mir nicht abkaufen, Lieutenant. Aber Leute wie Sie gibt es bei uns im Büro auch. Das ist der Grund, warum die mich nächste Woche wieder nach Boston zurückschicken.«

»Sie arbeiten also nicht mehr an dem Fall?«

»Nicht mehr lange jedenfalls. Ich bin nicht weitergekommen, und ein Haufen andere Arbeit wartet auf mich.«

Er sah mich von der Seite an, und zum erstenmal empfand ich so etwas wie Sympathie für ihn. Zwar wurde er stets ausfällig, aber offenbar war er eine ehrliche Haut. Wir kauften uns eine Ladung gebratener Shrimps und zwei Portionen braunen Reis und setzten uns zum Essen in einen kleinen, schattigen Park an der Napoleon Avenue. Ein paar Jungs, Schwarze, Weiße und Chicanos, spielten eine Runde Baseball vor einem alten Fangnetz aus Hühnerdraht. Die Typen waren eindeutig aus der Unterschicht oder zumindest aus Arbeiterfamilien und spielten mit ungeheurem Körpereinsatz und ziemlich riskant. Der Pitcher warf ziemlich gemein und zielte immer wieder auf den Kopf des Schlagmanns, die Läufer attackierten sich mit Knien und Ellenbogen und scheuerten sich die Gesichter bei ihren Hechtsprüngen auf, der Fänger versuchte immer wieder mit bloßen Händen den Ball direkt vor dem Schläger zu erwischen, und der Bursche an der dritten Base stand so weit innen, daß er bei einem Schlag entlang der Linie Kopf und Kragen riskierte. Mir wurde klar, warum Ausländer angesichts dieser unschuldigen und naiven Aggressivität bei uns Amerikanern immer so überrascht sind.

»Haben Sie bei dieser Sache schon mal eine Bemerkung über Elefanten gehört?« fragte ich Fitzpatrick.

»Elefanten? Nicht, daß ich wüßte. Wo haben Sie das aufgeschnappt?«

»Ich hab gehört, daß Lovelace Deshotels gekichert und was von Elefanten erzählt haben soll, als Seguras Leute sie mit Stoff vollgepumpt haben. Ich habe Segura gegenüber eine entsprechende Bemerkung fallen lassen, und er ist zusammengezuckt wie vom Stromschlag getroffen.«

»Nun, wir haben noch eine zweite Chance. Ich habe die Zimmernachbarin des Mädchens gefunden, eine Mexikanerin, die im gleichen Massagesalon arbeitet. Die würde diesen Mistkerlen liebend gerne eins auswischen.«

»Warum kommt sie dann zu Ihnen und nicht zu mir?«

»Sie scheint der Meinung zu sein, bei Ihnen gibt's Kretins. Kennen Sie einen Sergeant bei der Sitte, der Motley heißt?«

»Allerdings.«

»Nun, sie sagt, er hat immer den Reißverschluß offen.«

»Könnte hinhauen.«

»Sie tanzt in einer dieser Nacktbars draußen am Flughafen. Sie hat gesagt, für dreihundert Dollar würde sie uns ein paar interessante Typen liefern. Mit dem Geld möchte sie mit ihrer kleinen Tochter nach San Antonio zurück und Friseuse lernen.«

»Klingt, als macht sie Ihnen was vor.«

»Ich glaube, sie meint es ehrlich. Ihr Freund war ein ehemaliger Nationalgardist aus Nicaragua, der für Segura gearbeitet hat. Dann hat er sie verprügelt und ihr das ganze Geld abgenommen. Wirklich heiße Typen, muß ich sagen. Und jetzt will sie unbedingt raus aus der Stadt. Klingt ganz einleuchtend.«

»Ich würde sagen, Sie versucht Ihnen die gleichen Informationen zu verkaufen, die mir Didi Gee vor 'ner Weile gegeben hat.«

»Sie hat mir auch von Bobby Starkweather erzählt. Ihrer Meinung nach ist er ein latenter Schwuler und hat Schwierigkeiten mit Frauen. Er soll eine Kellnerin aus dem Hotelfenster geworfen haben, und einer der Ganoven von hier wurde dafür in Angola gegrillt.«

Ich wandte den Kopf und sah zu den Baseball spielenden Jungs hin.

»Was ist denn?« fragte Fitzpatrick.

»Ich hab ihn gekannt. Sein Name war Johnny Massina.«

»Waren Sie mit ihm befreundet oder was?«

»Ich hab ihm mal geholfen, vom Schnaps wegzukommen. Hat dieses Mädchen eine Ahnung, wo sich Starkweather aufhalten könnte?«

»Sie hat nur vage Andeutungen gemacht.«

»Das hab ich mir gedacht«, sagte ich. »Wenn Sie wollen, können Sie mir ja ihren Namen und ihre Adresse aufschreiben, auch wenn ich im Augenblick keine Zeit dafür habe. Die haben mich momentan ziemlich an der kurzen Leine.«

»Lieutenant, darf ich noch mal ein persönliches Thema ansprechen?«

Ich hatte schon den Mund geöffnet, um zu sagen: »Warum nicht?« Schließlich hatte er sich vorher noch nie irgendwelche Zurückhaltung auferlegt. Aber noch ehe ich antworten konnte, sprach er schon weiter.

»Offensichtlich sind Sie ein guter Polizist und legen großen Wert auf Ihr Privatleben, aber Sie sind Katholik, und als solcher müssen Sie sich doch Gedanken drüber machen, was da unten geschieht«, sagte er.

»Wo unten?« Ich kannte die Antwort bereits, hatte aber keine Lust, mit ihm darüber zu diskutieren.

»In Mittelamerika. Da unten machen sie schlimmen Mist mit unseren Leuten. Sie bringen Priester und friedliche Nonnen um, und das mit den M-16 und M-60-Maschinengewehren, die wir ihnen liefern.«

»Ich finde, Sie sollten die Verantwortung nicht auf sich nehmen.«

»Es ist unsere Kirche. Das sind unsere Leute. Sie müssen dieser Tatsache ins Auge sehn, Lieutenant.«

»Das streitet auch niemand ab. Aber jeder muß wissen, wo seine Grenzen liegen, das ist alles. Das haben schon die alten Griechen verstanden, und Leute wie Sie und ich können davon 'ne Menge lernen.«

»Sie halten das wirklich für einen guten Ratschlag, was?« sagte er.

»Auf jeden Fall besser, als sich den Kopf zu zermartern.«

»Wo Sie schon so viel für klassische Metaphern übrig haben, wie wär's mit dieser: Was ist wohl der Grund, warum wir Prometheus bewundern und für Polonius nur Verachtung übrig haben? Sie sollten vorsichtig sein, wenn Sie sich mit einem Jesuitenschüler anlegen, Lieutenant. Verbal haben wir Leute wie Sie schon vor Jahrhunderten auseinandergenommen.«

Er grinste mich an wie ein Pitcher in der Schule, wenn ihm ein gefährlich geschnittener Ball gelungen war, bei dem man sich fast den Arm ausgerenkt hatte.

Am Abend fuhr ich zum Campus der Tulane Universität, um mir das Konzert des Streichquartetts anzuhören, in dem Annie Ballard mitspielte. Sie sah bezaubernd aus, wie sie mit dunklem Rock und weißer Rüschenbluse auf der hellerleuchteten Bühne saß. Sie wirkte aufgeregt und konzentriert zugleich, während sie den Blick fest auf die Partitur auf dem Notenständer vor sich gerichtet hatte und mit dem Bogen über die Saiten ihres Cellos strich. Irgendwie hatte ihr Gesicht etwas wunderbar Kindliches an sich, wie sie so spielte, einen Ausdruck, den man bei Menschen sieht, die eine Art Verwandlung durchzumachen scheinen, wenn sie sich mit etwas beschäftigen, das ihnen allein gehört. Nach dem Konzert waren wir zu einer kleinen Party im Freien irgendwo im Garden District eingeladen. Die Bäume waren mit japanischen Lampions geschmückt, die Scheinwerfer des Schwimmbeckens glommen gedämpft im smaragdgrünen Wasser, die Luft war schwer vom Duft des Jasmins, der Rosen und der frisch umgegrabenen und gewässerten Erde der Rabatten, und die schwarzen Kellner liefen mit großen Tabletts voller Champagnergläser und kühler tropischer Cocktails herum und boten sie den in Abendkleidern und Sommeranzügen erschienen Gästen an.

Sie amüsierte sich großartig. Ich sah, daß der Schleier der Angst und des Selbsthasses, den Bobby Joe Starkweather in ihr geweckt hatte, aus ihren Augen verschwunden war, und sie tat ihrerseits ihr bestes, um mich vergessen zu lassen, was gestern nachmittag auf dem Rücksitz von Julio Seguras Cadillac geschehen war. Trotzdem blieb ich egoistisch.

Ich konnte die Erinnerung an die zehn Sekunden nicht verdrängen, die zwischen dem Augenblick lagen, da der Torwächter seine Automatik aus der Seitentür gezogen hatte, und dem Moment, als die 45er in meiner Hand losging und Seguras Kopf im Innern des Wagens zerplatzte. Ich war überzeugt, daß Segura im Gegensatz zu den meisten bedauernswerten Typen, mit denen wir es sonst zu tun hatten, ein wirklich abgrundtief böser Mensch gewesen war, aber jeder, der schon mal auf einen anderen geschossen hat, kennt das schreckliche, vom Adrenalin aufgepeitschte Gefühl von Allmacht und Arroganz, das einen in solchen Augenblicken überkommt, und die heimliche Freude, mit der man auf die Gelegenheit reagiert, die sich einem da plötzlich bietet. Ich hatte es in Vietnam erlebt, und auch als Polizeibeamter war ich schon zweimal in einer solchen Situation gewesen, und ich war mir der Tatsache bewußt, daß das wilde, affenartige Wesen, von dem wir alle abstammen, in meinem Innern überaus lebendig war.

Außerdem gingen mir ständig die Vorwürfe durch den Kopf, die mir Fitzpatrick in bezug auf meinen Glauben und meine

Menschlichkeit gemacht hatte. Ich versuchte alles, um ihn einfach abzutun als kleinen Jungen, als Idealisten, als einen dieser scharfen Jungs von der Bundespolizei, die wahrscheinlich gegen eine Menge Vorschriften verstießen und am Ende früher oder später einfach ausrasteten. Wenn er nicht Agent des Schatzamtes wäre, dann wäre er sicher einer von denen, die Hühnerblut über Musterungsakten gossen. Ein halbes Dutzend von der Sorte konnte eine ganze Stadt in Brand stecken.

Aber ich wurde ihn nicht so einfach los. Ich mochte ihn irgendwie, und er hatte meinen Stolz verletzt.

Ich gab mir alle Mühe, mir einen schönen Abend zu machen. Die Gäste dieser Gartenparty kamen aus einer ganz anderen Welt als ich, aber sie wirkten angenehm und freundlich und gaben sich alle Mühe, mir gegenüber Höflichkeit zu zeigen. Auch Annie war ein wunderbares Mädchen. Wenn sie sah, daß ich in Gedanken nicht mehr bei unserer Unterhaltung war, legte sie sanft ihre Hand auf meine Hand und lächelte mich mit Blikken an. Aber es nützte nichts. Ich gab es schließlich auf, murmelte eine Entschuldigung, daß ich am nächsten Morgen früh arbeiten müsse, und fuhr sie nach Hause. Als wir auf der Veranda standen und ich ihr sagte, daß ich diesmal leider nicht mit reinkommen könne, sah ich den verletzten Ausdruck in ihren Augen.

»Bist du gern allein, Dave?« fragte sie.

»Nein. Das ist kein angenehmes Leben.«

»Ein andermal, ja?«

»Ja. Tut mir leid wegen heut abend. Ich ruf dich morgen an.«

Sie lächelte, und dann war sie verschwunden. Als ich nach Hause fuhr, fühlte ich mich so depressiv wie schon seit Jahren nicht mehr.

Warum? Der Grund war einfach der, daß ich trinken wollte. Und es ging nicht etwa darum, mich langsam wieder daran zu gewöhnen, mit gelegentlichen Manhattans in einer vornehmen Bar mit Mahagonitäfelung und Messingläufen, mit rot gepolsterten Ledernischen und langen Reihen blankgeputzter Gläser vor einem endlos langen Spiegel. Mich verlangte nach einer richtigen Ladung. Was ich wollte, war Jack Daniel's mit Faßbier, Wodka auf Eis, Jim Beam pur mit einem Glas Wasser dazu, scharfer Tequila, der einem den Atem nimmt und im eigenen Saft schmoren läßt. Und all das in einer heruntergekommenen Kneipe an der Decatur oder Magazine Street, wo ich mich einfach gehenlassen konnte und meine häßliche Visage im Spiegel nur eines dieser trunkenen Bilder war, wie der vom Neonlicht erhellte Regen, der an die Fenster schlug.

Nach vier Jahren der Abstinenz wollte ich mal wieder meinen Kopf mit Spinnen und Würmern und Schlangen füllen, die sich an dem Teil von mir mästeten, den ich jeden Tag aufs Neue vergewaltigte. Ich sagte mir, daß der Tod von Julio Segura schuld daran war. Ich kam schließlich zu dem Ergebnis, daß die Versuchung, zu Alkohol und Selbstzerstörung zurückzukehren, vielleicht sogar ein Zeichen dafür war, daß mit meiner Menschlichkeit noch alles stimmte. An diesem Abend betete ich den Rosenkranz und fiel erst in Schlaf, als sich das erste graue Licht der Morgendämmerung am Himmel zeigte.

Auch am folgenden Nachmittag mußte ich immer wieder an Sam Fitzpatrick denken. Ich rief das Büro für Alkohol, Tabak und Feuerwaffen an und erfuhr vom Wachhabenden, daß Fitzpatrick nicht im Hause war.

»Mit wem spreche ich, bitte?« fragte er mich.

Ich nannte meinen Namen und erklärte, wer ich war.

»Rufen Sie von Ihrem Büro aus an?«

Ich bejahte.

»Gut, ich werde in zwei Minuten zurückrufen«, sagte er und hängte ein.

Und richtig. Kaum eine Minute später läutete das Telefon. Die Leute von der Bundespolizei waren vorsichtig geworden.

»Wir machen uns Sorgen um ihn. Er hat sich nicht bei uns gemeldet, und er ist auch nicht in seinem Motel«, sagte der Beamte. »Sind Sie der Mann, der Segura weggeputzt hat?«

»Ja.«

»Ein schwarzer Tag in Black Rock, was?« sagte er mit einem Lachen.

»Haben bei Ihnen alle einen so ausgeprägten Sinn für Humor?« fragte ich zurück.

»Wir haben einen Agenten, der nicht im Nest ist, Lieutenant. Haben Sie irgendwelche Informationen, die uns weiterhelfen?«

»Er wollte ein mexikanisches Mädchen aufsuchen, eine Nackttänzerin, die draußen am Flughafen arbeitet. Sie hat ihm wohl erzählt, sie könnte ihn zu ein paar von Seguras Leuten führen.«

»Darüber wissen wir schon Bescheid. Gibt's sonst noch was?«

»Das ist alles.«

»Bleiben Sie in Verbindung. Kommen Sie doch einfach mal auf 'ne Tasse Kaffee vorbei. Wär gut, wenn wir zu Ihnen und Ihren Leuten besseren Kontakt hätten. Und noch was, Lieutenant. Agent Fitzpatrick hat die bedauerliche Angewohnheit, hin und wieder ein paar unserer Kompetenzen zu überschreiten. Das soll aber nicht bedeuten, daß lokale Behörden jetzt damit anfangen, ihrerseits in unsere Zuständigkeit einzudringen. Ich hoffe, Sie verstehen, was ich meine, oder?«

Nach kurzem Schweigen wurde die Verbindung unterbrochen.

Am späten Nachmittag stattete ich der Wohnung der kleinen Mexikanerin draußen in Metairie einen Besuch ab. Niemand war zu Hause, und die Hausverwalterin sagte mir, sie habe das Mädchen – ihr Name war Gail Lopez – und auch ihre Tochter schon ein paar Tage nicht mehr gesehen. Ich steckte ein kleines Stück durchsichtiges Klebeband zwischen die Unterkante der Tür und die Schwelle und fuhr dann in der einsetzenden Dämmerung zu dem Striplokal beim Flughafen.

Dicht neben der Straße hoben die großen Düsenmaschinen von der Startbahn ab und donnerten im Tiefflug direkt über die Kneipe hinweg in den lavendelfarbenen Himmel. Das Gebäude bestand aus Betonsteinen, die man violett angemalt hatte. Die Tür war rot wie Nagellack, und im Inneren roch es nach Zigarettenrauch, klimatisiertem Dunst und Desinfektionsmitteln aus den Toiletten. Hinter der Bar gab es eine Art Bühne oder besser Laufsteg, auf dem ein Komiker mit einem Gesicht, das aussah wie vertrocknetes Pergament, seine leblose und langweilige Nummer abzog, ohne daß ihm auch nur einer der Gäste an der Bar oder an den Tischen zuhörte. Mitten in seiner Show setzten ein paar Rocker in der Ecke die alte Musikbox in Betrieb und drehten die Lautstärke voll auf.

Der Barkeeper war ein großer Bursche von ungefähr dreißig Jahren. Sein Schädel war oben völlig kahl und glänzend, und er hatte das Schläfenhaar mit viel Pomade nach hinten gekämmt. Er trug schwarze Hosen, ein weißes Hemd und eine schwarze Samtweste wie ein professioneller Barmann, aber seine muskulösen Arme, sein kräftiger Hals, der enorme Brustkorb und der Holzhammer auf dem Regal hinter ihm deuteten an, daß er noch andere Qualitäten hatte. Ich fragte ihn nach Gail Lopez.

»Erkennen Sie mich denn nich mehr, Lieutenant?« fragte er und lächelte.

Ich kniff die Augen zusammen und starrte ihn gegen das gleißende Licht auf der Bühne an.

»So vor fünf oder sechs Jahren, stimmt's?« fragte ich. »Wenn ich mich recht erinnere, ging's darum, daß Sie mit 'nem Lieferwagen der *Picayune* irgendwie einen der Betriebsräte von der Transportarbeitergewerkschaft überfahren hatten.«

»Is genau gesagt acht Jahre her, und außerdem hab ich nie Gelegenheit gehabt, meine Seite der Geschichte zu erzählen, Lieutenant. Aber das spielt jetzt keine Rolle mehr. Ich zieh's vor, mir was Neues vorzunehmen, statt vor was Altem wegzulaufen. Verstehen Sie, was ich meine? Aber ich möcht Sie um 'nen kleinen Gefallen bitten. Mein Bewährungshelfer muß doch nich unbedingt von der Sache hier erfahren, oder? Er is ein netter Kerl und fängt sofort an, sich Sorgen zu machen, und er würd's nich gern sehen, daß ich in 'nem Rattenloch wie dem hier arbeite, aber ein paar von den Leuten in der Gewerkschaft ham irgendwie was gegen mich und wollen mir meine Mitgliedskarte nich wiedergeben, und es gibt nich grade 'ne Menge Jobs, wo ich sechs Dollar pro Stunde plus Trinkgeld krieg. Zum Deibel, die Arbeit hier is menschenunwürdig. Ich muß mit mein Fingern die Kippen aus'm Pissoir holen und die Toiletten schrubben und jedesmal das ganze Zeug aufwischen, wenn einer von den Scheißern mir hier die Bude vollkotzt. Aber was soll's. Was darf ich Ihnen geben, Lieutenant? 'türlich auf meine Rechnung.«

»Im Augenblick möchte ich nichts, vielen Dank. Was ist mit Gail Lopez?«

»Na ja, was soll ich Ihnen sagen. Die Mädchen ham alle ganz schön zu tun, verstehen Sie, was ich meine? Die Kundschaft hier besteht bloß aus kleinen miesen Typen, Lieutenant. Schmalzlokken, Schläger, Gecken und Schwachköppe, die Spaß dran ham, wenn sie sich mit mir anlegen können, bis se kurz vor'm Abkippen sin, verstehen Sie, was ich meine? Da is'n Typ, der kommt jeden Abend rein und löst seine Demerol in 'nem Glas Wild Turkey auf, und wenn ich zu ihm sag: ›Schönes Wetter heute‹, oder: ›Hat ja ordentlich gegossen heut nachmittag‹ oder so, dann antwortet er bloß: ›Blabla‹. Wenn ich ihn frage, ob er noch 'nen Drink will, sagt er ebenfalls: ›Blabla‹. ›Wollen Sie noch 'n paar Erdnüsse?‹ – ›Blabla.‹ – ›Wenn Sie sich über mich lustig machen wollen, sind Sie hier am falschen Ort!‹ – ›Blabla.‹«

»Hören Sie, Charlie, ich such 'nen Typen, der aussieht wie 'ne wandelnde Sommersprosse.«

»Ich hab ihn nich gesehen. Schaun Sie sich doch bloß um, Lieutenant. Einer wie der würd in diesem Laden auffallen wie 'n Scheißhaufen in der Eiskremfabrik. Aber Sie können se ja selber fragen. Sie muß so ungefähr in 'ner Stunde hier sein.«

Ich wartete geduldig zwei Shows lang, die darin bestanden, daß ein halbes Dutzend nackter Mädchen zu den Klängen einer Dreimannkapelle tanzte, die ihre Instrumente offenbar nach einer Schnarrtrommel gestimmt hatte. Die Mädchen trugen nur dünne Goldkettchen um Fußgelenke und Bauch, und ihre Gesichter leuchteten in einer Art innerem narzißtischen Vergnügen, das nichts mit der Realität um sie herum zu tun hatte. Sie wiegten sich hin und her und hoben die Arme über den Kopf, als würden sie im Wasser schwimmen, und hin und wieder trafen sich ihre Blicke und strahlten wie in heimlichem Einverständnis kurz auf.

Der Barmann war die ganze Zeit damit beschäftigt, gelangweilt seine Gläser in einem verzinkten Becken zu spülen, wobei ihm immer wieder Zigarettenasche ins Spülwasser fiel. Dann winkte ihm jemand aus dem Hinterzimmer, und er verschwand für ein paar Minuten vom Tresen. Als er zurückkam, hatte er einen unbehaglichen Gesichtsausdruck.

»Lieutenant, ich bin hier in 'ner etwas peinlichen Situation«, sagte er zu mir. »Der Manager, Mr. Rizzo, freut sich, daß Sie hier sind, und er hat gesagt, daß Sie für nichts zu bezahlen brauchen. Aber wenn hier 'n Typ an der Theke sitzt und immer bloß Seven-Up trinkt und eindeutig eine Waffe am Gürtel trägt, dann is das irgendwie –«

»Wie Milzbrand?« fragte ich.

»Na ja, vielleicht is Ihnen aufgefallen, daß niemand sonst an der Bar sitzt, Lieutenant. Das hat natürlich nichts mit Ihnen zu tun, sondern bloß mit den degenerierten Eiterbeulen in dem Laden hier. Sogar der Typ, der mich jeden Abend mit seinem ›Blabla‹ nervt, sitzt heut ganz hinten an der Wand. Sie müssen einfach verstehen, wie so 'n degeneriertes Hirn funktioniert. Schaun Sie, die bilden sich alle ein, sie wärn harte Burschen, aber wenn die sich zu weit vortraun und sich mit irgend 'nem schweren Jungen anlegen, der grade aus Angola kommt und sowieso schon 'ne Colaflasche in den Arsch gekriegt hat, dann muß immer ich einspringen und die Sache bereinigen.«

Ich bezahlte die Seven-Ups, die ich getrunken hatte, und wartete noch eine weitere halbe Stunde an einem kleinen Tisch hinten im dunklen Teil der Kneipe. Gail Lopez kam nicht. Ich ließ dem Barmann meine offizielle Karte mit der Telefonnummer meines Büros da und bat ihn, mich anzurufen, wenn sie auftauchen sollte. Er legte sein Wischtuch beiseite und beugte sich zu mir vor, bis sein Gesicht nur noch ein paar Zentimeter von meinem entfernt war.

»Einer von ihren Freunden is 'n großer Bursche aus Nicaragua mit 'nem Schnurrbart«, sagte er leise. »Lassen Sie sich von dem nich überraschen, Lieutenant. Der hat eines Abends draußen auf dem Parkplatz 'nen andern von der Achsel bis zum Bauchnabel einfach aufgeschlitzt. Er is einer von denen – wenn Sie die abklopfen, dann schneiden Sie ihm am besten gleich den Hals ab.«

Ich fuhr zurück nach Metairie zur Wohnung der kleinen Mexikanerin. Das Stückchen Klebeband war noch an Ort und Stelle. Ich suchte den Hausmeister auf und sagte ihm, ich könne ihn zwar nicht zwingen, mir die Wohnung zu öffnen, aber wenn er es täte, würde er wahrscheinlich nur noch leere Kleiderbügel finden. In weniger als zwei Minuten kam er mit dem Hauptschlüssel zurück.

Doch ich hatte mich getäuscht. Sie hatte nicht nur leere Kleiderbügel zurückgelassen. In ihrem Papierkorb fand ich einen Stapel zerknüllter Reiseprospekte, die für Rundreisen in die Karibik warben, nicht aber für San Antonio und die Friseurschule. Fitzpatrick, du bist doch ein armer Fisch, dachte ich.

Ich war ziemlich müde, als ich über den Lake Shore Drive nach Hause fuhr, vorbei am Rummelplatz, dessen großes Riesenrad sich hell erleuchtet am dunklen Himmel abzeichnete, und vorbei an der Universität von New Orleans mit ihren ruhigen dunklen Rasenflächen und schwarzen Bäumen, und ich fing an, ein absurdes Selbstgespräch zu führen, das mich beinahe von den Problemen ablenkte, die mir durch den Kopf gingen. Sollten doch Fitzgeralds Leute nach ihm suchen, dachte ich mir. Illegale Waffen und Sprengstoffe fallen schließlich in deren Zuständigkeitsbereich, nicht in deinen. Du hast dir die Sache mit dem toten schwarzen Mädchen aus dem Bayou aufgehalst, und du mußtest dafür die Verantwortung tragen, ob du wolltest oder nicht, als du Julio Seguras Hirn in Marmelade verwandelt hast. Und wenn's dir darum geht, dich an Philip Murphy, Starkweather und dem kleinen Israeli zu rächen, dann hast du dir einfach den falschen Beruf ausgesucht. Irgendwann werden die sich selber ein Bein stellen, und dann wird jemand dasein, der sie hinter Schloß und Riegel bringt. Also laß die Finger davon, Robicheaux, sagte ich mir. Du mußt schließlich nicht immer einen langen Ball spielen. Manchmal hat auch ein kurzer Wurf seine Vorzüge.

Ich hatte auf diese Weise fast meine innere Ruhe wiedergefunden, als ich meinen Wagen in der kurzen, unbeleuchteten Straße parkte, die zu ein paar Sanddünen mit drei Kokospalmen und einem baufälligen alten Pier führte, an dem mein Hausboot lag. Ein festgetretener Weg, an dessen Rändern Salzgras wucherte, führte durch die Dünen, und die sich im Wind bewegenden Palmzweige warfen verwirrende Schatten auf den Sand und auf das Dach meines Hausboots. Das Wasser plätscherte am Bootsrumpf, und ich sah, wie das Mondlicht einen scheinbar endlosen hellen Streifen über den See warf. Ich ging über die Gangway und genoß das Gefühl des kühlen Windes auf meinem Gesicht und die vertrauten Unebenheiten der dünnen, altersschwachen Holzbretter unter meinen Füßen. Unter mir auf dem Sand kroch die auflaufende Flut höher und höher und hinterließ mit jeder

Welle einen neuen Schaumstreifen. Das dunkle Mahagoni und das gelblich-braune Teakholz, die schweren Glasfenster und Messingbeschläge meines Hausboots boten einen wunderschönen Anblick, wie ihn nur Metall und Holz haben können. Ich öffnete die Luke, ging in die Hauptkabine und drehte das Licht an.

Bobby Joe Starkweather erhob sich blitzschnell vom Fußboden und schlug mit einem kurzen Stück Eisenrohr nach meinem Gesicht. Das Eisenrohr trug am einen Ende eine schwere Schelle, das andere war mit einer Art Griffband umwickelt. Ich duckte mich und riß instinktiv die Arme hoch, so daß die Wucht des Schlages von meinen Unterarmen etwas abgemildert wurde, aber die gußeiserne Schelle erwischte mich an einer Gesichtshälfte, und ich hatte das Gefühl, als ob mir ein Ohr abgerissen würde. Ich versuchte, den 38er aus dem Halfter zu ziehen, aber jemand drückte mir von hinten beide Arme fest an den Leib, und wir fielen alle drei in das Gestell mit meinen Schallplatten an der gegenüberliegenden Wand. Meine Sammlung historischer Jazzaufnahmen, alte 78er Schellackplatten, die so zerbrechlich und empfindlich waren wie gebrannte Keramik, war nur noch ein Haufen schwarzer Scherben auf dem Fußboden. Dann war plötzlich ein dritter Mann über mir, ein großer Bursche mit einem bleistiftdünnen Schnurrbart und pomadisiertem, rötlichem Kraushaar, und ich war begraben unter ihren Händen, Armen, Schenkeln, Gesäßen und Knien. Das Gewicht der drei Leiber, ihre Kraft und ihre Ausdünstungen waren so überwältigend und erdrückend, daß ich mich unter ihnen nicht mehr bewegen und kaum noch atmen konnte. Dann spürte ich plötzlich eine spitze Nadel in meinem Genick. Ein unausgesprochener Wunsch blieb mir im Halse stecken, und mein Mund war unbeweglich weit aufgerissen, als ob man mir die Kiefergelenke gebrochen hätte. In diesem Augenblick preßten mir meine drei Freunde auch noch den letzten Rest Atemluft aus den Lungen, das Blut aus dem Herzen und das Licht aus den Augen.

6

Als ich aufwachte, fand ich mich in einer Art Autowerkstatt wieder. Das Dach bestand aus Wellblech, und draußen regnete es. Ich lag ausgestreckt auf einem alten Holztisch. Meine Arme waren mit Handschellen an einen hinter mir stehenden Pfosten gefesselt und meine Füße an einen zweiten Pfosten am anderen Ende des Tisches gebunden. Das einzige Licht in dem kleinen Raum kam von einer tragbaren Arbeitslampe, die zwischen zahlreichen Werkzeugen, Keilriemen, Schmierpistolen und Bündeln von Zündkabeln an einer der Wände hing. Die Luft war stickig und heiß und roch nach Öl und Rost. Als ich meinen Kopf zu drehen versuchte, hatte ich das Gefühl, mein Hals würde abbrechen wie der trockene Stengel einer Blume.

Dann fiel mein Blick auf Sam Fitzpatrick, der vier Schritte von mir entfernt auf einem Holzstuhl saß. Seine Unterarme lagen unbeweglich auf den Armlehnen des Stuhls, von den Ellbogen bis zu den Handgelenken mit einer Wäscheleine umwickelt, so daß seine Hände wie gebrochene Krallen herausragten. Seine Kleidung war zerrissen und voller Schmieröl und Blutflecken, und sein geschundener, blutender Kopf hing ihm auf die Brust, so daß ich sein Gesicht nicht erkennen konnte. Neben seinen Füßen stand eine Telefonkurbel auf dem Boden, wie sie für die Feldtelefone der Army benutzt wurde.

»Sam«, rief ich.

Er gab einen undeutlichen Laut von sich und bewegte seinen Kopf. »Sam, ich bin es, Dave Robicheaux«, rief ich wieder. »Wo sind die anderen?«

Er hob den Kopf, so daß das Licht auf ihn fiel und ich sein Gesicht sehen konnte. Seine Augen waren zugeschwollen wie bei einem Preisboxer, der seinen Kampf verloren hat, die Nase war gebrochen, und an seinen Zähnen klebte blutiger Speichel.

»Wo sind sie hin, Sam?« fragte ich noch einmal.

Jetzt begann er plötzlich schwer zu atmen, und es rumorte in seiner Kehle, als versuche er, alle Kraft zusammenzunehmen, um einen einzigen Satz zu sagen.

»Elephant Walk«, stieß er mühsam hervor.

Ich hörte, wie eine Blechtür auf dem Betonfußboden scharrte, und der kühle Geruch des Regens erfüllte den Raum. Philip Murphy, der kleine Israeli und der hochgewachsene Mann mit dem bleistiftdünnen Schnurrbart und dem drahtigen roten Haar traten in den Lichtkegel der Arbeitslampe. Sie trugen Papiertüten mit Hamburgern und Pommes frites in den Händen.

»Sie müssen 'ne starke Natur haben«, sagte Murphy. »Immerhin haben die Ihnen genug Thorazon gespritzt, um 'nen Dinosaurier zu betäuben.« Sein nasses graues Haar war immer noch unfrisiert. Er hatte sich an diesem Tag noch nicht rasiert, und zwischen den winzigen roten und blauen Venen seiner Wangen sprießten dunkle Bartstoppeln. Er biß ein Stück von seinem Hamburger ab und sah mich an, während er kaute. Seine haselnußbraunen Augen waren bar jeden Gefühls.

»Sie sind ein elender Abklatsch von einem Mann«, sagte ich.

»Warum sagen Sie das, Lieutenant? Gefällt's Ihnen nicht, wie sich die Dinge entwickelt haben? Hat man Sie nicht gewarnt, sich an die Spielregeln zu halten? Waren die Leute vielleicht unfair zu Ihnen?«

»Es gehört schon ein besonders degenerierter Charakter dazu, einen wehrlosen Mann zu foltern.«

»Im Krieg müssen eben manche Leute leiden. Ihr Freund ist einer von diesen Leuten. Wahrscheinlich gefällt Ihnen diese Definition nicht besonders, aber bei Leuten Ihres Schlages ist das immer so.«

»Sie sind einfach nur ein kleiner Schläger, Murphy. Sie sind Ihr Lebtag noch nicht im Krieg gewesen. Sie gehören zu denen, die andere Menschen aus den Viehwaggons treiben und die Öfen bedienen.«

Einen Augenblick lang sah ich, wie seine Augen wild aufleuchteten.

»Würden Sie vielleicht lieber in 'nem kommunistischen Land leben, Lieutenant?« fragte er. »Würden Sie's lieber sehen, wenn Louisiana von den Sandinisten beherrscht wird, so wie sie da unten in Nicaragua herrschen? Sie wissen doch, daß die Marxisten alle Puritaner sind, oder nicht? Das bedeutet, keine Spielkasinos und keine Pferderennen, kein Schnaps und keine Weiber, wenn

Ihnen danach ist, keine Chance, an die große, fette Sore zu kommen, auf die alle scharf sind. Statt dessen müssen Sie mit 'nem Haufen anderer armseliger Typen stundenlang anstehen für das, was die Regierung an diesem Tag grade ausgibt. Wenn Sie da unten leben müßten, würden Sie sich vor lauter Langeweile 'ne Kugel in den Kopf jagen.«

»Ach, und das heißt, daß es plötzlich in Ordnung ist, jemand festzubinden und auseinanderzunehmen? Was mich an Leuten wie Ihnen so ärgert, ist die Tatsache, daß Sie jederzeit bereit sind, die halbe Welt zu opfern, um die andere Hälfte zu retten. Aber Sie stehen nie auf der Seite derer, die dabei einfach überfahren werden.«

»Das ist nicht redlich gedacht, Lieutenant. Erinnern Sie sich an das, was General Patton mal gesagt hat? Man gewinnt keine Kriege dadurch, daß man sein Leben für sein Land opfert, sondern dadurch, daß man dafür sorgt, daß die anderen verdammten Hundesöhne ihres opfern. Ich würde sagen, Sie sind ganz einfach ein schlechter Verlierer. Sehen Sie sich Andres hier an. Sehen Sie die kleinen grauen Narben um seinen Mund? Er hätte ein Recht drauf, bitter zu sein, aber er ist es nicht, jedenfalls nicht in übertriebenem Maß. Sag was für uns, Andres. *Que hora es?*«

»Doce menos veinte«, antwortete der hochgewachsene Mann mit dem dünnen Schnurrbart. Seine Stimme klang wie ein heiseres Pfeifen, als seien seine Lungen mit lauter kleinen Löchern durchsetzt.

»Andres hatte mal 'ne feste *puta* in einem von Somozas Bordellen. Eines Tages war er so unvorsichtig, ihr zuviel von der Arbeit zu erzählen, die sein Erschießungskommando zu tun hatte. Sie hatten ein Mädchen namens Isabella erschossen, das zu den Sandinisten gehörte und das sie in den Bergen gefangengenommen hatten. Er dachte, die Geschichte würde sich gut anhören, weil sie nämlich vor ihrem Tod gestanden und ein paar Dutzend weiterer Sandinisten verraten hatte. Was er nicht erzählte, war, daß alle Mitglieder seines Erschießungskommandos das Mädchen vergewaltigten, bevor sie es umlegten, und er wußte nicht, daß Isabella die Schwester seiner *puta* war. Als er das nächste Mal zu ihr kam, um mit ihr ein heißes Tänzchen zwischen den Laken aufzuführen, war es so heiß wie in der Bratpfanne des Teufels, und sie machte ihm eine große Cuba libre mit viel Eis und Zitronenscheiben, und er schüttete das Zeug sofort runter, gierig wie er nun mal war. Die Sache war nur, daß sie einen tüchtigen Schuß Salzsäure ins Glas getan hatte, und seit jenem Tag spuckt der arme alte Andres seine Innereien aus dem Hals, als wären es verkohlte Korken.«

»Sie sind wirklich ein Stück Scheiße, Murphy.«

»Nein, nein, Sie sehen das völlig falsch, Lieutenant. Ein paar von uns dienen unserem Land, andere, wie Fitzpatrick hier, stehen dabei im Wege, und die Mehrzahl, darunter auch Sie, geht einfach ihren kleinen Spielen und Selbsttäuschungen nach, während wir für euch die Kastanien aus dem Feuer holen. Ich will ja in Ihrer Lage nicht auf Ihnen rumhacken, aber es ist wirklich nicht besonders fair, wenn Sie hier anfangen und andere Leute beschimpfen. Sie sind doch ein gebildeter und erfahrener Mann, und ich möchte, daß Sie mir eine Frage ehrlich beantworten. Sie haben doch die Leute gesehen, die in unserem Land hier auf der anderen Seite stehen, diese Friedensmarschierer, die Atomwaffengegner, die Leute, die immer schreien, wir sollten uns aus Mittelamerika zurückziehen. Und was sind das für Leute?« Seine heruntergezogenen Mundwinkel hoben sich zu einem leichten Lächeln, und er ließ den Blick amüsiert über mein Gesicht streifen. »Ein paar von denen sind Lesben, stimmt's? Nicht alle natürlich, aber immerhin ein paar, das müssen Sie doch zugeben. Und dann gibt's andere, die einfach was gegen Männer haben. Sie mögen weder ihre Väter noch ihre Brüder oder ihre Ehemänner, und schließlich richtet sich ihr Zorn gegen jede männliche Autoritätsperson – den Präsidenten, die Kongreßabgeordneten, Generäle, eben alles, was einen Schwanz hat. Und dann kommen die allgemein Unzufriedenen«, fuhr er fort. »Das ist also die Sorte professioneller Verlierer, die ein Geschichtsbuch nicht von 'nem Sears-Roebuck-Katalog unterscheiden kann, aber begeistert jeden Umzug und jede Parade mitmacht. Ich bin sicher, Sie haben die Sorte zur Genüge im Fernsehen gesehen, als Sie drüben in Vietnam waren. Am meisten ans Herz gewachsen sind mir aber die Pantoffelhelden. Ihre Ehefrauen schleppen sie ständig zu irgendwelchen Versammlungen mit, die nie zu was führen, und wenn sie sich gut betragen, dann läßt Mutti sie einmal in der Woche oder so ran.

Ich glaube nicht, daß Sie zu dieser Gruppe gehören, Lieutenant, aber vielleicht täusche ich mich auch in Ihnen. Ich würde sagen, was Sie betrifft, so wollten Sie im Grunde ihres Herzens einfach immer nur dabeisein und mitspielen. Das ist Pech für Sie, denn es wird Zeit, daß wir ein paar Figuren vom Spielbrett eliminieren.«

»Ich wüßte da eine Lektüre für Sie«, antwortete ich. »Gehen Sie mal runter ins Archiv der *Times Picayune* und lesen Sie die Artikel drüber, was mit Leuten passiert ist, die einen Polizeibeamten von New Orleans umgelegt haben. Es mag nicht unbedingt unsere größte Stunde gewesen sein, aber man sollte es sich doch eine Lehre sein lassen.«

Er lächelte, als sei er über sich amüsiert, und biß wieder in seinen Hamburger, während er immer wieder erwartungsvoll zur Hintertür schaute. Fünf Minuten später kam Bobby Joe Starkweather mit einer Papiertüte unter dem Arm aus dem Regen hereingestürzt. Sein T-Shirt und die blauen Jeans waren völlig durchnäßt, und seine Muskeln zeichneten sich unter dem nassen Stoff wie ein Knäuel ineinander verschlungener Schlangen ab.

»Ich hab das Zeug. Räumen wir also den Weißbrotfresser aus dem Weg und sehen zu, daß wir loskommen«, sagte er. »Hast du mir 'nen Hamburger mitgebracht?«

»Ich dachte mir, du magst ihn nicht kalt«, sagte Murphy.

»Wirklich großartig, mit dir zusammenzuarbeiten, Murphy«, gab Starkweather zurück.

»Du kannst gern den Rest von meinem haben«, bot Murphy ihm mit ruhiger Stimme an.

»Danke, nein. Ich bin noch nicht gegen Tollwut geimpft.«

»Wie du willst. Aber dann hör auf, uns die Ohren vollzujammern.«

»Paß lieber auf, Murphy. Ich hab den Schnaps besorgt, wofür du mir zwölf Dollar schuldig bist, und mir kommt der Regen aus allen Löchern, während ihr hier im Trocknen sitzt und euch die fettigen Finger leckt. Also provoziert mich nicht.«

Murphy kaute weiter auf seinem Hamburger herum und schaute ins Leere. Starkweather wischte sich Gesicht und Arme ab, zündete sich mit seinem Zippo-Feuerzeug eine Lucky Strike an, klappte das Feuerzeug wieder zu und steckte es mit Hilfe seines dicken Daumens in die Uhrtasche. Er inhalierte den Rauch, ohne die Zigarette aus dem Mund zu nehmen, und holte eine Flasche Seagram's Whiskey, eine Sechserpackung Jax-Bier, eine Dose Tabletten und eine braune Medizinflasche aus der Tüte, die er mitgebracht hatte, und stellte die Sachen auf den Tisch. Dann durchwühlte er die Werkbank, bis er einen Gummitrichter und ein altes Einmachglas mit rostigen Nägeln gefunden hatte. Er schüttelte die Nägel auf die Werkbank und kehrte mit Glas und Trichter zum Tisch zurück. Sein rasierter Kopf sah von der Seite aus wie ein großes Fragezeichen.

»Schade, daß Sie nicht schon früher da waren«, sagte er zu mir. »Wir haben ein paar verdammt hohe Töne aus Ihrem Freund hier rausgekitzelt. Sie erinnern sich doch, was wir in Vietnam immer gesagt haben. Frag Charlie am Telefon, und er antwortet immer.«

Er füllte das Einmachglas mit Bier und Whiskey und der Flüssigkeit aus dem Apothekenfläschchen, schüttete die Tabletten dazu und drehte dann den Deckel fest. Dann schüttelte er das Ganze, als ob er einen Martini mixen wollte. Das Mundstück seiner Zigarette troff von Speichel, und er atmete mit einer Art wilder Energie.

»Muß schrecklich sein, wenn man ein Alki ist und absolut keinen Schnaps verträgt«, sagte er.

»Ich hab in einer einzigen Woche mehr weggegossen, als du in deinem ganzen Leben getrunken hast, du Arschloch«, gab ich zurück.

»Glaub ich gern. Meine Frau war auch 'ne Säuferin«, sagte er. »Hat alles gemacht, um an das Zeug ranzukommen. Einmal hat sie 'nen Taxifahrer für 'nen Liter Bier gebumst. Als ich das rausgekriegt hab, hab ich mir 'nen Rohrstock geschnitten, so dick wie mein Finger, und ihr das Kleid vom Rücken gefetzt. Ich hab ihr das Geld und ihre Klamotten weggenommen und sie ins Schlafzimmer gesperrt, wo sie sofort das ganze Haarwasser ausgesoffen hat. Am Ende haben die sie abgeholt und in ein Irrenhaus in Montgomery verfrachtet.«

»Egal, was heute abend hier passiert, ich habe ein paar Freunde, die dich zum Schweigen bringen, Starkweather«, sagte ich.

»Mag sein, mag sein. Aber in der Zwischenzeit hab ich was für Sie, was der Traum von jedem Säufer sein muß. Wenn die Quaaludes anfangen zu wirken, könnt ich Ihnen die Zähne einzeln mit der Kneifzange rausreißen, ohne daß Sie mit der Wimper zucken. Das Rizinusöl bildet sozusagen den krönenden Abschluß des Abends. Das wird Sie an die dreitägigen Sauftouren erinnern, bei denen Sie sich immer die Hose vollgeschissen haben. Wenn Sie 'n guter Junge sind, dann dürfen Sie sich aufsetzen und das Zeug freiwillig saufen.«

»Nun mach endlich«, drängte Murphy.

»Hör endlich auf, hier rumzukommandieren, Murphy«, antwortete Starkweather. »Den ganzen Ärger hier haben wir zum größten Teil dir zu verdanken. Wir hätten diese Burschen schon beim erstenmal umlegen sollen, als die uns in die Quere kamen. Aber du mußt ja unbedingt 'ne echte Geheimdienstaktion draus machen, bloß um Abshire zu beeindrucken.«

»Wie kommt's eigentlich, daß du uns nicht ein einziges Mal enttäuschst, egal, worum es geht?« fragte Murphy.

»Du hast wirklich 'ne nette Art, andere Leute das Klo putzen zu lassen, wenn du fertiggeschissen hast. Vielleicht solltest du zur Abwechslung mal selber die Drecksarbeit machen. Du solltest dabeisein, wenn diese Indianer ein Dorf einkesseln und anfangen, die Leute aus den Hütten zu holen. Dann gehen im Vergnügungspark echt alle Lichter an. Ich glaub nicht, daß du für so was die Nerven hast.«

»Mit Nerven hat das nichts zu tun, mein Freund«, erwiderte Murphy. Die Bartstoppeln auf seinem Kinn waren voller Brotkrümel. »Es hat ganz einfach was damit zu tun, daß es Hauptwörter und Nebenwörter gibt.«

»Würde mir echt Spaß machen zu sehen, wie du dabei reagierst.«

»Du wirst es vielleicht nicht glauben, aber ich habe damals in der Schweinebucht und in Dien Bien Phu eine keineswegs unbedeutende historische Rolle gespielt. Letzteres war etwa zu der Zeit, als du noch versucht hast, den Unterschied zwischen den Eierstöcken deiner Mutter und einer Schale mit Grütze rauszufinden.«

»Ja, du warst schon großartig, Murphy. Wenn du in Omaha Beach dabeigewesen wärst, würden wir heute nicht Englisch sondern Deutsch reden.«

Erik, der kleine Israeli, kicherte, während der Nicaraguaner nur wild von einem zum anderen blickte, weil er den Witz nicht verstanden hatte.

»Ihr Idioten, er reibt sich doch die Handgelenke wund mit den Handschellen«, sagte Murphy.

»Immer der Geheimdienstmann«, erwiderte Starkweather höhnisch.

»Du solltest deinen Job machen und die Klappe halten, Starkweather. Selbst wenn der Lieutenant hier nur eine einzige Gehirnzelle hätte, würde er schneller denken als du. Wenn du die Sache heute abend verpatzt oder auch nur noch einmal den Mund aufmachst –«

Er unterbrach sich und holte tief Luft durch die Nase.

»Ich geh jetzt und hol seinen Wagen. Ihr könnt das Päckchen hier verschnüren«, sagte er dann. »Wir unterhalten uns später weiter.«

»Sie haben gehört, was der Boss gesagt hat«, sagte Starkweather zu mir. »Zeit, an die Arbeit zu gehen, unsere Brötchen verdienen. Es gibt viel zu tun, fang du schon mal an, Lieutenant. Auf Wiedersehen, alter Stinker.«

Die beiden öffneten mir gewaltsam den Mund und schoben mir den Gummitrichter zwischen die Zähne bis in die Kehle. Ich würgte und hustete, das Wasser trat mir in die Augen, und ich fühlte, wie sich mein Brustkorb unter ihren Händen verkrampfte. Dann hielten sie mir die Nase zu und gossen mir die Mischung aus Bier, Rizinusöl, Whiskey und Quaaludes in den Rachen. Der plötzliche scharfe Geschmack des Alkohols nach meiner vierjährigen Abstinenz wirkte auf meine Eingeweide wie ein gewaltiger Donnerschlag. Mein Magen war völlig leer, und so lief mir das Zeug wie Feuer durch den Bauch, stieg mir in Hoden und Phallus, knallte mir ins Hirn und füllte mein Herz mit den ranzigen Ursäften eines zu Tode verwundeten Wikingers.

In meinem Kopf ging plötzlich das Licht aus, und ein paar Augenblicke später war ich wieder gefangen in meiner Säuferwelt – Kneipen, die die ganze Nacht geöffnet hatten, Taxifahrer, die mich im Licht der ersten Morgendämmerung durch meine Wohnungstür schleppten, das Delirium tremens, das mich in Schweiß badete und mein Hausboot mit Spinnen und toten Vietnamesen erfüllte. Ich hörte in meinem Kopf Bierflaschen zerbrechen, ich sah, wie ich durch die Hintertür einer Pennerkneipe auf die Straße geworfen wurde, ich sah die Verachtung im Gesicht des Rausschmeißers, als er mich in mein Auto verfrachtete und mir den Hut hinterherwarf, ich merkte, wie ich mich in einer öffentlichen Toilette übergab, ich spürte, wie die Hände eines Zuhälters und einer Nutte meine Hosentaschen durchwühlten.

Dann geschah etwas Seltsames. Wenn ich von Vietnam träumte, waren das meistens Alpträume, vor denen ich manchmal so viel Angst hatte, daß ich mich vor dem Einschlafen fürchtete. Auf diese Weise hatte ich es mir schon vor der Zeit, als ich wirklich zum Alkoholiker wurde, angewöhnt, mindestens drei Biere zu trinken, damit ich bis zum nächsten Morgen durchschlafen konnte. Aber jetzt war es so, daß mich jemand durch den warmen Regen trug, und ich wußte, daß ich plötzlich wieder in den treuen Händen der Soldaten meines Zuges war. Ich hatte im Dunkel das Geräusch ihrer Stiefel auf dem feuchten Dschungelboden gehört, und dann war mir, als ob ich plötzlich nur noch Zuschauer und nicht mehr Beteiligter wäre, und ich sah mich umgeben von einem kobaltfarbenen Lichtschein, eine elektrische Spannung lief über meinen Körper, und meine Seele erleuchtete die umstehenden Bäume wie eine riesige Kerze.

Als ich erwachte, stieg immer noch Rauch aus den Rissen in meinem Kampfanzug, und die Männer hatten mich auf einen Poncho gelegt und trugen mich jetzt auf dieser Unterlage, während ringsum der Regen auf das Laub prasselte und über unseren Köpfen die Geschosse einer Schiffsbatterie den Himmel zerschlugen. In der feuchtheißen Dunkelheit hörte ich das schwere Atmen der vier Männer, die mich trugen. Sie rannten in verhaltenem Laufschritt dahin. Die Zweige der Bäume und die zahllosen herunterhängenden Ranken schlugen ihnen in die Gesichter und an die Stahlhelme, und ihre Züge waren wie versteinert. Keiner dachte an die Tretminen, die überall auf dem Pfad liegen konnten. Einer der vier war ein Hillbilly-Junge aus dem nördlichen Teil von Georgia. Er hatte sich eine große amerikanische Flagge auf den muskulösen, sonnengebräunten Arm tätowieren lassen, und er war so stark und zog so kräftig an seiner Ecke des Ponchos, daß ich fast herausgefallen und auf dem Boden gelandet wäre. Aber als in der Nähe ein paar AK 47-Maschinengewehre losgingen und die Männer mich plötzlich absetzen mußten, kroch er dicht zu mir und flüsterte mir mit dem weichen Akzent der Bergbewohner ins Ohr: »Keine Angst, Lieutenant. Wenn an dem Landeplatz niemand is, dann schleppen wir Sie weiter bis Saigon, wenn's denn sein muß.«

So trugen sie mich den Rest der Nacht hindurch. Ihre Gesichter sahen erschöpft aus und waren voller Schweiß und Erde, ihre Kampfanzüge waren vom Salz ihres Schweißes völlig steif geworden. Eigentlich hätte ich Angst haben müssen, aber ich hatte keine. Nicht ein einziges Mal ließen die vier nach, obwohl ihnen Arme und Rücken höllisch schmerzen mußten und ihre Hände wund und voller Blasen waren. Der Mond brach durch die Wolkendecke über uns, der Dunst hing wie nasse Watte über dem Dschungelpfad. Irgendwann fiel ich in einen tiefen Morphiumtraum, und in der damit einsetzenden Stille, wie man sie vor der Geburt empfinden mag, hörte ich nur noch meinen eigenen Atem und das angestrengte Atmen der vier Männer, die mich trugen, und auch diese Geräusche wurden langsam zu einem kollektiven Summen, ähnlich dem Geräusch, mit dem das Blut durch eine Nabelschnur pulsiert. Ich spürte undeutlich, wie die Männer einmal eine kurze Rast einlegten und mich sanft auf dem Boden niederließen, um einen neuen Tropf mit Serum-Albumin anzuschließen, aber ich wachte erst wieder gegen Morgen auf, als ich das Donnern der Rotorblätter des Rettungshubschraubers über dem Landeplatz hörte. Ich blickte aus meinem dunklen Kokon auf und sah, wie sich der Junge aus Georgia aus dem hellen Licht über mich beugte und mit seinen Händen, die so sanft waren wie die einer Frau, mein Gesicht berührte.

Die Hände, die mich auf der obersten Etage des Parkhauses unten am Fluß aus dem Kofferraum meines Wagens holten, waren nicht die vertrauten Hände der Männer aus meinem Zug. Trotz der Dunkelheit und des dichten Regens erkannte ich ihre Gesichter. Es waren der Israeli, der Nicaraguaner, Philip Murphy und Bobby Joe Starkweather, die mich anstarrten, als sei ich irgendein ekelerregendes Objekt, dessen Gestank ihre Nasenlöcher weitete und sie vor Schock weiß anlaufen ließ. Sie stellten mich auf die Beine und klemmten mich dann irgendwie ans

Steuer meines Wagens, ehe sie die Tür zuschlugen. Mein Kopf fühlte sich an, als sei ich mit Novocain betäubt, mein Mund hing weit offen, ohne daß ich ihn schließen konnte, mein Kinn und mein Hals waren feucht von Erbrochenem, und meiner Hose entströmte der eklig süße Gestank von Exkrementen. Durch die Windschutzscheibe konnte ich die roten und grünen Positionslichter der Frachtkähne draußen auf dem Mississippi sehen, während aus dem regengepeitschten Wasser dichte Dunstwolken aufstiegen. Es wirkte wie eine Szene aus dem Fegefeuer.

Sam Fitzpatrick wurde neben mir auf den Beifahrersitz verfrachtet und seine Kleidung mit Bier und Whiskey übergossen. Ich versuchte, meinen Kopf oben zu halten, und streckte den Arm aus, um ihn zu berühren, aber das Kinn fiel mir immer wieder auf die Brust, und meine Worte waren nur dicke Blasen auf meinen Lippen. Seine Augen waren nach oben verdreht, und bei jedem Atemzug tropfte frisches Blut aus seiner Nase auf seine Hemdbrust. Mein Gesicht fühlte sich taub an, beinahe wie tot, die Haut straff gespannt wie bei einem Totenschädel, und ich spürte, wie mein Mund sich unwillkürlich zu einem bösartigen Grinsen verzerrte, als wolle ich dem Schicksal einen schmutzigen Witz über meine Hinrichtung erzählen. Dann stieg plötzlich ein ekelhafter Geschmack aus dem Magen hoch, mein Kopf fiel vornüber, und ich fühlte etwas wie nasses Zeitungspapier in meiner Brust zerreißen. Im nächsten Moment hörte ich, wie ich mich in einem großen Schwall durch das Lenkrad auf den Wagenboden erbrach.

Jemand hatte den Motor angelassen, und ein nackter Arm mit Muskeln wie Geldrollen griff an mir vorbei und stellte den Schalthebel des Automatikgetriebes auf Fahrt. Der Regen prasselte unaufhörlich auf den Fluß nieder.

Der Wagen rollte auf die niedrigen Schutzplanken zu und wurde immer schneller, während ich hilflos versuchte, den Türhebel zu packen und aufzuziehen, aber meine Finger fühlten sich an, als seien sie mit Nadel und Faden zusammengenäht. Zuerst konnte ich die Uferpromenade erkennen, eine hellerleuchtete Straße unter mir, auf der zahlreiche Autos fuhren, und die schwarzen Dächer der niedrigen Lagerschuppen. Dann, als der Wagen beinahe die Schutzplanken und den Rand des Betondaches erreicht hatte, sah ich nur noch den Himmel und den strömenden Regen, der mir entgegenfiel, und in der Ferne ein Flugzeug, dessen Positionslichter in der Dunkelheit in regelmäßigen Abständen aufblitzten.

Ich hörte, wie die Leitplanke von der Stoßstange meines Wagens verbogen und kurz darauf aus der Verankerung gerissen wurde, als die Vorderräder die Kante des Daches erreicht hatten und der Wagen vornüber kippte und ins Leere stürzte, ähnlich wie auf dem höchsten Punkt einer riesigen Achterbahn. Das Heck des Wagens rollte jetzt ebenfalls vom Dach des Parkhauses. Ich wurde gegen das Lenkrad gepreßt und sah durch die Windschutzscheibe, wie mir die Straße immer schneller entgegenkam. Mein Mund war weit aufgerissen zu einem Schrei, der mir für alle Zeiten in der Kehle steckenbleiben würde.

Der Wagen prallte auf die Ecke eines anderen Gebäudes oder auf irgendeine Betonstütze, denn ich hörte das Geräusch von reißendem Blech. Es war, als würde die Unterseite des Wagens von einem Chirurgen ausgeweidet, und ich roch einen Moment lang das auslaufende Benzin. Dann knallten wir mit dem Dach zuerst mitten auf den Bürgersteig. Es gab ein donnerndes Krachen von zerberstendem Glas und Metall, und die Türen wurden aus den Scharnieren gerissen.

Ich fand mich draußen auf dem Pflaster wieder, meine Kleidung übersät mit Öl und Glassplittern. Wir haben es überstanden, dachte ich. Die Bösen haben alles getan, was sie konnten, aber sie haben es nicht geschafft. Wir beide, Fitzpatrick und ich, stehen unter dem Schutz irgendeines Zaubers, und wenn wir wieder bei Kräften sind, sind wir an der Reihe und treten ein paar Leuten in den Arsch und schreiben uns ein paar Namen auf.

Aber nur Säufer und Narren glauben, daß alles so einfach und poetisch ist. Der Tank meines Wagens war aufgerissen und das Auto mit Benzin getränkt. Ich sah, wie kleine Rauchwölkchen wie dünne Bindfäden aus der demolierten Motorhaube aufstiegen, dann gab es ein scharfes Zischen und einen Lichtblitz aus dem Motor. Im nächsten Augenblick züngelte eine Flamme blitzschnell über das Pflaster zum Benzintank, und der Wagen explodierte in einem orangen und schwarzen Feuerball, der mit einem dumpfen Geräusch in den Himmel stieg.

Ich hoffte, daß er nicht lange leiden mußte. Das Wageninnere war ein einziger Feuersturm. Ich sah nichts als Flammen, die aus den offenen Fenstern schlugen. Im Geiste sah ich jedoch gleichzeitig eine Figur wie aus Papiermaché mit aufgemalten Sommersprossen im Gesicht, die regungslos in den Flammen eines gigantischen Brennofens lag und sich in der Hitze krümmte und dann aufplatzte.

Am nächsten Morgen schien die Sonne hell durch die Fenster meines Krankenzimmers, und draußen sah ich die grünen Kronen der Eichen vor dem roten Mauerwerk der alten Häuser aus dem neunzehnten Jahrhundert auf der anderen Straßenseite. Ich befand mich nur einen halben Block abseits der St. Charles Avenue, und als die Schwester das Kopfende meines Bettes hochstellte, sah ich die blaßgrün lackierte alte Straßenbahn draußen auf der Esplanade vorbeifahren.

Ich hatte eine schwere Gehirnerschütterung erlitten, und der Arzt mußte meine Kopfhaut mit siebzehn Stichen nähen. Außerdem hatte ich lauter kleine Splitter ölverschmutzten Glases in der Schulter und in einem Arm, so daß sich die Haut darüber anfühlte wie die eines Alligators. Am meisten hatte ich jedoch mit dem Whiskey und den Quaaludes zu kämpfen, die ich noch immer im Blut hatte, sowie mit der endlosen Schlange von Leuten, die immer wieder ins Zimmer kamen.

Der erste war Sam Fitzpatricks Vorgesetzter aus dem Schatzamt. Er war wahrscheinlich kein übler Bursche, schätzte ich, aber er mochte mich nicht, und ich hatte den Eindruck, er hatte das Gefühl, daß es in erster Linie Fitzpatricks Verbindung mit mir und nicht so sehr die Sache mit Philip Murphy und den Waffen für Mittelamerika war, die zu seinem Tod geführt hatte.

»Sie sprechen immer von einem Elephant Walk. Wir haben in Fitzpatricks Aufzeichnungen nichts darüber gefunden, und er hat auch nie etwas davon erwähnt«, sagte er zu mir. Er war ungefähr vierzig, mit einem dunklen Anzug und einem sonnengebräunten Teint, und sein Haar war kurzgeschnitten wie bei einem Sportler. Seine braunen Augen mit den kleinen, grünen Flecken blickten mich intensiv und fest an.

»Dazu hatte er keine Gelegenheit«, erklärte ich.

»Das ist wirklich eine seltsame Geschichte, die Sie mir da erzählen, Lieutenant.«

»Psychopathen und durchgedrehte Scheißtypen von der Regierung machen eben manchmal seltsame Sachen.«

»Philip Murphy ist nicht von der Regierung.«

»Da bin ich mir nicht so sicher.«

»Mein Wort darauf«, sagte er.

»Und warum akzeptieren Sie mein Wort nicht?«

»Weil Sie einen besonderen Ruf haben. Sie mischen sich gern in Dinge ein, die Sie nichts angehen. Sie haben einen potentiell wichtigen Belastungszeugen der Regierung getötet. Außerdem ist einer unserer besten Agenten in Ihrem Auto verbrannt.«

Meine Augen brachen, und ich mußte den Blick von seinem Gesicht wenden und woanders hinsehen. Draußen leuchteten die Bäume grün im Sonnenschein, und ich bildete mir ein, das Rattern der Straßenbahn auf der Esplanade hören zu können.

»Haben sie schon mal was von einem Burschen namens Abshire gehört?« fragte ich.

»Was ist mit ihm?« fragte er zurück.

»Ich glaube, diese Burschen arbeiten für einen Mann namens Abshire.« Seine Augen starrten in den Raum, dann sah er mich wieder an, aber ich hatte deutlich das kurze Aufleuchten in ihnen gesehen.

»Was ist das für ein Typ?« fragte ich.

»Woher soll ich das wissen?«

»Sie bilden also eine Wagenburg?«

»Wir können es uns einfach nicht leisten, Sie herumlaufen zu lassen«, erklärte er.

»Pech für Sie.«

»Was muß ich tun, damit Sie endlich verstehen, worum es geht, Lieutenant?«

»Auch ich mochte den Kleinen.«

»Dann machen Sie seinem Namen dadurch Ehre, daß Sie die Finger von Dingen lassen, die nur die Bundesregierung angehen.«

Er ging, ohne sich zu verabschieden, und ich fühlte mich wie ein Trottel, als ich wieder allein in meinem sonnenhellen weißen

Krankenzimmer lag. Außerdem spürte ich in mir ein stärker werdendes Zittern, ähnlich einer Stimmgabel, die in einem unharmonischen Ton schwingt. Auf meinem Nachttischchen stand eine Flasche Listerine-Mundwasser. Ich ging mit steifen Knien ins Badezimmer, spülte mir den Mund aus und spuckte das Zeug wieder in den Ausguß. Dann saugte ich mir den Speichel aus Zahnfleisch und Zunge und schluckte ihn hinunter. Dann spülte ich mir wieder den Mund, aber diesmal spuckte ich die Lösung nicht aus. Mein Magen begrüßte den Alkohol wie einen guten alten Freund.

Eine halbe Stunde später standen zwei Polizisten vom Büro für Internal Affairs an meinem Bett. Es waren dieselben Typen, die die Untersuchung wegen der Schießerei draußen bei Julio Segura geführt hatten. Sie trugen sportliche Kleidung und Schnurrbärte und hatten sich die Haare offenbar bei einem Coiffeur schneiden lassen.

»Ihr Burschen macht mich ganz nervös. Ihr seht aus wie Geier, die auf meinem Bettpfosten lauern. Warum setzt Ihr euch nicht?« sagte ich.

»Sie sind ein Spaßvogel, Robicheaux, immer 'nen Witz auf der Zunge«, sagte der erste der beiden. Er hieß Nate Baxter und hatte im CID der Army gedient, ehe er zu uns in die Abteilung kam. Ich war immer schon der Meinung gewesen, daß sein militärisches Gehabe letzten Endes nur seine tieferliegende faschistische Mentalität verdecken sollte. Er hatte eine Vorliebe dafür, andere zu schikanieren, und eines Abends erwischte ihn ein suspendierter Streifenbeamter in Joe Burtons altem Lokal unten an der Canal Street und verpaßte ihm eine, daß er mit dem Kopf an das Pissoir flog.

»Es ist nur eine Kleinigkeit, die wir von Ihnen wissen wollen, Dave«, sagte sein Partner. »Es sind bloß ein oder zwei Punkte, die noch unklar sind.«

»Zum Beispiel, was Sie da draußen in der Fleischbeschau am Flughafen zu suchen hatten«, ergänzte Baxter.

»Ich hatte von einem Mädchen gehört, das uns ein paar von Seguras Leuten verpfeifen wollte.«

»Und haben Sie sie gefunden?«

»Nein.«

»Warum sind Sie dann so lange da draußen geblieben und haben sich die Weiber angeguckt?« fragte Baxter.

»Ich habe gewartet, daß sie kommt.«

»Und was haben Sie getrunken?«

»Seven-Up.«

»Ich wußte gar nicht, daß man sich bei Seven-Up in die Hosen scheißt«, sagte Baxter.

»Sie haben doch meinen Bericht gelesen. Wenn Sie mir nicht glauben, ist das nicht mein Problem.«

»Und ob es Ihr Problem ist. Also erzählen Sie uns die ganze Sache noch mal von vorne.«

»Stecken Sie sich's in den Hintern, Baxter.«

»Was haben Sie gesagt?«

»Sie haben mich schon verstanden. Gehn Sie mir endlich aus den Augen.«

»Immer langsam, Dave«, sagte sein Partner. »Das ist eine ziemlich wilde Geschichte. Die Leute werden deswegen 'ne Menge Fragen stellen. Damit müssen Sie rechnen.«

»Die Geschichte sollte ja absichtlich so wild klingen. Deswegen haben die das doch gemacht«, sagte ich.

»Ich glaub nicht, daß die Sache so rätselhaft ist, wie Sie sagen. Ich glaube, Sie sind ganz einfach rückfällig geworden, haben sich die Hucke vollgesoffen und sind abgestürzt«, sagte Baxter. »Die Sanitäter haben gesagt, Sie hätten gestunken wie 'n verstopftes Klo, in das jemand Whiskey reingegossen hat.«

»Ich habe Sie immer verteidigt, Baxter. Egal, was die andern sagen, ich hab immer wieder betont, daß unter Ihrem Billig-Polyester ein waschechter Polizist steckt, der genausogut zum Bleistiftspitzen taugt wie die besten Verwalter im Haus. Aber Sie machen's mir nicht leicht, Sie weiter zu verteidigen, Baxter.«

»Ich glaub, Ihre Mutter is von 'nem Krebs geschwängert worden«, sagte er.

Sein Partner wurde aschfahl.

»Wahrscheinlich werd ich morgen entlassen«, sagte ich. »Vielleicht sollte ich Sie nach Dienstschluß anrufen und mich irgendwo mit Ihnen treffen, damit wir ein paar Dinge besprechen können. Was halten Sie davon?«

»Wenn Sie mich nach Dienstschluß anrufen wollen, dann aber

bloß, um mich um das Fahrgeld zu Ihrem Treffen bei den Anonymen Alkoholikern zu bitten.«

»Ich hab das Gefühl, es ist kein großer Unterschied, wenn ich heut die Beherrschung verliere.«

»Ich wünschte, Sie würden's versuchen, Sie verdammter Schlaumeier. Ich würde mit Vergnügen die Scheiße aus Ihnen rausprügeln.«

»Machen Sie, daß Sie rauskommen, Baxter, eh jemand anders Sie rausschmeißt, zusammen mit der Bettpfanne.«

»Machen Sie nur so weiter, schlucken Sie Ihre Quaaludes, großer Held, denn Sie werden sie nötig haben. Und ich bin's nicht, der Sie fertigmacht. Diesmal haben Sie sich selber in den Abgrund geritten. Und ich hoffe, Sie genießen Ihren Sturz ordentlich, denn es wird ein langer, tiefer Sturz sein.« Er wandte sich an seinen Partner. »Gehn wir wieder an die frische Luft. Der Kerl deprimiert mich von Mal zu Mal mehr.«

Die beiden verließen das Zimmer, wobei sie eine junge irische Nonne in weißer Tracht anstießen, die mir gerade das Tablett mit meinem Mittagessen brachte.

»Ach du liebe Güte, das ist ja ein scharfes Pärchen«, sagte sie.

»Das ist wahrscheinlich das Netteste, was je jemand über die beiden gesagt hat, Schwester.«

»Sind die hinter den Männern her, die Ihnen das angetan haben?«

»Ich fürchte, die werden dafür bezahlt, daß sie anderen Polizisten das Leben schwermachen.«

»Das versteh ich nicht.« Ihr Gesicht wirkte rund und hübsch unter ihrer Haube.

»Ist nicht so wichtig. Aber ich glaub nicht, daß ich jetzt was essen kann, Schwester. Tut mir leid.«

»Machen Sie sich deswegen keine Sorgen. Heute abend wird es Ihrem Magen schon sehr viel besser gehen.«

»Wissen Sie, was ich wirklich gern hätte? Wofür ich fast alles geben würde?«

»Was denn?«

Ich brachte die Worte nicht heraus. Ich ließ meinen Blick in dem erleuchteten Raum umherschweifen und sah dann aus dem Fenster auf die grünen Kronen der Eichen, die sanft im Winde schwankten.

»Könnten Sie mir ein großes Glas Coca-Cola bringen? Mit viel Eis drin, und vielleicht mit einem Schuß Kirschsaft und ein paar Scheiben Zitrone?«

»Aber natürlich.«

»Vielen Dank, Schwester.«

»Möchten Sie sonst noch was?«

»Nein, bloß eine Coca-Cola. Weiter brauch ich nichts.«

Am gleichen Nachmittag saß Captain Guidry schwer verschnupft am Fußende meines Bettes und polierte seine Brillengläser mit meinem Bettlaken.

»Als so gut wie jede Zeitung im Lande George Wallace als Rassisten verdammt hatte, sagte er zu einem Reporter: ›Nun, das ist nur die Meinung eines einzelnen Mannes‹«, sagte der Captain. »Ich war nie einer seiner Bewunderer, aber diese Bemerkung fand ich wirklich gut.«

»Wie schlimm wird's werden?«

»Man hat Sie auf Eis gelegt. Unbefristete Suspendierung ohne Gehalt.«

»Das kriegen doch bloß Cops, die man beim Rauschgifthandel erwischt hat.«

»Es hilft zwar nicht viel, aber ich habe dagegen gestimmt. Man hat sie ganz schön am Wickel, Dave, aber Sie müssen auch die andere Seite verstehen. Innerhalb einer Woche taucht Ihr Name in allem möglichen Papierkram auf. Abgesehen davon wurden zwei Menschen erschossen, und zwar in einer der reichsten Gegenden von New Orleans, und ein Agent des Schatzamtes starb, als Ihr Wagen drei Stockwerke tief mitten auf eine belebte Straße stürzte. Das soll Ihnen erst mal einer nachmachen.«

»Glauben Sie das, was ich in meinem Bericht geschrieben habe?«

»Sie waren immer ein ausgezeichneter Polizist. Es gibt keinen besseren.«

»Glauben Sie mir?«

»Wie zum Teufel soll ich wissen, was da draußen passiert ist?

Um Ihnen die Wahrheit zu sagen, Dave, ich bin nicht mal sicher, ob Sie es selber wissen. Die Sanitäter haben gesagt, Sie wären halb verrückt gewesen, als man Sie hierherbrachte. Ich hab mir angesehen, was von Ihrem Wagen übriggeblieben ist. Ich weiß nicht, wie Sie das überlebt haben. Der Arzt meinte, Sie hätten genug Drogen und Alkohol intus gehabt, um die gesamte russische Armee einzubalsamieren.«

»Möchten Sie, daß ich meine Kündigung einreiche?«

»Lassen Sie sich von den anderen nicht jede Bewegung vorschreiben. Wenn Sie Parasiten wie Baxter zeigen, daß Sie angeschlagen sind, dann versuchen die doch sofort, Ihnen auch noch 'ne Anklage wegen Totschlags anzuhängen.«

»Dieser Spezialagent, Fitzpatricks Vorgesetzter, weiß genau, wer dieser Abshire ist. Ich hab's ihm an den Augen angesehen.«

»Wenn Sie anfangen, diesen Baum zu schütteln, kriegen Sie bloß lauter Vogelscheiße ab. Und außerdem sind Sie suspendiert. Sie sind raus aus dem Fall. Das ist endgültig.«

»Und was soll ich jetzt machen, Captain?«

»Sie müssen es einfach durchstehen. Ich hoffe jedenfalls, daß die Sache bald ausgestanden ist. Sagen Sie der ganzen Bande, sie sollen sich ins Knie ficken, und zur Not können Sie immer anfangen und stricken lernen.«

An diesem Abend betrachtete ich lange den Sonnenuntergang durch das Fenster. Der Himmel war scharlachrot über den Bäumen und Dächern, dann änderte er seine Farbe in Lavendel und schließlich in ein tiefes Violett, während die Sonne in einem strahlenden Feuerball am Horizont verglühte. Ich blieb noch eine Zeitlang im Dunkeln sitzen, dann nahm ich die Fernbedienung des Fernsehers und schaltete den Nachrichtenkanal ein. Ich sah Aufnahmen von salvadorianischen Guerillas an, die sich am Fuße eines erloschenen Vulkans einen Pfad durch den dichten Dschungel bahnten. Ihre Gesichter waren noch sehr jung, mit dünnen Bärten wie bei Asiaten, und ihre Körper waren behängt mit Patronengurten und Leinengürteln voller Munition. Jeder von ihnen hatte sich lange Blätter Pampasgras in den Strohhut geflochten.

Einen Augenblick später zeigte der Bildschirm ohne jeden Zusammenhang eine andere Szene, in der Regierungstruppen in amerikanischen Uniformen einen Wald aus Bananenstauden und grünem Elefantenohrfarn durchkämmten. Ein Kampfhubschrauber vom Typ Cobra donnerte über den glasigen Himmel, schwebte eine Zeitlang in Schräglage über einer tiefen, felsigen Schlucht und feuerte dann eine ganze Serie Raketen ab, die auf dem Grunde der Schlucht eine Fontäne aus Wasser, Korallentrümmern und Teilen von Bäumen und Büschen auslöste. Der Bericht endete mit einer Aufnahme der Regierungstruppen, die sich mitsamt ihren auf Tragbahren liegenden Verwundeten aus dem Bananenwäldchen zurückzogen. Die Hitze unter den Bäumen mußte entsetzlich gewesen sein, denn die Verwundeten waren mit Schweiß bedeckt und die Sanitäter wuschen ihnen immer wieder die Gesichter mit Wasser aus ihren Feldflaschen. Es wirkte alles sehr vertraut.

Ich war in Louisiana aufgewachsen und hatte schon früh die Überzeugung gewonnen, daß die Politik nichts anderes ist als eine Spielwiese für moralische Krüppel. Aber ich war auch Glücksspieler und hatte bestimmte instinktive Vorstellungen davon, auf welcher Seite ich bei gewissen militärischen Situationen mein Geld setzen würde. Auf der einen Seite der Gleichung standen Leute, die zum Wehrdienst eingezogen worden waren und entweder zum Kämpfen gezwungen oder dafür bezahlt wurden und durchaus imstande waren, ihre Waffen an den Feind zu verschachern, wenn sich ihnen die Möglichkeit bot. Auf der anderen Seite stand eine Gruppe von Leuten, die im Dschungel lebten und zu Hause waren, sich Waffen und Munition beschafften, wann immer sie sie kaufen oder stehlen konnten, und absolut nichts von ökonomischem Wert zu verlieren hatten. Diese Leute machten sich keine Illusionen darüber, was sie erwartete, wenn sie gefangengenommen wurden, und deshalb kämpften sie bis zum letzten Mann. Ich bezweifelte, ob es in New Orleans einen einzigen Buchmacher gab, der in einer solchen Situation eine Wette annehmen würde.

Aber mit meinem Krieg war es vorbei, und mit meiner Karriere vielleicht auch. Ich schaltete den Fernseher ab und schaute wieder aus dem Fenster auf den Widerschein der Lichter am dunklen

Himmel. Mein Zimmer war ruhig, die Laken waren kühl und sauber, und mein Magen fühlte sich längst nicht mehr so schlimm, aber die Stimmgabel in meinem Innern vibrierte immer noch. Ich putzte mir die Zähne, duschte, spülte mir noch einmal den Mund mit Listerine aus, dann kroch ich zurück ins Bett, zog die Knie an und fing plötzlich an, von Kopf bis Fuß heftig zu zittern.

Fünfzehn Minuten später unterschrieb ich meine Entlassung aus dem Krankenhaus und ließ mich von einem Taxi zu meinem Hausboot fahren. Es war eine dunkle, heiße Nacht, und die Kabine hatte sich den ganzen Tag über mächtig aufgeheizt. Meine Sammlung historischer Jazzschallplatten – unersetzliche alte 78er mit Aufnahmen von Blind Lemon, Bunk Johnson, Kid Ory, Bix Beiderbecke usw. – lag zerschlagen und mit Fußspuren übersät auf dem Boden. Ich machte die Fenster weit auf und schaltete meinen Standventilator ein, dann sammelte ich die paar Platten ein, die noch unbeschädigt in ihren Hüllen steckten, reinigte sie mit einem weichen Lappen und stellte sie zurück ins Wandregal. Den Rest fegte ich zusammen und warf ihn in einen Abfallbeutel. Danach legte ich mich, immer noch angezogen, zum Schlafen auf die Couch.

Kleine Wellen plätscherten am Rumpf des Bootes, das sich rhythmisch unter mir bewegte. Aber es half alles nicht, ich konnte nicht schlafen. Ich schwitzte und zitterte am ganzen Leib, und als ich mein Hemd auszog, fröstelte ich, als habe mich ein Schwall arktischer Kaltluft getroffen. Jedesmal wenn ich die Augen schloß, fühlte ich den Boden unter mir versinken, hatte ich ich Eindruck, als säße ich in meinem Wagen, der sich überschlagend auf den tief unter mir liegenden Grund eines Canyons zuraste, sah ich auf den Lippen des neben mir sitzenden toten Fitzpatrick Worte sich bilden wie große Blasen.

Irgendwann später klopfte Annie leise an die Kabinentür. Ich schloß auf und ging im Dunkeln zurück zu meiner Couch. Eine draußen auf dem See vorbeifahrende Segeljacht hatte einen Scheinwerfer auf das Deck gerichtet, und das Licht warf goldene Reflexe auf Annies Haar. Ich sah, wie sie an der Wand nach dem Lichtschalter tastete.

»Mach's lieber nicht an«, bat ich.

»Warum nicht?«

»Wenn jemand grade aus dem Krankenhaus kommt, sieht er nicht besonders gut aus.«

»Ist mir gleich.«

»Aber mir nicht.«

»Du wußtest doch, daß ich dich im Krankenhaus besuchen wollte. Warum hast du mir keine Nachricht hinterlassen?«

»Ich dachte, das hätt ich getan. Vielleicht hab ich's auch vergessen. Den ganzen Tag über hatte ich immer irgendwelche Polizisten bei mir.«

Sie kam näher zu mir an die Couch. Sie trug weiße Jeans mit einem blauen Nietenhemd, das sie in den Gürtel gesteckt hatte.

»Was hast du?« fragte sie.

»Ich schätze, es ist die Malaria. Ich hab sie mir auf den Philippinen geholt.«

»Ich mach doch lieber das Licht an.«

»Nein.«

»Du brauchst mir gegenüber nichts verbergen, Dave.«

»Ich bin suspendiert ohne Bezüge. Ich fühl mich im Moment nicht besonders gut. Um die Wahrheit zu sagen, ich hätte Lust, jemand umzubringen.«

»Ich verstehe nicht.«

»Wenn die einen unbefristet ohne Bezüge vom Dienst suspendieren, dann bedeutet das, daß du wahrscheinlich nie mehr zurückkommst. Solche Maßnahmen ergreifen sie in der Regel bei Cops, die demnächst vor Gericht gestellt werden.«

Sie setzte sich auf den Rand der Couch und legte ihre Hand auf meine nackte Schulter. Ihr Gesicht zeichnete sich als dunkle Silhouette vor dem Fenster ab. Dann berührte sie mit den Fingern leicht meine Stirn.

»Ich kann's einfach nicht glauben, daß sie ausgerechnet dir so was antun.«

»Das hat was mit meiner Vergangenheit zu tun. Du weißt nichts davon. Ich war jahrelang Alkoholiker, und jetzt glauben sie, daß ich wieder rückfällig geworden bin.«

»Aber das können sie dir doch nicht vorwerfen!«

»Warum denn nicht? Das macht die Sache sehr viel leichter. Die meisten Polizisten können nicht mal so weit denken, daß sie sich aus einer nassen Papiertüte befreien könnten. Die können bloß in bestimmten Kategorien und Klischees denken. Darum bringen wir ja auch so wenige Leute hinter Schloß und Riegel. Schau mal, da draußen laufen vier schleimige Elemente frei rum, die nicht mal ein gutes Stück Seife abgeben würden, und trinken ein Bierchen und feiern die Tatsache, daß sie einen Menschen zu Holzkohle verbrannt haben, während einige von unseren Leuten sich den Kopf zerbrechen, ob sie mir eine Anklage wegen Alkohol am Steuer anhängen sollen oder wegen Alkohol am Steuer in Verbindung mit fahrlässiger Tötung.«

»Du redest heute so ganz anders als sonst.«

»Annie, in der richtigen Welt da draußen grillen wir die Armen auf dem elektrischen Stuhl und schicken Priester ins Gefängnis, weil sie Musterungsunterlagen mit Hühnerblut übergossen haben. Das liegt einfach im Wesen der Dinge. Wir gehen das Problem abstrakt und symbolisch an, aber irgend jemand muß immer die Konsequenzen tragen. In diesem Falle war es so, daß ein Typ, der aussah, als käm er direkt aus 'ner Eiskremreklame, ganz allein und auf sich gestellt einen Kreuzzug gegen unsere offizielle Regierungspolitik in Mittelamerika begonnen hat. Stell dir vor, du wärst ein Bürohengst in der Verwaltung. Meinst du nicht, daß es leichter für dich wäre, dich mit einem tödlichen Unfall wegen Alkohol am Steuer zu befassen als mit einer Geschichte über ausgeflippte Rechtsradikale, die in Nicaragua die arme Landbevölkerung umbringen?«

»Warum glaubst du eigentlich, du wärst der einzige Mensch auf der Welt, der die Wahrheit erkennt?«

»Das hab ich nicht gesagt.«

»Aber du empfindest es so, Dave. Eine solche Last kann kein Einzelner tragen.« Ihr Gesicht war weich und entspannt, als sie einen Augenblick lang durch das Fenster auf den See schaute. Dann stand sie plötzlich auf und begann sich im Dunkeln auszuziehen.

»Annie, ich bin kein Fall für die Fürsorge. Mir geht's heut einfach nicht besonders gut.«

»Wenn du möchtest, daß ich gehe, brauchst du's bloß zu sagen. Aber sieh mir in die Augen und sag's mir offen und ehrlich, ohne lange um den heißen Brei rumzureden.«

»Ich mag dich wirklich sehr.«

Sie setzte sich wieder auf die Couch und beugte sich zu mir, bis ihr Gesicht ganz nah an meinem war.

»Jemanden lieben heißt, für ihn da sein, wenn niemand anders da ist. Wenn man nicht mal die Wahl hat. Das solltest du verstehen, Dave«, sagte sie. Dann beugte sie sich vor und küßte mich leicht auf den Mund.

Sie bot einen bezaubernden Anblick. Ihre Haut war weich und warm, und ich roch die Sonne und ein Parfüm wie von Wunderblumen in ihrem Haar. Sie küßte mich erneut und ließ ihren Atem leicht über meine Wangen streichen und schlang ihre Arme um meine Hals und preßte ihre Brüste fest an meinen Körper. Ich setzte mich auf und rückte an die Kante der Couch, um mir die Hosen auszuziehen, dann drückte sie mich wieder in die Kissen zurück, kniete sich über mich und nahm die Hände zu Hilfe, um mich in sich aufzunehmen. Sie schloß die Augen und stöhnte leise, ihren Mund weit geöffnet, dann legte sie sich, auf die Arme gestützt, auf mich, ihre Brüste ganz nah an meinem Gesicht. Sie hatte all meine Wut – nein, mein Selbstmitleid – einfach ignoriert, und ich fühlte mich beschämt und verwirrt und körperlich schwach, als ich ihr tief in die strahlendblauen Augen blickte.

Sie hatte ein erdbeerrotes Muttermal auf ihrer rechten Brust, das dunkler wurde und sich mit Blut zu füllen schien, als ihr Atem immer schneller wurde. Ich fühlte, wie ihre Wärme mich in sie hineinzog, ich spürte, wie sie ihre feuchten Handflächen unter meinen Rücken schob, spürte, wie sie ihre Schenkel anspannte und mich umklammerte. Dann hielt sie mein Gesicht in ihren Händen, und das Herz drehte sich mir in der Brust um, und ich fühlte, wie sich tief in mir etwas schmerzhaft Hartes zusammenzog und dann zerplatzte wie ein schwerer Gesteinsbrocken, der von einem reißenden Strom losgerissen und davongetragen wird.

»Oh, du bist ein toller Mann«, sagte sie und wischte mir mit den Fingern die Schweißtropfen aus den Augen, während ihr Körper immer noch leicht zitterte.

Sie schlief neben mir ein, und ich holte ein Laken aus dem Schlafzimmer und deckte sie zu. Der Mond war inzwischen aufgegangen, und in dem weichen Licht, das durch das Fenster fiel, sah ihr lockiges blondes Haar aus, als sei es mit Silberfäden durchwirkt. Nur der Ansatz ihres erdbeerfarbenen Muttermals schaute unter dem Laken hervor.

Ich wußte, daß ich großes Glück hatte, ein Mädchen wie sie zu haben, aber die große Nemesis des Glücksspielers liegt darin, daß er nie zufrieden ist, wenn er das tägliche Doppel gewonnen hat – statt dessen setzt er seinen Gewinn in jedem weiteren Rennen des Nachmittags aufs Spiel, und wenn er noch gut raus ist, wenn die Wettschalter nach dem letzten Rennen schließen, dann geht er am gleichen Abend noch zum Hunderennen und bleibt dort, bis er alles verloren hat.

Ich hatte kein Wettbüro in erreichbarer Nähe, deshalb ließ ich Annie schlafen und ging am Seeufer entlang in Richtung auf den Vergnügungspark am Pontchartrain Beach. Der Wind hatte zugenommen, am Strand schlugen die Wellen jetzt kräftiger auf den Sand, und die trockenen Palmwedel rauschten und knisterten vor dem sich verdunkelnden Himmel. Als ich den Vergnügungspark erreichte, war es merklich kühler geworden. Die Luft war voll mit fliegenden Sandkörnern, und ich konnte den Sturm riechen, der von Süden her aufzog. Die meisten Fahrgeschäfte hatten bereits geschlossen und waren mit festen Leinwandbahnen gegen den drohenden Regen geschützt, und die rote Neonschrift über der verlassenen Geisterbahn hob sich wie elektrisiertes Blut vom dunklen Himmel ab.

Aber ich fand trotzdem, was ich schon den ganzen Tag gesucht hatte.

»Einen doppelten Jack Daniel's und ein Glas Pearl vom Faß«, sagte ich zum Barkeeper.

»Sie sehn aus, als hätten Sie ihr Duell mit der Kettensäge verloren, mein Freund«, sagte er.

»Sie sollten mal die Kettensäge sehen«, antwortete ich.

Aber es war eine dunkle, trostlose Kneipe. Hier gab es weder Höflichkeit noch Humor, und der Barkeeper füllte schweigend mein Schnapsglas nach.

7

Am nächsten Morgen um fünf Uhr begann sich der Himmel im Osten hinter den Baumreihen auf der anderen Seite des Mississippi grau und rosa zu färben. Ich war in einer Bar, die die ganze Nacht geöffnet hatte, ganz in der Nähe des alten Highway 90 unter dem hohen schwarzen Schattengerüst der Huey-Long-Brücke. Der Morgennebel hing in dichten Schwaden über dem Fluß und rings um die von zahlreichen Büschen bewachsenen Pfeiler der Brücke. Die Luft selbst schien vor Feuchtigkeit zu triefen, und die Schiefersteine auf dem Parkplatz strahlten einen stumpfen Glanz aus, als sich der rosige Schein der Sonne langsam über den Horizont ausbreitete.

Ein Bus voller Zirkus- und Kirmesleute aus Sarasota, Florida, war auf dem Highway liegengeblieben, und die Bar und der Kaffeetresen waren umlagert von einer seltsamen Schar von Tierbändigern, Akrobaten und Unterhaltungskünstlern. Ich saß an einem Tisch mit dem Krokodil-Jungen, dem Bleistift-Mann und einem Zwerg namens Little Mack. Der Bleistift-Mann hatte Arme und Beine, die so dünn und biegsam wirkten, daß sie aussahen, als habe ein Chirurg sorgfältig alle Knochen aus ihnen entfernt. Sie wirkten wie Gummischlangen, die mit seinem Torso verbunden waren, der seinerseits kaum den Umfang eines Telefonmastes hatte. Sein drahtiges rotes Haar war mit Hilfe von Wachs zu einer Art Knolle gekämmt, so daß es an einen Radiergummi erinnerte. Die Haut des Krokodil-Jungen war übersät mit harten schwarzen Höckern, ähnlich wie Seepocken, und seine Zähne sahen aus, als seien sie spitz zugeschliffen. In strenger Reihenfolge nippte er von seinem Muskatellerwein, spülte mit einem Schluck Bier nach, nahm einen Zug von seiner Zigarette und aß aus einer Schüssel mit eingelegten Schweinsfüßen. Little Mack saß direkt neben mir, wobei seine kurzen Beine nicht den Boden erreichten, sondern in der Luft baumelten. Sein Gesicht verriet volle Anteilnahme für meine Situation.

Ich warf einen Blick auf die Telefonnummern mit Vorwahl,

die ich auf eine feuchte Papierserviette gekritzelt hatte. Mein Kopf war erfüllt von einem gleichmäßigen Brummen, wie bei einer alten Neonröhre.

»Sie sollten diese CIA-Leute nicht wieder anrufen, Lieutenant«, sagte Little Mack mit seiner hohen, mechanisch klingenden Stimme. »Die sind nämlich in die Sache mit diesen UFOs verwikkelt. Wir haben mal eins davon gesehen, in der kalifornischen Wüste in der Nähe von Needles. Es hat grün und orange geleuchtet und jagte mit mindestens tausend Meilen pro Stunde über unsern Bus. Am nächsten Tag stand in der Zeitung, 'n Haufen Kühe von 'ner nahegelegenen Ranch wärn übel zerfleischt worden. Vielleicht haben die Typen von dem UFO versucht, sich neu zu verproviantieren.«

»Schon möglich«, antwortete ich und winkte dem Barkeeper, uns noch zwei Gläser Jack Daniel's zu bringen.

»Die Regierung haut dich einfach in die Pfanne«, sagte der Bleistift-Mann. »Jedesmal wenn du mit 'ner Regierungsbehörde zu tun hast, legt die eine neue Akte für dich an. Es gibt Leute, von denen ganze Zimmer voller Akten über ihr gesamtes Leben existieren. Bei mir isses anders. Ich hab nicht mal 'ne Geburtsurkunde. Meine Mutter hat sich grade lang genug hingehockt, um mich in 'ner Ecke von 'nem Güterwagen auf die Welt zu bringen. Seitdem bin ich ständig unterwegs. Ich hab nie 'ne Sozialversicherungskarte gehabt, auch keinen Führerschein oder 'nen Wehrpaß. Ich hab nie 'ne Steuererklärung abgegeben. Sobald die nämlich irgendwelche Akten über dich haben, verfolgen sie dich auf Schritt und Tritt.«

»Ihr seid genau die Art von natürlichen Philosophen, die ich mag«, sagte ich.

»Was haben Sie gesagt?« fragte der Krokodil-Junge. Er hatte aufgehört, an seiner Schweinshaxe zu kauen, und seine schmalen grünen Augen blickten mich neugierig und verwirrt an.

»Ihr seht einfach alles auf eure Weise, ob es nun ein UFO ist oder ein Haufen Arschlöcher von der Regierung, stimmt's?« sagte ich.

»Haben Sie schon mal ein UFO gesehen?« fragte Little Mack.

»Ich habe Berichte drüber gelesen«, antwortete ich.

Ich goß den Whiskey in mein Bierglas, schüttete das Zeug runter und blickte noch einmal auf die Telefonnummer auf meiner Serviette. Dann nahm ich mein Wechselgeld vom Tisch und ging zum Münztelefon, das an der Wand hing.

»Lieutenant, diesmal sollten Sie aber niemand mehr beschimpfen, hören Sie?« rief mir Little Mack nach. »Ich hab mal irgendwo gelesen, daß die einem Typ sogar Gift in sein Kondom praktiziert haben.«

Ich wählte die Nummer in McLean, Virginia, und fragte nach dem Diensthabenden. Mein Ohr fühlte sich geschwollen und holzig an, als ich es an die Hörmuschel preßte. Ich versuchte, meinen Blick aus dem Fenster auf die Nebelschwaden zu fixieren, die in dem weichen Morgenlicht draußen auf dem Fluß aus dem Wasser aufstiegen. Das Neonröhrengebrumm in meinem Kopf wollte nicht aufhören. Endlich meldete sich am anderen Ende ein Mann mit verärgerter Stimme.

»Wer ist dort?« fragte ich.

»Derselbe, mit dem Sie schon vor einer halben Stunde gesprochen haben.«

»Dann geben Sie mir jemand anders.«

»Sie müssen schon mit mir vorlieb nehmen, mein Freund.«

»Dann sagen Sie mir wenigstens Ihren Namen, damit ich Sie mal besuchen kann.«

»Ich werde Ihnen mal was sagen, Lieutenant. Wir haben Ihren Anruf zurückverfolgt. Wir wissen, in welcher Kneipe Sie gerade sitzen. Wir haben Ihre Unterlagen vor uns liegen und wissen alles von Ihnen. Wenn Sie nicht so ein verdammt armseliges Arschloch wären, würden wir Ihnen Ihre eigenen Leute auf den Hals schicken, damit die Sie festnehmen.«

»Also gut, nun hör mal zu, du Arschloch. Ich bin die Kanone, die frei auf eurem Deck rumrollt, und ich werde einen Haufen Blut und Scheiße auf der Reeling hinterlassen.«

»Wenn Sie nicht Ihren Alkohollutscher im Mund hätten, würde ich Sie vielleicht ernstnehmen. Wenn Sie noch einmal hier anrufen, finden Sie sich in Ihrer eigenen Ausnüchterungszelle wieder.«

Die Verbindung brach ab. Als ich den Hörer vom Ohr nahm, fühlte sich meine eine Gesichtshälfte taub an, als habe mir jemand eine kräftige Ohrfeige verpaßt.

»Was ist denn los? Ihr Gesicht sieht gar nicht gut aus«, sagte Little Mack.

»Wir brauchen ein paar neue Drinks«, antwortete ich.

»Haben die gedroht, Sie zu ermorden oder so? Diese Schwanzlutscher. Haben Sie schon mal den *Black Star* gelesen? Die hatten mal 'nen Bericht darüber, wie die CIA diese Nazi-Wissenschaftler dazu benutzt hat, Klons von Elvis und Marilyn Monroe zu machen, und später haben sie die Klons umgebracht, als sie sie nicht mehr für ihre Spionage verwenden konnten. Ich glaube, die Idee dazu haben sie aus diesem alten Film über diese seltsamen Wesen, die die ganze Welt in Besitz nehmen. Die legen eine Samenkapsel unter Ihr Bett, und wenn Sie dann einschlafen, saugt dieses Ding Ihnen das Ektoplasma aus dem Körper und verwandelt Sie in eine trockene Hülle, die dann vom Wind davongetragen wird . . . Wo wollen Sie denn hin?«

»Ich weiß noch nicht.«

»Setzen Sie sich lieber wieder hin und bestellen Sie sich was zu essen«, sagte der Bleistift-Mann. »Sie können mit uns mitfahren, wenn der Bus wieder in Ordnung ist.«

»Vielen Dank, aber ich brauch 'n bißchen Bewegung. Die letzte Runde hier geht auf mich.«

Aber als ich meine Brieftasche öffnete, hatte ich kein Geld mehr.

»Wirklich alles in Ordnung, Lieutenant?« fragte mich Little Mack.

»Klar.«

»Sie haben aber 'ne ziemliche Schlagseite«, sagte er.

»Ich komm schon klar.«

»Sie sollten vorsichtig sein, ist 'n ziemlicher Nebel da draußen«, sagte er. »Sind 'ne Menge verrückter Leute auf der Straße, Besoffene und so. Meinen Sie, daß Sie sicher nach Hause kommen?«

»Sicher«, antwortete ich. »Alles in Ordnung, glaubt mir.«

Ich ging im grauen Licht des Morgens langsam in Richtung auf die glänzenden Umrisse der Huey-Long-Brücke zu. Ich hörte das surrende Geräusch der Autoreifen auf der Stahlgitterfahrbahn der Brücke. Die Luft war kühl und feucht und roch nach der nassen Erde unten am Flußufer. So machte ich mich an den langen Aufstieg auf den Scheitel der Brücke. Mein Atem rasselte in der Kehle, mein Herz klopfte heftig vor Anstrengung. Tief unten auf dem dunklen Wasser tuckerte ein Tankschiff der Standard Oil in Richtung Norden, auf dem Weg zu den Raffinerien von Baton Rouge. Die Türme, Tragseile und Träger der Brücke schienen in dem kräftigen Wind zu singen, ächzen und stöhnen. Dann brach der gelbe Ball der Sonne durch die Wolkendecke und überflutete die Brücke mit hellem Licht, und aus irgendeinem Grund sah ich weit weg in meinem Kopf einen schwarzen Schwarm Urwaldvögel mit großem Lärm in einen heißen tropischen Himmel steigen.

Später saß ich unter einem Sonnenschirm auf dem Deck meines Hausbootes und versuchte, den Tag und meinen Verstand mit Hilfe einer Flasche Jax wieder auf die Reihe zu kriegen. Es gelang mir nicht besonders gut. Das Sonnenlicht wurde von der Wasseroberfläche wie von einem Spiegel reflektiert und blendete meine Augen. Ich hatte das Bedürfnis, Annie anzurufen und mich bei ihr zu entschuldigen, aber wie soll man einem anderen Menschen erklären, daß das Verlangen nach Alkohol stärker sein kann als das Verlangen nach Liebe? Und ehrlich gesagt, hatte ich in diesem Augenblick weder den nötigen Mut noch die Energie, um mich mit meiner Verantwortungslosigkeit und Schwäche auseinanderzusetzen. Statt dessen dachte ich angestrengt über die Relativität der Zeit nach und über die grausame Erkenntnis, daß mich auch noch so viele Jahre nicht endgültig von meiner alptraumhaften Vergangenheit als Alkoholiker befreien konnten, daß Philip Murphys Cocktail mich mit einem Schlag zurückgeworfen hatte in eine surreale Welt, die von Drachen und anderen Ungeheuern bevölkert wurde.

Ich dachte auch über meinen ertrunkenen Vater nach und fragte mich, was er in meiner Situation getan haben würde. Er war ein stattlicher, kräftiger Mann gewesen, ein dunkelhäutiger, lachender Cajun mit weißen Zähnen und türkisfarbenen Augen, der mit *boudin, cush-cush* und Hornhechtklößchen großgezogen worden war. Er hatte als Pelzjäger und Fallensteller auf Marsh Island und als Kranführer hoch oben auf den Ölbohrinseln im

Golf gearbeitet und sein Bestes getan, um für mich und meinen Bruder Jimmie zu sorgen, nachdem Mutter mit einem *bourée*-Spieler aus Morgan City durchgebrannt war. Wenn er aber gerade keine Arbeit hatte, dann trank er ziemlich viel und prügelte sich hin und wieder in der Kneipe und landete im Kreisgefängnis. Die weiße Strähne in meinem und Jimmies Haar, der ich meinen Spitznamen »Streak« verdankte, war die Folge eines Vitaminmangels, der auf mangelhafte Ernährung zurückzuführen war. Aber auch in schlechten Zeiten konnte er ungeheuer phantasievoll und freundlich sein auf eine Weise, die wir nie vergessen würden. Am Abend des Halloween-Festes, wenn die Pecan-Bäume schwarz und mächtig vor dem orangen Himmel standen, brachte er geschnitzte Kürbisse, abgeschnittene Zuckerrohrenden und Unmengen von warmen Lebkuchen mit nach Hause, und an unseren Geburtstagen fanden wir neben unserem Teller mit *cush-cush* und *boudin* ein paar Minié-Kugeln oder indianische Pfeilspitzen aus Rosenquarz und einmal sogar einen rostigen alten Revolver der Konföderiertenarmee, den er am Bayou Teche ausgegraben hatte.

In der Regel redete er französisch mit uns, und er unterhielt uns lange Jahre hindurch mit einer endlosen Zahl von Lebensweisheiten, Ratschlägen und Volkserzählungen, die er, wie er immer sagte, von seinem Vater gelernt hatte, die er aber meiner Meinung nach einfach aus dem Stegreif erfand, wenn sich die Situation gerade ergab. Hier ein paar aus dem französischen Idiom übertragene Beispiele:

– Du sollst niemals was tun, was du nicht tun willst, das sollst du.
– Wenn alle die gleiche Meinung über was haben, muß es falsch sein.
– Statt des Adlers hätte man lieber die Languste zum Symbol Amerikas machen sollen. Wenn man einen Adler auf ein Eisenbahngleis setzt und es kommt ein Zug, was wird der Adler tun? Er wird wegfliegen, das wird er tun. Aber setz eine Languste auf die Schienen, und was wird sie tun? Sie wird die Scheren aufrichten, um den Zug aufzuhalten, das wird sie tun.

Aber er gab uns auch einen wirklich ernstgemeinten Ratschlag, und ich konnte beinahe wieder seine Stimme flüstern hören von da draußen, aus der grünen Tiefe des Golfs: Wenn du schon das ganze Marschland durchkämmt hast auf der Jagd nach dem riesigen Alligator, der dein Schwein verschlungen hat, und du ihn trotzdem nicht gefunden hast, dann geh zu dem Punkt zurück, von dem aus du angefangen hast zu suchen, und fang von vorne an. Du bist bestimmt direkt auf ihn getreten, ohne ihn zu sehen.

Wahrscheinlich hat kein Polizist je einen besseren Ratschlag bekommen.

Ich verschlief den Rest des Nachmittags und wachte erst in der abkühlenden Abenddämmerung wieder auf, als die Zikaden in dem violetten Dunst laut wurden und die Glühwürmchen in den Bäumen zu leuchten begannen. Ich duschte und spürte, wie zumindest ein Teil des Elends meinen Geist und Körper verließ. Dann nahm ich ein Taxi zur Mietwagenstation von Hertz und mietete mir einen kleinen Ford.

Da der größte Teil des French Quarters abends für den Autoverkehr gesperrt war, parkte ich den Wagen in der Nähe des French Market unten am Fluß und ging zu Fuß zur Bourbon Street. Aus den Bars und den Striplokalen dröhnte laute Musik, und die Gehsteige waren voll mit Touristen, Betrunkenen und Straßenvolk, die verzweifelt versuchten, an ihrem letzten kleinen Stück amerikanischer Geographie festzuhalten. Meine Lieblinge unter den Straßenkünstlern, die schwarzen Steptänzer auf den Bürgersteigen, waren in voller Stärke unterwegs. Sie hatten enorm große Stepplatten unter ihre Schuhe montiert, und wenn sie zu der Musik aus den Kneipen zu tanzen anfingen, dann klapperten ihre Füße so laut wie Pferdehufe auf den Betonplatten. Ein Steptänzer versuchte, einen Touristen anzuquatschen, sah ihm unverwandt direkt in die Augen und sagte: »Ich wett 'nen halben Dollar, daß ich Ihnen sagen kann, wo Sie Ihnen Ihre Schuhe ham.« Wenn der Tourist sich auf die Wette einließ, sagte der Tänzer: »Sie ham Ihnen Ihre Schuhe an Ihnen Ihre Füße, und Ihre Füße sin auf der Bourbon Street. Ich hoff, Sie machn jetzt kein Rückzieher, Sie, oder?«

Ich ging in Plato's Sex-Kino, machte einen kurzen Abstecher zur Herrentoilette und nahm das Magazin aus meiner 45er Automatik. Die leere Waffe steckte ich in die Jackentasche, das Magazin in die andere. Dann öffnete ich ohne anzuklopfen die Tür zu Wesley Potts' Büro.

»Wie sieht's aus, Wes? Hier ist der Gemeindehelfer«, sagte ich.

Er saß in seiner taubenblauen Polyesterhose am Schreibtisch, die Beine auf einen Stuhl gelegt, sah sich das Baseballspiel im Fernsehen an und aß gebratene Hühnchen aus einem Karton, den er sich auf den Bauch gestellt hatte. Sein Schädel glänzte vor Haaröl, und seinen Augen sahen mich unsicher an wie blaue Murmeln. Er nahm sein Kauen wieder auf und schluckte das Stück Huhn, das er im Mund hatte.

»Ich suche einen Burschen mit Namen Bobby Joe Starkweather«, sagte ich. »Ich hab den Verdacht, er ist ein Fan der mexikanischen Filmkunst aus Tijuana.«

Seine Augen zuckten hin und her.

»Wie ich höre, hat man Ihnen die Lizenz weggenommen, Lieutenant«, erwiderte er nur.

»Man hört 'ne ganze Menge Gerüchte in diesen unruhigen Zeiten.«

»Es stand aber in der *Times Picayune*.«

»Das sind bürokratische Spitzfindigkeiten, mit denen Leute wie du und ich uns nicht abzugeben brauchen.«

»Ich schätze, ich hab schon mal für Sie geplaudert, Lieutenant, und wenn ich mich recht entsinne, dann hab ich nichts dafür gekriegt, abgesehen davon, daß dieser Purcel mir meine ganzen Filme versaut hat. Ich hätte deswegen 'ne Menge Scherereien kriegen können.«

»Ich habe zur Zeit leider keinen Zugang zu unserem Petz-Fonds, also heißt es diesmal, Vertrauen gegen Vertrauen.«

»Ich hab 'ne Menge Angst ausgestanden wegen der Sache neulich. Das müssen Sie einfach verstehn, find ich. Egal, was Sie über mich denken, ich bin nicht einfach die Sorte Clown für den Mob, die im Topf rumspringt wie 'n Stück Popcorn. Ich hab 'ne Familie, meine Kinder gehen zur Sonntagsschule, ich zahl 'ne Menge Steuern. Mag sein, daß meine Steuererklärungen ein bißchen frisiert sind, aber was ist das schon im Vergleich zu den von Nixon? Ein Mann braucht schließlich 'n bißchen Respekt, 'n bißchen Anerkennung dafür, daß er seinen eigenen Laden, seine eigenen Probleme hat.«

»Das weiß ich alles, Wes. Darum fällt's mir auch nicht leicht, dir das jetzt anzutun.«

Ich nahm meine 45er aus der Jackentasche, zog den Verschluß zurück und ließ ihn mit einem lauten Geräusch einschnappen. Dann hielt ich die Waffe in einem leichten Winkel nach unten und zielte direkt zwischen seine Augen, so daß er sehen konnte, daß der Hahn gespannt war.

Er schnappte nach Luft, und sein Gesicht begann zu zucken. Kleine Schweißperlen erschienen auf seiner rauhen Gesichtshaut, und er schielte fast, während seine Augen die auf ihn gerichtete Pistole anstarrten. Er wedelte mit den Fingern in Richtung Waffe.

»Bitte nehmen Sie die Pistole weg, Lieutenant«, flehte er mich an. »Ich war im Krieg. Ich bin allergisch gegen Waffen.«

»Aber in deiner Akte steht, daß du wegen schlechter Führung in Friedenszeiten entlassen wurdest.«

»Das ist mir egal. Ich hasse Waffen. Ich hasse jede Art von Gewalt. Mein Gott, ich mach mir gleich in die Hosen.«

Er zitterte am ganzen Leib. Der Karton mit dem gebratenen Hühnchen war ihm entglitten und mitsamt seinem Inhalt auf den Boden gefallen. Er schluckte ein paarmal trocken, seine Halsader pulsierte heftig, und er rieb und knetete sich die Hände vor dem Körper, als ob etwas Obszönes an ihnen kleben würde. Dann fing er an, unkontrolliert zu schluchzen.

»Nein, ich kann dir das nicht antun. Tut mir leid, Wesley«, sagte ich und ließ die 45er sinken.

»Was?« fragte er mit schwacher Stimme.

»Ich muß mich entschuldigen. Ich hätte das nicht machen sollen. Wenn du dich weigerst, jemand zu verpfeifen, dann ist das eben deine Sache.«

Er konnte seinen Schluckauf und das Zittern nicht unterdrükken.

»Beruhige dich. Sie war gar nicht geladen. Schau mal.« Ich richtete den Lauf auf meine Handfläche und drückte den Abzug. Sein Kopf machte eine ruckartige Bewegung bei dem Geräusch.

»Ich krieg noch 'nen Herzanfall. Ich hab als Kind mal schwere Angina gehabt. Ich vertrag den Streß einfach nicht«, sagte er.

»Ich hol dir von nebenan 'nen Whiskey. Was für einen willst du trinken?«

»'nen doppelten Black Jack auf Eis und ein Tuborg zum Nachspülen.« Er machte eine Pause und blinzelte mich an. »Und bitte sorgen Sie dafür, daß das Bier auch wirklich kalt ist. Dieser Jude, dem der Laden gehört, versucht immer, seine Stromrechnung zu drücken.«

Ich ging in die Kneipe nebenan und mußte für das importierte Bier und den doppelten Jack Daniel's in einem Becher mit Eis acht Dollar bezahlen. Als ich in Wesleys Büro zurückkam, roch ich den starken Duft von Marihuana, und er hatte den gleichen leeren, unbeweglichen Gesichtsausdruck wie jemand, der gerade den letzten Stummel eines Joints verschluckt hat.

»Mein Arzt hat mir das Zeug gegen mein Glaukom verschrieben«, sagte er. »Das hab ich mir damals in der Army geholt. In einem Schützengraben war 'ne Handgranate explodiert. Drum bin ich auch die ganze Zeit so nervös und vertrag keine Aufregung.«

»So, so.«

»Ist das Bier kalt?«

»Aber natürlich. Geht's dir jetzt besser?«

»Sicher.« Er trank den Whiskey aus und zerkaute das Eis mit den Zähnen, wobei sich seine dicht zusammenstehenden Augen zusammenzogen und die Pupillen sich auf die Größe kleiner Schrotkugeln verengten. »Lieutenant, ich werd Ihnen diesen Scheißkerl geben.«

»Und warum so plötzlich?«

»Weil er ein Schwein ist. Abgesehen davon hat er für Segura mexikanischen Braunen transportiert. Ich wohn immer noch unten im Irish Channel, im Arbeiterviertel. Mit dem Zeug machen die im ganzen Viertel die Jugendlichen süchtig.«

»Ja, ja, die Rotarier und die Leute von den Knights of Columbus haben sich in letzter Zeit immer wieder drüber beschwert. Du warst wohl auf einem dieser Frühstückstreffen, was?«

»Ich verkauf den Leuten schmutzige Phantasien in 'nem dunklen Kino. Ich stehl niemand die Seele. Sie haben diesen tätowierten Arschwisch bis jetzt nicht gefunden, weil er gar nicht in New Orleans lebt. Er hat 'n Angelcamp drüben am Bayou des Allemands im Sprengel St. Charles. Er verbringt seine Zeit damit, hinten in seinem Hof mit 'ner Schrotflinte auf alte Flaschen zu schießen. Der Typ ist echt 'ne wandelnde Reklame für massive staatliche Subventionen zur Förderung der geistigen Gesundheit.«

»Es reicht nicht immer, Wes, wenn man einfach jemand verpfeift.«

»Ich liefer Ihnen den Kerl ans Messer. Was wollen Sie denn noch?«

»Du kennst die Spielregeln, Wes. Wir können nicht zulassen, daß unsere Kunden ihr eigenes Drehbuch schreiben. Also erzähl mir auch den Rest. Wie Didi Gee schon gesagt hat: Du solltest die Leute mit ein bißchen mehr Respekt behandeln.«

Er trank sein Bier und starrte wie gebannt auf die Wand. Die Erinnerung an seine Schmach verfärbte sein Gesicht. Ich konnte hören, wie er schwer durch die Nase amtete.

»Also, es war so. Segura hatte ein paar von den Jungs zu 'ner kleinen Party am Swimmingpool bei sich eingeladen, zum Kartenspielen, Trinken und mit den Weibern rummachen. Starkweather hat große Töne gespuckt und erzählt, er wär damals mit den Ledernacken in Vietnam gewesen und hätt 'n paar Vietnamesen im Schlaf die Kehle durchgeschnitten und ihre Gesichter gelb angemalt, damit die andern Vietnamesen sie am Morgen, wenn sie aufstehn, so finden. Die Sache war bloß die, daß die Leute grade ihren Krabbensalat gegessen und mühsam versucht haben, nicht den ganzen Rasen vollzukotzen. Also sag ich zu ihm: ›He, entweder du hörst auf mit den ekligen Kriegsgeschichten oder du verteilst Kotztüten.‹ Er starrt mich an, als wär ich so 'ne Art Bettwanze. Und dann piekt er mich plötzlich mit sein Fingern direkt in die Augen, so wie's Moe Stooge immer mit Shemp und Larry macht, und das direkt vor allen Leuten und während die Weiber zusehn. Eine von denen fing richtig laut an zu lachen, und dann hat er mich ins Schwimmbecken geschubst.«

»Weißt du was, Wes – irgendwie glaub ich dir die ganze Sache«, sagte ich.

* * *

Ich wartete bis zur Dämmerung, bis ich Starkweather in seinem Angelcamp einen kleinen Besuch abstattete. Dichte Nebelschwaden stiegen aus dem Bayou auf und zogen durch den überfluteten Wald, als ich über eine alte Bohlenstraße rumpelte, die von einer Ölfirma durch den Sumpf gebaut worden war. Die toten Zypressen standen naß und schwarz in dem grauen Licht, und grüne Flechten wucherten überall da, wo die breit ausladenden Stämme von der Wasserlinie berührt wurden. Der Nebel hing so dicht und weiß in den Bäumen, daß ich vor dem Wagen kaum zehn Meter weit sehen konnte. Eine morsche Bohle zerbrach unter der Last der Vorderräder und schlug mit einem lauten Knall an die Ölwanne. In der frühmorgendlichen Stille scheuchte der Lärm eine Unzahl von Reihern auf, die sich mit lautem Flügelschlagen in den rosafarbenen Himmel über den Baumwimpfeln erhoben. Endlich tauchte auf der einen Seite in einer gerodeten kleinen Lichtung unter den Bäumen eine Hütte auf, deren einfache Konstruktion aus Ziegelsteinen und Brettern sich auf einem Fundament aus Betonsteinen und Zypressenstümpfen aus dem schlammigen Grund erhob. Vor der Hütte parkte ein Toyota Jeep. Ein struppiger Beagle, dessen Fell aussah, als sei er von einer Schrotladung getroffen worden, war auf der vorderen Veranda angebunden.

Ich hielt mitten auf der Straße an, schaltete den Motor aus, öffnete leise die Tür und ging durch die triefenden Bäume am Rande der Lichtung entlang, bis ich auf Höhe der Veranda war. Die Eichen rings um die Lichtung waren mit zerfetzten Zielscheiben übersät, zersiebte alte Konservendosen und zerschmetterte Flaschen hingen an Drähten von den Zweigen, und die Rinde der Stämme war von zahllosen Einschüssen durchlöchert und aufgerissen.

Die Fliegendrahttür der Hütte stand offen, aber ich konnte im Innern keine Bewegung sehen oder hören. Hinten im Hof schnauften und grunzten Schweine in einem hölzernen Koben.

Ich zog den Verschluß meiner 45er auf und schob leise eine Patrone aus dem Magazin in die Kammer. Dann holte ich tief Luft und rannte über den ungepflasterten Hof, sprang mit einem einzigen Sprung die Stufen zur Veranda hoch, wobei der Hund vor Schreck so an der Leine zog, daß er sich fast den Hals gebrochen hätte, und krachte dann beinahe durch die Fliegendrahttür.

Drinnen ging ich sofort in Hockstellung und sah mich mit schußbereiter Waffe im Raum um, die Augen im dämmrigen Licht weit aufgerissen. Mein Herz klopfte wild gegen meine Rippen. Der Holzfußboden war übersät mit leeren Bierdosen, Brottüten, Kautabakbeuteln, Hühnerknochen und Flaschenverschlüssen. In einer Ecke lag die zerrissene Füllung einer alten, verschimmelten Matratze. Abgesehen davon war der Raum leer. Dann zog jemand den Vorhang zum hinteren Schlafraum beiseite. Ich richtete die 45er direkt auf ihr Gesicht, meine schweißnassen Hände fest am Griff.

»Wow, wer zum Teufel sind Sie denn?« fragte sie schlaftrunken. Sie war vielleicht zwanzig und trug abgeschnittene Bluejeans und als Oberteil nichts als einen BH. Ihr Gesicht wirkte stumpf und ausdruckslos, und sie riß immer wieder krampfhaft die Augen auf, um mich überhaupt sehen zu können. Ihr Haar hatte die Farbe von verwittertem Holz.

»Wo ist Starkweather?« fragte ich.

»Ich glaub, der is mit dem andern Typ hinters Haus gegangen. Sind Sie 'n Bulle oder so?«

Ich stieß die rückwärtige Fliegentür auf und sprang hinunter in den Hof. Trotz des Nebels erkannte ich ein Toilettenhäuschen, eine umgedrehte Piroge, deren Rumpf mit Tautropfen übersät war, einen hölzernen Schweinekoben und einen verrosteten alten Wagen ohne Räder, dessen Karosserie silbrig glänzende Einschußlöcher aufwies. Die Sonnenstrahlen hatten jetzt die Bäume erreicht, und ich konnte das tote grüne Wasser des Sumpfes, den mit Butterblumen bewachsenen Landeplatz und die Bartflechten an den Bäumen sehen, die von einer leichten Brise vom Golf her bewegt wurden. Aber kein Mensch war hier draußen. Dann hörte ich wieder die Schweine in ihrem Koben schnaufen und grunzen. Sie fraßen offenbar irgend etwas.

Die Tiere standen im Kreis zusammen, die Köpfe nach unten gerichtet, als würden sie aus einem Trog fressen. Ab und zu schüttelte eines heftig mit dem Kopf, grunzte, zerbiß mit lautem Geräusch etwas zwischen den Kiefern und tauchte dann die Schnauze wieder ein. Ihre Gesichter und Schnauzen waren feucht und glänzend von geronnenem Blut. Plötzlich sah ich, wie eines der Tiere ein langes Stück blau schimmernden Darms aus

Bobby Joe Starkweathers Bauch zog und schwerfällig damit durch den Koben rannte. Starkweathers Gesicht war blutleer, Augen und Mund standen weit offen, sein kurzrasierter Schädel war mit Schlamm bespritzt. Genau über der rechten Augenbraue sah ich ein kleines, schwarzes Loch von der Größe eines Zehn-Cent-Stücks.

Ein Eimer mit Küchenabfällen lag umgestürzt auf dem Boden. Er hatte die Arme weit ausgebreitet, und es sah aus, als sei er von der Vorderseite des Kobens aus erschossen worden. Ich untersuchte sorgfältig den nassen Boden, der zahlreiche Eindrücke von Stiefeln sowie die Spuren von Hunden und Hühnern aufwies, bis ich die scharfen Umrisse eines Straßenschuhs in einer Lehmrinne sah. Genau in der Mitte des Abdrucks erkannte ich die Konturen einer Pistolenpatrone. Wahrscheinlich hatte der Schütze sie in den Dreck getreten und anschließend mit den Fingern wieder ausgegraben und aufgehoben.

Ich ging zurück in die Hütte. Das Mädchen war gerade dabei, den Vorratsschrank zu durchstöbern.

»Sind Sie 'n Bulle?« fragte sie.

»Kommt drauf an, wen Sie das fragen.«

»Haben Sie vielleicht 'n paar weiße Muntermacher dabei?«

»Sie sehen aus, als hätten Sie schon die ganze Apotheke geschluckt.«

»Wenn Sie mit dem bumsen müßten, würden Sie Thorazine fressen wie Schrippen.«

»Ich hoffe, daß er Sie wenigstens vorher bezahlt hat.«

Sie schloß einen Moment die Augen, dann öffnete sie sie wieder und sah mich an.

»Wo ist er?« fragte sie.

»Er füttert die Schweine.«

Sie sah mich etwas unsicher an, dann drehte sie sich um und ging zur Tür, die zum Hof führte.

»Bleiben Sie lieber hier. Ist kein schöner Anblick da draußen«, sagte ich.

Aber sie ignorierte mich. Eine Minute später hörte ich, wie sie draußen ein Geräusch machte, als sei sie plötzlich in eine Wolke schlechter Luft getreten. Ihr Gesicht war aschgrau, als sie in die Hütte zurückkam.

»Is ja gräßlich«, sagte sie. »Sollten Sie ihn nich zu 'nem Bestatter bringen oder so?«

»Setzen Sie sich. Ich mach Ihnen erst mal 'ne Tasse Kaffee.«

»Ich kann nich mehr hierbleiben. Ich hab um zehn Unterricht, Aerobic und Meditation. Der Typ, für den ich arbeite, schickt uns da immer hin, damit wir unsere Spannung 'n bißchen abbauen. Er wird immer wütend, wenn ich nich hingeh. Mein Gott, wie bin ich bloß an all die Verrückten gekommen? Wissen Sie, was *der* gemacht hat? Der hat sich nackt, bloß mit Armeestiefeln auf die Veranda gestellt und angefangen, Gewichte zu heben. Der Hund hat sich von der Leine losgerissen und ein Huhn bis ins Toilettenhäuschen gejagt, und er hat mit der Schrotflinte auf das Tier geschossen. Dann hat er ihn wieder angebunden und ihm 'ne Schale Milch gegeben, als wär überhaupt nichts gewesen.«

»Wer war der Kerl, mit dem er nach hinten in den Hof gegangen ist?«

»Er hat ausgesehen, als hätt er 'nen rosa Fahrradflicken auf'm Gesicht.«

»Was?«

»Ich hab keine Ahnung, wie er ausgesehn hat. Er war ziemlich groß. Ich war nich so ganz beisammen. Verstehn Sie, was ich meine?«

»Sagen Sie das noch mal, das mit seinem Gesicht.«

»Seine Nase und seine Augenbraue waren ziemlich kaputt. 'ne Art Narbe, glaub ich.«

»Und was hat er gesagt?«

Ihre Augen schienen ins Unendliche zu blicken. Sie hatte den Mund leicht geöffnet, und ihre Gesichtsmuskulatur war vom Nachdenken völlig erschlafft.

»Er hat gesagt: ›Die wollen, daß Sie ein bißchen Luftveränderung kriegen? Sie sollten Ihr Golfspiel ein bißchen verbessern.‹ Und dann sagt der andere, wie immer er heißt: ›Geld spricht lauter als Worte, Weißbrotfresser. Ich muß die Schweine füttern.‹«

Sie kaute an einem ihrer Fingernägel, und ihre Augen wurden wieder ausdruckslos.

»Hören Sie, ich hab da ein Problem«, sagte sie dann. »Er hat mich noch nich bezahlt. Ich muß dem Typ, für den ich arbeite, zwanzig Dollar geben, wenn ich in die Bar zurückkomme. Würden Sie mir 'nen Gefallen tun und sein Portemonnaie holen?«

»Tut mir leid, aber ich glaube, das haben die Schweine bereits.«

»Wollen Sie vielleicht 'ne Nummer schieben?«

»Ich werd Sie absetzen, wo immer Sie wollen, Kindchen, und dann ruf ich im Büro des Sheriffs an und melde das mit Starkweather. Sie laß ich draußen warten. Wenn Sie wollen, können Sie denen ja später was erzählen. Das überlaß ich ganz Ihnen.«

»Sie sind doch 'n Bulle, stimmt's?«

»Warum nicht?«

»Warum wollen Sie mich laufenlassen? Haben Sie später noch was vor?«

»Die könnten Sie als Augenzeugin in Gewahrsam nehmen. Der Typ da draußen im Schweinestall hat zig Menschen umgebracht, vielleicht Hunderte. Aber er war ein blutiger Anfänger und Versager im Vergleich mit den Leuten, für die er gearbeitet hat.«

Als sie im Wagen saß, rutschte sie ganz nah an die Beifahrertür, ihr Gesicht immer noch schwer von der Wirkung der Drogen. Während der ganzen Fahrt durch die Sümpfe bis zur Landstraße sprach sie kein Wort. Ihre gelbgefärbten Finger hielt sie eng verschlungen im Schoß.

Wie viele andere hatte ich in Vietnam eine wichtige Lektion gelernt: Trau nie der Autorität. Aber weil ich zu der Erkenntnis gekommen war, daß jede Autorität mit Vorbehalt zu genießen und verdächtig war und prinzipiell nur ihre Interessen im Auge hatte, hatte ich auch gelernt, daß sie berechenbar und verwundbar war. So saß ich an diesem Nachmittag unter meinem Sonnenschirm auf dem Deck meines Hausboots, nur mit einer Badehose und einem offenen Tropenhemd bekleidet und mit einem Glas Jim Beam und einem Bier auf dem Tisch vor mir, und rief Sam Fitzpatricks Vorgesetzten im Gebäude der Bundesbehörde an.

»Ich habe Abshire ausfindig gemacht«, sagte ich. »Ich weiß gar nicht, warum Sie neulich im Krankenhaus so ein Geheimnis draus gemacht haben. So schwer zu finden ist er nun auch nicht.«

Am anderen Ende der Leitung war einen Augenblick lang nichts zu hören.

»Haben Sie Wachs in den Ohren oder was?« ertönte es dann. »Wie zum Teufel krieg ich das in Ihren Dickschädel? Lassen Sie die Finger von unseren Angelegenheiten.«

»Ich trete dem Kerl ein Brett in den Arsch.«

»Sie werden, verdammt noch mal, überhaupt nichts tun, sonst kriegen Sie eine Vorladung wegen Behinderung einer Ermittlung.«

»Wollen Sie nun mitmachen oder nicht?« fragte ich.

»Ich habe den Eindruck, daß Sie betrunken sind.«

»Und wenn schon. Ich lege den Burschen auf Eis. Wollen Sie bei dem Fest dabeisein, oder sollen wir Einheimischen hier die Geschichte für Sie in die *Picayune* bringen? Wird ein echt heißes Ding, das sag ich Ihnen.«

»Was zum Teufel ist eigentlich mit Ihnen los? Sie kennen offenbar keine Grenzen. Einer meiner besten Männer verbrennt in Ihrem Wagen. Ihre eigenen Leute lassen Sie fallen wie einen Beutel Hundescheiße. Sie sind offenbar drauf und dran, wieder zum Alkoholiker zu werden, und jetzt reden Sie davon, daß Sie einen Zweisternegeneral im Ruhestand umlegen wollen. Wäre es möglich, daß Sie den Verstand verloren haben?«

»Sie sind ein guter Mann, aber ich geb Ihnen einen Rat: Spielen Sie nie Poker.«

»Was soll das?«

»Es ist ein schreckliches Laster. Es würde Sie in den Ruin treiben.«

»Sie verdammter Mistkerl, so kommen Sie mir nicht davon«, sagte er.

Ich legte den Hörer auf, kippte den kleinen Jim Beam und nahm einen Schluck aus meinem Bierglas. Die Sonne sah aus wie ein gelber Ballon, der unter der Wasseroberfläche gefangen war. Der Wind war warm, und im heißen Schatten des Sonnenschirms stand mir der Schweiß auf der Brust. Meine Augen brannten in der feuchten Nachmittagshitze. Ich wählte die Nummer von Cletes Büro im Ersten Bezirk.

»Wo steckst du?« fragte er.

»Zu Hause.«

»Ein Haufen Leute hat nach dir gefragt. Du hast kräftig in die Suppe gespuckt, Dave.«

»Ich bin nicht schwer zu finden. Und wer war so scharf auf mich?«

»Wer wohl? Die Bundespolizei. Hast du echt die CIA angerufen? Mann, das ist nicht zu glauben.«

»Ich versuche eben, meine Zeit totzuschlagen. Mit irgendwas muß man sich ja beschäftigen.«

»Ich weiß nicht, aber mit den Schätzchen würd ich mich nicht anlegen wollen. Ein übler Haufen. Das ist nicht unsere Art Leute.«

»Bist du der Meinung, ich sollte eine Zeitlang von der Bildfläche verschwinden?«

»Wer weiß? Ich würd jedenfalls aufhören, ihnen auf den Schwanz zu latschen.«

»Kommen wir zur Sache. Da ist was, was ich gern wissen möchte, Clete. Wie oft ist es dir bei deinen Untersuchungen über Schießereien untergekommen, daß der Schütze hinterher seine Hülsen einsammelt?«

»Ich versteh nicht.«

»Und ob du verstehst.«

»Ich weiß nicht. Ich schätze, ich hab mir noch nie Gedanken drüber gemacht.«

»Also ich hab's nicht einmal erlebt«, sagte ich. »Außer, wenn ein Bulle geschossen hat.«

»Was willst du damit sagen?«

»Ist schon merkwürdig, wie so was zur Routine werden kann, findest du nicht?«

»Tatsächlich. Stell dir vor.«

»Also wenn ich der Schütze wäre, dann würd ich eher die Hülsen zurücklassen als meine Handschrift.«

»Vielleicht gibt's ein paar Dinge, über die zu spekulieren sich nicht lohnt, Dave.«

»Wie schon gesagt, ich hab im Augenblick nicht viel zu tun. Ich vertreibe mir einfach die Zeit. Ich war heut morgen zwei Stunden drüben im Büro des Sheriffs von St. Charles und hab Fragen über Bobby Starkweather beantwortet. Haben die mit euch schon Verbindung aufgenommen?«

»Wir haben davon gehört.« Er klang allmählich leicht genervt.

»War eine ganz schöne Schweinerei da draußen. Noch 'ne Stunde länger, und ich schätze, von Bobby Joe wär kaum was übriggeblieben außer seiner Gürtelschnalle und den Nägeln aus seinen Stiefeln.«

»Ich finde, er macht sich viel besser als Würstchen. Irgendwann findet eben jeder seinen richtigen Platz. Ich hab noch zu tun, Partner.«

»Tu mir einen Gefallen. Kannst du mal an den Computer gehen und versuchen, ob du was rauskriegst über einen pensionierten Zweisternegeneral namens Abshire?«

»Hör endlich auf und entspann dich, Dave. Du mußt dich an die Gegebenheiten anpassen. Wir kommen schon irgendwie aus dieser Scheiße raus. Du wirst sehen. *Adios*.«

Die Verbindung war unterbrochen, und ich sah hinaus auf die Wasserfläche, die im dunstigen Licht des Sommers rauchig grün wirkte, und goß mir ein neues Glas Jim Beam ein. Ich fragte mich, womit sie ihn in der Hand hatten. Nutten? Einnahmen aus dem Drogenhandel? Manchmal hatte es den Anschein, als ob die Besten von uns den Leuten, die wir am meisten verabscheuten, immer ähnlicher wurden. Und wenn ein guter Polizist einmal ins Unglück stürzte, war er meist nicht in der Lage, zurückzublicken und den genauen Augenblick zu bestimmen, wo er plötzlich scharf abgebogen und in einer Einbahnstraße gelandet war. Ich mußte daran denken, wie ich einmal im Gerichtssaal gesessen hatte, als ein ehemaliger Baseballprofi aus New Orleans wegen Erpressung und Drogenhandels zu zehn Jahren in Angola verurteilt wurde. Siebzehn Jahre früher hatte er als Werfer fünfundzwanzig Spiele gewonnen, hatte einen so schnellen Ball geworfen, daß er damit ein Scheunentor demolieren konnte, und jetzt wog er fast dreihundert Pfund und hatte einen Gang, als habe er eine Bowlingkugel zwischen den Beinen. Als man ihn fragte, ob er vor der Urteilsverkündung noch etwas zu sagen hätte, starrte er den Richter an, wobei die Speckringe in seinem Nacken zitterten, und antwortete: »Euer Ehren, ich habe nicht die geringste Ahnung, wie ich von *da* nach *hier* gekommen bin.«

Ich hatte ihm das ohne weiteres geglaubt. Aber als ich in der warmen Brise saß und die schwerfällige Hitze des Whiskeys in meinem Kopf zu spüren begann, dachte ich nicht an Clete oder einen ehemaligen Baseballstar. Ich wußte, daß meine eigene Lunte brannte, und daß es nur noch eine Frage der Zeit war, wann mein ruhig vor sich hin glimmendes Feuer erneut aufflammen und mein ganzes Leben erfassen würde. Ich hatte mich noch nie so einsam gefühlt, und ich stieß ein Gebet aus, das all dem zu widersprechen schien, was ich damals in der katholischen Schule gelernt hatte:

Lieber Gott, o Herr im Himmel, verlaß mich nicht, auch wenn ich dich verlassen habe.

8

Am späten Nachmittag machte ich mir ein Poor-Boy-Sandwich mit Austern, Shrimps, Salat und *sauce piquante* und fuhr anschließend über die sich langsam abkühlenden, von Bäumen beschatteten Straßen zum Gebäude der *Times Picayune,* wo einer der Redakteure der Nachtschicht mir hin und wieder Zugang zum Archiv verschaffte.

Erst jedoch wollte ich Annie um Entschuldigung bitten, daß ich sie neulich nachts auf meinem Hausboot so plötzlich verlassen hatte. Es mußte der Jim Beam am Nachmittag gewesen sein, der mir diese magische Kraft verlieh.

Ich kaufte eine Flasche Cold Duck und eine Packung Pralinen, die ich in oranges Zellophanpapier mit einer gelben Schleife verpacken ließ, behielt mein frischgebügeltes Seersukker-Jackett an und ging im dämmrigen Abendlicht die Straße zu ihrem Haus entlang. Die Luft war schwer vom Duft des Flieders, der frisch umgegrabenen Blumenbeete und des gemähten Rasens, und hinter den Hecken und Baumstämmen konnte man die Gartensprinkler hören.

Als sie nicht aufmachte, ging ich um das Haus herum in den Garten und entdeckte sie auf der mit Ziegelsteinen gepflasterten Terrasse, wo sie unter einem Maulbeerbaum am tragbaren Gartengrill stand und ein paar Steaks grillte. Sie trug weiße Shorts und mexikanische Strohsandalen und ein gelbes Hemd, das sie unter der Brust verknotet hatte. Ihre Augen tränten vom Qualm, und sie trat vom Feuer zurück und nahm den Gin Gimlet vom Glastisch, der mit Tellern und Besteck gedeckt war. Das Glas war mit einer Papierserviette umwickelt, die von einem Gummiband festgehalten wurde. Ihre Augen leuchteten einen Augenblick lang auf, als sie mich sah, dann wandte sie den Blick ab.

»Oh, hallo Dave«, sagte sie.

»Ich hätte anrufen sollen. Ich hab wohl 'nen etwas ungünstigen Zeitpunkt erwischt.«

»Ein bißchen.«

»Ich hab dir ein paar Pralinen mitgebracht und die Flasche Cold Duck«, sagte ich.

»Das ist wirklich nett von dir.«

»Tut mir leid, daß ich neulich abends so davongelaufen bin. Ich fürchte, das wirst du nicht so leicht verstehen.«

Das Leuchten kehrte in ihre blauen Augen zurück. Mein Blick fiel auf das rote Muttermal auf ihrer Brust.

»Die beste Art, eine Unterhaltung mit einer Frau zu beenden, besteht darin, ihr zu sagen, sie kann was nicht verstehen«, sagte sie.

»Ich wollte sagen, daß es keine Entschuldigung für das gibt, was ich getan habe.«

»Auf jeden Fall gab es einen Grund dafür. Aber vielleicht willst du den Tatsachen einfach nicht ins Auge sehen.«

»Ich hab einfach Schnaps gebraucht. Ich hab die ganze Nacht durchgesoffen. Zum Schluß war ich in 'ner Kneipe am alten Highway 90 mit 'nem Haufen Zirkuskünstler. Von dort aus hab ich dann die CIA angerufen und den Diensthabenden beschimpft.«

»Ich nehme an, das hat dich auch zwei Tage lang davon abgehalten, ein Telefon zu suchen und mich anzurufen.«

»Ich habe versucht, Bobby Joe Starkweather aufzuspüren. Irgend jemand hat ihn in einem Schweinekoben kaltgemacht.«

»Das interessiert mich nicht, Dave. Bist du hergekommen, um mich zu bumsen?«

»Hast du den Eindruck, daß ich dir irgendwelche Schoten erzähle?«

»Nein, ich habe einfach den Eindruck, daß du nur noch einen einzigen Gedanken hast: Du bist auf Rache aus. Ich habe neulich Nacht die Ouvertüre gebracht und die ganze Sache für dich nur komplizierter gemacht. Und jetzt meinst du, daß du als Gentleman gewisse Verpflichtungen hast. Aber tut mir leid, es liegt mir nicht, dir Absolution zu erteilen. Ich habe mir nichts vorzuwerfen. Wenn's bei dir anders ist, dann ist das eben dein Problem.«

Sie stocherte mit der Gabel im Fleisch auf dem Grill herum. Dabei schlug die Flamme hoch, und der Qualm biß ihr in den Augen. Wütend piekte sie noch ein paarmal in das Fleisch.

»Tut mir wirklich leid«, sagte ich. »Aber du hast recht, wenn du sagst, daß ich nur noch einen einzigen Gedanken im Kopf habe. Es gibt nur ein Mädchen, für das ich mich interessiere.«

Ich hatte das Bedürfnis, ihr die Arme um die Hüften zu legen und sie aus der Rauchwolke zu ziehen, sie an mich zu drücken und ihr lockiges Haar unter meinen Händen zu spüren.

»Du darfst eine Frau in der Nacht nicht einfach so allein lassen, Dave.«

Ich wandte den Blick von ihrem Gesicht.

»Als ich aufwachte und sah, daß du nicht da warst, dachte ich schon, diese verrückten Leute wären zurückgekommen. Ich bin bis zum Morgen am Strand hin und her gefahren und habe dich gesucht«, sagte sie.

»Das hab ich nicht gewußt.«

»Wie konntest du auch, wo du doch mit diesen Zirkusleuten zusammen warst?«

»Annie, bitte, gib mir noch mal 'ne Chance. Ich kann dir nichts versprechen, außer daß ich dir nie wieder absichtlich weh tun werde. Das ist nicht sehr viel, aber es ist alles, was ich habe.«

Sie drehte den Kopf von mir weg, und ich sah, wie sie sich mit dem Handrücken über die Augen wischte.

»Verschieben wir's auf einen anderen Abend«, sagte sie. »Ich erwarte Besuch.«

»In Ordnung.«

»Sind diese Leute da draußen das wirklich wert?«

»Sie werden mich finden, wenn ich sie nicht zuerst finde. Darauf kannst du wetten.«

»Meine Urgroßeltern waren ein Teil der *Underground Railway*, die entlaufenen Sklaven zur Flucht in den Norden verhalf. Quantrills Mordbanden haben ihre Hütten eingerissen und ihre Getreidefelder verbrannt. Jahre später, nachdem Quantrill und Bloody Bill Anderson und Jesse James tot waren, zogen sie in einem freien Staat ihre Kinder auf und bauten russischen Weizen an.«

»Aber vorher kam jemand und setzte Quantrill und seine Horde schachmatt, und das war die Kavallerie der Regierung.«

Ich lächelte sie an, aber im Licht der elektrischen Birne, die in dem Seifenbaum hing, nahm ihr Gesicht auf einmal einen betrübten Ausdruck an. Ich vergaß plötzlich jeden Gedanken an

Manieren oder Zurückhaltung oder an die Tatsache, daß ihr Freund jeden Moment auftauchen konnte. Ich stellte die Flasche Cold Duck auf den Glastisch und legte die Pralinen daneben und nahm sie dann in die Arme und küßte ihr lockiges Haar. Aber sie reagierte nicht. Ihre Schultern verkrampften sich, sie senkte den Blick und ließ die Arme wie tot am Körper hängen.

»Ruf mich morgen an«, flüsterte sie.

»Bestimmt.«

»Ich mein's wirklich ernst.«

»Ich werde anrufen, ich versprech's.«

»Mir ist einfach nicht besonders gut heute abend. Morgen wird's anders sein.«

»Ich laß dir die Pralinen hier. Ich ruf dich morgen früh an. Vielleicht können wir zusammen im Café du Monde frühstücken.«

»Klingt gut«, antwortete sie, aber ihr Blick blieb verschleiert, und ich konnte nicht in ihren Augen lesen. So sehr sie auch fasziniert sein mochte von den Merkwürdigkeiten des Lebens, im Grunde ihres Wesens hatte sie doch das gute Herz eines kleinen Mädchens aus dem Mittleren Westen.

Als ich draußen auf dem Gehsteig stand, kam mir ein junger Mann entgegen, der aussah wie ein Student der höheren Semester an der Tulane Universität. Er trug cremefarbene Hosen, ein hellblaues Hemd und eine gestreifte Krawatte. Er hatte ein freundliches Lächeln und ein offenes Gesicht. Ich fragte ihn, ob er bei Annie Ballard zum Dinner eingeladen sei.

»Ganz recht«, antwortete er und lächelte mich an.

»Nun, dann nehmen Sie das hier mit«, sagte ich und gab ihm die Flasche Cold Duck. »Die Polizei gibt heut abend einen aus.«

Irgendwie war das eine sehr *alte* Geste, und ich kam mir schon im nächsten Augenblick ziemlich albern und unhöflich vor. Aber dann erinnerte ich mich an den Wahlspruch eines meiner vorgesetzten Offiziere damals in Vietnam, der jeden gordischen Knoten mit dem einfachen Satz durchzuschlagen pflegte: »Scheiß drauf, wer will schon ein guter Verlierer sein.«

Als ich an diesem Abend im Archiv der *Times Picayune* saß und die vergilbten Seiten alter Zeitungen umblätterte oder Mikrofilme durch das Lesegerät schob, machte ich mir Gedanken darüber, welch zweischneidige Rolle die Vergangenheit in unserem

Leben spielt. Um uns von unserer Vergangenheit zu befreien, so dachte ich, behandeln wir sie wie eine verblassende Erinnerung. Gleichzeitig ist die Vergangenheit jedoch das einzige, was uns eine gewisse Identität verleiht. Es ist durchaus nichts Geheimnisvolles an unserem Selbst – wir sind einfach das, was wir tun und wo wir gewesen sind. Aus diesem Grunde sind wir darauf angewiesen, uns die Vergangenheit ständig und immer aufs neue vor Augen zu führen, ihr ein Denkmal zu setzen und sie am Leben zu erhalten, damit wir nicht vergessen, wer wir eigentlich sind.

Für manche von uns sind selbst die dunkelsten Stunden noch besser als die wenigen kurzen Augenblicke von Frieden und Sonnenschein in der Welt. Warum das so ist, weiß Gott allein. Ich mußte an die Anhänger Pancho Villas denken, die seine Ermordung und das Ende seiner Ära der Gewaltherrschaft nicht akzeptieren konnten und seinen Leichnam ausgruben, den Kopf vom Körper trennten und ihn in ein riesiges Glasgefäß mit weißem Rum einlegten. Dann transportierten sie das Gefäß mit dem Kopf in einem Ford T-Modell in die Van-Horn-Berge außerhalb von El Paso, wo sie es unter einem Haufen oranger Steine versteckten. Jahrelang entfernten sie nachts wieder die Steine, tranken Mescal und rauchten Marihuana im heißen Nachtwind und redeten mit seinem aufgedunsenen, grinsenden Gesicht, das in dem Glasgefäß schwamm.

Hier hatte ich es jedoch mit einer anderen dunklen Episode der Geschichte zu tun. Es war nicht schwer gewesen, den pensionierten Zweisternegeneral ausfindig zu machen. Sein voller Name lautete Jerome Gaylan Abshire, und er wohnte mitten in New Orleans im Garden District, ganz in der Nähe der St. Charles Avenue. Er hatte die Militärakademie von West Point absolviert und im Zweiten Weltkrieg wie auch in Korea zahlreiche Auszeichnungen erhalten. Ein Farbfoto aus dem Jahr 1966 zeigte ihn, wie er mit seinen Männern in einer in das Elefantengras geschnittenen Landungszone irgendwo im zentralen Hochland von Vietnam hockte und aus einer GI-Proviantkiste aß. Er trug eine automatische Pistole in einem Schultergurt, den er sich über die nackte, lederhäutige Brust gelegt hatte. Sein Gesicht war tief gebräunt, seine Augenbrauen und sein Haar fast schneeweiß, und seine Augen hatten das intensive Blau einer Butangasflamme. In der von einem findigen Journalisten geschriebenen Bildunterschrift wurde er als der »glückliche Krieger« bezeichnet.

Aber ich fand noch einen zweiten Jerome Gaylan Abshire in den archivierten Zeitungen. Es handelte sich um einen jüngeren Mann, einen Lieutenant der US Army, offensichtlich sein Sohn. Der Name des Jungen tauchte zum erstenmal in einem Bericht aus dem Jahre 1967 auf, wo er als vermißt gemeldet wurde. Später fand ich noch einen zweiten Zeitungsausschnitt mit Datum vom 1. November 1969, in dem geschildert wurde, wie zwei amerikanische Kriegsgefangene in einer Gegend, die als Pinkville bezeichnet wurde, an Pfosten gefesselt und mit den Köpfen in einen Holzkäfig voller Ratten gesteckt worden waren. In dem Artikel hieß es, bei einem der beiden Soldaten habe es sich möglicherweise um einen Lieutenant Jerome Abshire aus New Orleans gehandelt.

Das Wort »Pinkville« brannte auf dem Papier wie eine nicht gebeichtete und absichtlich vergessene oder verdrängte Sünde. Es war die Bezeichnung, die die GIs der Gegend um My Lai gegeben hatten.

Als habe der Archivar der Zeitung die gleichen Assoziationen gehabt wie ich, hatte er oder sie diesem Bericht die Fotokopie eines Artikels über Aussagen im Zusammenhang mit dem Militärgerichtsverfahren gegen Lieutenant William Calley beigeheftet, als er wegen Anstiftung zum Massaker von My Lai angeklagt wurde. Einer der Soldaten, die als Zeugen aussagten, hatte nebenbei erwähnt, ein paar gefangene Vietcong hätten ihm erzählt, daß zwei amerikanische Gefangene ihnen geholfen hätten, ein Reisfeld zu verminen – dasselbe Reisfeld, in dem sein Zug dann aufgerieben worden war.

Ich war müde. Mein Körper meldete langsam wieder sein Verlangen nach Alkohol, und die Namen der Orte, die Daten und das Foto mit den ermordeten vietnamesischen Zivilisten erfüllten mich mit zunehmender Trauer und Verzweiflung, so daß ich schließlich die Archivmappe schloß, das Lesegerät ausschaltete, zum Fenster ging und eine volle Minute lang in die Dunkelheit hinausstarrte, in der Hoffnung, daß niemand im Raum meine Augen sehen konnte.

Ich selbst habe keine Grausamkeiten von seiten der Amerikaner gesehen, jedenfalls keine bewußt begangenen, litt also nicht unter dieser Art schrecklicher Kriegserinnerungen. Wenn es ein Erlebnis gegeben hatte, das meine Erfahrungen in Vietnam beherrschte, dann war es jener seltsame Vorfall, in den zwei junge Männer meines Zuges und ein ertrinkender Wasserbüffel verwickelt waren.

Die Männer stammten fast alle aus den Südstaaten und waren in kleinen Industriestädten mit Webereien, Konservenfabriken und Baumwollspinnereien aufgewachsen, wo junge Leute kaum andere Möglichkeiten hatten, als am Samstagabend mit einer Gruppe Gleichgesinnter, die ihre Fußballjacken aus der High-School auch Jahre nach Ende der Schulzeit nicht ablegen mochten, ins Autokino zu fahren. Wir hatten damals gerade einen Marsch von rund zwanzig Meilen an einem baumbestandenen, milchigbraunen Fluß entlang aus Indianerland in sicheres Gebiet hinter uns, und die Männer legten ihre Ausrüstung und Waffen ab und zogen sich die Klamotten aus und sprangen ins flache Wasser, wo sie wie kleine Jungen herumtollten. Die Nachmittagssonne schien noch wärmend durch die Bäume und warf bunte Schatten auf den Boden. Ich hatte anderthalb Tage nicht mehr geschlafen und legte mich in das kühle kurze Gras unter einem großen Banyan-Baum, schlug einen Arm über die Augen und war in Sekundenschnelle eingeschlafen.

Eine halbe Stunde später erwachte ich vom lauten Kichern und Lachen und dem betäubenden Geruch von Marihuana. Irgend jemand hatte eine Portion kambodschanischen Roten aufgetan, und der ganze Zug war dabei, sich zu bekiffen. Ich erhob mich etwas steifbeinig von meinem Lager unter dem Baum und ging zum Flußufer hinunter, wo ich bald merkte, daß die Männer sich über eine Szene amüsierten, die sich vor ihren Augen mitten im Fluß abspielte. Ein Wasserbüffel war zu weit hinausgewatet und in die reißende Strömung geraten, wo er jetzt mit den Hufen im lehmigen Grund festsaß und kaum noch seine Nüstern über Wasser halten konnte. Die Augen des Tieres waren vor Angst weit aufgerissen, und in seinen Hörnern hatte sich bereits eine Menge Treibgut aus dem Fluß verfangen. Der Besitzer des Büffels, der eine alte französische Legionärsmütze auf seinem spitzen Schädel trug und so dünn und knochig war, daß man den

Eindruck hatte, er sei aus alten Kleiderbügeln zusammengesetzt, rannte aufgeregt am Ufer auf und ab, ruderte wild mit den Armen und schrie uns in einer Mischung aus Vietnamesisch und einigen französischen Brocken etwas Unverständliches zu.

Zwei Vettern aus Conroe, Texas, hatten sich aus einem alten Stück Seil ein Lasso gemacht und waren zu dem Büffel hinausgewatet. Ihre braungebrannten Rücken waren vom Wasser benetzt und ließen deutlich ihre Muskeln und Rückenwirbel erkennen, wie sie grinsten und lachten und mit der bekifften Selbstsicherheit neunzehnjähriger Cowboys ihr Lasso warfen.

»Draußen gibt's wahrscheinlich Untiefen«, rief ich ihnen zu.

»Passen Sie mal auf, Lieutenant«, rief einer der beiden zurück. »Wir ham den Schreihals schneller rausgezogen als 'nen Schweinepimmel.«

Dann sah ich plötzlich aus der reißenden braunen Strömung die knorrigen schwarzen Wurzeln eines im Strom treibenden Baumes auftauchen und wie eine riesige Klaue in die Luft greifen.

Der Stamm traf die beiden mit solcher Gewalt von der Seite, daß das Blut aus ihren Gesichtern wich. Ihre Münder waren weit aufgerissen, und sie spuckten eine Menge Wasser. Verzweifelt versuchten sie sich aus dem aufgewühlten gelben Schaum rings um den Baumstamm und den Wurzeln, die ihnen in die Augen stachen und ihre Gesichter zerkratzten, zu befreien. Der schlammglänzende Baumstamm drehte sich plötzlich in der Strömung und gewann so an Fahrt, daß er die beiden unter Wasser drückte. Wir warteten darauf, daß sie auf der anderen Seite in ruhigerem Wasser wieder auftauchen und das Wasser in glitzernden Tropfen aus ihren Haaren schütteln würden, aber wir sahen sie nie wieder.

Wir stocherten drei Stunden lang mit langen Stangen im Fluß herum und schleppten einen Greifhaken durch das Wasser. Anstelle unserer Männer zogen wir nur Gürtel mit alter französischer Maschinengewehrmunition, eine Kiste mit nicht explodierten japanischen Kartoffelstampfern, aus der rostiges Wasser und Schleim auf den Strand tropften, amerikanische Limonadendosen und ein Tragnetz voller toter Vietcong aus dem Wasser, die wahrscheinlich von einem unserer Hubschrauber in den Fluß geworfen worden waren. Als der Haken das straffgespannte Netz an die Oberfläche brachte, konnten wir durch das Geflecht hindurch Arme und Körper erkennen, die aussahen wie die Gefangener, welche längst ihrer ewigen Haft müde geworden waren.

Ich schrieb Briefe an die Familien der beiden jungen Männer in Conroe, Texas, in denen ich mitteilte, sie hätten ihr Leben gegeben, um das anderer zu retten. Man habe ihnen nicht das Leben *genommen*, sondern sie hätten es *gegeben*. Ich schrieb nicht, wie sehr ich es bedauerte, daß es keine Orden gab für die Unschuld und den großen Mut, deren es bedurfte, um auch in diesem Land, das nur für zynische Kolonialisten geschaffen schien, ein einfacher texanischer Junge vom Lande zu bleiben.

Eine Stunde später saß ich in einer wunderschönen alten Bar an der Magazine Street, die den Garden District von einem ausgedehnten schwarzen Wohngebiet mit verfallenen Holzhäusern aus dem neunzehnten Jahrhundert trennte, deren durchhängende Galerien und ungepflasterte Höfe mich immer an die Negerbehausungen auf den alten Pflanzungen im Sprengel Iberia erinnerten. Die Bar hatte, wie viele andere Gebäude an der Magazine Street, eine hölzerne Kolonnade vor dem Haus, große Fenster und Fliegendrahttüren, war im Innern mit einem langen Mahagonitresen mit Messingstangen und Deckenventilatoren ausgestattet und an den Wänden mit Werbeschildern für Hadacol, Dixie 45 und Dr. Nut, politischen Plakaten von Earl K. Long und einer Wandtafel geschmückt, auf der mit Kreide die Namen der Major-League-Baseballclubs und die Spielergebnisse notiert waren. Der Besitzer des Ladens hatte früher mal als Werfer für die Lafayette Bulls in der heute nicht mehr existierenden C-Liga von Evangeline gespielt und war nie so richtig von der Vergangenheit losgekommen. Er verkaufte lose verpackten Tabak und Zigaretten der Sorte Virginia Extra, die er in Kartons im Regal hatte, und an jedem Donnerstagabend deckte er die Billardtische mit Wachstuch ab und servierte darauf kostenlosen Chicken Gumbo, so wie es in den Kneipen draußen im Bayou Country üblich war. Er rief niemals die Polizei zu Hilfe, wenn es einen Streit zu schlichten gab; er hatte auf dem Tresen ein großes Glas mit eingelegten Eiern stehen und machte einen heißen *boudin*, der einem das Herz brechen konnte. Die Bar war immer angenehm kühl und dezent beleuchtet, die Musikbox war voll mit Zydeco- und Cajun-Musik, und hinten im Lokal spielten immer irgendwelche Arbeiter unter einem roten Jax-Schild und einer Hängelampe mit Blechschirm ein paar Runden Billard.

Archie, der Besitzer, räumte meinen leeren *boudin*-Teller ab und wischte mit einem Lappen den Tresen sauber. Er war ein dunkelhäutiger Cajun mit einem breiten, runden Gesicht und einem kleinen Mund. Seine Arme waren dicht mit schwarzen Haaren bewachsen. Ich machte eine Bewegung mit meinem Schnapsglas, damit er mir nachschenkte.

»Weißt du eigentlich, warum diese Drinks Boilermaker heißen, Dave?« fragte er mich. »Weil man danach das Gefühl hat, als hätte man Gußeisen im Hirn, abgebrochene Eisenzähne oder so was.«

»Klingt wie ziemlich übles Zeug.«

»Und eines Tages frißt es sich durch dein Gehirn durch.«

»Kann ich noch ein Glas Beam haben?«

»Ich verderb mir nicht gern selber das Geschäft, aber ich würd's nicht besonders gern sehen, wenn du auf der Veranda sitzt und zuhörst, wie deine Leber verrottet.«

»Hättest du ein besseres Gefühl, wenn ich dir sage, daß es mir überhaupt keinen Spaß macht?«

»Laß gut sein für heute. Du kannst jeden Tag ein Scheißhaus voll Kummer haben.«

Ich mußte den Blick von seinem Gesicht abwenden. Er war mein Freund und ein ehrlicher Mann, und da ich mich nicht rechtfertigen konnte, wußte ich, daß ich imstande war, andere Menschen zu beleidigen – sogar einen guten Freund –, um mich in meiner ausweglosen Situation zu behaupten.

»Außerdem hast du noch ein Problem. Man kann dein Zaumzeug sehen.«

»Was?«

»Wenn jemand eine Pistole so groß wie eine Bratpfanne an der Hüfte trägt, löst das bei manchen Leuten ein bißchen Unruhe aus.«

»Hier«, sagte ich und löste Halfter und Waffe von meinem Gürtel. »Leg sie unter den Tresen, bis ich gehe.«

»Was zum Teufel ist eigentlich los mit dir, Dave? Legst du's drauf an, richtig auf die Nase zu fallen? Warum willst du dir unbedingt noch mehr Probleme schaffen?«

»Die kamen von ganz allein und völlig umsonst.«

»Ich red ja nur von heut abend. Man hat dir die Dienstmarke abgenommen, und das bedeutet, daß du hier nicht rumlaufen kannst wie Wyatt Earp.«

»Schon mal was von einem pensionierten General namens Jerome Abshire gehört, der drüben an der Prytania Street wohnt?«

»Ein bißchen. Sein Sohn kam früher öfter mal hier rein.«

»Ist er einer von diesen verrückten Rechtsradikalen?«

»Nein, glaub ich nicht. Ich hab nur gehört, daß er ziemlich klasse sein soll. Sein Junge war jedenfalls ein feiner Kerl. Kam immer mit seinem Baseballteam hierher, als er noch in Tulane war. War 'n großer, blonder Kerl mit 'nem Wurfarm wie 'ne Peitsche. War ständig in Fahrt, hat sich mit den andern rumgebalgt und gealbert. Wirklich 'ne Schande, daß er da drüben in Vietnam vermißt ging.«

»Weiß man, was mit ihm passiert ist?«

»Da gibt's 'ne Menge Stories. Er wurde gefangengenommen, vermißt, der Vietcong hat ihn hingerichtet oder irgend so was. Mein Junge war auch drüben, aber er kam heil nach Hause. Ehrlich gesagt, Dave, wenn ich ihn verloren hätte, wüßt ich wirklich nicht, was ich anstelle.«

»Also, ich muß los. Wir sehen uns, Archie.«

»Ich hoffe doch. Und geh kein unnötiges Risiko ein, hörst du? Drängel dich nicht ans Schlagmal, Partner.«

Ich fuhr in den Garden District. In diesem Viertel gab es eine Menge Häuser, die um die Mitte des vorigen Jahrhunderts gebaut wurden. Sie waren mit Säulen und Voluten verziert und ausgestattet mit einem Ausguck auf dem Dach, mit Spaliergittern, breiten Veranden auch im Obergeschoß, mit gepflasterten Innenhöfen und kleinen Teehäuschen auf dem Rasen. Die Straßen waren mit Eichen bestanden, und die Gärten selbst schienen förmlich zu bersten von allen Arten südlicher Blumen und Bäume: blühenden Myrten, Azaleen, Bambus, Magnolien und Bananenstauden, Elefantenohrfarn, Hibiskus und dichten Büschen roter und gelber Rosen. Überall roch ich die Grillfeuer und hörte Menschen in Swimmingpools springen. Es war ein Viertel mit historischem Bewußtsein und einer endlosen Folge von Sommerpartys, die sich von einem satten, kurzgeschorenen Rasen zum nächsten hinzogen.

Das Haus von Jerome Gaylan Abshire bildete keine Ausnahme. Der gepflasterte Weg wurde von brennenden Kerzen beleuchtet, die man mit Papiertüten geschützt und in die Blumenbeete gesteckt hatte, und durch die hohen Fenster hinter der vorderen Veranda sah ich zahlreiche Gäste, die sich in einem riesigen, von Kronleuchtern erhellten Wohnraum drängten. Sie unterhielten sich so laut, daß man es selbst draußen auf der Straße hören konnte. Irgendwo im Garten hinter dem Haus spielte eine Kapelle.

Warum eigentlich nicht? dachte ich, immerhin trug ich Jackett und Krawatte. Archie hatte vollkommen recht. Warum sollte ich mich an's Schlagmal drängen, wenn ich ebensogut dem Werfer meinen Schläger an den Kopf pfeffern konnte?

Ich parkte meinen Wagen ein Stückchen die Straße hoch und ging dann die paar Schritte zurück zur Party. Die riesigen Wurzeln der Bäume hatten die Betonplatten des Gehsteiges hochgehoben und durchbrochen. Ich knöpfte mein Jackett zu, damit meine 45er nicht gleich zu sehen war, kämmte mir kurz die Haare, zog meine Krawatte glatt und ging dann den gepflegten Weg entlang auf das Haus zu, die Augen starr auf das Gesicht des Mannes fixiert, der an der Tür stand und die Einladungskarten kontrollierte.

Wahrscheinlich arbeitete er für eine Sicherheitsagentur und war es nicht gewohnt, mit ernsthafteren Leuten umzugehen als mit Collegestudenten, die versuchten, sich in eine Party zu schmuggeln.

»Ich habe keine Einladung. Ich bin von der Polizei New Orleans«, sagte ich zu ihm.

»Kann ich bitte Ihren Ausweis sehen?«

»Hier haben Sie einen Vierteldollar. Rufen Sie das Erste Revier an und sagen Sie denen, Lieutenant Dave Robicheaux wäre hier.«

»Ich glaube, Sie sind betrunken, Sir.«

Ich drängte mich an ihm vorbei, ging zur Bar und griff mir ein Glas Champagner von einem Tablett. Die Räume waren mit französischen Antiquitäten eingerichtet, goldenen und silbernen Standuhren, tiefvioletten Diwanen mit Rahmen aus geschnitztem Walnußholz und in Öl gemalten Porträts einer Soldatenfamilie aus den Südstaaten, die ihren Stammbaum bis ins Jahre 1812 zurückverfolgen konnte. Die hellgebeizten Parkettfußböden waren so sorgfältig gebohnert, daß sie aussahen, als hätten sie einen Überzug aus durchsichtigem Plastik. Jede Tischplatte, jeder Messingleuchter, Aschenbecher, jedes Lampenglas und jedes einzelne Stück der lasierten Wandtäfelung glänzte, als sei alles unablässig mit weichen Tüchern poliert worden.

Die Menschen, die sich in dem Raum aufhielten, gehörten durchweg der älteren Generation an. Sie waren ohne Zweifel reich, voller Vertrauen in sich selbst, ihre Freunde und die Welt des Erfolgs und der guten Manieren, in der sie lebten. Die Frauen hatten ihr Haar bläulich gefärbt und trugen glitzernde Abendkleider, und ihre Hälse und Handgelenke waren schwer von Juwelen. Die Männer mit ihren weißen Frackschößen machten den Eindruck, als sei das Alter in ihrem Leben kein größeres Problem als die weit entfernten Kämpfe der armen Leute. Es war offensichtlich, daß ich nicht an diesen Ort gehörte, aber sie waren viel zu höflich, um mich direkt anzuschauen.

Der Sicherheitsbeamte an der Tür sprach jetzt mit zwei anderen, die nach Miet-Cops aussahen, und alle drei starrten mich an. Ich stellte mein leeres Champagnerglas ab, nahm mir ein neues und ging durch die Glastüren auf die rückwärtige Veranda hinaus, wo ein halbes Dutzend schwarzer Köche in weißen Jacken damit beschäftigt waren, Mint Juleps zu mixen und ein Spanferkel zu grillen. Der Wind raschelte in den Eichen, den Bananenstauden und dem Bambus, der die Rasenfläche einfaßte, und kräuselte das Wasser des unbeleuchteten Swimmingpools, das die tiefdunkle Farbe von Burgunder zu haben schien. Einer der älteren schwarzen Köche fächerte sich mit der Hand den Rauch des Grillfeuers aus dem Gesicht.

»Wo ist denn der General hin?« fragte ich.

»Er nimmt seine Julep in der Bibliothek, mit den andern Gentlemen«, war die Antwort.

»Ich möchte nicht noch mal durch die ganzen Leute da drin durch. Gibt's nicht noch einen anderen Weg in die Bibliothek?«

»'türlich, Sir. Gehn Sie einfach durch die Küche. Das Mädchen sagt Ihnen, wo's langgeht.« Ich überquerte den kurzgeschnittenen Rasen, ging durch eine riesige, im Kolonialstil gehaltene Küche mit gemusterten Wänden, wo drei schwarze Hausmädchen Hors d'œuvres zubereiteten, und trat in einen Flur. Durch die leichte geöffnete Tür der Bibliothek sah ich zwei Männer mit Highball-Gläsern in der Hand, die sich mit einem dritten Mann unterhielten, der mit übereinandergeschlagenen Beinen in einem Sessel saß. Einen der beiden stehenden Männer erkannte ich sofort. Ich stieß die Tür auf, nahm einen Schluck aus meinem Champagnerglas und lächelte die drei an.

Der General hatte ein wenig zugenommen seit der Zeit, als das Zeitungsfoto gemacht worden war, aber seine Haut war immer noch intensiv gebräunt und strotzte vor Gesundheit, sein weißes Haar war militärisch kurz geschnitten, und seine azetylenblauen Augen sahen mich mit dem klaren, unbeirrbaren Blick eines Mannes an, der weder von Anfechtungen noch von moralischen Zweifeln geplagt wurde.

»Wie geht es Ihnen, General?« fragte ich. »Erstaunlich, wer heutzutage plötzlich auf einer Cocktailparty auftaucht. Damit mein ich natürlich mich. Aber was machen Sie mit Figuren wie Whiplash Wineburger? Die meisten Menschen würden sofort den Kammerjäger rufen, wenn sie den Kerl irgendwo in ihrer Nachbarschaft sehen.«

»Ich mach das schon«, sagte Wineburger und streckte die Hand nach dem Telefon aus, das auf dem Tisch stand.

»Ist schon in Ordnung«, sagte der General.

»Da wär ich mir nicht so sicher«, sagte ich. »Ich würde sagen, ein paar ihrer Kader lösen sich in Wohlgefallen auf. Ich hab da ein paar Polaroidaufnahmen von Bobby Joe Starkweather, wie er hinter seiner Angelhütte im Dreck liegt. Sie können sie gern haben und als Ansichtskarten verschicken.«

»Sie werden in meinem Hause als Gast behandelt, auch wenn Sie ohne Einladung hergekommen sind, Sie können gern wieder an die Bar zurück, Sie können aber auch gehen.«

»Ich fühl mich hier ganz wohl.«

»Sie haben zuviel getrunken. Oder vielleicht leiden Sie einfach unter einer Zwangsvorstellung«, sagte er. »Jedenfalls sind Sie umsonst hergekommen.«

»Sie hätten sich lieber an die reguläre Armee halten sollen, General. Diese Typen hier, die jetzt für Sie arbeiten, taugen nicht mal für die Mafia. Wineburger hier ist wirklich ein Juwel. Ein naiver Cop vom Ersten Revier hat ihn irgendwann mal gefragt, ob er nicht ein paar mittellose Haitianer verteidigen würde, und er hat geantwortet, er hätte schon 'nen ganzen Koffer voller Lebensmittelmarken. Es sind diese Amateure, die den IPs das Leben schwermachen.«

»Was wissen Sie denn von IPs?«

»Ich war auch in Vietnam, allerdings mit dem Unterschied, daß meine Einheit immer wieder ihren Hals riskiert hat, um unschuldige Zivilisten zu schützen. Ich glaube nicht, daß Sie das sagen können.«

»Wie können Sie es wagen!« rief er.

»Hören Sie auf mit der Vornehmtuerei. Das Blut von Sam Fitzpatrick klebt an Ihren Fingern, und ich werde Sie deswegen drankriegen.«

»Hören Sie nicht auf ihn. Er ist ein Säufer«, sagte Wineburger.

»Ich werd Ihnen noch was sagen, über das Sie nachdenken können«, fuhr ich fort. »Ich habe den Vater dieses neunzehnjährigen Mädchens aufgesucht, das Seguras Leute umgebracht haben. Was würden Sie davon halten, zu ihm zu gehen und ihm zu erklären, warum man ihr das Leben genommen hat wegen dieses albernen Elefantenspiels, das Sie und Ihre Kretins spielen.«

»Machen Sie, daß Sie rauskommen!«

»Sie haben ihren Sohn in Vietnam verloren, aber ich bin sicher, wenn er noch lebte, würde er sagen, daß es eine Schande ist, was Sie da machen.«

»Verlassen Sie sofort mein Haus und kommen Sie nie wieder hierher!«

»Ich werde Sie nicht in Ruhe lassen, General. Ich werde für Sie die schlimmste Erfahrung in Ihrem Leben sein.«

»O nein, das werden Sie nicht, Robicheaux«, sagte Wineburger. »Sie reden zuviel, und außerdem stinken Sie. Sie sind ein kleiner Laffe, der allen auf die Nerven geht.«

»Whiplash, was glauben Sie eigentlich, warum Sie hier sind? Vielleicht, weil Sie ein so brillanter Anwalt sind? Die meisten Leute hier können Juden nicht ausstehen. Im Augenblick bezahlen sie Sie zwar, aber wenn die Sie nicht mehr brauchen, könnten Sie das gleiche Ende nehmen wie Bobby Joe oder Julio. Denken Sie mal nach. Wenn Sie an des Generals Stelle wären, würden Sie sich mit einem Penner abgeben, wie Sie einer sind?«

»Drehen Sie sich doch mal um. Da sind ein paar Kollegen von Ihnen, die gern ein Wort mit Ihnen reden möchten«, sagte Wineburger.

Hinter mir standen zwei uniformierte Streifenpolizisten. Sie waren noch jung, hielten ihre Mützen in den Händen und fühlten sich offensichtlich nicht ganz wohl in ihrer Haut. Einer der beiden versuchte ein Lächeln.

»Kein guter Abend, was, Lieutenant?«

»Machen Sie sich deswegen keine Sorgen«, antwortete ich. »Ich hab allerdings meine Rock'n'Roll-Kassette dabei. Knöpfen Sie mir einfach die Jacke auf, dann können Sie sie aus dem Gürtel nehmen.«

Seine Hand strich mit einer fast zärtlichen Bewegung über meinen Bauch hinweg und zog mir dann vorsichtig die 45er aus der Halfter.

»Kommen Sie mit, hier lang. Wir gehn durch den Seiteneingang raus«, sagte er. »Aber im Wagen müssen wir Ihnen Handschellen anlegen.«

»Schon in Ordung«, sagte ich.

»He, Robicheaux«, rief Wineburger mir nach, »rufen Sie doch den Farbigen an, der ein Kautionsbüro an der Rampart Street hat. Er wird Ihnen Kredit geben.«

Ich warf einen Blick zurück auf den General, der seine sonnengebräunte Stirn in Falten gelegt hatte, während er angestrengt ins Leere blickte.

Sie fuhren mit mir in die Stadt und steckten mich in die Ausnüchterungszelle. Beim ersten Licht des Morgens wachte ich auf einer eisernen Pritsche auf, deren graue Lackierung mit zahllosen Kratzern, rostigen Namen und Obszönitäten bedeckt war. Ich setzte mich langsam auf, wobei ich mich mit beiden Händen auf den Bettrahmen stützte, und roch den ranzigen Gestank von abgestandenem Schweiß, altem Zigarettenrauch, Alkohol, Urin, Erbrochenem und von der deckellosen, verkrusteten Toilette in der Ecke; überall auf dem Fußboden und den Pritschen, die an Ketten von der Decke hingen, lagen schnarchende Betrunkene, geistlose Stadtstreicher, versoffene Schlägertypen, die immer noch blutverschmiert waren, ein paar echt schlimme Jungs und eine Reihe verängstigter bürgerlicher Typen aus der Mittelschicht, die mit Alkohol am Steuer erwischt worden waren und später darauf bestehen würden, daß man sie mit dem Respekt und der Achtung behandelte, die einem Mitglied der Kiwanis gebührten.

Ich ging auf Strümpfen zur Toilette und beugte mich drüber. An der Decke waren eine Menge Namen zu sehen, die mit einem Feuerzeug in die gelbe Farbe gebrannt worden waren. Meine Augen tränten vom beißenden Gestank der Toilette, und mein Kater war so weit fortgeschritten, daß die Venen in meinem Kopf sich anfühlten, als seien sie wie mit einem Hutband gespannt. Zehn Minuten später öffneten ein Wächter und ein Kalfakter in weißer Arbeitskleidung die verriegelte Tür und rollten einen Edelstahlkarren mit trockenem Rührei, Maisgrütze und schwarzem Kaffee herein, der penetrant nach Jod schmeckte.

»Zeit für die Hors d'œuvres, Gentlemen«, sagte der Wächter. »Die Unterkünfte bei uns sind zwar bescheiden, aber wir haben ein warmes Herz. Wenn ihr vorhaben solltet, bis zum Lunch zu bleiben – es gibt heute Spaghetti mit Fleischklößchen. Und bitte fragt nicht nach Einwickelpapier. Und versucht auch nicht, euch die Taschen mit Essen vollzustopfen, auch wenn die Versuchung groß ist.«

»Wer zum Teufel ist der Kerl?« fragte ein Soldat, der auf dem Fußboden saß. Seine Krawatte hing lose um seinen Hals, und an seinem Hemd fehlten die Knöpfe.

»Der ist in Ordnung«, sagte ich.

»Genau der richtige Ort für einen Komiker«, sagte er und schnippte seinen Zigarettenstummel an die Wand über der Toilette.

Ich wartete, bis der Kalfakter die Pappteller mit Rührei und Maisgrütze verteilt hatte und zusammen mit dem Wächter durch die Tür verschwunden war. Dann ging ich an das Zellengitter und klopfte mit meinem Ring an die Eisenstäbe, um die Aufmerksamkeit des Wärters zu wecken. Er sah mich mit ausdruckslosem Gesicht an und zwinkerte mehrmals mit den Augen, entweder um zu verbergen, daß er mich erkannt hatte, oder weil ihm die Situation peinlich war.

»Wann werden wir dem Richter vorgeführt, um acht?« fragte ich.

»Um acht werden alle gemeinsam mit den Handgelenken an die Kette gebunden. Wann Sie dann an die Reihe kommen, kann ich nicht sagen.« Beinahe wäre ihm noch das Wort »Lieutenant« herausgerutscht, aber er preßte die Lippen zusammen.

»Wer sitzt heut morgen auf der Richterbank?«

»Richter Flowers.«

»O Mann.«

»Wollen Sie 'nen Anwalt dabeihaben?«

»Nein, jedenfalls jetzt noch nicht. Trotzdem vielen Dank, Phil.«

»Is doch klar. Und nicht locker lassen. Wird schon alles in Ordnung kommen. Jeder hat das Recht auf 'ne harte Nacht ab und zu.«

Ein alter Mann mit einem wilden Bart voller Tabakflecken setzte sich neben mich auf die eiserne Pritsche. Er trug Cowboystiefel aus Plastik, viel zu weite Jeans, die wie Ballons an ihm hingen, und ein Baumwollhemd mit abgeschnittenen Ärmeln.

»Willst du nix essen?« fragte er mich.

»Nein. Bedienen Sie sich.«

»Vielen Dank«, sagte er und begann, die trockenen Eier mit einem Plastiklöffel in seinen Mund zu befördern. »Kriechen dir schon die Spinnen im Kopf rum?«

»Kann man wohl sagen.«

»Schau mal in mein Stiefel nach«, sagte er. »Die ham's nicht gefunden, als sie mich durchsucht ham. Nimm 'nen Schluck. Das treibt die Spinnen sofort in ihr Nest zurück.«

Ich warf einen Blick auf die Halbliterflasche Whiskey, die in seinem Stiefel steckte. Ich holte tief Luft und fuhr mir mit der Zunge über die aufgesprungenen Lippen. Mein eigener Atem war stärker als der Geruch der Ausnüchterungszelle. Nicht mehr lange, und ich würde anfangen zu schwitzen und zu zittern und womöglich das trockene Würgen zu kriegen. Ich fragte mich, wie ich aussehen würde, wenn sie mich vor Richter Flowers brachten, einen berüchtigten Juristen, der meist vormittags den Vorsitz führte und mit seinem Hammer schon zahlreiche Betrunkene in Angst und Schrecken versetzt hatte.

»Ich passe lieber,« sagte ich. »Aber trotzdem vielen Dank, Partner.«

»Wie du willst. Jedenfalls laß dich von denen nicht ins Bockshorn jagen, mein Sohn. Ich hab schon so oft vor Gericht gestanden, daß die sich gar nicht mehr mit mir abgeben. Der Richter gibt mir dreißig Tage und schmeißt mich raus. Aber das is gar nix. Wir ham sie echt an den kurzen Haaren gepackt.«

Eine halbe Stunde später stand Sergeant Motley neben dem Wärter an der Tür der Ausnüchterungszelle. Er rauchte eine Zigarre und sah schweigend zu, wie der Wärter den Schlüssel umdrehte. Die Revers seines Hemds waren so weit umgebügelt, daß die Haare auf seinem riesigen Brustkasten wie Drähte vorstanden.

»Kommen Sie mit, Robicheaux«, sagte er.

»Zoobesucher sind erst heut nachmittag zugelassen«, antwortete ich.

»Kommen Sie schon«, wiederholte er.

Ich ging zwischen ihm und dem Wärter bis zum entfernten Ende des Gefängnisflurs. Ein Kalfakter war damit beschäftigt, mit einem feuchten Mop den Fußboden aufzuwischen, und unsere Schuhe hinterließen nasse Spuren auf den Stellen, die er bereits geputzt hatte. Durch die Fenster oben in der Wand des Flurs schien das Sonnenlicht, und ich konnte den Verkehrslärm draußen auf der Straße hören. Der Wärter schloß die Tür einer Einzelzelle auf. Aufgrund seines Gewichts atmete Motley schwer, als habe er ein Emphysem.

»Ich hab dafür gesorgt, daß Sie in eine Einzelzelle verlegt werden«, sagte er.

»Und wozu?«

»Wollen Sie vielleicht von diesen Typen in der Ausnüchterungszelle angemacht werden?«

Ich ging in die Zelle, und der Wärter schloß hinter mir ab.

Motley blieb an der Tür stehen. Sein Kopf, der wie eine Kanonenkugel aussah, war von der Hitze draußen mit lauter Schweißperlen besetzt.

»Was haben Sie eigentlich vor?« fragte ich ihn.

»Ich hab auch schon in Ihren Schuhen gesteckt. Ich schätze, die wollen Ihnen mit der Rohrfräse den Darm ausputzen, und Sie können nichts dagegenhalten als Ihre eigenen Eier. Das ist nicht weiter schlimm, aber nach 'ner Weile sind die bloß noch so groß wie Murmeln.«

»Fällt mir schwer, Ihnen das abzukaufen.«

»Hat auch niemand von Ihnen verlangt. Wir sind nie besonders gut miteinander ausgekommen, aber ich will Ihnen mal 'ne Geschichte erzählen, Robicheaux. Alle glauben, ich hätte sieben Jungs damals im Fahrstuhl ersticken lassen, um meinen eigenen Arsch zu retten. Stimmt schon, daß ich für die Sache verantwortlich war, aber nicht, weil ich Angst hatte. Ich hatte einfach nicht den Schlüssel für die Handfesseln. Ich hatte den verdammten Schlüssel nicht. Ich bin oben aus dem Schacht geklettert, um jemand mit dem Hauptschlüssel zu holen. Als wir dann die Fahrstuhltüren aufbrachen, sahen die da drin aus wie geräucherte Austern. Ob Sie mir's glauben oder nicht, aber es ist verdammt schwer, mit so was zu leben.«

»Warum erzählen Sie niemand von der Sache?«

»Wissen Sie, warum ich den Schlüssel nicht bei mir hatte? Ich hab an dem Morgen mit einer von Julio Seguras Puppen 'ne kostenlose Nummer geschoben und sie hat mich ausgeraubt. Der Schlüssel war in meinem Portemonnaie.«

»Sie haben immerhin versucht, die Leute da rauszuholen, Motley.«

»Sagen Sie das den Leuten im Gericht und im Ersten Revier. Sagen Sie das Purcel. Der hat doch immer 'ne kluge Bemerkung für 'nen Schwarzen übrig.«

»Was hat er denn gemacht?«

»Ich mag die Jungs von Internal Affairs ebensowenig wie Sie. Meiner Meinung nach hat Purcel irgendwie mit denen zu tun. Aber ich schwärz prinzipiell keinen anderen Bullen an, nicht mal Rassisten, also hab ich Purcel nichts weiter zu sagen.«

»Er ist kein Rassist.«

»Wachen Sie endlich auf, Robicheaux. Muß man Ihnen die Fakten wirklich erst um die Ohren hauen? Der Bursche läuft doch ständig mit 'ner Latte rum. Hören Sie endlich auf, den Naiven zu markieren.«

»Sie sind wirklich drauf aus, sich bei anderen Leuten beliebt zu machen, was?«

»Fassen Sie's auf, wie Sie wollen. Ich hoffe jedenfalls, daß Sie aus dieser Scheiße rauskommen. Aber ich glaub nicht, daß Sie's schaffen.«

»Sie sind mir ein Sonnenschein, mein Lieber.«

»Man hat Sie ganz schön reingelegt mit der Anklage. Wenn ich Sie wäre, würd ich so schnell wie möglich aus der Stadt verschwinden. Ich glaube, die wollen Sie wirklich auf Eis legen.«

Ich drückte mein Gesicht an die Gitterstäbe und sah ihn schweigend an. Ich fühlte, wie mir der Puls klopfte und die Angst die Kehle zuzuschnüren begann.

»Sie werden beschuldigt, mit 'ner verdeckten Schußwaffe rumgelaufen zu sein«, sagte er und erwiderte meinen Blick mit seinen wissenden, harten braunen Augen. Es war ein lausiger Morgen. Man brachte mich zum Gericht, an eine Kette gefesselt mit vier anderen Betrunkenen, einem Straßendealer, einem psychotischen Exhibitionisten und einem schwarzen Jungen, der einen Tankwart wegen ganzer fünfundsechzig Dollar umgebracht hatte. Richter Flowers war einer von der Sorte, die bei den Anonymen Alkoholikern als harte Knochen bekannt sind. Er hatte es aus eigener Kraft geschafft, vom Alkohol loszukommen, aber er war nur dadurch trocken geblieben, daß er seine tiefe innere Verzweiflung auf andere Menschen übertragen hatte, insbesondere auf die, die vor ihm standen und ihm ihre Alkoholfahne ins Gesicht bliesen. Wegen verdeckten Tragens einer Schußwaffe setzte er meine Kaution auf zehntausend Dollar fest.

Ich hatte nicht einmal die tausend Dollar, die ich brauchte, um dem Kautionsbürgen seine zehn Prozent zu zahlen. Ich saß auf der Pritsche meiner Einzelzelle und starrte auf die Kritzeleien an der gegenüberliegenden Wand. Es war der schlimmste Morgen meines Lebens, vielleicht mit Ausnahme des Tages, an dem mich meine Frau verlassen hatte und mit einem Ölheini aus Houston durchgebrannt war. Wir waren zu einer abendlichen Gartenparty draußen am See gegangen, wo er auch auftauchte und überhaupt keinen Hehl daraus machte, daß er eine Affäre mit ihr hatte. Er stand Schulter an Schulter mit ihr am Getränketisch, streichelte mit seiner Hand die sanften Flaumhaare auf ihrem Arm und lächelte mich mit seinem etwas rauhen Charme freundlich an, als seien wir beide völlig im Einvernehmen über die Situation. Plötzlich riß irgendwo in meinem Kopf der Faden. Ich fühlte, wie sich mein Gesichtsfeld zu verfärben begann, wie sich ein Glas mit rotgefärbtem Wasser füllt. Dann hörte ich eine Frau schreien und spürte, wie mich starke Männerarme vom Rasen hochhoben und von seinem überraschten, erschreckten Gesicht wegzogen.

Am Morgen fand ich den Zettel, den sie mir geschrieben hatte, auf dem Tisch draußen unter dem großen Sonnenschirm, wo wir immer gefrühstückt hatten, während die Sonne über dem Lake Pontchartrain aufging.

Lieber Dave,
ich weiß nicht, was Du eigentlich suchst, aber nach drei Jahren Ehe mit Dir bin ich zu der Überzeugung gekommen, daß ich nicht dabei sein möchte, wenn Du es findest. Es tut mir wirklich leid. Wie Dein baseballspielender Freund, der Barkeeper, immer sagt: »Halt ihn hoch und steif, Partner.«

Nicol

»Was soll das? Warum haben Sie Ihre Sachen ausgezogen?« fragte mich der Wächter durch die Gitterstäbe der Zelle.

»Mir ist heiß.«

»Aber hier gehn ständig Leute durch!«

»Dann tun Sie was dagegen.«

»Guter Gott, Dave, wissen Sie eigentlich, was Sie tun?«

»Ich weiß genau, was ich tu. Mir geht's im Augenblick ganz hervorragend.« Ich ballte meine Hände zu Fäusten und öffnete sie wieder. Ich sah zu, wie die Venen meiner Unterarme sich mit Blut füllten.

»Wenn Sie drauf verzichten, Kaution zu stellen, dann muß ich Sie wieder verlegen. Sie müssen zurück zu den andern, es sei denn, Sie wollen, daß ich Sie in die Isolierzelle einschließe.«

»Tun Sie, was Sie müssen, Phil.«

»Ich kann Sie aber nicht in die Isolierzelle stecken, wenn Sie's nicht selber verlangen, Dave. Da oben gibt's ein paar echt schlimme Typen.«

Ich berührte mit den Fingern die alte Narbe auf meinem Bauch,die der *pungi*-Stock hinterlassen hatte. In einer Zelle weiter hinten im Flur brach jemand in hysterisches Geschrei aus, und ich hörte, wie ein Polizist mit dem Schlagstock an die Gitterstäbe hieb.

»Ich hol jetzt den Doktor. Ich laß Sie in 'ne Einzelzelle bringen, ob Sie wollen oder nicht«, sagte er.

Ich hörte, wie sich seine Schritte entfernten. Mein Kopf fühlte sich an, als ob er mit Klaviersaiten umwickelt sei. Ich schloß meine Augen und sah orange Feuerbälle, die aus dem Regenwald aufleuchteten, GIs, die bis zu den Knien in einem schlammig glänzenden Reisfeld steckten, während über ihren Köpfen die scharfkantigen Splitter der Minen durch die Luft heulten, die Seelen von Kindern, die wie Kanonenrauch aus dem Graben aufstiegen, in dem sie lagen, Sam Fitzpatricks jungenhaftes Gesicht im Schein des Höllenfeuers einer Heiligenpostkarte. Der Schweiß rann mir von den Handflächen und lief meine nackten Beine hinunter.

Um drei Uhr nachmittags kam ein anderer Wärter den Korridor des Isoliertraktes, der »Queens' Row«, entlang, wo ich zusammen mit den kleinen Taschendieben, den Psychotikern und den eindeutig Homosexuellen untergebracht war. Die Tür meiner kleinen Zelle bestand aus Eisengitterrosten mit einem Schlitz und einem Schutzblech, die dazu dienten, dem Gefangenen das Essenstablett in die Zelle zu reichen. Der Wächter hatte Schwierigkeiten, den Schlüssel im Schloß zu drehen, und im Gegenlicht hatte ich den Eindruck, daß sich sein Körper durch das Raster der Gitter aufzulösen schien.

»Packen Sie ein. Sie kommen raus«, sagte er.

»Was ist passiert?«

»Jemand hat für Sie die Kaution gestellt. Ziehen Sie Ihr Bett ab und werfen Sie die Laken auf den Korridor. Heben Sie den Plastiklöffel vom Fußboden auf und werfen Sie die Seife in die Toilette.«

»Was?«

»Sind Sie immer noch betrunken oder was? Sie sollen Ihre Zelle aufräumen, wenn Sie hier heut noch rauswollen.«

Wir gingen den Korridor entlang zu den hydraulisch betriebenen doppelt vergitterten Türen, die in den Anmelderaum führten, wo gerade zwei schwarzen Frauen die Fingerabdrücke abgenommen wurden. Am Schalter unterschrieb ich ein Formular und erhielt einen großen, braunen Umschlag ausgehändigt, in dem sich mein Portemonnaie, meine Autoschlüssel, mein Taschenmesser und mein Gürtel befanden.

»Na dann, gute Fahrt«, sagte der Beamte.

Draußen im Besucherbereich sah ich Annie auf einer Holzbank sitzen, die Hände im Schoß zusammengepreßt. Sie trug blaue Tennisschuhe, chlorgebleichte Jeans und ein mit violetten Blumen bedrucktes Hemd. Überall an den Tischen, die den Raum füllten, saßen Häftlinge mit ihren Angehörigen zusammen, die zu Besuch gekommen waren, und jede dieser Gruppen versuchte sich dadurch von den anderen abzugrenzen und eine gewisse Intimität herzustellen, daß sie die Köpfe vorbeugten, ihren Blick nur auf den eigenen Tisch richteten und sich gegenseitig fest an den Unterarmen hielten. Annie versuchte mich anzulächeln, aber die Nervosität stand ihr im Gesicht.

»Alles in Ordnung?« fragte sie.

»Klar.«

»Mein Wagen steht direkt vor der Tür. Wir können sofort losfahren.«

»Natürlich, machen wir, daß wir hier rauskommen.«

»Dave, was ist mit dir?«

»Die Mistkerle haben meine Knarre kassiert. Ich hätte eigentlich eine Quittung dafür kriegen müssen.«

»Bist du verrückt geworden?« flüsterte sie.

»Vergiß es. Gehn wir.«

Wir gingen durch die Glastüren nach draußen auf die Straße, wo mich die Nachmittagshitze wie ein Schlag traf, als habe jemand direkt vor mir die Klappe eines Heizkessels geöffnet. Wir stiegen in ihren Wagen. Sie ließ den Motor an und sah mich dann mit umwölktem Blick an. Mein Arm zuckte, als er mit dem glühendheißen Metall des Türrahmens in Berührung kam.

»Dave, ist alles in Ordung? Dein Gesicht ist ganz weiß«, sagte sie.

»Ich hab immer noch 'n paar seltsame Flüssigkeiten im Körper. Versuch einfach dran zu denken, daß ich es bin, und nimm bitte nicht alles wörtlich, was ich heut sage. Woher wußtest du überhaupt, daß ich im Gefängnis bin?«

»Dein Partner, Clete oder wie er heißt, hat mich angerufen. Er hat mir aufgetragen, dir etwas auszurichten, und zwar genau so, wie er es mir gesagt hat: ›Du bist immer noch dein eigener Herr, Streak. Das ist ein großer Sieg. Befrei dich von dieser Hundescheiße, solange noch Zeit ist.‹ Was hat das zu bedeuten?«

»Es bedeutet, daß ein Teil von ihm noch intakt ist. Ich bin mir nicht sicher, ob das auch auf mich zutrifft. Ich habe das Gefühl, daß mir heut irgendwie alle Nähte geplatzt sind.«

Sie fuhr los und fädelte sich in den fließenden Verkehr ein. Der gelbliche Dunst, die Hitze, die von dem Beton aufstieg, die heißen Lederpolster an meinem Rücken, der beißende Benzindunst um mich herum lösten in meinem Kopf das Gefühl aus, als würde ich an einem heißen Sommertag die Dämpfe eines kochenden Teerofens einatmen.

»Ich kenne mich nicht so aus mit Alkohol und Alkoholikern, Dave. Möchtest du vielleicht irgendwo ein Bier trinken gehen? Ich hätte nichts dagegen. Ist es nicht manchmal besser, wenn man sich langsam entwöhnt?«

Sie hatte es mir leichtgemacht, und ich glaube, daß ich mir in diesem Augenblick sämtliche Finger einzeln mit der Blechschere abgeschnitten hätte, um ein kühles Jax-Bier zu bekommen.

»Im Moment wär ich dir einfach dankbar, wenn du mich zu meinem Hausboot bringst. Du mußtest dem Kautionsbüro bestimmt tausend Dollar rüberschieben oder?« fragte ich.

»Ja.«

»Ich geb dir das Geld morgen zurück. Ich hab zwar keinen Kredit mehr, aber ich kann eine Hypothek auf das Boot aufnehmen.«

»Daran denke ich gar nicht. Du hast gestern abend versucht, dich zu entschuldigen, und ich hab dich abblitzen lassen.«

»Schließlich hattest du jemand zum Dinner eingeladen.«

»Das war nur ein Freund von der Musikschule. Er hätte es bestimmt verstanden.«

»Laß dir was erklären. Wenn ich gestern im Gefängnis gelandet bin, dann hatte das überhaupt nichts mit dir zu tun. Ich bin vier Jahre lang trocken gewesen, und gestern abend hab ich alles versiebt.«

»Aber du kannst wieder aufhören.«

Ich antwortete nicht. Wir waren auf der Elysian Fields Avenue und fuhren in Richtung See. Mein Seersucker-Anzug war nach dem Gefängnisaufenthalt völlig zerknittert und mit Tabaksaft beschmutzt, und meine Gesichtshaut fühlte sich unter meinen Fingern dreckig und unrasiert an.

»Kannst du bitte mal da drüben vor dem Lokal anhalten«, sagte ich.

Sie parkte vor einem Café mit einem Tresen unter offenem Himmel und einer Reihe von Tischen im Schatten der Bäume, an denen Leute saßen und Poor-Boy-Sandwiches und saftige Scheiben Wassermelone aßen. Ich bestellte zwei Dr. Peppers im Pappbecher mit viel zerstoßenem Eis und bat den Kellner um eine Handvoll kandierte Kirschen und Limettenscheiben. Dann setzte ich mich wieder in den Wagen und trank, wobei ich den Becher mit beiden Händen festhielt. Es tat auf angenehme Weise beinahe weh, als die Kälte des Eises, die zerdrückten Kirschen und das sirupartige Getränks meine Kehle hinunter in den Magen liefen.

»Als ich klein war, drüben in New Iberia, da gab's ein Getränk, das hieß Dr. Nut. Das schmeckte fast genauso wie das hier«, erzählte ich. »Mein Vater spendierte meinem Bruder und mir immer eine Flasche Dr. Nut, wenn er mit uns in die Stadt fuhr. Das war für uns damals 'ne tolle Sache.«

»Was empfindest du, wenn du an die Vergangenheit zurückdenkst, Dave?« fragte sie mich. Während sie fuhr, flatterte ihr lockiges Haar im Fahrtwind.

»Was meinst du damit?«

»Was für ein Gefühl hast du, wenn du an deinen Vater denkst?«

»Ich empfinde immer so was wie eine große Zärtlichkeit.«

»Richtig, das tust du, auch wenn deine Familie arm und dein Vater nicht immer da war, wenn du ihn brauchtest. Du empfindest als erwachsener Mensch keinen Groll mehr gegen ihn. Du hast ihm vergeben, und du erinnerst dich vor allem an seine besten Seiten. Warum tust du das nicht auch mit dir?«

»Bei manchen Menschen ist das eben nicht so einfach.«

»Heute ist Sonnabend, und es ist den ganzen Tag lang Sonnabend, und es kümmert mich nicht im geringsten, was gestern geschehen ist, zumindest nicht das, was unangenehm war. Ich genieße es, mit dir zusammenzusein und mich an schöne Dinge zu erinnern und zu wissen, daß alles sich zum Guten wenden wird. Ist das nicht das gleiche, was sie bei den Anonymen Alkoholikern immer sagen?«

»So ziemlich.«

»Gehst du heute abend mit mir zum Pferderennen?«

Ich berührte das feuchte, lockige Haar in ihrem Nacken und strich mit meinen Fingern über ihre glatten Wangen. Ihre Augen lächelten mich an. Sie klopfte mir leicht auf den Oberschenkel, und ich spürte, wie eine Schwäche wellengleich durch meinen Körper flutete und sich dann in meinen Lenden sammelte und anschwoll.

Als wir unten am Lake Pontchartrain ankamen, war es, als kämen wir aus einem Dampfbad und träfen auf die kühle, nach Salz riechende frische Luft. Pelikane stürzten sich aus dem blauen Himmel ins Wasser auf der Jagd nach Fischen, die Flügel hinter ihren Köpfen zusammengelegt, als seien sie von einem Bombenflugzeug abgeworfen worden. Sie schienen in dem trüben grünen Wasser zu explodieren und stiegen dann plötzlich wieder auf, einen hilflos zappelnden, silbrig glänzenden Fisch im Schnabel. Weit draußen am Horizont leuchteten die weißen Schaumkronen der Wellen im Sonnenlicht, und eine lange, strahlendweiße Jacht mit roten Segeln stampfte durch die Dünung, wobei der Bug wahre Fontänen von Gischt aufsteigen ließ.

Ich duschte und rasierte mich in meinem kleinen Bad und spürte, wie der Geruch des Gefängnisses, das mich physisch berührt hatte wie eine schmutzige, zudringliche Hand, endlich von meiner Haut gespült wurde. Ich tupfte vorsichtig die Stiche an meiner Kopfhaut ab, dann nahm ich die alten Verbände von Schulter und Arm ab, wo die Glassplitter mir ins Fleisch gedrungen waren, und ließ das warme Wasser über die verkrustete Haut laufen. Annie stand an meinem kleinen Herd und kochte Barschfilets mit Spinat und hartgekochten Eiern, und zum erstenmal an diesem Tag verspürte ich Hunger. Ich trocknete mich ab, setzte mich auf die Bettkante, ein Handtuch um die Hüften gewickelt, und öffnete den Plastikkasten mit der Erste-Hilfe-Ausrüstung, in dem ich die Mullbinden und Salben für meine Schulter und meinen Arm aufbewahrte. Ich hätte es durchaus selbst machen können. Mein Stolz und meine noch größere Selbstachtung verlangten das eigentlich. Ich blickte auf den geschlossenen Vorhang und hörte, wie Annie mit den Töpfen auf dem Herd hantierte.

»Annie, ich brauch mal kurz deine Hilfe«, rief ich. Sie schob den Türvorhang beiseite.

»Ich schaff's nicht allein, den Verband richtig anzulegen«, sagte ich.

Sie setzte sich neben mich, trug mit einem Wattebausch Salbe auf die Wunden auf, schnitt mit der Schere das Leukoplast in Streifen und klebte zwei große, zusammengefaltete Gazepolster auf die mit Salbe bestrichenen Wunden. Dann rieb sie mir mit beiden Händen über die Haut, von den Schultern den Rücken hinunter und dann über die Brust, wobei ihre Augen ohne jede Scheu über meinen Körper streiften, als ob sie mich zum erstenmal richtig betrachtete. Ich drückte sie auf das Bett zurück und küßte ihren Mund und ihren Hals, knöpfte ihre blumenbedruckte Bluse auf und legte meinen Kopf auf das rote Muttermal auf ihrer Brust. Ich fühlte, wie sich ihr Körper streckte und sich an meinen drückte. Ich fühlte das Vertrauen, die Hingabe, die eine Frau einem Mann in dem Augenblick schenkt, da sie ihre Begierde nicht länger verbirgt, sondern ihm eine Zärtlichkeit zukommen läßt, die in ihrer Großzügigkeit stets unerwartet kommt, die einem zu Herzen geht und einen demütig und bescheiden werden läßt.

Diesesmal wollte ich ihr mehr geben, als sie mir gab, aber ich war dazu nicht in der Lage. In wenigen Sekunden hatte ich mich in ihr verloren, ihre Hände fest auf meinen Rücken gepreßt, ihre Beine auf fast mütterliche Art um meine, und als ich mich anspannte und versuchte, mich zurückzuhalten, weil es viel zu früh war, legte sie ihr Gesicht nah an meines, küßte meine Wange, strich mir mit den Fingern durch die Haare auf meinen Hinterkopf und flüsterte: »Schon gut, Dave. Nur zu, ist schon gut.« In diesem Moment fühlte ich, wie der ganze Zorn, die Angst und die Hitze der letzten beiden Tage wie eine dunkle Blase in einem Brunnen in mir aufstiegen, sich sammelten, all ihre Energie stauten und sich dann ins Licht verströmten, in die Glückseligkeit ihrer Schenkel, die Umklammerung ihrer Arme, die blaue Zärtlichkeit ihrer Augen.

Am Abend auf dem Rennplatz, während am westlichen Himmel die Blitze eines Wärmegewitters tanzten, spazierten wir durch den Blumengarten neben dem Sattelplatz, sahen zu, wie die Pferdeburschen die vom Rennen erhitzten Vollblüter herumführten, um sie abzukühlen, atmeten den wunderbaren Duft von frisch geharktem und gewässertem Rasen und den Geruch von Pferdeschweiß, Mist und Hafer, der aus den Ställen drang, und betrachteten mit tiefer Bewunderung das schimmernde Fell der roten und schwarzen Dreijährigen, die im Schein der elektrischen Bogenlampen auf die Bahn geführt wurden.

Am Wettschalter kauften wir uns Tickets für das Daily Double und wetteten ein Perfecta, zweimal auf Sieg und dreimal auf Platz. Die Palmen hoben sich dunkel vor dem wetterleuchtenden Himmel ab, der See im Innenoval spiegelte das Licht der Sterne und des Mondes wider, und jedesmal, wenn eine Böe vom Golf die Oberfläche kräuselte, schimmerte das Wasser wie Quecksilber auf. Ich konnte den Duft der Eichen und der Epiphyten und der nachtblühenden Blumen riechen. Spieler und Liebende riskieren einen großen Einsatz und finden nur begrenzt Trost. Doch manchmal ist dies genug.

9

Am nächsten Morgen war der Himmel über dem See rosa gefärbt. Ich zog meine Laufschuhe und Tennisshorts an und rannte fünf Meilen am Seeufer entlang, den kühlen Wind im Gesicht und die warme Sonne auf meinem nackten Rücken. Ich spürte, wie der Schweiß auf meiner Haut im Wind trocknete, und die Muskeln in meinem Oberkörper und meinen Beinen schienen eine Elastizität und Spannung und Kraft zu haben, wie ich sie schon seit Wochen nicht mehr empfunden hatte. Die Möwen segelten in der angenehmen morgendlichen Brise über dem Ufer, ihre Schwingen vom Sonnenlicht vergoldet, um plötzlich auf den Sand herunterzustürzen und kleine Krebse oder Schalentiere aus dem Schaum der zurückströmenden Wellen aufzupicken. Ich winkte den Familien zu, die mit dem Wagen auf dem Weg in die Kirche waren, trank ein Glas Orangensaft an dem Stand, den ein paar Kinder unter einer Palme aufgebaut hatten, und trottete mit neuen Kräften weiter den Asphalt entlang, Brust und Kopf mit Blut gefüllt und mit kräftigem Herzen. Der Sommermorgen war wie ein Teil eines ewigen Liedes.

Ich hätte ohne weiteres noch einmal fünf Meilen laufen können, als ich wieder an meinem Hausboot war, aber das Telefon läutete. Ich setzte mich auf die Armlehne eines Sessels und wischte mir mit einem Handtuch den Schweiß vom Gesicht, während ich den Höhrer abnahm.

»Warum hast du nicht mehr Vertrauen in deine Familie?« fragte mein Bruder Jimmie.

»Wovon redest du?«

»Ich hab gehört, du bist da neulich abends in 'ne interessante Geschichte reingeplatzt. So richtig stilvoll. Es gibt offenbar nichts Schöneres, als mit 'ner 45er an der Hüfte 'ne Party im Garden District zu sprengen.«

»Ich hatte ein bißchen Langeweile an dem Abend.«

»Und warum hast du mich nicht angerufen? Ich hätt dich in 'ner Viertelstunde gegen Kaution auf freiem Fuß gehabt. Vielleicht hätt ich sogar was tun können wegen dieser Anklage wegen Tragens einer verdeckten Waffe.«

»Diesmal hätt's keinen Zweck gehabt, jemand zu schmieren.«

»Mir geht's einfach darum, daß ich es nicht mag, wenn mein Bruder von irgendwelchen Kissenpupern auseinandergenommen wird.«

»Wenn die mich das nächstemal in den Sack stecken, ruf ich dich bestimmt zuallererst an.«

»Hast du jemand an der Hand, der Spanisch spricht und etwa in 'ner halben Stunde 'n bißchen Zeit hat?«

»Wozu?«

»Ich hab Didi Gee versprochen, ich könnt ihm 'ne Mitgliedschaft bei den Knights of Columbus beschaffen. Er mag mich irgendwie. Wer sonst geht mit ihm zu Mittag essen, es sei denn, mit vorgehaltener Waffe?«

»Was willst du tun, Jimmie?«

»Ich hab's schon getan. Geschenke kommen manchmal in seltsamer Verpackung. Man soll dem Schicksal keine Fragen stellen.«

»Alles, was Didi Gee tut, ist von oben bis unten voll Schleim und Morast.«

»Er hat ja auch nie behauptet, daß er vollkommen ist. Bleib cool, Brüderchen«, sagte er und hängte ein.

Ich rief einen kubanischen Pferdetrainer an, den ich vom Rennplatz her kannte, und bat ihn, zu meinem Hausboot zu kommen. Zehn Minuten nachdem er eingetroffen war, hielt eine langgestreckte Cadillac-Limousine in der Sackgasse bei den Palmen und der Sanddüne, wo ich mein Boot liegen hatte, und zwei von Didi Gees Gorillas stiegen aus. Sie trugen lange Hosen, Slipper und Sonnenbrillen und hatten ihre geblümten Hemden über dem Gürtel hängen. Die beiden öffneten den hinteren Schlag mit den geölten Bewegungen von Chauffeuren, die einen Sonderbeauftragten des Präsidenten fahren. Statt dessen saß ein offenkundig verschreckter Mann im abgedunkelten Wageninneren und neben ihm ein dritter Ganove. Der Mann stieg krampfhaft schluchzend aus dem Wagen ans Sonnenlicht. Sein weißes Gesicht, das mit Pomade eingeschmierte rote Kraushaar und der wie mit einem Fettstift markierte dünne Schnurrbart waren wie eine

Parodie auf einen Filmstar aus den 30er Jahren. Mit der einen Hand hielt er die Finger der anderen umklammert.

»Dieser Typ hat uns gebeten, ihn mitzunehmen. Er hat uns auf Knien angefleht, ihn hierherzubringen«, sagte der Fahrer. »Aber wir kriegen ihn einfach nicht dazu, die Klappe zu halten. Er redet in einer Tour.«

»Gebt ihm wenigstens was, um seinen Atem aufzufrischen. Der riecht ja wie ein stinkender Abfluß. Der Kerl muß Hundescheiße zum Frühstück essen«, sagte der andere Gangster.

»He, im Ernst, er hat wirklich 'ne interessante Geschichte auf Lager«, sagte der Fahrer. »Wenn er sich aus irgendeinem Grunde nicht mehr dran erinnern sollte, dann bind einfach 'n Hemd an die Fernsehantenne. Ich muß nachher noch mal zu dem Laden an der Ecke und Brot holen. Dann können wir nachliefern, was er ausgelassen hat. Wir wollen sowieso bloß 'n bißchen frische Luft schnappen.«

Ich konnte die Gesichter der beiden hinter den dunklen Sonnenbrillen nicht genau erkennen, aber Didi Gees Handlanger waren fast immer vom gleichen Schlag – schlanke junge Sizilianer oder Neapolitaner, die einem mit der gleichen Leichtigkeit das Licht auspusteten, wie sie eine Zigarettenkippe wegschnippten. Trotzdem hatte ich das Gefühl, daß ich den Fahrer vor zwei Jahren schon mal bei einer polizeilichen Gegenüberstellung gesehen hatte, nachdem wir die Überreste eines Buchmachers aus einem Müllschlucker gefischt hatten.

Die Ganoven fuhren mit ihrem Cadillac davon. In der schwarzgetönten Rückscheibe spiegelte sich die weißleuchtende Sonne.

»Wenn ich Sie wäre, Andres, würde ich die Gesellschaft dieser Leute meiden«, sagte ich.

Aber man kann die kleinen Aufmerksamkeiten, die einem andere zuteil werden lassen, nicht ohne weiteres ablehnen, besonders, wenn sie von jemandem wie Didi Gee kommen. Außerdem war die linke Hand des Nicaraguaners mit Bandagen umwickelt, und ich hatte eine Ahnung, wo sie vorher gewesen waren. Er saß an meinem Küchentisch und hielt die braunen Augen angstvoll auf mich gerichtet, als ob die Lider an seinen Brauen festgenäht wären. Ich stellte mein Tonbandgerät, eine Polaroidkamera und eine kleine Flasche weißen Rum auf den Tisch.

»Hier gibt's kein Aquarium mit Piranhas, und wenn Sie wollen, fahr ich Sie gern ins Krankenhaus«, sagte ich zu ihm, wobei Jaime, mein kubanischer Freund, ins Spanische übersetzte.

Er wollte nicht ins Krankenhaus, weil seine Verletzungen nicht so schlimm seien, aber er würde gern ein Glas Bacardi trinken, ohne Eis.

Ich schlug die Morgenzeitung auf, plazierte meinen Stuhl neben den seinen, hielt die Titelseite der Zeitung zwischen uns, so daß man die Schlagzeile und das Datum lesen konnte, und bat Jaime, ein Polaroidfoto von uns zu machen. Der Nicaraguaner roch wirklich schrecklich aus dem Mund, so als habe er etwas Totes in der Lunge. Er trank den Rum und wischte sich den Mund, wobei die schmalen grauen Narben ringsum wie gewachste Fäden glänzten.

»Ich möchte, daß Sie eines verstehen«, sagte ich. »Sie werden sich kooperativ verhalten, aber nicht etwa wegen Didi Gees Schlägertypen oder wegen der Sache mit Ihren Fingern. Diese Kerle werden Sie nicht mehr belästigen, jedenfalls nicht meinetwegen. Wenn Sie wollen, können Sie gegen sie Anzeige erstatten wegen Körperverletzung und Entführung. Wenn Sie wollen, fahre ich mit Ihnen entweder zur Polizei oder zum FBI.«

Er sah mich aufmerksam an, während Jaime übersetzte. Der Gedanke, sich wegen Didi Gees Männern an die Behörden zu wenden, erschien ihm offenbar so absurd, daß seine Augen nicht einmal erkennen ließen, ob er meinen Vorschlag verstanden hatte.

»Dieses Foto von uns hier ist allerdings eine andere Sache«, fuhr ich fort. »Ich werde davon Abzüge machen lassen, viele Abzüge, und sie in der Stadt verteilen, falls sich jemand dafür interessieren sollte. Mag sein, daß Sie das Vertrauen Ihrer Freunde genießen und diese Sache Ihnen nicht viel bedeutet. Vielleicht haben Sie die Situation auch unter Kontrolle, und dies erscheint Ihnen wie eine Kinderei.«

Sein Gesicht umwölkte sich, und seine Augen funkelten mich einen Augenblick lang bösartig an, wie ein scheinbar unterwürfiger Hund einen anschauen würde, wenn man versuchte, ihn mit Hilfe eines Stockes in einen Käfig zu treiben.

»Qué quiere?« fragte er mit rauher Stimme.

Es war eine seltsame, merkwürdige Geschichte, die er erzählte. Sie war selbstbezogen, ausweichend und aller Wahrscheinlichkeit nach voller Lügen, aber wie bei allen brutalen und grausamen Menschen waren es eher seine unschuldigen Eingeständnisse und seine zur Selbstverteidigung vorgebrachten Erklärungsversuche, die verdammungswürdiger und abscheulicher wirkten als alle Verbrechen, derer andere ihn anklagen mochten.

Er hatte sieben Jahre lang als Sergeant in Somozas Nationalgarde gedient, als MG-Schütze in einem Kampfhubschrauber, und war in zahlreichen Einsätzen gegen die Kommunisten in den Dschungeln und Bergregionen des Landes dabeigewesen. Es war ein Krieg, in dem es immer wieder zu Konflikten mit der Zivilbevölkerung des Landes kam, weil die Kommunisten sich unter den Dorfbewohnern versteckten und sich als Arbeiter in den Reisfeldern oder Kaffeeplantagen tarnten, und wenn die Hubschrauber der Armee in zu geringer Höhe flogen, wurden sie häufig vom Boden aus beschossen, wobei die Bauern immer leugneten, daß es dort Sandinisten oder Waffen gäbe. Wie sollte man also vorgehen? Das war ein Dilemma, welches zumindest ein Amerikaner, der in Vietnam gewesen war, nachvollziehen konnte. Wenn man Krieg führt, kann man eben nicht immer differenzieren und Rücksicht nehmen.

Die Soldaten trugen Uniformen und zeigten sich offen wie wahre Männer, während die Kommunisten sich durch die arme Bevölkerung schlichen und mit den Methoden von Feiglingen und Homosexuellen kämpften. Wenn ich ihm nicht glaubte, brauchte ich mir bloß sein Auge anzusehen. Er zog die Haut der einen Gesichtshälfte herunter und zeigte mir den toten, schlaffen Muskel unter der Retina. Der Kampfhubschrauber seiner Einheit sei in niedriger Höhe über einem gesicherten Gebiet geflogen, und unten habe er gesehen, wie Indianer auf den Feldern Heu aufgeschichtet hätten, und plötzlich habe eine Rakete die gepanzerte Unterseite des Hubschraubers durchschlagen, wobei einer der Männer durch die Tür nach draußen geschleudert worden sei und sich Andres ein nadelspitzes Stück Stahl in den Augapfel gebohrt habe. Der amerikanische Journalist, der das Militärkrankenhaus in Managua besuchte, habe kein Interesse für seine Geschichte gezeigt und auch keine Fotos von Andres gemacht. Die Presseleute hätten ohnehin immer nur die toten und verwundeten Kommunisten fotografiert. Das habe vor allem daran gelegen, daß die amerikanische Presse nichts so sehr fürchtete, als von ihresgleichen als rechtsstehend bezeichnet zu werden. Ähnlich wie die katholischen Maryknoll-Missionare gaben sich die Presseleute deshalb alle Mühe, mit ihren politischen Überzeugungen hinter dem Berg zu halten, und zwar auf Kosten der Bevölkerung des Landes.

Wenn ich mich durch das, was er zu sagen hatte, angegriffen fühle, fuhr er fort, dann solle ich nicht vergessen, daß er sich das Exil in unserem Land ebensowenig ausgesucht habe wie die Verletzungen, die er an Stimmbändern und Lunge davongetragen habe.

»Ich habe gehört, daß seine Freundin ihm was ganz besonderes zum Gurgeln verabreicht hat«, sagte ich.

»Was soll das heißen?« fragte Jaime.

»Er und ein paar andere haben ein Mädchen vergewaltigt, ehe sie sie hingerichtet haben, und die Schwester des Mädchens hat unserem Freund hier später Salzsäure in den Drink getan.«

»Ist das wahr?« fragte Jaime noch einmal. Er war ein kleiner, zart gebauter Mann mit einem sensiblen Gesichtsausdruck. Er trug ständig eine Baseballmütze der New York Yankees und drehte seine Zigaretten selbst mit illegalem kubanischen Tabak. Sein spielzeugartiges Gesicht wandte sich von mir ab und dem Nicaraguaner zu.

»Unser Mann aus Managua erzählt uns 'nen Haufen Scheiße, Jaime.«

Der Nicaraguaner schien verstanden zu haben, was ich gesagt hatte.

Die Geschichte mit der Hinrichtung und der Säure sei eine Lüge, sagte er, eine Erfindung von Philip Murphy und diesem Starkweather. Die beiden hätten Spaß daran, andere zu verunglimpfen, weil sie keine richtigen Soldaten seien. Murphy sei ein Morphiumsüchtiger, der nur seinen eigenen Körper liebe und sich deshalb immer wieder Nadeln hineinsteche. Er täte nur so, als sei er mutig, dabei sei er schlaff wie eine Frau und könne keine Schmerzen aushalten. Ob ich wirklich wissen wolle, wie er, Andres, sich die Kehle und die Lungen verbrannt habe, wie dieser schreckliche Geruch sich in seiner Brust festgesetzt habe wie eine tote Schlange?

»Ich war auf einem Auge blind geworden, aber mußte weiterkämpfen für mein Land«, übersetzte Jaime für ihn. »So wie die anderen sich als Priester und Gewerkschafter tarnten, so tarnte ich mich als Radikaler, der die Somoza-Familie haßte. Aber eine dieser syphilitischen *putas*, ein wertloses Soldatenflittchen, hat mich verraten, weil sie dachte, ich sei schuld daran, daß sie die Fäule im Leib hatte. Die Sandinisten hielten mir eine Pistole an die Schläfe und zwangen mich, Petroleum zu trinken, und dann hielten sie mir ein brennendes Streichholz an den Mund. Ich habe von ihrer Hand schwer gelitten, aber mein Land hat noch weit mehr gelitten.«

»Wo stecken Philip Murphy und der Israeli?« fragte ich.

»Wer weiß? Murphy ist in Flughäfen und Apotheken zu Hause und findet seine Leute immer dann, wenn er sie braucht. Und die Juden bleiben sowieso immer unter sich. Vielleicht ist Erik bei dem reichen Juden, dem das Lagerhaus gehört. Diese Leute halten doch immer zusammen und sind überaus mißtrauisch gegenüber anderen.«

»Welcher Jude? Und welches Lagerhaus?«

»Das Lagerhaus, wo die Waffen für die Befreiung Nicaraguas gehortet werden. Aber ich habe keine Ahnung, wo das ist, und diesen Juden kenne ich auch nicht. Ich bin nur ein einfacher Soldat.«

Sein Gesicht war ausdruckslos. Seine Augen hatten den schlammigen, dumpfen Glanz eines Mannes, der glaubt, die offene Zurschaustellung seiner Unkenntnis sei eine akzeptable Erklärung für diejenigen, die die Macht haben, Urteile zu fällen.

»Ich werde Sie etwas Leichteres fragen«, sagte ich. »Was haben Sie und Ihre Leute mit Sam Fitzpatrick gemacht, bevor er starb?«

Jaime übersetzte, und das Gesicht des Nicaraguaners wurde plötzlich platt wie eine Schindel.

»Habt ihr ihn nicht gefoltert, indem ihr seine Genitalien mit Stromstößen behandelt habt?« fragte ich.

Er schaute auf den See hinaus, die Lippen fest zusammengekniffen. Er streckte seine Hand nach dem Rumglas aus und zog sie dann wieder zurück.

»Murphy hat die Befehle gegeben, aber ich hab den Verdacht, Sie und Bobby Joe haben sie mehr als bereitwillig ausgeführt. Dabei kam Ihnen Ihre Erfahrung doch sehr zugute.«

»Ich glaube, dieser Mann hat etwas sehr Böses in sich«, sagte Jaime. »Ich glaube, du solltest ihn den Leuten zurückgeben, die ihn hierhergebracht haben.«

»Ich fürchte, die haben kein Interesse mehr an ihm, Jaime. Der Mann, für den sie arbeiten, war nur drauf aus, seiner Konkurrenz eins auszuwischen.«

Sein kleines Gesicht unter dem Schirm der Baseballmütze blickte mich verständnislos an.

»Wir benutzen sie. Sie benutzen uns. Auf diese Weise bleiben wir alle im Geschäft«, erklärte ich.

»Wenn du mich nicht mehr brauchst, geh ich jetzt. Es ist nicht gut, den Sonntag mit einem solchen Mann zu verbringen. Ich hab diesen Geruch schon mal gerochen. Es ist der Geruch von großer Grausamkeit.«

»Ich danke dir, daß du mir geholfen hast. Wir sehen uns auf dem Rennplatz.«

»Schick diesen Mann fort, Dave. Nicht einmal ein Polizist sollte in das Dunkel der Seele dieses Mannes blicken.«

Nachdem Jaime gegangen war, dachte ich darüber nach, was er gesagt hatte. In der Tat, es war Zeit, daß jemand anders die Verantwortung für den Nicaraguaner auf sich nahm, dachte ich.

Ich legte ihm eine Handschelle um das eine Handgelenk und ging mit ihm hinaus zu meinem Mietwagen, wo ich die andere Handschelle an der Sitzgurthalterung auf dem Wagenboden vor dem Rücksitz festmachte. Dann ging ich zurück ins Hausboot, steckte das Tonbandgerät in meine Tasche und suchte mir aus dem Telefonbuch die Nummer von Nate Baxter von der Abteilung Internal Affairs heraus.

»Ich hab hier einen der Burschen, die Fitzpatrick auf dem Gewissen haben«, sagte ich. »Ich möchte, daß wir uns unten im Büro treffen.«

»Sie haben wen?«

»Den Nicaraguaner. Ich hab ihm Handschellen angelegt und werde ihn einbuchten.«

»Sie sind suspendiert, Robicheaux. Sie werden niemanden einbuchten.«

»Nun, ich kann ihn nicht selber einliefern, aber ich kann Anzeige erstatten.«

»Haben Sie schon wieder getrunken?«

»Vielleicht wär's besser, wenn ich mit dem Kerl bei Ihnen zu Hause vorbeikomme.«

»Hören Sie, ich werd schon mit Ihnen fertig, egal, wie Sie's anstellen. Aber ich warne Sie. Belästigen Sie mich mit Ihren verrückten Ideen nicht im Privatleben. Falls Sie's immer noch nicht kapiert haben: Es gibt hier 'ne Menge Leute, die der Meinung sind, Sie wären am besten auf 'ner Entziehungsstation aufgehoben. Damit mein ich Ihre Freunde. Es gibt nämlich auch andere, die glauben, daß man Sie eher hirnoperieren sollte.«

»Das letzte Mal, als Sie so mit mir geredet haben, lag ich in einem Krankenhausbett. Ich fürchte, Sie sind ein bißchen zu sehr von sich überzeugt, Baxter.«

»Möchten Sie vielleicht etwas deutlicher werden und mir sagen, was Sie meinen?«

Ich sah aus dem Fenster auf die von der Sonne beschienene Wasserfläche. »Ich habe hier den Mann, der mitgeholfen hat, einen Bundesagenten zu töten«, sagte ich. »Er kann mich mit seiner Aussage entlasten, und ich werde ihn ins Gefängnis bringen. Wenn Sie dieses Gespräch ignorieren wollen, dann ist das Ihre Sache. Auf jeden Fall rufe ich jetzt Captain Guidry an und fahre dann zum Ersten Revier. Werden Sie nun dort sein oder nicht?«

Er schwieg.

»Baxter?«

»In Ordnung«, sagte er und hängte ein.

Danach wählte ich Captain Guidrys Nummer. Seine Mutter sagte mir, er sei zu einem Konzert in den Park gegangen. Ich nahm das Glas, aus dem der Nicaraguaner getrunken hatte, schüttete den restlichen Rum weg und fing an, es im Spülbecken auszuwaschen, aber dann schleuderte ich es statt dessen so weit ich konnte in den See.

* * *

Im Rückspiegel sah ich, wie der Nicaraguaner mich mit heißem Blick ansah. Er saß auf dem Rücksitz und mußte sich ziemlich weit nach vorne beugen, weil ich die Handschellen am Wagenboden festgemacht hatte, und sein Gesicht war rot angelaufen und mit lauter Schweißperlen besetzt.

»*Adónde vamos?*« fragte er.

Ich antwortete nicht.

»*Adónde vamos?*«

Ich fragte mich, was er mehr fürchtete: Didi Gees Leute, die städtische Polizei oder die Einwanderungsbehörde. Wie dem auch sei, ich hatte nicht vor, ihm das Ziel unserer Fahrt zu verraten.

»*Hijo de puta! Concha de tu madre!*« fluchte er.

»Wohin wir auch fahren, es ist jedenfalls nicht Kansas, Toto«, sagte ich

Ich parkte den Wagen direkt vor dem Hauptbüro des Ersten Reviers an der Basin Street, fesselte dem Nicaraguaner die Hände mit den Handschellen auf dem Rücken und führte ihn am Arm in das Gebäude.

»Ist Nate Baxter hinten?« fragte ich den Sergeanten im Informationsbüro.

»Ja, der sitzt in Ihrem Büro. Was haben Sie vor, Dave?«

»Tun Sie mir einen Gefallen und rufen Sie Purcel an. Sagen Sie ihm, ich hätte hier ein Päckchen, das er sich mal genauer ansehen sollte.«

»Dave, Sie sollten überhaupt nicht hiersein.«

»Bitte rufen Sie ihn trotzdem an. Ist doch keine große Sache.«

»Vielleicht sollten Sie ihn doch lieber selber anrufen.«

Ich ließ den Nicaraguaner auf einer der Holzbänke Platz nehmen und wählte von dem Telefon aus, das vor dem Sergeanten auf dem Schreibtisch stand, Cletes Privatnummer. Ich weiß nicht mehr, was ich damit bezwecken wollte. Vielleicht war ich immer noch auf seiner Seite. Vielleicht wollte ich aber auch wie ein verstoßener Liebhaber einfach nur die Situation, die ohnehin kaum erträglich war, noch ein bißchen unerträglicher machen.

»Ich kann jetzt nicht hier weg. Vielleicht später. Lois macht mir grade die Hölle heiß«, sagte er. »Sie hat sämtliche Bierflaschen aus dem Kühlschrank geholt und sie in der Auffahrt vor dem

Haus zerschlagen. Und das am Sonntagmorgen. Die Nachbarn sind dabei, ihren Rasen zu sprengen, oder auf dem Weg zur Kirche, und meine Ausfahrt ist voll Glasscherben und Bierschaum, der auf die Straße läuft.«

»Klingt nicht gut.«

»Es ist eine weitere Episode in unserer ganz privaten Kitschnummer. Komm doch einfach vorbei und bring dir 'ne Tüte Popkorn mit.«

»Clete?«

»Was ist denn?«

»Komm sofort her.«

Ich führte den Nicaraguaner am Arm durch den Bereitschaftsraum der Verkehrspolizei, der voll war mit uniformierten Beamten, die ihren Papierkram erledigten, und dann weiter in mein Büro, wo Nate Baxter auf der Kante meines Schreibtisches saß und wartete. Mit seiner sportlichen Kleidung, seinen zweifarbigen Schuhen und seinem eleganten Haarschnitt wirkte er wie ein Grundstücksmakler aus Nevada, der einem ein Haus verkaufen möchte, das mitten in einem ehemaligen Atomversuchsgelände liegt.

Ich warf ihm die Tonbandkassette in den Schoß.

»Was ist das?« fragte er.

»Sein Geständnis. Außerdem ein paar Informationen über Waffenschmuggel.«

»Und was soll ich damit machen?«

»Hören Sie sich's an. Ich hab jemand dabeigehabt, der für uns dolmetschte, aber Sie können sich natürlich einen eigenen Übersetzer engagieren.«

»Haben Sie ihm das Geständnis etwa abgezwungen?«

»Ich würde sagen, er hatte die Wahl.«

»Was zum Teufel soll das eigentlich, Robicheaux? Sie wissen doch, daß so was als Beweismaterial nicht zugelassen ist.«

»Richtig, jedenfalls nicht vor Gericht. Aber in einer Untersuchung der Abteilung für Internal Affairs müssen Sie das Material doch berücksichtigen, oder?«

»Ich kann Ihnen schon jetzt sagen, daß dieses Zeug etwa genausoviel Wert besitzt wie eine Rolle Klopapier.«

»Hören Sie, Sie sind verpflichtet, bei Ihren Untersuchungen

unparteiisch vorzugehen, und ich habe auf diesem Tonband ein Mordgeständnis. Was ist eigentlich los mit Ihnen?«

»Also gut, ich werde mir das Band morgen während der Dienstzeit mal anhören. Danach sag ich Ihnen das gleiche, was ich Ihnen grade eben gesagt habe. Lassen Sie uns trotzdem einen Augenblick über Ihr eigentliches Problem sprechen. Eine nicht beglaubigte Aussage auf Tonband, vorgelegt von einem suspendierten Polizeibeamten, ist für jede Untersuchung wertlos. Sie sind seit vierzehn Jahren bei uns und sollten das wissen. Zweitens: Während Sie vom Dienst suspendiert waren, wurden Sie festgenommen wegen Tragens einer verdeckten Waffe. Ich bin nicht schuld daran, genausowenig wie jemand anders hier. Warum also hören Sie nicht auf damit, sich vorzumachen, daß ich der Bösewicht bin, der Ihnen diese Schwierigkeiten eingebrockt hat? Sie sollten versuchen, sich damit auseinanderzusetzen, daß Sie auf die Nase gefallen sind, Robicheaux. Das ist die Wirklichkeit. Was man Ihnen vorwirft, ist ganz real, ebenso wie Ihr Alkoholproblem.«

»Und was ist mit Andres hier? Sieht es etwa so aus, als ob ich den nur erfunden hätte?«

Die Wände meines Büros waren zur Hälfte aus Glas, und die Tür stand offen, so daß unsere Stimmen auch draußen im Bereitschaftsraum zu hören waren.

»Will er eine Aussage machen?« fragte Baxter.

»Ob er eine –«

»Ganz recht. Sie haben eine Tonbandaufnahme. Und Sie haben einen Mann. Das Tonband hat, wie gesagt, überhaupt keinen Wert. Also ist die Frage: Will dieser Kerl mit uns reden?«

Ich antwortete nicht. Die Muskeln in meinen Waden begannen zu zittern.

»Nun machen Sie schon. Antworten Sie«, wiederholte Baxter.

»Er war es. Er hat einen Agenten des Schatzamtes mit einem Feldtelefon gefoltert und ihn dann in meinem Wagen verbrennen lassen.«

»Und Sie glauben, daß er auf sein Aussageverweigerungsrecht verzichtet und uns alles fein säuberlich erzählt? Und daß er anschließend sein Geständnis auch noch schön brav unterschreibt?«

»Ich bleibe dabei, daß ich Anzeige gegen ihn erstatten möchte.«

»Das freut mich zu hören.«

»Baxter, Sie sind ein verdammter Hurensohn.«

»Wenn Sie mich beschimpfen wollen, nur zu. Tun Sie sich keinen Zwang an.«

»Lassen Sie's gut sein, Lieutenant«, sagte der wachhabende Sergeant, der plötzlich in der Tür stand, in ruhigem Ton.

Ich nahm den Schlüssel für die Handschellen aus meiner Tasche und befreite das eine Handgelenk des Nicaraguaners von der Fessel, befestigte das andere Ende jedoch am Heizungsrohr an der Wand.

»Ihr Problem ist, daß Sie sich schon so lang in ihre Faust verliebt haben, daß Sie glauben, Sie wären der einzige hier, der sich seine Integrität bewahrt hat«, sagte Baxter.

Ich holte seitwärts aus, beide Füße fest auf dem Boden, und schlug mit aller Kraft zu. Meine Faust erwischte ihn direkt auf dem Mund. Sein Kopf flog zurück, seine Krawatte segelte durch die Luft, und ich sah Blut auf seinen Zähnen. Seine Augen sahen mich wild an. Die Blicke aller Polizisten im Bereitschaftsraum waren auf uns gerichtet. Ich hatte große Lust, noch einmal zuzuschlagen.

»Warum ziehen Sie nicht Ihre Waffe?« fragte ich.

»Diesmal haben Sie sich endgültig reingeritten«, sagte er und hielt sich die Hand vor den Mund.

»Mag sein. Aber Sie sind damit noch nicht aus dem Schneider. Wollen Sie was unternehmen?«

Er senkte beide Hände und ließ sie am Körper herunterhängen. Seine Unterlippe wies eine tiefe, violett leuchtende Wunde auf, die die Form eines Zahns hatte und jetzt anzuschwellen begann. Seine Augen beobachteten mich aufmerksam. Ich hatte immer noch die Faust geballt.

»Hören Sie schlecht?« fragte ich ihn.

Er wandte den Blick und sah auf die uniformierten Beamten, die ihn vom Bereitschaftsraum aus beobachteten.

»Denken Sie mal nach«, sagte er dann beinahe flüsternd. Seine Stimme hatte jeden drohenden oder verletzenden Tonfall verloren.

»Gehen Sie nach Hause, Lieutenant. Sie können hier nichts weiter erreichen«, sagte der Sergeant hinter mir. Er war ein kräftiger Mann mit einem untersetzten Körper, einem gesund aussehenden Gesicht und einem sorgfältig getrimmten blonden Schnurrbart.

Ich öffnete die Faust und wischte meine schwitzende Hand an der Hose ab.

»Tun Sie mir den Gefallen und legen Sie die Handschellen bitte in meine Schreibtischschublade«, sagte ich.

»Natürlich«, sagte der Sergeant.

»Und hören Sie, Sie können Purcel sagen –«

»Gehen Sie lieber nach Hause, Lieutenant«, unterbrach er mich. »Es ist ein schöner Tag da draußen. Wir werden schon damit fertig.«

»Ich möchte Anzeige erstatten gegen diesen Mann«, sagte ich. »Benachrichtigen Sie Captain Guidry. Und sorgen Sie dafür, daß niemand diesen Typen wieder auf freien Fuß setzt.«

»Kein Problem, Lieutenant«, antwortete der Sergeant.

Ich ging mit steifen Schritten durch den Bereitschaftsraum, mein Gesicht angespannt und ausdruckslos unter dem kollektiven Starren der uniformierten Polizisten. Meine Hand zitterte immer noch, als ich das Formular mit der Anzeige gegen den Nicaraguaner wegen Angriffs mit einer tödlichen Waffe, Entführung und Mord ausfüllte.

Draußen auf der Straße traf mich das gleißende Sonnenlicht wie ein Schlag auf die Augen. Ich trat für eine Weile in den Schatten, damit sich meine Augen an die Helligkeit gewöhnen konnten, und sah Clete in einem gelbvioletten T-Shirt mit LSU-Aufdruck und abgeschnittenen Ärmeln und seinen rot-weißen Budweiser-Shorts auf mich zukommen. Der Schatten des Gebäudes fiel über sein Gesicht, so daß er aussah, als sei er aus lauter unpassenden Teilen zusammengesetzt.

»Wie sieht's aus, Dave?« Seine Augen blinzelten mich aus dem blendenden Sonnenlicht heraus an, ohne jedoch meinem Blick standzuhalten. Ich hatte den Eindruck, als würde er auf einen Punkt kurz hinter meinem rechten Ohr schauen.

»Ich hab den Nicaraguaner eingeliefert. Didi Gees Leute haben ihn bei mir auf dem Dock abgeladen.«

»Der Fettwanst ist dabei, der Konkurrenz eins auszuwischen, was?«

»Ich dachte, du würdest dich vielleicht gern mal mit ihm beschäftigen.«

»Und wozu?«

»Vielleicht hast du ihn schon mal irgendwo gesehen.«

Er zündete sich eine Zigarette an und blies den Rauch in das Sonnenlicht.

»Hast du gemerkt, daß du an deiner rechten Hand Blut hast?« sagte er.

Ich zog mein Taschentuch und rieb mir damit die Knöchel sauber.

»Was ist passiert?« fragte er.

»Nate Baxter hatte einen kleinen Unfall.«

»Du hast Nate Baxter eine verpaßt? Gott im Himmel, Dave, weißt du, was du machst?«

»Warum hast du das getan, Clete?«

»Ein verdammter Mistkerl weniger im Spiel. Was kümmert's dich?«

»Ein schlechter Polizist hätte die Sache einfach runtergespielt. Er hätte gesagt, daß Starkweather direkt und ohne Warnung auf ihn losgegangen ist und er ihn hätte ausschalten müssen. Immerhin hast du dich nicht hinter deiner Dienstmarke verschanzt.«

»Du hast mir mal gesagt, was gestern war, ist nur eine verblassende Erinnerung. Also, ich erinnere mich nicht mehr an gestern. Außerdem ist mir das, was gestern war, vollkommen gleichgültig.«

»Wenn du der Sache nicht ins Auge blickst, Clete, wirst du sie nie los.«

»Du glaubst vielleicht, der ganze Scheiß ist eine politische Angelegenheit und hat mit Prinzipien und nationaler Integrität oder so was zu tun. Aber wir sprechen von einem Haufen von Perversen und Heroinhändlern. Wie man diese Leute aus dem Verkehr zieht, spielt überhaupt keine Rolle. Ob man sie ins Gefängnis steckt oder ob man sie umlegt – alles, was die Leute interessiert, ist die Tatsache, daß sie nicht mehr frei rumlaufen. Mein Onkel ging in den vierziger Jahren Streife im Irish Channel. Wenn die damals 'n paar Kerle erwischten, die die Gegend unsicher machten, dann brachen sie ihnen Arme und Beine mit Baseballschlägern und ließen nur einen übrig, damit er die andern aus der Stadt bringen konnte. Damals hat sich niemand drüber beschwert. Und auch heute würde sich niemand beschweren, wenn wir das gleiche täten.«

»Aber mit diesen Leuten ist nicht zu spaßen, die heuern keine kleinen Teilzeitganoven an.«

»Ach ja? Na, darüber werd ich mir den Kopf zerbrechen, wenn ich wieder mehr Zeit habe. Im Augenblick sieht mein Privatleben eher so aus, als wär's 'n Werbespot für Kopfschmerztabletten. Ich hab ein paar Hitzepickel, und Lois ist der Meinung, es ist 'n Tripper.«

»Findest du nicht, daß du deinen Ehekrieg ein bißchen überstrapazierst?«

»Tut mir leid, wenn ich dich damit langweile, Streak.«

»Ich werde diese Typen auseinandernehmen. Ich hoffe nur, du bist nicht dabei, wenn's soweit ist.«

Er schnippte seine Zigarette gegen einen vorüberfahrenden Lastwagen, dessen Aufbau mit dem Bild einer Frau im Badeanzug geschmückt war.

»Warum sollte ich?« fragte er. »Ich bin schließlich bloß der Typ, der dich aus dem zweiten Stock über die Feuerleiter nach unten getragen hat, während ein Kerl uns mit 'ner 22er Flinte die Ohren einkerben wollte.«

»Du kannst ein Spiel nicht mit den Schlägen vom letzten Sonntag gewinnen.«

»Ach ja? Klingt ja wie auf 'ner Sitzung der Anonymen Alkoholiker. Was soll's. Wir sehen uns. Und laß die Finger vom Schnaps. Ich trink für dich mit. Es ist wirklich ein beschissenes Leben.«

Er ging mit klappernden Sandalen zu seinem Wagen zurück – ein bulliger, schwerfälliger Mann, dessen aufgedunsenes, mehrfach genähtes Gesicht mich an eine ausgebleichte Melone erinnerte, die in der Sonne liegt und kurz davor ist zu explodieren.

Ich war überzeugt, ich sei ein Pragmatiker, ein Zyniker, ein abgehärteter Kriegsveteran, ein ausgepichter Säufer, der letzte der Rauhbeine von Louisiana, aber im Grunde glaubte ich wie die meisten anderen Leute, daß die Gerechtigkeit siegen, daß sich alles zum Guten wenden, daß jemand mit der Verfassung in der Hand auftauchen würde. An diesem Nachmittag stellte ich das Telefon draußen an Deck auf den Tisch, während ich das Hausboot einer Reinigung unterzog, die Messingbeschläge und die Fenster polierte und die Luke abschmirgelte und neu lackierte. Dann legte ich meine Flossen und die Taucherbrille an und sprang in den See, um mich ein wenig abzukühlen. Als ich in die grüne Tiefe tauchte, spürte ich wieder die Kraft in meinen Lungen und in meiner Brust, die jetzt frei waren vom Alkohol. Immer wieder kam ich zurück an die Oberfläche, weil ich ein Klingeln im Ohr hatte, aber es war nie das Telefon.

Um halb sieben Uhr abends rief endlich Captain Guidry an und berichtete, daß der Nicaraguaner in Gewahrsam bliebe und er selbst ihn am nächsten Morgen verhören und außerdem Fitzpatricks Vorgesetzten bei der Bundesbehörde informieren werde.

Ich lud Annie zu einem verspäteten Abendessen ein, und wir grillten uns draußen ein paar Steaks auf dem kleinen Hibachi und setzten uns in der angenehmen Kühle des Abends zum Essen unter den großen Schirm. Der Horizont im Westen wurde vom letzten Rot der Sonne wie von Flammen erhellt, dann wurden die Wolken langsam rosa und violett, und schließlich war am Himmel nur noch der Widerschein der Lichter der Stadt zu sehen.

Am nächsten Morgen machte ich hundert Kniebeugen, hantierte eine gute Stunde lang mit den Gewichten, wobei ich mir immer wieder die alte Originalaufnahme von Iry LeJeunes »La Jolie Blonde« anhörte, und stellte eine Liste der Dinge auf, die ich einkaufen mußte. Dann bat ich einen Collegestudenten, der ein Stückchen weiter am Strand wohnte, ein Weilchen auf mein Telefon zu achten, und fuhr zu einer Kreditbank, wo ich mir auf mein Hausboot dreitausend Dollar borgte.

Die Sonne stand bereits hoch und weiß am Himmel, als ich zurückkam. Captain Guidry hatte eine halbe Stunde vorher angerufen. Ich wählte die Nummer seines Apparats im Ersten Revier, wo man mir sagte, er sei in einer Konferenz und die nächsten zwei Stunden nicht zu sprechen. Dann rief ich Fitzpatricks Vorgesetzten im Büro für Alkohol, Tabak und Feuerwaffen an.

»Was haben Sie erwartet, was ich Ihnen heute morgen erzähle?« fragte er. Ich konnte beinahe sehen, wie seine Hand sich um den Hörer krampfte.

»Nun, ich dachte, Sie hätten inzwischen vielleicht den Nicaraguaner verhört.«

»Sie müssen wirklich morgens aufstehen und sich die Zähne im Klo putzen.«

»Was soll das schon wieder heißen?«

»Nun, Sie haben endlich einen erwischt, und dann übergeben Sie ihn denselben Leuten, die Sie die ganze Zeit im Wind baumeln lassen. Die haben ihn oben in die Sammelzelle gesteckt, und in der Nacht machen sich ein paar ausgeflippte Schwarze über ihn her, weil er ihnen zu sehr aus dem Hals roch, und die haben ihn mit dem Kopf voran in einen verstopften Bodenabfluß gesteckt und ihm das Genick gebrochen.«

10

An diesem Nachmittag gab ich Annie die tausend Dollar zurück, die sie als Gebühr für meine Kaution bezahlt hatte, und klapperte dann die Katasterämter der Sprengel Jefferson, Orleans und St. Bernard ab auf der Suche nach Eintragungen für gewerblich genutzte Grundstücke auf den Namen Whiplash Larry Wineburger. Ich fand heraus, daß er ein ziemlich mächtiger Slumlord war, aber wenn er in der Tat ein Lagerhaus in einem der drei Sprengel besaß, dann war es unter einem anderen Namen registriert.

Am Abend ging ich zu einer Sitzung der Anonymen Alkoholiker, und anschließend lud ich Annie zum Dinner auf der Rennbahn ein. Es war eine heiße Nacht, und ich schlief draußen auf dem Deck meines Hausboots. Das war in meiner Situation möglicherweise etwas riskant, aber in meinem Zustand sagte ich mir, wenn man mir bis jetzt so wenig Glauben geschenkt hatte, bestand eigentlich kein Grund anzunehmen, meine so oft wiederholte Geschichte könne für jemanden eine Bedrohung darstellen. Der Wind wehte die ganze Nacht hindurch über dem See, und ich schlief in meiner Hängematte so tief und gut, daß ich erst aufwachte, als mir die Sonne direkt in die Augen schien.

Ich ging zu einer Frühsitzung der Anonymen Alkoholiker im French Quarter, kaufte mir danach *beignets* und Kaffee im Café du Monde, setzte mich auf eine Bank am Jackson Square und sah den Straßenmalern zu, wie sie die Touristen malten und zeichneten. Im Schatten war es immer noch kühl, und vom Fluß her wehte eine angenehme Brise. Es roch nach Kaffee und Gebäck, Eiskisten voller gekühlter Shrimps, den Bäumen und Blumen in dem kleinen Park und feuchtem Mauerwerk, und die Wassersprinkler prasselten auf die Blätter der Bananenstauden längs des eisernen Gitterzaunes, der den Park umgab. Nach einer Weile ging ich in die St. Louis Cathedral, kaufte mir eine der kleinen Broschüren über die Geschichte des Gebäudes und setzte mich damit zum Lesen auf eine Bank, während ein paar Schritte weiter ein schwarzer Straßenmusikant Bottleneck-Gitarre spielte.

Ich war drauf und dran, die Jagd aufzugeben. Ich wußte, daß ich weder ein Feigling noch ein Drückeberger war, aber irgendwann mußte schließlich die Vernunft wieder in mein Leben zurückkehren. Ich konnte es mir nicht leisten, mich ständig sinnlos zu verausgaben. Ich hatte bereits einen Rückfall erlitten und war in wenigen Minuten von einem einzigen Drink zu einer regelrechten Sauftour übergegangen. (Wie sagen sie einem doch immer bei den Anonymen Alkoholikern: Man fängt stets da wieder an, wo man aufgehört hat.) Und wenn mir das gleiche noch mal passieren sollte, war ungewiß, ob ich jemals wieder herauskommen würde.

Nachdem meine Suche auf den Katasterämtern ergebnislos verlaufen war, hatte ich schon daran gedacht, in Wineburgers Haus oder in sein Anwaltsbüro einzubrechen. Ich kannte sogar ein paar Leute, die mir dabei helfen würden – kleine Diebe, die in Autowaschanlagen arbeiteten und die Gelegenheit nutzten, Abdrücke von den Hausschlüsseln zu machen, die manche Leute am Bund mit den Wagenschlüsseln hängen ließen; einen überaus gerissenen Typen, der ein Abschleppunternehmen führte und bei einem Wagen, dessen Besitzer er ausrauben wollte, die Verteilerkappe entwendete, den Wagen dann auf den Haken nahm und einmal um den Block fuhr, auf der Maschine, die er in seinem Kranwagen hatte, Duplikate der Schlüssel machte, den Wagen mit einer fingierten Reparaturrechnung zurückbrachte und eine Woche später das Haus ausräumte.

Aber die Sache war den Aufwand nicht wert. Wineburger, der kleine Israeli, Philip Murphy und der General konnten da draußen ungestört ihren dunklen Geschäften nachgehen, weil ein paar sehr viel wichtigere und mächtigere Leute als ich es ihnen gestatteten. Wenn diese Typen niemandem mehr nutzen, dann würde man sie einfach aus dem Spiel nehmen. Das mag wie eine reichlich zynische Überlegung für einen Mann klingen, der an einem kühlen Morgen auf einer schattigen Steinbank unter Bananenstauden saß, aber jeder ehrliche und erfahrene Polizist wird Ihnen das gleiche sagen. Es ist einfach, dem Obersten Gerichtshof die Schuld an pornographischen Buchläden und Sexshows zu geben. In der Regel existieren diese Läden nur, weil jemand im Gewerbeamt geschmiert wird. Jugendliche kommen nicht deshalb an Drogen, weil ihre Eltern und Lehrer ihnen zuviel Freiheit lassen, sondern weil es Erwachsene gibt, die ihnen das Zeug verkaufen. Mit psychologischen Schwierigkeiten oder soziologischen Problemen hat das nichts zu tun.

Wenn die Leute einer Sache müde werden, dann erledigt sich das Problem von alleine. Und in der Zwischenzeit wird auch kein Dave Robicheaux die Welt nachhaltig verändern können. Mein Bruder Jimmie hatte das längst erkannt. Er kämpfte nicht gegen die Welt an, er beschäftigte sich mit elektronischen Pokerautomaten und Pferdewetten, und ich hatte den Verdacht, daß er auch Whiskey und Rum verkaufte, der ohne Steuerbanderolen von den Inseln ins Land geschmuggelt wurde. Aber er war immer ein echter Gentleman, und alle mochten ihn. Polizisten konnten in seinem Restaurant umsonst frühstücken, Parlamentsabgeordnete tranken sich an seiner Bar die Hucke voll, Richter stellten ihn in aller Form und Höflichkeit ihren Gattinen vor. Seine Konflikte mit dem Gesetz beträfen nur Lizenzen, keine ethischen oder moralischen Probleme, pflegte er mir immer zu sagen.

»Wenn mal der Tag kommt, daß die Menschen nicht mehr spielen und trinken wollen, dann werden wir beide unseren Job verlieren. Bis dahin solltest du mit dem Strom schwimmen, Brüderchen.«

»Tut mir leid«, hatte ich immer geantwortet. »Für mich klingt das immer ein bißchen nach Gosse. Wahrscheinlich hab ich einfach zuviel Phantasie.«

»Nein, du glaubst eben an die Welt, wie sie sein sollte, und nicht an die Welt, wie sie ist. Das ist auch der Grund, warum du immer den gleichen gehetzten Eindruck auf mich machen wirst wie heute, Dave.«

»Gibt's eigentlich für so was eine Möglichkeit zum Wiederaufladen?«

»Wie soll ich das wissen, ich bin bloß ein kleiner Gastwirt. Du bist doch derjenige, der immer irgendwo im Krieg war und gekämpft hat.«

Die Ironie des Schicksals wollte es, daß ich durch ein kastanienbraunes Cadillac-Kabriolett mit makellos weißem Faltverdeck aus meinen Gedanken gerissen wurde, als der Wagen etwa sieben oder acht Meter von meiner Bank entfernt am Straßenrand hielt und auf jeder Seite zwei von Didi Gees Gorillas ausstiegen. Sie wirkten jung und geschmeidig und trugen leichte Sommerhosen und am Kragen offene Hemden sowie goldene Medaillons um den Hals. Ihre verspiegelten Sonnenbrillen und die mit Troddeln geschmückten Nettleton-Schuhe waren fast schon eine Art Uniform. Was mir jedoch an dieser Sorte von kleinen Mafia-Gangstern immer ganz besonders auffiel, waren zum einen der nichtssagende Ausdruck ihrer Gesichter, beinahe so, als wären sie mit Talg oder Wachs beschichtet, und zum anderen die toten Sprachmuster, die sie verwendeten und die sie wohl für besonders hochgestochen und raffiniert hielten. Die einzige politische Herrschaftsform, die wirklich effektiv mit solchen Leuten umgehen konnte, war die von Mussolini. Die Faschisten rissen ihnen mit der Kneifzange die Haare und Fingernägel aus, erschossen sie oder schickten sie in den Krieg gegen die Griechen. Deswegen reagierte die Mafia auf die Befreiung durch die Alliierten 1943 mit so großer Freude und Erleichterung.

»Morgen, Lieutenant. Mr. Giacano lädt Sie zum Lunch in sein Haus ein«, sagte der Fahrer. »Sie können gleich mit uns raus, wenn's Ihnen recht ist. Draußen bei Chalmette haben sie die Straße aufgerissen.«

»Ich bin mir nicht sicher, wo ich Sie mit Ihrer Sonnenbrille einordnen soll. Sind Sie Joe Milazzo?«

»Richtig. Ich hab früher die Pizzeria von meinem Onkel direkt gegenüber von Ihrem Büro geleitet.«

Das war allerdings nicht der Grund, warum ich mich an seinen Namen erinnerte. Er war Bote und Kassierer für die Wettorganisation seines Onkels gewesen und hatte immer Wetten an den Parimutuel weitergegeben, wenn sein Onkel sich zuviel aufgeladen hatte. Aber vor etwa einem Jahr hatte ich auch gerüchteweise gehört, daß er und sein Onkel einen Vollblüter mit einer Kapsel Aufputschmitteln gedopt hatten, die dem armen Tier auf der Gegengeraden im wahrsten Sinn des Wortes das Herz gesprengt hatte.

»Was hat Didi denn für Probleme?« fragte ich.

»Er hat einfach gesagt, wir sollen Ihnen die Einladung überbringen, Lieutenant.«

»Ich bin leider ein bißchen sehr beschäftigt heute.«

»Er hat auch gesagt, wenn's Ihnen zuviel ist, zu ihm rauszufahren, dann lädt er Sie gern zum Lunch in Mama Lido's ein.«

»Richten Sie ihm aus, daß ich mich trotzdem für die Einladung bedanke.«

»Ich glaub, es hat irgendwie mit den Leuten zu tun, die Ihnen die ganzen Schwierigkeiten gemacht haben. Wenn Sie wollen, können Sie das Telefon in unserm Wagen benutzen und mit ihm sprechen.«

»Ich weiß es zu schätzen, daß er am Sonntag versucht hat, mir zu helfen. Aber wie er wahrscheinlich selber weiß, hat's nicht besonders viel genützt. Mit anderen Worten, liefern Sie die Nicaraguaner auf dem Ersten Revier ab.«

Er wandte den Kopf ab und schaute mit einem Ausdruck stummer Verzweiflung zu den Pontalba-Apartments an der Ecke.

»Ich sitze gewissermaßen in der Klemme, Lieutenant«, sagte er. »Mr. Giacano ist wirklich ein netter Arbeitgeber. Er hat die Krankenhausrechnung für meinen alten Herrn bezahlt, er hat meinem kleinen Sohn zu Weihnachten ein Fahrrad geschenkt, und er läßt niemand für irgendwas bezahlen, wenn wir in einen Club gehen. Es gibt 'ne Menge Leute, die viel springen lassen würden, um meinen Job zu kriegen. Aber er hört nicht gern Worte wie ›vielleicht‹ oder ›nein‹ von 'nem Typen, der seine Autos poliert und die Leute chauffiert. Wenn Sie wirklich nicht kommen wollen, dann würd ich Sie drum bitten, daß Sie ihn anrufen und es ihm selber sagen.«

»Ich fürchte, Sie werden damit leben müssen, Partner.«

»Also gut. Ich versteh zwar nicht die Bohne von Mr. Giacanos Geschäften. Ich bin auch nicht besonders ehrgeizig. Was mich nicht betrifft, das interessiert mich auch nicht. Trotzdem hab ich ein Paar Ohren. Ich bin auch bloß ein Mensch. Ich kann mich doch nicht einfach in 'ne Topfpflanze verwandeln, bloß weil die Leute sich in meiner Gegenwart unterhalten. Es geht um 'nen Typen namens Murphy. Wenn Sie kein Interesse haben, Lieutenant, dann ist das Ihre Sache. Ich hab jedenfalls meinen Job getan.«

Ich klappte mein Buch zu und nahm einen Biß von meinem *beignet*. Unter den Kolonnaden an der Ecke war eine Frau damit beschäftigt, den Bürgersteig vor ihrem Laden zu fegen. Im

Schaufenster hingen Würste und Käse, und ein kleiner schwarzer Junge sprühte mit einem Wasserschlauch die Kisten mit Weintrauben und Pflaumen ab, die an der Hauswand aufgereiht standen.

»Sie können Didi Gee ausrichten, ich werde mich heut mittag um zwölf bei Mama Lido's mit ihm treffen«, sagte ich.

Joe Milazzo lächelte hinter seiner Sonnenbrille und steckte sich eine Zigarette in den Mund, ohne sie anzuzünden.

»Aber bilden Sie sich ja nichts ein, Joe. Ich bin einfach ein impulsiver Mensch. Das nächste Mal können Sie sich das Geschwafel für ihre Runde als Pinselvertreter aufsparen«, fügte ich hinzu.

Sein Gesicht verlor plötzlich jeden Ausdruck.

Didi Gee hatte sich einen separaten Raum hinten im Restaurant reservieren lassen. Die Wände waren mit rosa- und lavendelfarbenen Vorhängen dekoriert, die man gerafft und zurückgebunden hatte, um die Illusion von Fenstern in den Wänden zu erzeugen, die mit Ansichten von venezianischen Kanälen samt Gondeln und Mandoline spielenden Gondolieri in gestreiften Hemden und flachen Hüten bemalt waren. Die Fußleisten und die Türrahmen waren mit aufgemalten Weinreben geschmückt, die sich bis zur Decke emporrankten. Die Decke selbst war mit zahlreichen grünen Weintrauben aus Plastik behängt.

Es waren bestimmt fünfzehn Leute, die an dem langen, weißgedeckten Tisch saßen, der mit Rotweinflaschen in geflochtenen Körben, großen Schüsseln Spaghetti mit Fleischklößchen, Lasagne, Shrimps in einer scharfen Tomatensauce, bei deren Duft einem die Tränen in die Augen stiegen, und Stangen von italienischem Weißbrot beladen war, von dem sich die Gäste mit den Händen große Stücke abrissen, um sie sich geräuschvoll und mit einem Schauer von Krümeln in den Mund zu stecken.

Wirklich eine tolle Gesellschaft, dachte ich bei mir. Ein paar von den Leuten waren alternde Kämpen, die seit den fünfziger Jahren jede Menge Bandenkriege überlebt und mehr als einmal in Angola und Lewisburg gesessen hatten und jetzt fettleibig und blähsüchtig aussahen. Ihre Kehlen waren von Zigaretten und Whiskey zerfressen, und die Haare wuchsen ihnen aus der

Nase und den Ohren. Daneben gab es noch ein paar Jüngere von Joe Milazzos Sorte, die so aussahen, als seien sie irgendwo auf einer Baulücke aufgewachsen. In ihren Augen war immer ein heimlicher Gedanke, den sie nie ganz verbergen konnten. Diese Leute würden jeden umlegen, selbst einen der ihren, um bei Tisch näher bei Didi Gee sitzen zu können. Alle hatten die Eßmanieren von Grottenschraten, schickten die Bedienung mit dem Essen zurück in die Küche, wenn es nicht heiß genug war, beschwerten sich über ein angeschlagenes Glas oder eine Gabel mit Kalkflecken aus der Geschirrspülmaschine. Die Inhaberin des Lokals, die alle zehn Minuten hereinkam, um zu fragen, ob alles zur Zufriedenheit sei, sah aus, als habe sie einen Mund voller Hummeln verschluckt.

Didi Gee hatte den Platz direkt neben sich für mich freigehalten. Er trug einen weißen Anzug und ein mit orangen Blüten bedrucktes Hemd, dessen Kragen und Aufschläge er über sein Jakkett gezogen hatte. Auf dem schwarzen Brusthaar, das ihm bis an den Hals wuchs, war ein goldener Anhänger mit dem Bild des Heiligen Christophorus zu sehen. Sein Brustkorb und sein Bauch waren so umfangreich, daß er seinen Stuhl bis fast an die Wand gerückt hatte.

»Trinken Sie ein Glas Wein?« fragte er.

»Nein, vielen Dank.«

»Ich hab gehört, Sie trinken wieder. Ich sag das bloß, weil es mir vollkommen egal ist. Jeder Mensch hat ein Laster. Das ist es, was uns menschlich macht.«

»Nun, heut trink ich jedenfalls nicht. Drücken wir's mal so aus.«

»Ah, nach dem Motto: Jeder Tag ist ein neuer Tag, wie? Ich wünschte, ich könnte das auch sagen. Ich mach mir die ganze Zeit Gedanken über alle möglichen Dinge, die ich nicht kontrollieren kann.«

Es war schon merkwürdig, dachte ich, wie die wahren Indikatoren eines plötzlichen gesellschaftlichen Stellungsverlustes funktionierten. Didi Gee benutzte nicht mehr die unterwürfige Anrede »Lieutenant«, wenn er mit mir sprach, und seine Ganoven aßen ruhig weiter, als sei ich überhaupt nicht vorhanden.

»Ich mach mir ständig Gedanken wegen dieser Operation, der

ich mich unterziehen soll«, sagte er. »Je länger ich damit warte, um so mehr müssen sie mir aus meinem Loch rausschneiden. Aber ich kann mich einfach nicht überwinden. Vielleicht gibt's einfach Dinge, die man nicht akzeptieren soll und kann. Es ist einfach nicht natürlich, wenn ein Mensch ständig einen Beutel mit Scheiße an seinem Körper rumtragen soll. Sehen Sie nur, worauf ich jetzt immer sitzen muß. Das ist schon schlimm genug.«

Er erhob sich ein wenig von seinem Stuhl und gab den Blick frei auf ein aufgeblasenes Gummikissen, das aussah wie ein Klositz in einer öffentlichen Toilette.

»Ich werd mal zum Baylor Hospital in Houston rüberfahren und hören, was die zu sagen haben. Alle wirklich guten Chirurgen in New Orleans sind Juden. Wenn ein Mann meiner Größe bei denen durch die Tür kommt, dann taxieren die sofort meine Körperteile, als ob ich an jedem ein Preisschild hätte.«

»Vielleicht finden die noch 'nen anderen Weg, Ihnen zu helfen, Didi.«

»Ganz recht. Vielleicht find ich da drüben die richtigen Ärzte, dann setz ich mich einfach dort zur Ruhe. Mein Bruder ist gestorben und hat mir ein Bürogebäude in San Antonio vererbt, drei Häuserblocks von diesem Alamo da. Ist das eigentlich ein Rummelplatz oder so?«

»Nein, ein historisches –«

»Auch wenn ich in New Orleans geboren und aufgewachsen bin, bin ich's doch leid, ständig mit Dreck beworfen zu werden. Hier versucht doch jeder billige Fünf-Cent-Antwalt sich 'nen Namen zu machen, indem er mir den Schwanz abschneidet.«

Seine Stimme war plötzlich laut geworden, ähnlich wie die Hitze in einem Brennofen ansteigt, und die anderen am Tisch hatten aufgehört zu reden und hantierten jetzt leise mit Messer und Gabel auf ihren Tellern.

»Ich habe nicht ganz verstanden, worüber wir eigentlich reden«, sagte ich.

»Ich hab eine Vorladung vom Geschworenengericht bekommen. Ich und noch ein paar andere Leute, mit denen ich geschäftlich verbunden bin.«

»Das wußte ich nicht.«

»Es gibt Leute, die offenbar plötzlich was gegen Geschäfte haben, die ich schon seit dreißig Jahren betreibe. Die rümpfen plötzlich die Nase, als verspürten sie irgendwo einen schlechten Geruch in der Luft. Ich rede dabei von Leuten, die an der Taufe meiner Kinder teilgenommen haben und regelmäßig vor den Wahlen wegen einer Spende zu mir kommen. Aber plötzlich sieht's so aus, als hätte ich 'ne ansteckende Krankheit.«

»Sie sind ein Profi, Didi. Das ist einfach eine Sache der Geographie.«

»Aber diesmal isses ihnen ernst. Ich hab's direkt aus dem Büro des Staatsanwalts. Die wollen mich nach Angola schicken.«

»Wie Sie schon selbst gesagt haben – vielleicht ist es an der Zeit, daß Sie sich zur Ruhe setzen.«

»Aber die wollen sich auf keinen Fall auf einen Deal einlassen. Das bedeutet, daß ich gegen meine Regeln verstoßen muß. Ich bin gezwungen, Dinge zu tun, die ich lieber nicht tun würde.« In seinen dunklen Augen leuchteten kleine schwarze Blitze auf.

»Ich fürchte, ich kann Ihnen nicht ganz folgen.«

Die Wahrheit war, daß ich ihm gar nicht folgen wollte. Unsere Unterhaltung hatte schon viel zu lange gedauert. Ich interessierte mich nicht dafür, was für Probleme er mit dem Schwurgericht hatte, und seine vagen Andeutungen, er könne gegen seine moralischen Prinzipien verstoßen, erschienen mir zumindest in der damaligen Situation eher wie ein Ausdruck des Größenwahns und der Selbstüberschätzung, die für Leute seines Schlages charakteristisch war.

»Sie haben ganz recht. Es geht um eine persönliche Sache«, sagte er. Sein drohender Blick wandte sich von mir ab und den Leuten am Tisch zu, die sofort wieder zu essen und zu reden begannen. »Wollen Sie diesen Philip Murphy haben?«

Ich klopfte mit den Fingern an mein Wasserglas, ohne ihn anzusehen.

»Keine Spielchen, Partner«, sagte ich.

»Glauben Sie wirklich, daß ich Spielchen mache? Ich, der ich ganz Orleans und den halben Sprengel St. Bernard in der Tasche hatte, als Sie noch zur Schule gegangen sind? Glauben Sie wirklich, daß ich Sie hierhergebeten habe wegen solcher Spielchen?«

»Wie kommt's, daß Sie diesen Kerl an der Leine haben?«

»Er ist drogensüchtig, und ein Süchtiger ist immer bloß einen Tag weg, wenn man ihn mal haben will. Der Bursche hat früher bloß so aus Spaß gefixt. Heut braucht er jeden Tag seine zwei Tütchen. Wenn Sie ihn haben wollen, versuchen Sie's mal in diesem Restaurant.« Er ließ ein Streichholzbriefchen auf das Tischtuch fallen. Auf dem Deckel war eine Palme abgebildet, unter der die Worte GULF SHORES. FINE FOOD. BILOXI, MISSISSIPPI standen. »Seine Connection ist der Typ, der den Parkplatz des Restaurants leitet.«

»Und warum ist dieser Philip Murphy für Sie von Bedeutung, Didi?«

»Ich hab meine Gründe, vielleicht sogar mehrere.«

»Aber der spielt auf einem anderen Platz. Er ist doch keine Konkurrenz für Sie.«

»Er hat da drüben in Fort Lauderdale ein paar Sachen versaubeutelt. Es gibt 'n paar Leute dort, die ihn gern aus dem Weg hätten.«

»Ich kenn den Burschen. Er gehört nicht zu Ihrer Art Leute.«

»Ganz recht, er gehört nicht dazu. Aber er funkt uns dazwischen. Sie müssen verstehen, daß Süd-Florida einfach nicht New Orleans ist. Miami und Lauderdale sind offene Städte. Dort gibt's niemand, der alles in der Hand hat, und niemand wird einfach so untergebuttert. Das haben auch alle immer respektiert. Und heut haben überall die Farbigen, die Kubaner und die Kolumbianer ihre Finger drin. Die sind verdammt noch mal wie Bestien. Die machen einen für fünfzig Scheine fertig und bringen sogar gegenseitig ihre Kinder um. Und dann kommen Typen wie dieser Murphy und machen irgendwelche politischen Deals mit denen – eine Verschwörung gegen Castro oder irgendwelchen Scheiß da unten in Mittelamerika. So kommt es, daß Menschen, die Kannibalen sind, die in 'nem Hühnerhof geboren sind, plötzlich für die Regierung arbeiten. Und gleichzeitig werden Leute wie ich vors Schwurgericht zitiert.«

Ich nahm das Streichholzbriefchen und steckte es in meine Hemdtasche.

»Vielen Dank für die Information, Didi. Ich hoffe, daß sich die Dinge drüben in Baylor besser für Sie entwickeln«, sagte ich.

»Sie haben ja gar nichts gegessen. Mögen Sie kein italienisches Essen?«

»Sie wissen doch, wie wir echten Säufer sind – völlig vernarbter Magen und so.«

»Vielleicht liegt's auch dran, daß Sie sich nicht gern von mir einladen lassen, oder?«

»Ich weiß Ihre Gastfreundschaft zu würdigen. Sie waren immer schon ein sehr großzügiger Mann. Also dann, bis später, Didi. Wir sehen uns.«

»Ja, sicher. War mir ein Vergnügen. Aber vergessen Sie eins nicht: Ich hab nie im Gefängnis gesessen. Nicht ein einziges Mal in den ganzen dreißig Jahren. Und das können Sie ruhig auch Ihren Freunden, diesen verdammten Scheißern im Büro des Staatsanwalts, sagen.«

Ich kochte fast, als ich wieder zu meinem Hausboot kam. Hitzewellen prallten auf das Dach, und jeder Zentimeter Metall und Holz an Deck war fast zu heiß zum Anfassen. Ich zog meine Badehose an, streifte meine Taucherbrille über und schwamm in den See hinaus. An der Oberfläche war das Wasser warm, aber ich spürte, wie die kalten Schichten darunter zunahmen, je weiter ich mich vom Ufer entfernte. Ich sah den drei Pelikanen zu, die vor mir in der Brandung auf dem Wasser schaukelten, die Kehlsäcke prall gefüllt mit Fischen, und dachte darüber nach, was Didi Gee vorhatte. Ich hatte ihm seine Erklärung, daß Murphy dem Syndikat in Süd-Florida in die Quere gekommen sei, nicht abgenommen, und seine Empörung über die Tatsache, daß die Regierung die kubanischen Politgangster unterstützte, erschien mir im Augenblick ebenfalls reichlich unglaubwürdig. Aber wer konnte das schon genau sagen? Was die Rechtspflege anging, war Süd-Florida etwa dasselbe wie die Teersümpfe von La Brea.

Das eigentliche Problem bestand darin, daß niemand wußte, was in Didi Gees Kopf vorging – abgesehen von Didi Gee selbst. Die meisten Polizisten ordnen Kriminelle entweder als Schwachköpfe oder als Degenerierte ein, oder wir gehen davon aus, daß die Intelligenten unter ihnen mehr oder weniger den gleichen Gesetzen der Logik folgen wie wir selbst. Die Wahrheit ist jedoch, daß absolut niemand weiß, was im Kopf eines Psychopathen vorgeht. Didi Gee war ein sentimentaler, gemeingefährlicher fetter Kerl, der einer Kellnerin genausogut ein Trinkgeld von fünfzig Dollar spendierte, wie er ihrem Mann einen Eisstichel in den Bauch rammen konnte. Damals, als er noch als Geldeintreiber für die Kredithaie drüben in Algiers gearbeitet hatte, war sein Markenzeichen ein blutbefleckter Baseballschläger gewesen, den er immer deutlich sichtbar auf dem Rücksitz seines Kabrios mit sich führte.

Irgendwie jedoch fanden er und andere seiner Sorte immer jemanden, der sie in Schutz nahm. Journalisten behandelten sie als ehrenhafte Männer, die ihr Leben nach einem eigenen geheimen Kodex lebten, Fernsehdokumentationen beschäftigten sich ausführlich mit ihren Familien, ihrem regelmäßigen Gang zur Messe, ihrem Patriotismus – und erwähnten nur ganz kurz ihre Verbindungen mit eher halb akzeptierten Formen des organisierten Verbrechens, wie zum Beispiel Lotterien und der Unterwanderung von Gewerkschaften. Sie galten einfach als Geschäftsleute, die in ihren Praktiken auch nicht unmoralischer waren als die großen Industrieunternehmen.

Das mochte alles richtig sein. Aber ich hatte auch ihre Opfer gesehen: kleine Gemüsehändler und Inhaber von chemischen Reinigungsbetrieben, die von ihnen Geld borgten und zu Angestellten in ihren eigenen Läden wurden; Nachtclub-Entertainer, Bier- und Fleischlieferanten, Jockeys, die ohne Erlaubnis nicht die Stadt verlassen durften; Drogensüchtige, immer auf der Suche nach neuen Eseln, die ihnen den Karren zogen; und schließlich jene, an denen ein Exempel statuiert wurde, deren Gesichter von einer Salve aus einer Schrotflinte über die Windschutzscheibe ihres Autos verteilt wurden.

Das eigentliche Problem liegt vielleicht darin, daß die Didi Gees dieser Welt uns sehr wohl verstehen, daß nur wir sie nicht verstehen. Hatten sie einen genetischen Defekt, oder hatten sie aus freien Stücken das Böse gewählt? Ich holte tief Luft durch den Schnorchel, tauchte auf den Grund des Sees und schwamm über den grauen, welligen Sandboden hinweg. In dem grüngelben Licht rings um mich her suchten kleine Fische eilig das Weite. Das Salzwasser, in dem ich hier schwamm, enthielt die Überreste von Menschen, die für mich die größten Extreme menschlichen Verhaltens symbolisierten. Sie waren die Kinder ein und desselben Schöpfers, aber das war auch schon alles, was sie gemein hatten.

Drei Jahre zuvor war ein kleines Privatflugzeug mit einer Familie aus Tampa an Bord über dem Golf in einen starken Gegenwind geraten, hatte den gesamten Treibstoffvorrat aufgebraucht und dann draußen auf dem See, rund zehn Meilen vom Ufer, eine Bauchlandung gemacht. Die Familie konnte sich aus der Maschine befreien, hatte aber nur noch eine Schwimmweste. Sowohl der Vater als auch die Mutter waren gute Schwimmer und hätten sich wahrscheinlich ans Ufer oder auch bis zum Causeway, der mitten über den See führt, retten können, aber sie blieben bei ihren drei Kindern und hielten sie zwei Tage lang über Wasser. Dann versanken die Eltern und die beiden ältesten Kinder eins nach dem anderen in den Wellen. Nur das kleinste Kind überlebte, weil der Vater es an die Schwimmweste gebunden und sein Hemd als Schutz gegen die Sonne über den Kopf des Kindes gelegt hatte.

Einige Meilen weiter westlich und knapp südlich von Morgan City lag der zerdrückte und mit Seepocken übersäte Rumpf eines deutschen Unterseebootes, das von einem amerikanischen Zerstörer 1942 versenkt worden war, als die U-Boote der Nazis hier auf der Lauer lagen und auf die Tanker warteten, die von den Raffinerien in Baton Rouge und New Orleans kamen. Krabbenfischer aus New Iberia erzählten immer wieder von den orange leuchtenden Feuern, die oft mitten in der Nacht irgendwo am südlichen Horizont zu sehen gewesen waren, und von den verkohlten Leichen, die sie in ihren Netzen aus dem Wasser gezogen hatten. Ich verstand damals nicht, wer oder was diese Nazis waren, aber ich stellte sie mir vor als schlitzäugige Kreaturen in dunklen Uniformen, die unter Wasser lebten und harmlose, unschuldige Menschen verbrennen und ermorden konnten, wann immer ihnen danach zumute war.

Viele Jahre später, als ich aufs College ging, war ich mit einem Sauerstofftank und einem Gürtel voller Blei zu dem Wrack hinuntergetaucht. Es lag in rund zwanzig Meter Tiefe auf der Seite. Die Decksreling und das vordere Geschütz waren völlig von Moos überwuchert, aber die weiße Kennummer am Kommandoturm war immer noch zu erkennen. Das Heck des Bootes ragte schräg nach unten in die Tiefe, und ich glaubte, in der Nähe der Schrauben die frenetischen, wirbelnden Bewegungen von Sandhaien zu erkennen. Mein Herz klopfte wild in meiner Brust, meine Lungen sogen immer schneller den Sauerstoff aus den Tanks ein, und mein Gesicht war schweißnaß unter meiner Tauchmaske. Aber ich war entschlossen, mich nicht von den Angstträumen meiner Kindheit überwältigen zu lassen, und schwamm hinunter zu der dunklen, massigen Silhouette des Kommandoturms und klopfte mit dem Heft meines Bowiemessers einige Male gegen die schweren Stahlplatten.

Und dann, während ich über dem Wrack des U-Boots schwebte, geschah das Seltsamste, was ich in meinem Leben erfuhr. Ich fühlte, wie mich plötzlich eine kalte Strömung erfaßte, die aus der Tiefe unterhalb der Schiffsschrauben kam, und eine Reihe Luftblasen stieg von unterhalb des Rumpfes nach oben. Ich hörte, wie der stählerne Schiffskörper auf dem Boden scheuerte, dann folgte ein lautes, knirschendes Geräusch, ein Gleiten, eine schmutzige Wolke von Moos und aufgewühltem Sand, und dann stellte sich das U-Boot plötzlich beinahe aufrecht und begann langsam vom kontinentalen Schelf in die Tiefe abzurutschen. Voller Schrecken sah ich dem Wrack nach, bis es in der Dunkelheit verschwunden war. Die Sandhaie schlängelten sich wie braune Aale in seinem unsichtbaren Kielwasser.

Später erfuhr ich, daß dieses Wrack mehrere Meilen weit an der Küste von Louisiana entlanggetrieben worden war, und es war reiner Zufall, daß das Boot gerade in dem Augenblick wieder in Bewegung geraten war, als ich mich über ihm befand. Trotzdem beschäftigte mich noch lange Zeit die Vorstellung von jenen ertrunkenen Nazis, die nach all den Jahren immer noch um die Welt segelten, die Augenhöhlen und knochigen Münder voller Seetang, immer noch in Ausübung ihres diabolischen Planes unter der ruhigen, smaragdgrünen Fläche des Golfs.

Ein Zerstörer der amerikanischen Marine hatte ihrem Schiff mit einer Reihe von Wasserbomben damals, im Jahre 1942, das Rückgrat gebrochen. Aber ich war überzeugt, daß das Böse, das es verkörperte, nur durch diese Familie abgewendet wurde, die ihr Leben opferte, um das ihres jüngsten Kindes zu retten.

* * *

Das Telefon läutete, als ich über die Leiter wieder auf das Deck meines Hausboots kletterte. Ich setzte mich in den heißen Schatten des Sonnenschirms und trocknete mir mit einem Handtuch das Gesicht, während ich mir den Hörer ans Ohr hielt. Es war Captain Guidry.

»Dave, sind Sie das?« fragte er.

»Ja.«

»Wo haben Sie gesteckt? Ich versuche schon seit zwei Stunden, Sie zu erreichen.«

»Worum geht's?«

»Tut mir leid, aber ich habe schlechte Nachrichten. Es ist Ihr Bruder Jimmie. Jemand hat in der öffentlichen Toilette unten am French Market zwei Schüsse auf ihn abgegeben.«

Ich preßte mir die Hand an die Stirn und blickte hinaus auf den See, wo die Hitzewellen auf die Wasserfläche hämmerten.

»Wie schlimm ist es?« fragte ich.

»Ich will Ihnen nichts vormachen. Sein Leben hängt am seidenen Faden. Es sieht so aus, als hätte ihm der Typ zwei Schüsse mit 'ner 22er seitlich in den Schädel verpaßt. Hören Sie, Jimmie ist ein harter Bursche. Wenn es überhaupt eine Chance gibt, dann wird er's überstehen. Wollen Sie, daß ich Ihnen einen Wagen rüberschicke und Sie hole?«

»Nein, ich hab einen Mietwagen. Wo ist er jetzt?«

»Ich bin hier bei ihm im Hotel Dieu Sisters. Und fahren Sie vorsichtig, hören Sie?«

Der Verkehr war mörderisch, als ich durch die Stadt fuhr. Ich brauchte eine halbe Stunde, bis ich am Krankenhaus war und einen Parkplatz gefunden hatte. Mit schnellen Schritten lief ich den von Bäumen beschatteten Weg hinunter auf das Gebäude zu. Meine Sandalen klapperten auf den Fliesen, mein durchgeschwitztes, nicht zugeknöpftes Hemd hing mir über die Hose. Ich mußte schlucken und einen Moment lang ruhig atmen, ehe ich die Dame am Empfang fragen konnte, in welchem Zimmer Jimmie lag. Als ich mich umdrehte, sah ich Captain Guidry hinter mir stehen.

»Er ist im fünften Stock und erholt sich grade von der Operation, Dave. Sie haben die Kugeln rausgeholt«, sagte er.

»Und wie stehen seine Chancen?«

»Besser als vorhin, als wir miteinander gesprochen haben. Kommen Sie, wir gehen zum Fahrstuhl.«

»Wie ist es passiert?«

»Ich werd Ihnen alles erzählen, was wir wissen. Aber beruhigen Sie sich erst mal. Die Ärzte, die sich um ihn kümmern, sind ausgezeichnet. Wir werden die Sache diesmal schon durchstehen.«

»Erzählen Sie mir, was geschehen ist.«

Die Tür des Fahrstuhls öffnete sich, und eine Krankenschwester schob einen Rollstuhl heraus, in dem eine hübsche Frau in einem rosa Morgenmantel saß. Sie lächelte und hielt einen großen Strauß Blumen auf dem Schoß. Wir betraten die Fahrstuhlkabine, und die Tür schloß sich hinter uns.

»Er ist zum Café du Monde runter, um sich ein paar *beignets* zu holen, und ging anschließend in die öffentliche Bedürfnisanstalt nebenan. Ich meine die Toiletten unten am Flußufer. Ein schwarzer Junge, der grade an einem der Wandbecken stand und pinkelte, sagte uns, daß Jimmie in eine der Kabinen ging und die Tür hinter sich zumachte. Eine Minute später kam ein Typ rein, trat mit dem Fuß die Tür auf und feuerte zweimal aus nächster Nähe. Der Junge sagt, die Waffe hätte so einen merkwürdigen Aufsatz auf dem Lauf gehabt und hätte ein merkwürdiges, spuckendes Geräusch gemacht. Klingt alles nach einem professionellen Hit.«

»Wie sah der Typ aus?«

»Der Junge war natürlich zu Tode erschrocken. Er steht immer noch unter Schock. Wir haben ihn mitgenommen, damit er sich mal unser Verbrecheralbum ansieht, aber erwarten Sie sich nicht zu viel.«

Ich ballte die Fäuste und öffnete sie wieder. Der Fahrstuhl war unheimlich langsam und hielt mehrmals auf einem Stockwerk, obwohl niemand auf ihn wartete.

»Vielleicht ist das nicht grade der richtige Moment, um Ihnen das zu sagen, aber es gibt einige Leute bei uns, die langsam anfangen, Ihrer Geschichte etwas mehr Glauben zu schenken«, sagte der Captain.

»Wie kommt das plötzlich?«

»Vielleicht hatten die's auf Sie abgesehen, nicht auf ihn. Immerhin sieht Jimmie aus wie Ihr Zwillingsbruder. Es mag noch andere Erklärungen geben, aber unsere hiesigen Talente halten sich eher an Schrotflinten und Autobomben.«

»Ein verdammt schlechter Trost, daß man mir jetzt plötzlich glaubt, und zwar nur, weil auf meinen Bruder geschossen wurde.«

»Das sind auch nur Menschen. Urteilen Sie nicht so hart.«

»So weit geht meine Nachsicht nun auch nicht. Jimmie ist alles, was ich an Familie habe.«

»Ich kann's Ihnen nicht einmal verdenken. Aber vielleicht beruhigt es Sie ein wenig, daß wir überall auf dem Stockwerk Uniformierte verteilt haben. Hier oben wird niemand mehr an ihn rankommen.«

»Wenn er nicht durchkommt, könnten Sie mich vielleicht wieder verhaften, Captain.«

»Ich kann's nicht ausstehen, wenn Sie so reden, Dave. Ich mach mir wirklich ernste Sorgen um Sie«, sagte er.

Jimmie blieb noch weitere drei Stunden im Erholungszimmer, ehe man ihn auf einem Rollbett in die Intensivstation brachte. Ich wollte zu ihm hinein, aber der Chirurg ließ mich nicht. Er sagte mir, die beiden Schüsse hätten Jimmies Kopf aus schrägem Winkel getroffen, und das sei der einzige Umstand, der ihm das Leben gerettet habe. Der eine war vom Schädel abgeprallt und hatte die Haut am Hinterkopf durchschlagen, der zweite jedoch hatte den Schädelknochen zertrümmert und Blei sowie Knochensplitter im Gehirn hinterlassen. Die Hauptsorge des Chirurgen war, daß er eine Lähmung und einen möglichen Sehverlust auf einem Auge davontragen könnte.

Captain Guidry war bereits wieder ins Büro zurückgefahren, und so verbrachte ich den Rest des Nachmittags allein im Warteraum. Ich las in den ausliegenden Zeitschriften, trank endlos Tassen schlechten Kaffees aus dem Automaten und sah zu, wie draußen vor dem Fenster die Dämmerung hereinbrach und die Schatten der Eichen auf die mit Ziegelsteinen gepflasterte Straße fielen. Um acht Uhr ging ich nach unten und aß in der Cafeteria ein Sandwich. Ich hätte gerne Annie angerufen, aber ich dachte mir, daß ich ihr in der letzten Zeit schon genug traumatische Momente beschert hatte und ihr diesen vielleicht ersparen sollte. Dann ging ich wieder nach oben, wo ich mich mit den Krankenschwestern unterhielt und mit einer älteren Cajun-Dame aus Thibodaux anfreundete, die nur schlechtes Englisch sprach und sich um ihren Mann Sorgen machte, der gerade im Operationssaal war. Zu guter Letzt sah ich mir die Spätnachrichten im Fernsehen an und schlief dann zusammengerollt wie ein Fötus auf der kurzen Couch ein.

Am Morgen weckte mich eine katholische Schwester mit einem Glas Orangensaft und sagte mir, ich könne jetzt ein paar Minuten meinen Bruder sehen. Jimmies Kiefer und Schädel waren dick mit Bandagen umwickelt und sahen fast aus, als seien sie eingegipst. Sein Gesicht war bleich und eingefallen, und seine beiden Augen wirkten hohl und schwarz, als hätten sie ein paar schwere Fausthiebe abbekommen. Eine intravenöse Nadel ragte, mit einem Streifen Heftpflaster befestigt, aus der blauen Vene in seiner rechten Armbeuge. In seiner Nase steckte ein Sauerstoffschlauch, und seine nackte Brust war übersät mit zahllosen in sich verschlungenen elektrischen Drähten, die zu den Überwachungsgeräten führten. Er sah aus, als habe man das Leben mit einem Strohhalm aus ihm herausgesaugt. Die rund um ihn aufgebauten Maschinen mit ihren blinkenden Lämpchen schienen eine besserer Zukunft und mehr Lebensfähigkeit zu besitzen als er.

Ich fragte mich, wie mein Vater darüber denken würde. Mein Vater war oft in Kneipenschlägereien verwickelt gewesen, aber er hatte immer nur aus Spaß gekämpft und waren in keiner Weise nachtragend gewesen. Er trug grundsätzlich keinen Revolver, selbst wenn er mit professionellen Spielern *bourée* spielte, die als gefährliche und gewalttätige Männer bekannt war. Aber die Welt heute war anders als New Iberia in den vierziger Jahren. Heute hatten wir es mit Leuten zu tun, die die moralischen Prinzipien von Piranhas hatten und einem Mann, den sie gar nicht kannten, den Kopf voll Blei pumpten, um anschließend das Geld, das sie dafür kassierten, für Kokain und Nutten auszugeben.

Ich sah ein schwaches Leuchten in Jimmies Augen aufflackern, als er mich erkannte. Seine Augenlider wirkten, als seien sie aus Papier gemacht und mit violetter Farbe eingefärbt.

»Wie geht's, alter Junge?« fragte ich. Ich strich mit der Hand über seinen Arm und drückte kurz seine Hand. Sie fühlte sich schlaff und leblos an, genau wie Johnny Massinas Hand, als ich mich am Abend vor seiner Hinrichtung von ihm verabschiedet hatte.

»Hast du gesehen, wer's war?«

Ich sah, wie er schluckte, und seine Zunge hinterließ ein paar kleine Speichelbläschen auf seiner Unterlippe.

»War's vielleicht dieser Philip Murphy?« fragte ich. »So ein Typ im späten Mittelalter, altmodisch aussehend und mit Brille? Wie jemand, der den Kindern auf dem Schulhof obszöne Postkarten verkauft?«

Er wandte seine Augen von mir ab, wobei seine Lider flatterten.

»Oder vielleicht so ein kleiner, dunkler Typ?«

Jimmie begann etwas zu flüstern, verschluckte sich aber an der Flüssigkeit in seiner Kehle.

»Schon gut, mach dir jetzt keine Gedanken«, sagte ich. »Du bist hier völlig sicher. Drei uniformierte Polizeibeamte bewachen dich, und außerdem schau ich regelmäßig bei dir rein. Aber während du dich wieder erholst, krieg ich raus, wer uns das angetan hat. Du erinnerst dich doch, was der Alte immer zu uns gesagt hat – ›Wenn du 'nen Gator am Schwanz ziehst, reißt er dir die Kniescheiben weg, der Kerl.‹«

Ich lächelte ihn an. Dann sah ich, wie seine Augen wieder aufflackerten, als wolle er mir etwas Wichtiges sagen. Sein Mund öffnete sich, und er gab ein trockenes Geräusch von sich.

»Nicht jetzt, Jim. Dafür ist später noch Zeit genug«, sagte ich.

Er hob mühsam seine Hand vom Bettlaken und berührte damit meine Brust. Dann begannen seine Finger auf meiner Haut etwas zu zeichnen, aber er war so schwach, daß die Linien, die er zeichnete, kaum kräftiger waren als ein über meine Rippen gespanntes Spinnennetz. Ich nickte und tat so, als ob ich verstanden hätte. Vorsichtig legte ich seine Hand zurück aufs Bett. Die Kraft und Anstrengung waren aus seinen Augen verschwunden, und er blickte an die Decke wie ein Mensch, der plötzlich gezwungen ist, sich in einer völlig neuen, dunklen Dimension zurechtzufinden.

»Ich hab schon viel zuviel gequatscht. Leg dich einfach hin und schlaf jetzt. Ich schau ein Weilchen später noch mal rein«, sagte ich.

Aber er war schon nicht mehr bei unserer Unterhaltung. Auf

Zehenspitzen verließ ich den Raum, empfand das Gefühl von Schuld und gleichzeitig Erleichterung, das einen immer dann befällt, wenn man vom Krankenbett eines Menschen kommt, der uns an unsere eigene Sterblichkeit erinnert.

Die beiden uniformierten Beamten vor der Tür nickten mir zu. Am Ende des Flurs sah ich Captain Guidry mit einem in grünes Papier und Silberfolie gewickelten Geranientopf auf mich zukommen. Die Implantate auf seinem Schädel waren gewachsen, und sein Kopf sah jetzt aus, als habe ihm jemand eine schlecht gemachte Perücke aufgeklebt.

»Ich geb das hier im Schwesternzimmer ab«, sagte er. »Wie geht's ihm?«

»Er ist ein tapferer kleiner Bruder.«

»Sie sehen aus wie die Hölle. Gehn Sie nach Hause und legen Sie sich ein bißchen auf's Ohr.«

»Ich hab die Nacht hier auf der Couch verbracht und ganz gut geschlafen. Alles, was ich brauche, ist eine Dusche und ein paar frische Sachen zum Anziehen.«

Captain Guidrys Blick war durchdringend. »Was hat er Ihnen erzählt?«

»Gar nichts.«

»Machen Sie mir nichts vor, Dave.«

»Er hat überhaupt nichts gesagt.«

»Ich arbeite schon sehr lange mit Ihnen zusammen. Sie können sich nicht gut verstellen.«

»Fragen Sie doch die Schwester. Er kann noch nicht wieder sprechen. Ich bin nicht mal sicher, ob er weiß, wie er hierhergekommen ist.«

»Hören Sie, ich glaube, Sie sind auf dem besten Wege, wieder aus diesem Schlamassel rauszukommen, in dem Sie gesteckt haben. Also verderben Sie es jetzt nicht dadurch, daß Sie unsere Ermittlungen behindern.«

»Krieg ich meine Dienstmarke zurück?«

Er kniff die Lippen zusammen und schaute den Korridor hinunter.

»Sie hätten Baxter nicht schlagen sollen«, sagte er.

»Also bleibt alles beim alten.«

»Wir machen einen Schritt nach dem andern. Haben Sie doch

ein wenig Geduld. Sie sollten anderen Menschen ein bißchen mehr Vertrauen entgegenbringen.«

»Ich bin auf freiem Fuß gegen eine Kaution von zehntausend Dollar. Und ich werde vor Gericht kommen, wenn es mir nicht bald gelingt, die Anklage auf ein leichtes Vergehen runterzuhandeln.«

»Sie sind ein belesener Mann. Sie kennen doch die Geschichte vom heiligen Johannes und der langen, dunklen Nacht der Seele. Nehmen wir an, dies ist Ihre dunkle Nacht. Warum sollten Sie sie unnötig verlängern?«

In meinem Hausboot nahm ich mein halbautomatisches Remington-Jagdgewehr vom Kaliber .12 aus seinem mit Schafsfell ausgeschlagenen Futteral. Das blaue Metall des Laufs glänzte durch die dünne Schicht Öl, mit der ich es sorgfältig eingerieben hatte. Mein Vater hatte mir das Remington geschenkt, als ich aufs College nach Lafayette ging, und seit damals war ich fast jedes Jahr mit der Waffe auf Stockenten und Gänse gegangen, von Cypremont Point bis hinunter nach Whiskey Bay. Ich strich mit den Fingern über den polierten, mit Einlegearbeiten verzierten Kolben, dann wickelte ich einen alten Lappen um den Lauf und spannte ihn in den Schraubstock, den ich am einen Ende der Spüle in der Küche befestigt hatte. Mit dem Bleistift markierte ich eine Stelle etwa zehn Zentimeter vor dem Schloß und sägte dann den Lauf mit einer Eisensäge ab. Das abgeschnittene Ende fiel mit einem dumpfen Geräusch auf den Fußboden. Ich hob es auf und wollte es gerade in den Mülleimer werfen, aber dann überlegte ich es mir anders. Ich zog ein langes Ende Weihnachtsgirlanden durch den Lauf und hängte ihn an der Wand über den Resten meiner Sammlung von historischen Jazz-Aufnahmen auf.

Dann setzte ich mich an den Küchentisch und schmirgelte die abgesägten Kanten mit Schleifpapier glatt und entfernte die Sportsperre aus dem Magazin, so daß die Waffe jetzt fünf Patronen statt drei aufnehmen konnte. Ich ging zum Wandschrank und nahm den Seesack mit den Lockenten, meine alte Feldjacke aus der Army und die Weste heraus, die ich aus Restbeständen der Army gekauft hatte und immer trug, wenn es für eine Jacke zu warm war. Ich kippte alles auf den Tisch und baute meinen gesamten Patronenvorrat in einer Reihe vor mir auf wie Spielzeugsoldaten. Dann wählte ich die passende Munition aus – Rehposten, Größe 00 – und schob die Patronen eine nach der anderen mit dem Daumen in das Magazin, bis die Feder straff war, klappte den Verschluß zu und legte den Sicherungsbügel um.

Während ich damit beschäftigt war, gingen mir Bilder durch den Kopf, mit denen ich mich lieber nicht beschäftigen wollte. Ich blickte aus dem Fenster und sah einen Mann, der ein rohes Steak auf einem Holzkohlengrill wendete, ich sah zwei Jungen, die Werfen und Fangen spielten und sich mit verschwitzten und verkniffenen Gesichtern gegenseitig fertigzumachen suchten, und ich sah einen mit Wachs polierten roten Wagen, der neben einer Sanddüne in der mörderischen, weißglühenden Sonne stand.

Annie ging jeden Tag zum Lunch in ein kleines Delikatessengeschäft an der Ecke Canal und Exchange Street, nicht weit von ihrem Arbeitsplatz bei der Sozialfürsorge. Ich setzte mich auf der gegenüberliegenden Straßenseite in einen Holzstuhl, vertiefte mich in die *Times-Picayune* und wartete auf sie. Kurz nach Mittag sah ich, wie sie mit einer Gruppe von Leuten, die alle Mittagspause hatten, den Gehsteig entlangkam. Sie trug eine Sonnenbrille, ihren breiten Strohhut und ein hellgelbes Kleid. Sie könnte bis ans Ende ihrer Tage in New Orleans leben, dachte ich, und trotzdem würde man ihr Kansas immer anmerken. Sie hatte den sonnengebräunten Teint eines Mädchens vom Lande, der niemals seine Farbe zu ändern schien, und obwohl ihre Beine hübsch und ihr Hintern eine Freude fürs Auge waren, ging sie in ihren hochhackigen Schuhen so, als befände sie sich an Bord eines stampfenden Schiffes.

Ich beobachtete sie, wie sie sich an einen Tisch setzte, den Rükken mir zugewandt, ihre Sonnenbrille abnahm und beim Kellner mit beiden Händen heftig gestikulierend bestellte. Er reagierte überrascht und verwirrt, und ich konnte fast hören, daß sie etwas orderte, was nicht auf der Speisekarte stand – eine ihrer Angewohnheiten –, oder ihm von irgend etwas »Verrücktem« erzählte, das sie auf der Straße gesehen hatte.

Dann hörte ich die metallbeschlagenen Räder eines riesigen Handwagens auf dem Pflaster und die Stimme eines älteren schwarzen Mannes, der laut rief: »Kauft Melonen, kauft 'loupes, kauft Pflaumen, kauft süße rote Erdbeeren.« Der Karren war bepackt mit Kisten voller Obst und zahlreichen Pralinenschachteln, in grünes Seidenpapier eingewickelten Rosensträußen und kleinen Flaschen mit Traubensaft, die in einem Eimer mit gestoßenem Eis steckten.

»Wie geht's, Cappie?« fragte ich.

»Tag, Lieutenant«, antwortete er und grinste mich an. Sein Kopf war kahl und von der Sonne braungebrannt, und er trug eine graue Schürze. Er war in Laplace aufgewachsen, gleich nebenan von Louis Armstrongs Familie, aber er verkaufte schon seit Jahren im French Quarter seine Waren und war so betagt, daß weder er noch jemand anders sein tatsächliches Alter kannte.

»Ist Ihre Frau noch im Krankenhaus?« fragte ich ihn.

»Nein, Sir, sie is wieder obenauf und springt schon wieder durch die Türen.«

»Wie bitte?«

»Na ja, sie springt durch die Türen. Die Tür rein, die andere raus. Wollen Sie wieder Ihren Traubensaft heut?«

»Nein, aber ich sag Ihnen was. Sehen Sie die hübsche Dame da drüben auf der anderen Straßenseite, die mit dem gelben Kleid?«

»Ja, Sir, ich glaub schon.«

»Bringen Sie ihr ein paar von diesen Rosen und 'ne Schachtel Pralinen. Hier – der Rest ist für Sie, Cappie.«

»Und was soll ich ihr sagen?«

»Sagen Sie einfach, das ist 'ne kleine Aufmerksamkeit von 'nem gutaussehenden Cajun-Burschen«, sagte ich und zwinkerte ihm zu.

Ich warf noch einen Blick auf Annie, dann drehte ich mich um und ging zurück in die Decatur Street, wo ich meinen Mietwagen geparkt hatte.

Der Strand außerhalb von Biloxi wirkte strahlend weiß und kochend heiß in der Nachmittagssonne. Die Palmen auf dem

Boulevard schwankten im Wind, und die grüne Wasserfläche des Golfes war von hellen Lichtstreifen durchzogen und mit dunklen blauen Flecken wie von treibender Tinte übersät. Im Süden braute sich ein Sturm zusammen, und die Wellen brachen sich bereits am Ende der Molen. Die Gischt schoß hoch in die Luft, noch ehe man das Geräusch der Wellen hören konnte, und in der Dünung sah ich die hell glänzenden Köderfische und die dunklen, dreieckigen Schatten der Stachelrochen – beinahe wie Öllachen –, die vom heraufziehenden Sturm nahe ans Ufer gedrückt wurden.

Das Gulf Shore Restaurant hatte ich bald gefunden, aber der Mann, der für den Parkservice zuständig war, schien noch nicht im Dienst zu sein. Ich ging ein kurzes Stück am Strand entlang, kaufte mir an einem Imbißstand einen Pappteller gebratener Barbe und Hush Puppies und setzte mich zum Essen auf eine Holzbank unter den Palmen. Dann las ich eine Weile in meiner Taschenbuchausgabe von *Eine Reise nach Indien*, sah ein paar südamerikanischen Teenagern zu, die im Sand Fußball spielten, und ging schließlich auf die Mole hinaus, wo ich leere Austernschalen über die Wasserfläche warf. Der Wind hatte weiter aufgefrischt und blies mir beißenden Sand ins Gesicht, und als die Sonne in einer riesigen Flamme am westlichen Horizont zu versinken schien, konnte ich dünne weiße Blitze in der langen Reihe schwarzer Wolken sehen, die am südlichen Horizont dicht über dem Wasser schwebten. Nachdem der letzte Schimmer der Sonne am Himmel verblaßt war und die Neonlichter der Karussells und Bierlokale längs des Strandes angingen, lief ich wieder zu meinem Wagen und fuhr noch einmal zum Restaurant zurück.

Zwei schwarze Kids und ein etwa dreißig Jahre alter weißer Mann waren damit beschäftigt, die Wagen, die unter der Terrasse am Eingang standen, hinter das Haus zu fahren und dort zu parken. Der weiße Mann hatte kurzgeschorene braune Haare und lauter kleine Sommersprossen im Gesicht, die aussahen, als seien sie mit dem Pinsel aufgetragen. Ich fuhr zum Eingang vor, wo einer der schwarzen Kids meinen Wagen übernahm. Dann ging ich hinein und aß ein Club-Sandwich für fünf Dollar, das ich eigentlich gar nicht wollte. Als ich das Lokal wieder verließ, kam der weiße Mann auf mich zu und fragte nach meinem Parkschein.

»Ich kann mir den Wagen selber holen. Sie brauchen mir bloß zu zeigen, wo er steht«, sagte ich.

Er trat einen Schritt beiseite, um aus dem Lichtschein der Terrasse zu kommen, und zeigte auf den Parkplatz.

»Vorletzte Reihe«, sagte er.

»Und wo da?«

Er trat noch ein paar Schritte weiter ins Dunkel und deutete noch einmal mit der Hand.

»Fast am Ende der Reihe«, sagte er.

»Meine Freundin hat mir gesagt, Sie könnten mir 'n bißchen Schnupfpulver verkaufen«, sagte ich.

»Was soll ich verkaufen?« Zum erstenmal betrachtete er mich richtig von oben bis unten. Im Neonlicht des Schnapsladens nebenan sahen seine Lippen violett aus.

»Ein bißchen Puder für die Nase, was gegen die Schleimhäute.«

»Sie müssen mich verwechseln, Freundchen.«

»Seh ich vielleicht wie 'n Bulle oder so aus?«

»Wollen Sie, daß ich Ihnen jetzt Ihren Wagen hole, Sir?«

»Ich hab hier hundert Dollar für Sie. Wir können uns ja woanders treffen.«

»Vielleicht sollten Sie lieber mit dem Manager sprechen. Ich bin bloß für den Parkservice zuständig. Sie suchen offensichtlich jemand anders.«

»Na, vielleicht hat sie mir einfach 'n falsches Lokal genannt. Nichts für ungut«, sagte ich. Dann ging ich nach hinten auf den Parkplatz, stieg in meinen Wagen und fuhr auf den Boulevard hinaus. Die Palmen entlang der Esplanade bogen sich im Wind.

Ich fuhr durch ein abseits vom Strand gelegenes Wohngebiet, schlug einen Bogen und parkte in einer dunklen Straße einen Block landeinwärts vom Restaurant. Ich nahm mein aus dem Zweiten Weltkrieg stammendes japanisches Fernglas aus dem Handschuhfach und richtete es auf die hell erleuchtete Veranda, wo der Mann mit den Sommersprossen die Autos der Gäste parkte.

Während der nächsten drei Stunden sah ich, wie er zweimal an den Kofferraum seines eigenen Wagens ging, ehe er einem der Gäste wieder den Wagen vor den Eingang fuhr. Um Mitternacht schloß das Restaurant, und ich folgte ihm quer durch die Stadt zu einem Viertel mit ungepflasterten Straßen und bretterverkleideten Häusern, offenen Entwässerungsgräben und heruntergekommenen Vorgärten, die mit rostigen Autoteilen und alten Waschmaschinen übersät waren.

Die meisten Häuser an der Straße waren dunkel. Ich ließ meinen Wagen einen Block weiter stehen und ging dann zu der sandigen Garageneinfahrt, die zur erleuchteten Tür eines kastenförmigen, von ungewässerten und vertrockneten Hecken umgebenen Holzhauses führte. Durch den Fliegendraht konnte ich sehen, wie er im Unterhemd und mit einer Bierdose in der Hand die einzelnen Kanäle seines Fernsehgerätes ein- und ausschaltete. Seine Schultern waren so weiß wie der Bauch einer Kröte und mit den gleichen braunen Sommersprossen übersät, die auch sein Gesicht bedeckten. Er setzte sich auf einen gepolsterten Stuhl, den Luftstrom des im Fenster angebrachten Ventilators im Gesicht. Dann streute er Salz auf den Rand der Bierdose und trank langsam daraus, während er auf den Fernseher starrte. Die ersten Regentropfen klatschten mit einem trockenen Geräusch auf das Dach.

Ich langte mit der Hand durch den Griff der Fliegendrahttür und zog sie dann mit einem plötzlichen Ruck zurück, so daß der Riegel aus der Halterung im Rahmen gerissen wurde. Er setzte sich auf, die Augen weit aufgerissen. Die Bierdose rollte über den Fußboden und hinterließ eine breite Schaumspur.

»Es gibt Kunden, die einfach nicht lockerlassen«, sagte ich und trat ins Haus.

Ich hätte gleich die 25er Beretta in die Hand nehmen sollen, die ich in der Tasche trug. Er griff hinter sich auf den Werkzeugtisch, packte einen Schusterhammer und schleuderte ihn mir an die Brust. Der stählerne Kopf des Hammers traf mich knapp neben dem Brustbein, und ich spürte einen stechenden Schmerz und eine plötzliche Atemnot, die mein Herz packte, als ob ich einen Schlag aus einer Hochspannungsleitung bekommen hätte. Dann kam er auch schon auf mich zugeschossen, mit ausgebreiteten Armen wie ein Junge, der auf dem Schulhof kämpft. Er traf mich einmal über dem einen Auge und noch einmal am Ohr, ehe ich meine Arme als Deckung einsetzen konnte. Aber ich war in meiner Schulzeit in New Iberia ein ziemlich guter Boxer gewesen und hatte schon vor langer Zeit gelernt, daß es sowohl im Ring als auch bei einem Straßenkampf nichts wichtigeres gibt, als die Füße fest auf den Boden zu stemmen, das Kinn auf die Brust zu drücken, mit der erhobenen Linken das Gesicht zu decken und dann einen harten rechten Haken irgendwo zwischen Mund und Augen des Gegners anzubringen. Ich traf ihn genau am Nasenrücken. Seine Augen wurden starr vor Schock und dann plötzlich glasig. Ich schlug noch einmal zu. Diesmal traf ich ihn am Kiefer, und er stürzte über den Stuhl auf den Fernsehapparat. Er blickte zu mir auf, sein Gesicht kalkweiß. Das Blut lief ihm aus der Nase auf die Oberlippe.

»Soll ich noch 'n bißchen weitermachen?« fragte ich.

»Wer sind Sie, Mann?«

»Was spielt das für eine Rolle, solange du hier heil rauskommst?«

Er versuchte aufzustehen. Ich drückte ihn wieder auf den Fußboden.

»Wenn Sie gekommen sind, um mir die Bude auszuräumen, kriegen Sie's mit 'n paar üblen Jungs zu tun. Das ist kein Witz, Freundchen«, sagte er.

»Siehst du, was ich in der Hand habe? Ich werde drauf verzichten, sie auf dich zu richten, weil ich glaube, das ist 'n bißchen zu viel für dich. Aber jetzt erhöhen wir den Einsatz.«

»Sie kommen hier in mein gottverdammtes Haus und greifen mich an und wedeln mit 'ner Knarre rum, und *ich* soll in Schwierigkeiten kommen? Sie sind doch nicht zu glauben, Mann.«

»Steh auf«, sagte ich und zog ihn an einem Arm hoch. Dann führte ich ihn ins Schlafzimmer.

»Mach das Licht an«, sagte ich.

Er betätigte den Lichtschalter. Das Bett war ungemacht, und auf dem Fußboden lag überall schmutzige Wäsche. Auf einem kleinen Spieltisch sah ich ein halbkomplettes Puzzle mit dem Gesicht von Elvis Presley. Ich schob ihn weiter durch den Flur in die winzige Küche an der Hinterseite des Hauses.

»Du hast wohl vergessen, wo der Lichtschalter ist?« sagte ich.

»Hören Sie, Mann, ich arbeitete bloß für 'n paar andere Leute. Wenn Sie irgendwelche Beschwerden haben, dann wenden Sie sich doch an die. Ich bin bloß ein kleiner Fisch.«

Ich tastete mit der Hand die Wand ab und schaltete die Deckenbeleuchtung ein. Die Küche schien der einzige saubere Raum im ganzen Haus zu sein. Die Spülbecken waren gewischt, das Geschirr war ordentlich zum Trocknen in einem Gestell aufgereiht, der Linoleumfußboden gebohnert und poliert. In der Mitte des Raums stand ein großer, mit Resopal beschichteter Tisch mit einem einzigen Stuhl. Auf dem Tisch lagen drei mit Kreppband zugebundene Plastikbeutel, und daneben standen eine Flasche mit Äther sowie ein paar Pappschachteln mit Milchpulver und Puderzucker.

Er wischte sich mit dem Handrücken die Nase. Die Sommersprossen auf seinem Gesicht sahen aus wie kleine, tote Insekten. Draußen hinter den zugezogenen Jalousien hörte ich den Regen auf die Bäume prasseln.

»Sieht so aus, als würdest du deine Vorräte ein bißchen strekken«, sagte ich.

»Was wollen Sie von mir? Was Sie hier sehen, ist alles, was ich habe.«

»Wo ist Philip Murphy?«

Er sah mich mit forschendem Blick an, die Stirn in Falten gelegt.

»Den kenn ich nicht«, sagte er.

»O doch, du kennst ihn. Er ist ein regelmäßiger Kunde, zwei Tütchen pro Tag.«

»Das sind viele. Hören Sie, wenn ich Ihnen den Burschen liefere und Sie dann verschwinden, dann können Sie ihn sofort haben.«

»Er ist etwa fünfzig, trägt 'ne Brille, hat wirres graues Haar und graue buschige Augenbrauen und spricht manchmal 'n bißchen wie ein Engländer.«

»Ach, den Scheißer meinen Sie. Er hat mir gesagt, er heißt Eddy. Wollen Sie ihn umlegen oder was?«

»Wo find ich ihn?«

»Hören Sie, der Bursche hat 'ne Menge Moos, und hier bei uns teilen wir solche Kunden unter uns auf. So kriegt jeder was vom Kuchen ab.«

»Das ist deine letzte Chance«, sagte ich und machte einen Schritt auf ihn zu. Er stieß mit dem Rücken gegen die Spüle und hob beide Hände schützend vor die Brust.

»Schon gut«, sagte er. »Das letzte mit Rauhputz verkleidete Zweifamilienhaus auf dem Azalea Drive. Das ist direkt nördlich von dem Haus von Jefferson Davis. Und jetzt machen Sie endlich, daß Sie hier rauskommen, Mann.«

»Hast du das Haus gemietet, oder gehört es dir?«

»Es gehört mir. Warum?«

»Schlechte Antwort«, sagte ich. Ich schraubte die Kappe von der Ätherflasche und goß den Inhalt über die schwarzen Plastikbeutel auf dem Küchentisch.

»Was machen Sie da?« fragte er.

»Mach dich auf die Socken, Partner«, antwortete ich nur und klappte ein Streichholzbriefchen auf.

»Sind Sie verrückt? Das Zeug is wie Napalm. Tun Sie das nicht, Mann!«

Er starrte mich mit einem wilden Blick an, blieb aber wie angewurzelt stehen und wartete bis zum letzten Augenblick, um zu sehen, ob es mir wirklich ernst war. Ich zündete das gesamte Streichholzbriefchen an, und er stürzte zum Fenster, streckte ein Bein durch die Öffnung und balancierte einen Moment auf der Fensterbank, wobei er mir einen letzten ungläubigen Blick zuwarf, dann landete er mit einem lauten Geräusch draußen auf den Boden. Die zertrümmerte Jalousie schaukelte hinter ihm im Fensterrahmen.

Ich ging rückwärts zur Tür hinaus und schleuderte das brennende Streichholzbriefchen auf den Küchentisch. Die Luft im Raum schien in einem gelblich-blauen Blitz zu explodieren. Dann verwandelte sich die Resopal-Tischplatte in einen Flammenkegel, der in seinem Zentrum völlig weiß war. Innerhalb von Sekunden brannte die Farbe an der Decke in einer sich schnell ausbreitenden schwarzen Blase nach außen, die im Nu alle vier Wände erreicht hatte.

Als ich vom Haus weg zur Straße ging, hatten sich die Flammen bereits durch die Dachschindeln der Küche gefressen, und im rötlichen Feuerschein konnte ich die Regentropfen niederprasseln sehen.

In der Dunkelheit fuhr ich den Boulevard am Wasser hinunter, immer an der Strandmauer entlang. Die Brandung war ziemlich laut. Die Wellen donnerten mit Macht auf den Sand, und die Krabbenkutter an ihren Liegeplätzen schlugen heftig gegen die Spundwände. Ich fuhr an Beauvoir vorbei, dem ausgedehnten einstöckigen Haus, das Jefferson Davis gehört hatte. Es lag abseits der Straße inmitten einer dunklen Rasenfläche unter uralten Eichen. Die breite Veranda war hell erleuchtet, und in der Dunkelheit und dem Regen, der in den Bäumen hing, wirkte das Gebäude beinahe so, als blicke man durch ein umgekehrtes Fernrohr bis zu jenem Frühjahr 1865 zurück, in dem Davis seine romantische Vision rings um sich scheitern sah. Wenn das Gras dieser Rasenflächen in einem dunkleren Grün erschien, als es eigentlich hätte sein sollen, so vielleicht deshalb, weil hier zweihundert namenlose Soldaten der konföderierten Armee begraben lagen. Die Straße nach Roncevaux zieht den Dichter und den Visionär wie eine Droge an, aber es ist immer der Soldat, der für Grund und Boden bezahlen muß.

Ich bog nach Norden ab und folgte der Straße bis zu einem mit rosa Rauhputz versehenen Zweifamilienhaus am Ende eines noch nicht ganz fertiggestellten neuen Wohngebiets. Kein Mond stand am völlig schwarzen Himmel, und ich parkte meinen Wagen ein Stückchen weiter die Straßen hinunter unter einer triefenden Eiche. Murphy würde es mir nicht leichtmachen, und ich mußte ein paar Entscheidungen treffen. Mein Vater hatte immer gesagt, ein altes Gürteltier sei nur deshalb so alt, weil es schlau sei, und es verlasse die sichere Höhle nur aus einem vernünftigen Grund. Ich hatte mir ein paar zusätzliche Sachen und einen Regenmantel samt -hut in einen kleinen Koffer gepackt, ehe ich New Orleans verließ. Jetzt zog ich mir den Mantel an, setzte den Hut auf, holte das Gewehr aus dem mit Schafsfell gefütterten Futteral hängte es mir mit Hilfe eines Drahtkleiderbügels unter die Achselhöhle. Dann knöpfte ich den Mantel zu und ging zum Haus, das durch ein unbebautes, mit Schutt übersätes Grundstück von den anderen Häusern getrennt war.

Beide Hälften des Hauses waren dunkel, aber ich sah, daß die Auffahrt auf der weiter entfernten Straße leer war und ein paar alte, vermoderte Zeitungen auf dem Rasen lagen. Ich näherte mich der zweiten Wohnung, die mir am nächsten war, durchtrennte mit meinem Puma-Messer die Telefonleitung dicht am Schaltkasten und schraubte die Glühbirne der Verandabeleuchtung heraus. Der Regen prasselte auf meinen Hut und Mantel, und das Gewehr schlug mir wie ein Holzbalken gegen Hüfte und Knie. Ich zog mir den Hut tief ins Gesicht, klemmte mir einen Bleistift in den Mund und hämmerte mit der Faust ein paarmal an die Tür, ehe ich wieder ein paar Schritte in den Regen zurücktrat.

Hinten im Haus ging Licht an, und einen Augenblick später sah ich, wie sich der Vorhang neben der verglasten Tür bewegte.

»Wer ist da?« rief eine Stimme.

»Ich bin von der Gas- und Elektrizitätsgesellschaft. Wir haben eine geborstene Hauptleitung. Machen Sie bitte Ihre Zündflamme aus.«

»Was?« fragte die unsichtbare Stimme hinter der Tür.

»Die Hauptleitung ist gebrochen, und wir können sie von der Pumpstation aus nicht abstellen. Wenn Sie Gas riechen, rufen Sie beim Hauptquartier der Nationalgarde an. Ach, und zünden Sie keine Streichhölzer an«, rief ich und ging dann in die Dunkelheit zurück, als ob ich zum nächsten Haus wollte.

Statt dessen ging ich um einen Haufen von einer Planierraupe zusammengeschobener Spanplatten auf dem leeren Nachbargrundstück herum, schlug einen Bogen durch ein kleines Fichtenwäldchen längs eines ausgetrockneten Baches und landete schließlich hinter dem Zweifamilienhaus. Ich ging davon aus, daß Murphy eine Weile am Fenster gestanden hatte, bis er den Versuch aufgab, mich in der Dunkelheit und dem Regen auszumachen, und dann ans Telefon gegangen war. Ich hatte recht. Als ich mich leise unter das Fenster schob, hörte ich, wie er die Wählscheibe drehte, dann eine Pause, und dann wurde der Hörer wieder auf die Gabel gelegt. Ich duckte mich und ging in gebückter Haltung schnell an der Seitenwand des Hauses entlang zur vorderen Veranda, wobei ich mir Mühe gab, damit die Mündung des Gewehrs nicht in den Schlamm stieß. An der Ecke hielt ich inne und lauschte. Ich hörte, wie er die Kette vorlegte und die Tür dann vorsichtig öffnete.

Komm schon, zeig, daß du *cojones* besitzt, dachte ich. Große Jungs wie du tragen sie doch außerhalb der Hose. Du hast doch mit den Legionären zusammen den Vietcong die Hölle heiß gemacht, warst in einem der Landungsboote in der Schweinebucht, hast die Körperteile von Sandinista-Bauern einzeln an die Bäume gehängt wie Christbaumschmuck. Wozu ist das Leben da, wenn man's nicht riskiert?

Dann hörte ich, wie die Kette zurückgeschoben wurde und gegen die Tür baumelte. Ich hob das Gewehr und drückte mich eng an die verputzte Hauswand. Er machte ein paar Schritte in den schräg fallenden Regen hinaus, seine Schlafanzugjacke hing offen über dem Bierbauch. In der einen Hand hielt er eine Taschenlampe, in der anderen einen blau schimmernden 38er mit etwa fünf Zentimeter langem Lauf.

Ich schob den Sicherungsbügel zurück und trat um die Ecke, den Lauf der Schrotflinte mit einer schnellen Bewegung direkt auf die Seite seines Kopfes gerichtet.

»Weg mit der Waffe! Denk gar nicht erst nach! Weg damit!« sagte ich.

Er stand wie angewurzelt da. Die Lichtkegel seiner Taschenlampe beleuchtete sein Gesicht, das aussah, als sei es aus Wachs. Aber seine Augen verrieten mir, daß sein Verstand arbeitete.

»Ich werde dich in Stücke schießen, Murphy.«

»Ich nehme an, das würden Sie wirklich tun, Lieutenant«, antwortete er. Dann beugte er die Knie, beinahe als ob er Kniebeugen machen wolle, und legte den Revolver auf den Rand der Veranda.

Ich schob ihn ins Haus, schaltete das Licht ein und trat mit einem Fuß die Tür hinter mir zu.

»Mit dem Gesicht nach unten auf den Fußboden, die Arme ausgebreitet«, befahl ich.

»Wir haben dieses Straßentheater doch nicht nötig, oder?« Er betrachtete mein Gesicht noch einmal bei Licht. »Schon gut, ich hab nichts gesagt. Aber es ist wirklich niemand hier außer mir. Sieht fast so aus, als hätten Sie heute gewonnen.«

Seine Wohnung sah innen aus wie ein Motelzimmer. In einem der Fenster brummte eine Klimaanlage, aus der Wasser auf den zottigen Teppich tropfte. Die Tapete war in einem blassen Grün überstrichen worden. Die Möbel waren entweder aus Plastik oder aus Spanplatten, und die Luft roch nach einem chemischem

Frischluftspray. Ich warf einen kurzen Blick in das Schlafzimmer, das Bad, die kleine Küche und die Eßecke.

»Eine ganz einfache Wohnung«, sagte er. Er mußte seinen Kopf auf dem Teppich zur Seite drehen, um reden zu können. Der rosige Speck an seiner Hüfte war mit grauen Haaren bewachsen. »Keine Frauen, keine Waffen, keine großen Rätsel. Die Aktion könnte für Sie so was wie 'ne Enttäuschung werden, Lieutenant.«

»Zieh das Hemd aus und setz dich da drüben auf den Stuhl.«

»Na gut«, antwortete er. Ein Lächeln zuckte um seine Mundwinkel.

»Was amüsiert dich an mir?«

»Ich meine nicht Sie. Ich meine nur Ihre Einstellung. Ich hab Ihnen schon mal gesagt, daß Sie im Grunde Ihres Wesens Puritaner sind. Aber irgendwann in Ihrer Karriere kommt der Punkt, wo Sie der Tatsache ins Auge sehen müssen, daß diese Dinge niemand auch nur das Geringste bedeuten. Oh, natürlich sagen Sie das nicht so offen, aber es ist die Wahrheit, und ich glaube, das wissen Sie auch.«

Er legte seine Schlafanzugjacke auf die Armlehne eines Polsterstuhls und setzte sich hin. Sein Brustkorb war schmal und grau, und sein Bauch reichte fast bis ans Brustbein.

»Arme nach oben drehen.«

Er zuckte die Achseln und drehte seine Unterarme, so daß ich die glatten grauen Narben entlang der Venen sehen konnte. Sie waren so dick, als habe man sie mit dem Rasiermesser herausgeschnitten.

»Ich hab gehört, du brauchst jeden Tag zwei Tütchen, aber ich hab den Eindruck, mittlerweile bist du voll auf der Düse«, sagte ich.

»Wenn Sie sich dann irgendwie besser fühlen«, sagte er. Sein Lächeln war verschwunden, und ich konnte jetzt die Verachtung, den Zynismus und die aufblitzende Bosheit in seinen Augen sehen.

»Wenn ich für dich überhaupt irgendwelche Gefühle hätte, hätt ich dich da draußen auf der Veranda einfach umgelegt.«

»Und wir haben gedacht, Sie wären ein Profi.«

»Ich hoffe bloß, du hast dir heut abend 'ne ordentliche Ladung gesetzt. Du gehst 'ner langen Trockenzeit entgegen. Vielleicht kannst du dir ausmalen, wie du dich nach zwei Tagen Knast fühlst.«

»Ich zittere schon. Sehn Sie nicht den kalten Schweiß auf meiner Stirn? Oh, lieber Gott, was soll ich bloß tun?«

Ich fühlte in diesem Augenblick, wie eine Weile abgrundtiefen Hasses durch meine Brust lief.

»Wenn mein Bruder stirbt und du irgendwie wieder rauskommen solltest, dann gnade dir Gott«, sagte ich.

»Ihr Bruder?«

Ich studierte aufmerksam sein Gesicht.

»Er ist noch am Leben, und er hat den Kerl gesehen, den ihr auf ihn angesetzt habt«, sagte ich.

»Sie glauben allen Ernstes, wir hätten versucht, Ihren Bruder umzulegen?«

Ich betrachtete das Spiegelbild der Lampe in seinen Augen und die Krümmung seiner Handflächen auf der Armlehne des Stuhls.

»Ist das der Grund für diesen Blödsinn? Jemand hat auf Ihren Bruder geschossen, und Sie glauben, daß wir dahinterstecken?« fragte er.

Seine Augen weiteten sich, und er verzog den Mund ob seiner eigenen Frage. Er wollte lächeln, aber dann sah er mein Gesicht und besann sich eines besseren.

»Tut mir leid, Ihnen das sagen zu müssen, alter Junge. Wir waren's nicht«, sagte er. »Warum sollten wir Ihrem Bruder was antun?«

»Er sieht aus wie mein Zwilling.«

»Ach ja, ich hab so was gehört. Sie sollten uns aber zugestehen, daß wir nur unser eigenes Spiel spielen. Solche Fehler machen wir nicht, jedenfalls normalerweise nicht. Um die Wahrheit zu sagen, wir hatten Sie eigentlich abgeschrieben, weil wir dachten, daß Sie ein Weilchen mit Ihren Problemen zu tun hätten.«

»Leg dich wieder auf den Boden.«

»Und was haben wir jetzt vor, Lieutenant?«

»Du paßt ausgezeichnet zu dem Teppich.«

Ich schnitt die Lampenschnur durch, fesselte ihm die Hände auf den Rücken und wickelte die Schnur fest um seine Fußgelenke. Dann leerte ich den Inhalt sämtlicher Schubladen auf den Boden aus, durchsuchte alle Kleider in den Schränken, öffnete die Koffer und schüttete den Inhalt auf das Bett, sah in seinem Briefkasten nach, untersuchte alles, was er in seinem Portemonnaie hatte, und kippte zu guter Letzt den Inhalt des Mülleimers auf den Küchentisch. Es gab nichts in der Wohnung, das darauf hingedeutet hätte, daß er je außerhalb von Biloxi, Mississippi, gewesen war. Ich fand weder ein bedrucktes Streichholzheftchen noch einen nicht eingelösten Scheck, eine Kreditkartendurchschrift, eine unbezahlte Rechnung oder etwas anderes, aus dem sich ergeben hätte, daß er das Haus verlassen hatte. Beinahe alles, was sich in der Wohnung befand, hätte er am Tag zuvor im Supermarkt gekauft haben können. Die einzige Ausnahme war eine Schachtel mit Präservativen in der Schublade seines Nachttischchens und natürlich seine Ausrüstung – eine saubere Spritze, zwei glänzende Injektionsnadeln, ein Löffel mit gebogenem Griff, der mit Klebeband umwickelt war, und drei Päckchen Heroin allerbester Qualität, alles liebevoll in einem mit Samt gefütterten Lederetui mit Reißverschluß verwahrt.

»Muß viel Spaß machen, den kleinen Lastern anderer Leute hinterherzuschnüffeln, was?« sagte er. Er lag auf der Seite mitten auf dem Wohnzimmerteppich. »Das macht einen richtig an – fast so, wie wenn man 'nen Pornofilm anguckt, stimmt's? Ihre eigenen heimlichen Sünden sind doch gar nicht so schlimm, hab ich recht?«

Ich machte das Ledertäschchen wieder zu und klopfte einen Moment lang mit den Fingern darauf.

»Was tun, was tun, denkt er jetzt«, sagte Murphy. »Er könnte die hiesige Polizei anrufen und dafür sorgen, daß dieser verkommene alte Fixer ins Bezirksgefängnis gesteckt wird. Aber da wäre natürlich noch das kleine Problem, daß wir mit einem Gewehr in die Wohnung eines Mannes eingedrungen sind, nicht wahr? Oder vielleicht lieber nach New Orleans zurückfahren. Aber verdammt noch mal, das wäre Kidnapping. Die Sorgen unseres ritterlichen Detektivs scheinen kein Ende zu nehmen. Ist schon 'ne schwere Belastung, einer von den Guten zu sein, hab ich recht? Es gibt so viele noble Prinzipien, die man aufrechterhalten muß. Ihr kleines Schwanzstück aus Kansas hat da weit weniger Skrupel.«

»Was?«

»Wir haben Sie 'n bißchen unter die Lupe genommen. Es gibt 'ne Akte über sie.«

»Also seid ihr doch von der CIA.«

»Sind Sie wirklich so dumm und glauben, daß die Regierung bloß aus einer einzigen Gruppe besteht? So wie die Leute von der Forstbehörde mit ihren Smokey-Bear-Anzügen? Sogar Ihre Schnalle weiß es besser. Fragen Sie sie doch mal. Sie hat da 'n paar interessante Dinge erlebt als Groupie in der Friedensbewegung, damals, im Land Oz. Der Haken ist nur, daß sie so engagiert war, daß sie mit jedem gebumst hat und prompt schwanger wurde. Aber sie hat 'nen kleinen Ausritt über die Prärie gemacht, und dabei ist ihr das Kleine einfach so aus dem Bauch gefallen. Das ist fast so 'ne Schweinerei wie die Methode mit dem Drahtkleiderbügel. Zum Glück für sie haben die da unten in Wichita 'n paar gute Ärzte, die haben ihr den Kinderwagen rausgeholt und das Laufställchen heilgelassen.«

Ich warf das Lederetui durch die Küchentür auf den Müllberg auf dem Küchentisch, dann ging ich ins Schlafzimmer und holte ein Hemd, eine Hose und ein Paar Schuhe aus dem eingebauten Kleiderschrank. Draußen zerriß ein Blitz den Himmel, und das Krachen des Donners ließ das ganze Haus erzittern. Der Regen trommelte schwer gegen die Fensterscheiben. Ich ließ die Klamotten neben ihm auf den Boden fallen, band ihm die Hände los und griff wieder nach meinem Gewehr.

»Los, anziehen«, sagte ich.

»Wir verreisen?« fragte er mit einem Lächeln.

»Zieh dich an, Murphy.«

»Ich glaube nicht, daß es eine angenehme Reise wird.«

»Denk an die Alternativen. Wir sind hier in Mississippi.«

»Ich nehme an, ich werde im Kofferraum mitfahren.« Er setzte sich auf und zog sich das Hemd über. »Was dagegen, wenn ich noch mal aufs Klo gehe? Ich war grade auf dem Weg, als Sie vorhin geklopft haben.«

»Aber laß die Tür offen«, sagte ich.

Plattfüßig wie ein alter Mann schlurfte er zur Toilette, nur in der Schlafanzughose und dem offenen Hemd. Er sah mich über die Schulter hinweg an, während er seinen Penis herausholte und mit einem lauten Plätschern in die Toilette urinierte. Sein Gesicht wirkte sehr beherrscht und beinahe rosig im Neonlicht der Badezimmerlampe, als habe er sich mit der Situation abgefunden und konzentriere sich ganz auf das befreite Gefühl in seiner Blase. Entweder aus Höflichkeit oder auch, weil ich die Situation so abstoßend fand, wandte ich den Blick von ihm. Die Bäume schlugen mit ihren Zweigen gegen die Fenster, und durch den Schlitz neben der Jalousie sah ich, wie der Rasen weißlich aufleuchtete, als ein Blitz über den Himmel zuckte. Ich fühlte mich ungeheuer müde. Meine Hände waren vor Überanstrengung so unbeweglich, daß sie sich kaum richtig um den Schaft des Gewehrs legten.

Er hätte es vielleicht geschafft, wenn der Deckel des Wassertanks nicht ein kratzendes Geräusch gemacht hätte, als er ihn hochhob, um an die 7.65-mm-Walther zu kommen, die er innen im Tank mit Klebeband befestigt hatte. Er hatte schon die Hand am Griff der Waffe, als ich den Sicherungsbügel am Abzug zurückschob, den abgesägten Lauf anhob und auf seine Brust abdrückte. Der Winkel war nicht besonders gut, und die Detonation der Schrotladung zerfetzte den Türrahmen in einem Schauer weißer Holzsplitter, riß ihm das Hemd von der Schulter und hinterließ eine breite Blutspur auf der Tapete, die aussah, als sei sie mit einer schnellen Pinselbewegung aufgetragen worden. Im nachhinein konnte ich nicht mehr entscheiden, ob der zweite Schuß nötig gewesen war. Aber er hatte die Walther immer noch in der Hand. Das schwarze Isolierband hing vom Lauf herunter, und der zerbrochene Deckel des Wassertanks lag in der Toilettenschüssel. Ich warf die verbrauchte Patrone aus der Kammer, schob die nächste aus dem Magazin nach, roch den Rauch und das Kordit in der Luft und drückte fast in derselben schnellen Bewegung den Abzug. Es war ein Rehposten, und die Kugel traf ihn knapp unterhalb des Herzens und schleuderte ihn zurück, so daß er mit ausgebreiteten Armen und einem ungläubigen Ausdruck auf dem Gesicht durch die gläsernen Türen der Dusche in die Badewanne fiel.

Ich hob die warmen Patronenhülsen vom Fußboden auf und steckte sie in meine Tasche. Dann warf ich einen Blick auf Murphy in der Wanne. Die Kugel hatte sich in seinem Körper plattgedrückt und beim Austritt ein Loch von der Größe eines halben Dollars in seinem Rücken hinterlassen. Seine Augen waren aufgerissen und starrten mich an, und sein Gesicht war vollkommen weiß, als sei durch die Wunde alles Blut aus seinem Körper geflossen. Eine seiner Hände zuckte noch krampfhaft über seinem fetten Bierbauch.

Aber ich verspürte keine Freude bei dem Anblick.

Ich hängte mir die Flinte wieder mittels des Kleiderbügels unter den Arm, knöpfte meinen Regenmantel zu und ging nach draußen in das Unwetter. Die Luft war kühl und roch nach nassen Bäumen und zerfetzten Blättern, die im Wind herumgewirbelt wurden, und nach dem schwefligen Geruch der Blitze, die am schwarzen Himmel über dem Golf zuckten. Der Regen rann mir über die Hutkrempe ins Gesicht, aber ich ging mitten durch die dunklen Regenpfützen auf dem Gehweg, als seien sie nicht vorhanden. In ein paar Stunden würde es anfangen zu dämmern, der Osthimmel würde sich mit dem Anbruch des neuen Tages rosa färben, die Palmen und der Strand und die Finger der Brandung, die sich über den Strand erstreckten, würden langsam immer heller werden, je höher die Sonne am Himmel stieg, und ich würde wieder in New Orleans sein und das Erlebnis dieser Nacht irgendwie in die richtige Schublade meines Lebens einzuordnen versuchen.

Aber meine Bemühungen, mich zu beruhigen und so zu tun, als ob ich zaubern könnte, waren nur selten von Erfolg gekrönt. Der Wind heulte die ganze Nacht hindurch und auch noch am nächsten Morgen, und als ich wieder auf meinem Hausboot war, fühlte ich mich keineswegs besser oder leichter.

11

Am Nachmittag besuchte ich Jimmie im Krankenhaus. Er lag immer noch auf der Intensivstation. Sein Zustand war unverändert, er konnte noch immer nicht sprechen. Seine Hände und vor allem sein Gesicht sahen aus, als habe man sie mit feuchter Asche bemalt.

Um halb sechs Uhr abends fuhr ich zu Annie. Der Himmel hatte aufgeklart, und die Luft war plötzlich blau und golden, als die Sonne durch die Wolkendecke brach, aber der Wind heulte noch immer in den Eichenbäumen, die die Straße säumten, und überall in den Gärten lagen abgerissene Blätter auf dem Rasen. Sie hatte für uns Eiskaffee, Thunfischbrote und scharf gewürzte Eier zubereitet, und wir nahmen das Essen mit nach draußen auf die hintere Veranda und speisten an dem Glastisch unter dem Maulbeerbaum. Sie trug weiße Levis, eine rosa Bluse und Ohrringe mit goldenen Reifen, mit denen sie aussah wie ein Blumenkind aus den sechziger Jahren. Ich hatte ihr weder von Jimmie noch von meinen Erlebnissen in Biloxi erzählt, aber irgendwie hatte sie intuitiv meine Stimmung erfaßt, als ich durch die Tür trat, und als ich jetzt so dasaß, den Teller halb leer, zeigten sich auf ihrem Gesicht wieder die Angst und die Verständnislosigkeit ob der Tatsache, daß sie gezwungen war, sich mit einer gewalttätigen und unergründlichen Welt auseinanderzusetzen.

»Was ist los, Dave? Kannst du mir nicht ein bißchen Vertrauen schenken? Muß denn jeder von uns seinen eigenen, abgegrenzten Bereich haben, in den wir den anderen nicht reinlassen?«

Also erzählte ich ihr von Jimmie.

»Ich dachte, es hätte schon in der Zeitung gestanden«, sagte ich. »Er ist ziemlich bekannt unten im French Quarter.«

»Diese Dinge –« begann sie.

»Ich weiß, du liest solche Geschichten nicht gern.«

Sie wandte den Blick ab, und ihre Augen verrieten, daß sie verletzt war.

»Tut mir leid. Jimmie kommt vielleicht nicht durch, und außerdem bin ich vielleicht nicht mehr da, um ihm zu helfen. Ich steck im Moment in ziemlichen Schwierigkeiten.«

Ihre blauen Augen musterten mich aufmerksam.

»Die Rosen und die Pralinen neulich in dem Laden«, sagte sie. »Das war also der Grund, warum du mich nicht sehen wolltest. Du warst auf dem Wege irgendwohin und dachtest, ich würde dich davon abhalten.«

»Es gibt keinen Grund, warum ich dich mit meinen Problemen belasten sollte. Wenn man jemand liebt, dann heißt das doch nicht, daß man ihm Kummer machen sollte.«

»Dave, warum glaubst du eigentlich, du bist der einzige Mensch, der Kummer und Sorgen zu tragen hat? Eine Beziehung zwischen zwei Menschen ist mehr als bloß miteinander zu schlafen, jedenfalls für mich. Ich möchte nicht nur auf Teilzeitbasis deine Geliebte sein. Aber wenn du darauf aus bist, unsere Beziehung kaputtzumachen, dann mach ruhig so weiter und behandle mich wie jemanden, der nichts vertragen kann und immer beschützt werden muß.«

»Ich werde dir heut abend weh tun müssen, und ich weiß nicht, wie ich das vermeiden kann.«

»Ich verstehe nicht. Was soll das heißen?«

»Ich war gestern abend drüben in Biloxi und mußte Philip Murphy töten.«

Ihr Gesicht verzerrte sich, und ich sah, wie sie heftig schluckte.

»Er hat mir keine Wahl gelassen«, sagte ich. »Ich schätze, ich hatte so was ähnliches vor, als ich rüberfuhr, aber es ist ein Unterschied, ob man mit einem solchen Gedanken spielt oder sich bewußt entscheidet, so was zu tun. Ich wollte ihn eigentlich mit nach New Orleans bringen, aber ich wurde irgendwie unvorsichtig, und er merkte das und glaubte, er könnte mich umlegen.«

»War er derjenige, der auf deinen Bruder geschossen hat?« Ihre Stimme klang jetzt leise, und ihre Augen waren voller Schmerz über das, was ich ihr gesagt hatte.

»Ich glaub nicht.«

»Und was hast du jetzt vor?«

»Ich bin mir nicht sicher. Es wird nicht lange dauern, bis jemand die Leiche findet. Bei diesem Wetter, selbst wenn die Klimaanlage an ist –«

Ich sah, wie sie den Mund zusammenpreßte und ihre Nasenlöcher sich weiteten.

»Der springende Punkt ist der, daß man mich früher oder später festnehmen wird.«

»Aber es war doch Notwehr.«

»Ich bin mit 'ner Schrotflinte bewaffnet in ein Haus eingedrungen, ohne dazu ein Recht zu haben. Dann hab ich mich unerlaubt vom Tatort eines Verbrechens entfernt. Sie werden 'ne Weile brauchen, aber sie werden meine Fingerabdrücke finden und irgendwann mit einem Haftbefehl kommen.«

»Wir müssen mit jemandem drüber reden. Es ist einfach nicht fair«, sagte sie. »Alles, was du tust, kehrt sich gegen dich. Dabei bist du völlig unschuldig. Es sind diese anderen Leute, die eigentlich ins Gefängnis müßten. Warum will das bei der Polizei niemand einsehen?«

»Es gibt noch 'nen anderen Grund, warum ich dir das alles erzählt habe, Annie.« Ich atmete tief durch. »Murphy hat ein paar Dinge gesagt, zu denen ich dir ein paar Fragen stellen muß. Er war ein böser Mensch, der immer versucht hat, anderen einzureden, die ganze Welt sei so böse wie er. Aber wenn nur etwas von dem, was er gesagt hat, stimmt, dann bedeutet das, daß er Verbindung zu einer offiziellen Regierungsbehörde oder zumindest zu einer Person in einer solchen Behörde hatte.«

»Was –«

»Er hat mir gesagt, du wärst früher drüben in Kansas ein Friedens-Groupie gewesen. Er hat gesagt, du wärst schwanger geworden und hättest dein Kind verloren, als du mit einem Pferd ausgeritten bist.«

Ich wartete. Ihr Gesicht lief rot an, und ihre Augen standen plötzlich voll Tränen.

»Sie dringen sehr tief in dein Leben ein, nicht wahr?« fragte sie.

»Annie –«

»Was hat er sonst noch gesagt?«

»Das war alles. Aber du solltest dich von einem solchen Mann nicht verletzen lassen.«

»Er ist mir völlig gleichgültig. Mir geht's vor allem um dich. Glaubst du vielleicht, daß ich mein eigenes Kind im Sattel eines Pferdes abgetrieben habe?«

»Ich glaub gar nichts.«

»O doch, das tust du. Ich seh's doch an deinem Gesicht. Du fragst dich: Ist sie wirklich der Mensch, für den ich sie gehalten habe? War sie ein williges Bumsobjekt für diese ausgeflippten Typen drüben in Kansas?«

»Ich habe nicht den geringsten Zweifel dran, wer oder was du bist. Annie, ich kann nur sagen, du bist alles für mich.«

Sie legte ihre Gabel auf den Teller und schaute hinaus auf die abendlichen Schatten im Garten.

»Ich habe das Gefühl, dies ist etwas, was ich nicht ertragen kann.«

»Da gibt's nichts zu ertragen. Es ist längst vorbei. Mir ging's nur drum, daß ich rausfinden mußte, ob er tatsächlich Verbindungen zur Regierung hatte. Die Leute vom Schatzamt sagten mir, es wäre nicht der Fall.«

Doch sie hörte mir nicht zu.

Sie starrte auf ihren Teller, dann hob sie den Kopf und sah mich wieder an. Ihre Augen waren feucht, und ihr Kinn war voll zitternder Grübchen.

»Dave, ich habe wieder das gleiche Gefühl, das ich neulich an dem schrecklichen Abend hatte, als dieser Mann mich überall angefaßt hat.«

»Deine Familie ist irgendwie in der Friedensbewegung engagiert, und das FBI hat wahrscheinlich einen Haufen Klatschgeschichten über jeden von euch gesammelt. Das hat überhaupt nichts zu bedeuten. Die haben Akten von allen möglichen Leuten, und in den meisten Fällen gibt's dafür überhaupt keinen Grund. Die sind sogar Ernest Hemingway fünfundzwanzig Jahre lang auf Schritt und Tritt gefolgt, selbst dann noch, als er kurz vor seinem Tod eine Elektroschockbehandlung durchmachte. Die Namen von Joe Namath und John Wayne standen auf einer Liste der Feinde des Weißen Hauses.« Ich berührte ihren Arm und lächelte sie an. »Ausgerechnet Duke«, sagte ich. »Wer war wohl amerikanischer als der Duke?«

»Ich war damals siebzehn. Er war ein mennonitischer Student

aus Nebraska und arbeitete den Sommer über bei einem Hausrenovierungsprogramm in Wichita.«

»Du brauchst mir das nicht zu erzählen.«

»Nein, verdammt noch mal, ich will nicht die Lügen dieser Leute in unserem Leben haben. Ich hab ihm damals nichts von dem Baby gesagt. Er war viel zu jung, um die Rolle eines Ehemanns zu übernehmen. Er ging zurück nach Nebraska aufs College und hat nie was davon erfahren. Als ich im siebten Monat schwanger war, gab's bei uns auf der Farm ein schreckliches Gewitter. Meine Eltern waren in die Stadt gefahren, und mein Großvater war draußen auf dem Feld und eggte das Land neben dem Bewässerungsgraben. Er war ein Mennonit der alten Sorte und benutzte zum Eggen ein Maultiergespann statt eines Traktors. Er hätte nie seine Arbeit wegen des Wetters abgebrochen, es sei denn, es hätte ihn vom Feld gespült. Ich sah ihm von der vorderen Veranda aus zu, und ich konnte sehen, wie der Wind den Staub rings um ihn herumwirbelte und die Blitze überall am Horizont aufzuckten. Der Himmel war blaugrau, wie er in Kansas immer aussieht, wenn plötzlich irgendwo in der Ferne die Tornados vom Boden aufsteigen. Dann schlug ein riesiger Blitz in den Seidenholzbaum direkt neben dem Bewässerungsgraben ein, und ich sah meinen Großvater samt Gespann und Egge die Böschung hinunterstürzen.

Ich rannte im strömenden Regen über das Feld. Er lag unter der Egge, mit dem Gesicht nach unten im Schlamm. Ich konnte ihn nicht herausziehen und hatte Angst, er würde ersticken. Ich wischte ihm die Erde aus Mund und Nase und legte ihm mein Hemd unter den Kopf. Dann befreite ich eines der Maultiere aus dem verschlungenen Geschirr. Das Telefon in unserem Haus war tot, und ich mußte vier Meilen weit die Straße hinunter zum Nachbarhaus reiten, um Hilfe zu holen. Ich verlor das Baby in ihrem Vorgarten. Sie legten mich hinten auf ihren Pickup, der Gottseidank eine Plane hatte, und brachten mich ins Krankenhaus nach Wichita. Auf dem Weg dorthin wär ich fast verblutet.«

»Du bist ein großartiges Mädchen, Annie.«

»Warum hat dieser Mann diese Dinge erzählt?«

»Er wollte mich verunsichern, mich ablenken, damit ich an

etwas anderes denke. Er hat sich wahrscheinlich gedacht, daß er noch eine einzige Chance hat, und die wollte er nutzen.«

»Ich habe Angst um dich.«

»Brauchst du nicht. Vier von ihnen sind tot, und ich lauf noch munter rum. Als ich in Vietnam war, hab ich immer versucht, über alles nachzudenken und zu verstehen, bis mir dann eines Tages ein Freund sagte: ›Vergiß alles. Das einzige, was wirklich zählt, ist die Tatsache, daß du noch auf der Erde bist und atmest.‹«

»Nur, daß du das nicht glaubst.«

»Jeder Mensch muß so handeln und denken, wie es für ihn richtig ist. Ich kann nicht diesen ganzen Blödsinn kontrollieren. Ich habe nicht damit angefangen. Im Gegenteil, ich habe versucht, mich aus allem rauszuhalten. Leider hat es sich anders ergeben.«

Ich sah die Trauer in ihren Augen und nahm ihre Hände.

»Leid tut es mir bloß, daß ich dir so viele Probleme gemacht und dich da reingezogen habe«, sagte ich. »Aber das ist die Malaise eines jeden Polizisten.«

»Alle Probleme, die ich mit dir habe, sind Probleme, die ich haben will.«

»Du verstehst nicht ganz, Annie. Als ich dir vorhin diese Sache mit Biloxi erzählt habe, da hab ich dich zum Mitwisser gemacht. Ich glaube, ich wußte längst, was ich tun muß, als ich heut abend hierherkam. Es ist besser, wenn ich mich jetzt auf den Weg mache. Ich ruf dich später an.«

»Wo willst du hin?«

»Ich muß ein paar Dinge ins reine bringen. Mach dir keine Sorgen. Irgendwie kommt vor dem neunten Rennen immer alles wieder ins Lot.«

»Bleib hier.«

Sie erhob sich vom Tisch und sah auf mich herab. Ich stand auf und legte meine Arme um sie, spürte, wie sich ihr Körper an meinen schmiegte, fühlte, wie er unter meinen Händen klein und zart wurde, spürte ihren Kopf unter meinem Kinn. Ihr in einer Sandale steckender Fuß schlängelte sich um meinen Knöchel. Ich küßte ihr Haar und ihre Augen, und als sie sie wieder öffnete, sah ich in ihnen nur noch eine elektrisierende Bläue.

»Laß uns reingehen«, sagte sie. Ihre Stimme war ein sanftes, schweres Flüstern in meinem Ohr, ihre Finger strichen leicht über meinen Oberschenkel, so daß es sich anfühlte wie die sanfte Berührung eines Vogelflügels.

Später, in der Dunkelheit ihres Schlafzimmers, die nur durch den orangen und violetten Schimmer des Sonnenuntergangs hinter den halb geschlossenen Jalousien erhellt wurde, lag sie mit dem Kopf auf meiner Brust und streichelte mit der Hand über meine Haut.

»Eines Tages wird auch dein Herz ruhig werden«, sagte sie.

»Es ist bereits ruhig.«

»Nein, ist es nicht. Du denkst schon wieder an den Rest der Nacht. Aber eines Tages wirst du spüren, wie der Druck von dir weicht.«

»Es gibt Leute, die nicht so gebaut sind.«

»Und wie kommst du darauf?« fragte sie mit leiser, ruhiger Stimme.

»Weil ich lange Jahre damit verbracht habe, mich selber auseinanderzunehmen, habe ich zwangsläufig ein bißchen drüber gelernt, was in meinem Kopf abläuft. Ich mag die Welt nicht so, wie sie ist. Ich sehne mich nach der Vergangenheit zurück. Und das ist einfach närrisch.«

Ich verlies Annies Haus und fuhr zum Dominikanischen College von St. Mary's, wo Captain Guidry mit seiner Mutter in einem alten, viktorianischen Haus nicht weit vom Ufer des Mississippi weg lebte. Es war ein gelbes Haus, das dringend einen neuen Anstrich vertragen konnte. Der Rasen war nicht gemäht, die untere Galerie von Bäumen und ungeschnittenen Sträuchern überwuchert. Die Fenster waren dunkel, mit Ausnahme des flakkernden Scheins, der vom Fernsehgerät im Wohnzimmer kam. Ich öffnete das Gartentor und ging den mit geborstenen Steinplatten gepflasterten Weg entlang auf die vordere Veranda zu. Der Schaukelsitz hing an rostigen Ketten, und die Türklingel bestand aus einem altmodischen Drehgriff.

»Dave, was machen Sie hier draußen?« begrüßte er mich, als er die Tür öffnete. Er trug ein zerknittertes Sporthemd, Slipper und alte Hosen mit Farbflecken. In der Hand hielt er eine Tasse mit einem Teebeutel.

»Tut mir leid, daß ich Sie zu Hause belästigen muß. Ich muß dringend mit Ihnen sprechen.«

»Natürlich, kommen Sie rein. Meine Mutter ist grade zu Bett gegangen. Ich will mir eben ein Baseballspiel im Fernsehen angucken.«

Das Wohnzimmer war dunkel. Es roch nach Staub und Menthol und stand voller Möbel aus dem neunzehnten Jahrhundert. Das Mobiliar war allerdings nicht antik, sondern nur alt, ebenso wie die diversen Uhren, Vasen, religiösen Bilder, Bücher ohne Umschlag, mit Kordeln und Troddeln geschmückten Kissen und die Stapel von Zeitschriften, die jeden Zentimeter freien Platz einnahmen. Ich setzte mich auf einen tiefen, gepolsterten Stuhl, dessen Armlehnen schon ziemlich abgeschabt und fadenscheinig aussahen.

»Wollen Sie einen Tee oder lieber ein Dr. Pepper?« fragte er mich.

»Nichts, vielen Dank.«

»Möchten Sie vielleicht was anderes?« Er warf mir einen fragenden Blick zu.

»Nein, danke.«

»Guter Junge. Was macht Jimmie – immer noch auf dem Weg der Besserung?«

»Sein Zustand ist unverändert.«

»Ja, ich war gegen Mittag kurz bei ihm. Er wird schon durchkommen, Dave. Wenn sie den ersten Tag glücklich überleben, werden sie in der Regel auch wieder ganz gesund. Es ist fast so, als ob irgendwas in ihrem Innern plötzlich eine Art zweiten Wind kriegt.«

»Ich stecke ernstlich in Schwierigkeiten. Ich hatte vor, die Sache einfach auszusitzen, und dann bin ich zu dem Schluß gekommen, es wäre vielleicht besser, wenn ich die Stadt verlasse.«

Er streckte im Sitzen den Arm aus und schaltete den Fernseher ab.

»Schließlich hab ich mich entschieden, den Tatsachen ins Auge zu sehen, ehe alles noch schlimmer wird – wenn das überhaupt möglich ist«, sagte ich.

»Worum geht's?«

»Ich war gestern in Biloxi und mußte Philip Murphy töten.«

Ich sah, wie sich seine Kiefernmuskeln anspannten und seine Augen wütend aufleuchteten.

»Ich wollte ihn reinbringen«, sagte ich. »Das ist die Wahrheit, Captain. Ich hab ihm erlaubt, ins Badezimmer zu gehen und zu pinkeln, und er hatte eine Walther im Wassertank der Toilette versteckt. Er hat das Spiel so angesagt.«

»Nein, Sie haben das Spiel so angesagt, und zwar in dem Moment, als Sie anfingen, eigenmächtig zu handeln, als Sie sich weigerten, die Tatsache zu akzeptieren, daß Sie suspendiert sind, als Sie sich in einem anderen Staat wie ein Vigilant aufführten. Ich habe Sie neulich im Krankenhaus um ein bißchen Geduld gebeten, ein wenig Vertrauen. Ich schätze, meine Worte waren verschwendet.«

»Ich respektiere Sie, Captain, aber wieviel Vertrauen hat man mir denn entgegengebracht?«

»Überlegen Sie sich mal, was Sie da sagen. Wollen Sie vor Gericht eine solche Aussage machen?«

Ich spürte, daß mein Gesicht rot anlief, und mußte den Blick abwenden.

»Sie haben mir aber noch nicht alles gesagt, hab ich recht?« fragte er.

»Nein.«

»Sie haben den Tatort verlassen und den Vorfall nicht gemeldet?«

»Ja.«

»Was noch?«

»Ich glaube, Purcel hat Bobby Joe Starkweather getötet.«

»Aus welchem Grund?«

»Das weiß ich nicht.«

»Vielleicht ist er ganz einfach eines Morgens im Sprengel St. Charles rumgefahren und zu dem Entschluß gekommen, irgendeinen Redneck umzupusten.«

»Es gibt eine Zeugin. Ich hab ihren Namen und die Adresse, wo sie arbeitet.«

»Und Sie haben sich bisher nicht die Mühe gemacht, jemand ein Wort drüber zu sagen?«

»Sie ist 'ne Fixerin und Nutte, Captain. Ihr Gehirn ist so weich wie Eiskrem von gestern. Außerdem war ich mir nicht sicher, was aus ihr wird, wenn man sie als Belastungszeugin einsperrt.«

»Fällt mir ein bißchen schwer, das alles zu verdauen, Dave. Ich sag's Ihnen nur sehr ungern, aber das mit Purcel klingt mir nach Flasche. Seine persönlichen Probleme mögen ihm zwar seine Karriere bei der Polizei versauen, aber er ist kein Killer, verdammt noch mal.«

Ich fühlte mich müde und leer. Alle meine Karten waren ausgereizt, und das ohne jeden Nutzen. Der Captain war ein guter Mann. Eigentlich wußte ich gar nicht, was ich von ihm erwartet hatte. Dadurch, daß ich mit meinen seltsamen Geschichten zu ihm gekommen war, hatte ich ihm noch weniger Alternativen gelassen, als ich selbst hatte.

»Geben Sie mir die Adresse«, sagte der Captain. »Ich ruf mal bei der Polizei in Biloxi an. Und dann gehen wir zum Revier rüber. Ich glaube, es wäre gut, wenn Sie sich einen Anwalt besorgen.«

Er führte sein Ferngespräch, und ich hörte mit finsterem Blick zu, wie er mit jemandem im dortigen Morddezernat sprach. Ich kam mir vor wie ein Kind, dessen Fehlverhalten nun das Eingreifen von Autoritätspersonen erforderte. Der Captain beendete das Gespräch und legte auf.

»Sie schicken einen Wagen raus und rufen mich dann wieder an«, sagte er.

Ich saß eine Weile schweigend da. Dann fragte ich: »Hat dieser Schwarze in der Fotokartei irgendwas gefunden?«

»Nein, er hatte viel zuviel Angst, der arme Kerl. Wir haben außerdem rausgefunden, daß er ein bißchen zurückgeblieben ist. Sie glauben nicht, daß Murphy der Schütze war?«

»Nein.«

Der Captain blies den Atem durch die Nase aus. Seine Finger beschrieben ein Muster auf der Armlehne des Sofas, während wir in dem düsteren Raum saßen und warteten.

»Captain, wissen Sie etwas davon, daß Didi Gee unter Anklage gestellt werden soll?«

»Nein, aber Sie wissen ja, wie die im Büro des Staatsanwalts sind. Manchmal stellen sie sich uns gegenüber einfach dumm, besonders, wenn sie auf einen Trommelwirbel in den Sechs-Uhr-Nachrichten scharf sind. Was haben Sie davon gehört?«

»Er glaubt, daß man gegen ihn Anklage erheben will.«

»Hat er Ihnen das gesagt? Sie haben also mit Didi Gee gesprochen?«

»Er hat mich gebeten, ihn drüben bei Mama Lido's aufzusuchen. Er hat mir auch verraten, wo ich Murphy finden konnte.«

»Dave, ich möchte Sie bitten, sich gut zu überlegen, was Sie mir sagen.«

»Ich glaube, er befürchtet, man will ihn nach Angola schikken.«

»Also, wenn die Staatsanwaltschaft Didi Gee vor das Schwurgericht bringt, dann hat das jedenfalls nichts mit einer Mordsache zu tun. Wir hatten zwei Fälle, die wir ihm mit ziemlicher Sicherheit hätten anhängen können, aber der zuständige Staatsanwalt hat einfach auf seinem fetten Hintern gesessen und gewartet, bis einer der Zeugen aus der Stadt verschwunden war, und im andern Fall hat es einer der Sekretäre fertiggebracht, ein unterschriebenes Geständnis einfach wegzuschmeißen. Erinnern Sie sich noch, wie vor zwei Jahren jemand einen Buchmacher namens Joe Roth zerstückelt und die Einzelteile in den Müllschlukker geworfen hat? Die Nachbarn nebenan hörten mitten in der Nacht eine Handkreissäge und sahen am nächsten Tag, wie zwei Männer im Morgengrauen das Haus mit einer blutigen Papiertragetasche verließen. Später haben wir rausgefunden, daß die Overalls drin waren, die die beiden trugen, als sie Roths Leiche zersägten. Die Nachbarn identifizierten bei einer Gegenüberstellung einen von Didi Gees Gangstern. Der Typ hatte kein Alibi, und auf dem Sitz seines Wagens waren Blutspuren. Er war ein klassischer Versager und überdies psychotisch und hätte Didi Gees Arsch auf dem Flohmarkt verhökert, bloß um nicht auf den elektrischen Stuhl zu kommen. Aber das Büro des Staatsanwalts hat mehr als fünf Monate rumgetrödelt, und unser Zeuge verkaufte plötzlich sein Haus weit unter Marktwert und zog nach Kanada. Mit andern Worten, ich kann das nicht allzu ernst nehmen, was die Staatsanwaltschaft gegenwärtig unternimmt. Wenn die den Dicken hinter Gitter bringen wollen, brauchen sie bloß zu uns kommen, und genau das haben sie nicht getan. Ich bin nicht ganz sicher, worauf Sie eigentlich hinauswollen, Dave, aber es ist ohnehin egal. Die Sache ist jetzt in unseren Händen und nicht mehr in Ihren, auch wenn es um Ihren Bruder geht. Wie hieß doch gleich dieses Wort, das immer benutzt wird, wenn es um die Figuren in Shakespeares Dramen geht?«

»Hybris?«

»Genau, das meine ich. Stolz. Wenn ein Mann kein Gespür mehr dafür hat, wann er sich zurückhalten sollte. Ich würde sagen, darin liegt vielleicht auch die Wurzel unseres gegenwärtigen Problems hier.«

Captain Guidry schaltete den Fernseher wieder ein und tat so, als würde er sich das Spiel anschauen, während wir auf den Anruf warteten. Es war deutlich zu spüren, daß er sich nicht besonders wohl fühlte in seiner Haut. Ich nehme an, er machte sich darüber Gedanken, daß er mich vielleicht festnehmen müßte. Nach einer Weile stand er auf, ging in die Küche und kam mit zwei Flaschen Dr. Pepper wieder.

»Erinnern Sie sich noch, daß es in unserer Kindheit ein Getränk namens Dr. Nut gab?« fragte er.

»Na klar.«

»Mann, das Zeug war wirklich gut, was? Das einzige, was dem nahekommt, ist ein Dr. Pepper. Ich nehme an, darum trinken die Leute hier im Süden ständig Dr. Pepper.« Er schwieg und strich sich mit den Fingerspitzen über die Handflächen. »Hören Sie, Dave, ich weiß, daß Sie glauben, die Sache sei völlig verfahren und aussichtslos. Aber überlegen Sie sich mal, was Sie haben. Sie haben es geschafft, den Korken auf die Flasche zu setzen, Sie haben immer noch ein paar echte Freunde, und Sie können auf eine verdammt gute Karriere als Polizist zurückblicken.«

»Vielen Dank, Captain, ich weiß es zu schätzen.«

Das Telefon läutete, und er nahm mit spürbarer Erleichterung den Hörer ab. Er hörte fast eine ganze Minute lang zu, wobei er ab und zu zwinkerte, und sagte dann: »Genau das hat er mir gesagt – auf dem Azalea Drive, das letzte Zweifamilienhaus, rosa gestrichen. Nebenan ist ein leeres Grundstück.« Er sah mich an. »Das stimmt doch, Dave, oder? Das letzte Haus an der Straße, und auf dem Rasen vor der Nachbarwohnung liegen lauter alte Zeitungen?«

Ich nickte.

»Sie haben das richtige Haus«, sagte er ins Telefon. »Haben Sie den Hausbesitzer ausfindig gemacht? . . . Aha . . . Nein, Sir, das verstehe ich auch nicht. Ich wäre Ihnen immerhin dankbar, wenn Sie uns auf dem laufenden halten würden, und wir werden das gleiche tun . . . Jawohl, Sir. Und vielen Dank für Ihre Mühe und Ihr Verständnis.«

Er legte den Hörer auf und fuhr sich mit den Fingern über die Transplantate auf seinem Schädel.

»Das Haus ist völlig leer«, sagte er.

»Was?«

»Kein Philip Murphy, keine Leiche in der Dusche, keine Klamotten in den Schränken, nichts im Kühlschrank oder in den Schubladen. Die Nachbarn nebenan haben ausgesagt, heute morgen seien ein paar Männer mit einem gemieteten Anhänger dagewesen. Das einzige, was paßt, ist die Tatsache, daß in der Tür der Dusche die Glasscheiben fehlen, und es sieht so aus, als hätte jemand bei der Tür zum Bad ein Stück aus dem Türrahmen gesägt. War da vielleicht ein Stück Blei drin?«

»Stimmt, ich habe mit der ersten Ladung die Türkante erwischt.«

»Ich weiß wirklich nicht, was ich Ihnen sagen soll, Dave.«

»Was ist mit dem Hausbesitzer?«

»Der wohnt in Mobile. Sie haben noch nicht mit ihm gesprochen.«

»Irgendwelche Blutspuren?«

»Der Laden ist völlig sauber. Sie sind also aus der Patsche, jedenfalls vorläufig.«

»Das bedeutet nur, daß es noch mehr von der Sorte gibt. Sie sind wie ein Ameisenheer, das sofort seine Toten beseitigt.«

»Ich bin schon seit zweiunddreißig Jahren bei der Polizei, aber so was hab ich nur ein einziges Mal erlebt, und um die Wahrheit zu sagen, hat es mich damals 'ne ganze Zeit genervt. Vor zirka zweiundzwanzig, dreiundzwanzig Jahren wurde ein mit drei Soldaten besetzter Wagen auf der Tchoupitoulas Street von einem Zug erfaßt. Alle drei wurden getötet, von der Lokomotive völlig zermalmt. Was mich beunruhigt hat, war die Tatsache, daß alle drei Männer Sicherheitsgurte angelegt hatten. Wie groß ist schon die Wahrscheinlichkeit, daß bei einem Unfall drei Todesopfer angeschnallt sind? Abgesehen davon, daß Typen, die so vorsichtig sind, sich bestimmt nicht vor einen Zug stellen würden. Wie dem auch sei, damals war Winter, und die drei waren angeblich grade auf Urlaub aus ihrer Kaserne in Fort Dix, New Jersey. Dabei hatten sie so gebräunte Haut, als hätten sie sechs Monate am Strand gelegen. Ich glaube, daß sie längst tot waren, als sie von dem Zug überrollt wurden. Irgend jemand hat sie in dem Wagen angeschnallt und sie dann um drei Uhr morgens auf die Schienen geschoben. Aber natürlich werde ich nie Gelegenheit haben, das zu beweisen, weil die Armee die Leichen beschlagnahmt und sofort abtransportiert hat, und dann hab ich nie wieder von der Sache gehört. Wir sollten uns vielleicht besser morgen früh mit den Leuten vom Schatzamt unterhalten.«

»Die haben die Angewohnheit, immer in eine Art Koma zu verfallen, wenn sie meine Stimme am Telefon hören.«

»Ich werde sie anrufen. Sie haben genau das Richtige getan, als Sie heute abend zu mir kamen, Dave. Die Dinge sehen doch wirklich schon wieder ein bißchen besser aus als vorher, finden Sie nicht auch?«

»Ja, Sir, das stimmt.«

»Da ist noch etwas, was ich Ihnen sagen möchte. Es sieht so aus, als ob die Staatsanwaltschaft die Anklage gegen Sie wegen verdeckten Tragens einer Waffe fallenläßt.«

»Warum das?«

»Es stehen wieder mal Wahlen vor der Tür, das heißt, hartes Durchgreifen ist angesagt. Die werden in den Zeitungen eine große Show abziehen von wegen Glücksspiel und Drogen und wollen natürlich nicht, daß man ihnen vorwirft, sie würden das Geld der Steuerzahler dafür verschwenden, einem Cop 'ne lächerliche Anklage wegen Waffentragens anzuhängen.«

»Sind Sie sicher?«

»Das habe ich jedenfalls gehört. Aber tragen Sie's nicht gleich auf die Bank. Auf jeden Fall sind die Burschen da drüben auf dem Sprung nach oben und haben für die kleinen Probleme der Polizei nicht besonders viel übrig. Wie dem auch sei – lassen Sie's noch 'ne Weile ruhig angehen, Dave, hören Sie?«

* * *

Aber mit Angst gewinnt man keine Wette. Man läßt dem Mann am Schlagmal im neunten Durchgang nicht freie Hand, ein Jockey gibt vor der letzten Kehre seinen Platz auf der Innenbahn nicht auf.

Am nächsten Tag hatte es kurz vor Morgengrauen geregnet, und als die Sonne aufging, tropfte das Wasser von den Bäumen an der Carondelet Street und die Luft hing so voll Feuchtigkeit, daß sie fast wie mit rosa Licht durchfluteter Nebel war, der wie Zuckerwatte wirkte. Ich parkte ein Stück hinter Cletes Haus in einer Arbeitergegend, in der eines Tages nur noch Schwarze wohnen würden. Der Rasen davor war vor kurzem gemäht worden, aber nicht sehr sorgfältig, so daß zwischen den einzelnen Bahnen große Grasbüschel stehengeblieben waren, und die Risse im Bürgersteig und in den Platten der Auffahrt waren von Unkraut überwuchert. Die Mülltonnen waren am Vortag geleert worden, lagen aber immer noch vor dem Haus auf der Straße, das zerbeulte Blech feucht vom Tau. Um halb acht trat er aus der Haustür. Er trug ein weißes Hemd mit kurzem Arm, einen gestreiften Schlips und eine Seersucker-Hose und hatte das Jackett über den Arm gelegt. Sein Gürtel hing unterhalb des Bauchnabels, wie bei einem ehemaligen Football-Spieler, und mit seinen mächtigen Schultern sah er aus, als habe er aus Versehen ein Kinderhemd angezogen.

Ich folgte ihm im dichten Verkehr quer durch die Stadt. Er blieb an einer roten Ampel vor mir stehen, und ich sah, wie er in der unerträglichen und immer noch zunehmenden Tageshitze und Feuchtigkeit zwischen den Hochhäusern und den im Stau steckenden Autos mit weit offenem Mund gähnte, sich das Gesicht massierte, als wolle er das tote Gewebe wieder zu neuem Leben erwecken, und den Kopf an den Türpfosten lehnte. Ein Mann mit einer echten Dosis Katzenjammer, dachte ich. Nach den ersten Vormittagsstunden würde er ins Schwitzen kommen, den Trinkwasserbehälter leeren, mit sich kämpfen, ob er noch mehr Aspirin schlucken sollte, und sich mit seinem Elend in der Dunkelheit eines Toilettenverschlags verstecken. Gegen Mittag würde er sich wieder in die gleißende Sonne und den Verkehrslärm hinauswagen und über die Canal Street zu einem Café fahren, wo ihn niemand kannte und er ungestört zu Mittag ein Bier trinken und sich bemühen konnte, bis ein Uhr seinen Tag wieder halbwegs zusammenzuschustern. Er machte eine harte Zeit durch, und es sollte noch schlimmer kommen.

Er parkte seinen Wagen in zweiter Reihe vor dem Greyhound-Busbahnhof und verschwand im Gebäude, nachdem er sich sein Jackett wieder übergezogen hatte. Fünf Minuten später saß er wieder in seinem Wagen, reihte sich in den Verkehr ein und sah sich um, als ob im Rückspiegel plötzlich die ganze Welt auf ihn zukäme.

Ich fuhr zurück zu meinem Hausboot, rief im Krankenhaus an, um mich nach Jimmie zu erkundigen, trainierte eine Weile mit den Hanteln, rannte fünf Meilen am See entlang, reinigte und ölte meine Jagdflinte vom Kaliber .12, kochte mir eine Portion Rotbarsch und braunen Reis zum Lunch und hörte mir eine alte Aufnahme von Blind Lemon Jefferson an:

Dig my grave with a silver spade
And see that my grave is kept clean.
Oh dear Lord, lower me down on a golden chain.

Ich fragte mich, warum offenbar nur die Schwarzen in der Lage waren, in ihrer Kunst das Thema Tod angemessen und realistisch zu behandeln. Die Weißen schrieben über den Tod wie über eine abstrakte Idee, benutzten ihn als ein poetisches Stilmittel und beschäftigten sich nur dann damit, wenn er weit entfernt war. Die meisten Gedichte von Shakespeare oder Robert Frost zu diesem Thema entstanden, als beide Männer noch jung waren. Wenn dagegen Billie Holiday, Blind Lemon Jefferson oder Leadbelly vom Tod sangen, dann hörte man, wie der Gefängnisaufseher sein Gewehr entsicherte, sah die schwarze Silhouette vor der untergehenden roten Sonne am Baum hängen, roch die frische Holzkiste, die in die gleiche Mississippi-Erde hinuntergelassen wurde, gegen die ein armer Farmer sein ganzes Leben lang angearbeitet hatte.

Am Nachmittag fuhr ich zum Krankenhaus und verbrachte zwei Stunden bei Jimmie. Er schlief so tief, als sei er bereits in eine andere Dimension eingetaucht. Ab und zu zuckte er mit dem Mund, als habe sich eine Fliege darauf niedergelassen, und ich fragte mich, welche schmerzhaften Erinnerungssplitter unter der beinahe ausdruckslosen, aschfahlen Maske arbeiten mochten, zu der sein Gesicht geworden war. Ich hoffte, er erinnerte sich nicht an das Aufblitzen des Revolvers, der durch die Toilettentür hindurch auf seinen Kopf gerichtet war. Nur wenige Menschen können den Horror nachempfinden, den man in einem solchen Augenblick empfindet. Soldaten lernen, nicht darüber zu sprechen. Zivilisten, die Opfer eines solchen Anschlags geworden sind, versuchen ihren Freunden oder Therapeuten ihre Gefühle zu erklären und erleben häufig genug dasselbe Mitleid, das wir für sinnlos daherplappernde Irre übrig haben. Die beste Beschreibung, die ich je gehört hatte, stammte indessen weder von einem Soldaten noch von einem Opfer. Wir hatten einmal einen Serienmörder in einer Isolierzelle im Ersten Revier, und dieser Mann gab einer Reporterin von der *Times-Picayune* ein Interview. Ich werde seine Worte nie vergessen:

»Es gibt kein geileres Gefühl auf der Welt. Die ertrinken förmlich, wenn man auf sie zielt. Sie betteln und pissen sich in die Hosen. Sie weinen, sie bitten einen, jemand anderen zu töten, sie verstecken sich hinter ihren Händen. Es ist, als ob man zusieht, wie jemand zu einem Pudding zusammenschmilzt.«

Aber ich konnte natürlich nicht wissen, welchen Kampf Jimmie gerade in sich ausfocht. Vielleicht ging in Jimmie auch überhaupt nichts vor. Morgen würden sie mit Bohrer und Meißel seinen Schädel öffnen und die Knochensplitter und Bleistückchen entfernen, die in seinem Hirn steckten. Aber vielleicht würden sie nicht einfach nur Gehirnzellen finden, die zerquetscht und geplatzt waren, als habe man sie mit einem Eispfriem malträtiert. Es sei durchaus möglich, daß die Verletzungen doch schlimmer seien, hatte der Arzt gesagt, wie die abgestorbenen, breiigen Ränder einer angestoßenen Frucht. In diesem Falle könnte sein Verstand so weit degenerieren, daß seine Gedanken wenig mehr wären als Muster im sandigen Meeresboden, die unter den monotonen Bewegungen von Ebbe und Flut ständig wechseln.

Gegen fünf Uhr hatte ich den Wagen einen Block vom Ersten Revier entfernt an der Basin Street geparkt, als Clete nach Dienstschluß aus dem Gebäude kam. Ich folgte ihm wieder zur Greyhound-Busstation und sah zu, wie er in zweiter Spur parkte, hineinging und ein paar Minuten später wieder in seinen Wagen stieg. Obwohl ich jetzt sicher war, was er dort machte, konnte ich es immer noch nicht glauben. Laut Vorschrift waren wir verpflichtet, sowohl während des Dienstes als auch nach Feierabend unsere Waffe zu tragen, aber die Ängste seiner Frau und ihre Abneigung gegen Revolver hatten offenbar ausgereicht, daß er sich eine unglaubliche Blöße gab.

Ich beobachtete, wie er seinen Wagen wieder in den Verkehr einfädelte, dann fuhr ich zu einem Gartencafé an der Decatur Street, gegenüber vom French Market, setzte mich an die Fischbar und aß eine Schale Shrimp Gumbo und zwei Dutzend frische Austern und las die Nachmittagszeitung. In dem Café saßen lauter junge Leute, die karibische Musik aus der Jukebox hörten, Jax-Bier vom Hahn tranken und Unmengen Austern verzehrten, kaum daß der Neger hinter dem Tresen sie aus den Eiskästen gefischt, geöffnet und auf einem Tablett angerichtet hatte. Nachdem der Verkehr ein wenig nachgelassen und die Straßen sich in den länger werdenden Schatten etwas abgekühlt hatten, fuhr ich zurück zu Cletes Haus in einer Seitenstraße der Carondelet.

Als er mir die Tür öffnete, hielt er eine Dose Bier in der Hand und trug ein paar ausgebeulte Schwimmshorts und ein T-Shirt mit dem Aufdruck DON'T MESS WITH MY TOOT-TOOT auf der Brust. Seine Augen wirkten leicht glasig, und ich hatte den Verdacht, daß er auf das Abendessen verzichtet und sich einem weiteren Abend der Selbstzerfleischung gewidmet hatte.

»He, Dave, wie sieht's aus?« begrüßte er mich. »Komm mit raus auf die hintere Veranda. Ich bin grade dabei, ein paar künstliche Fliegen zu binden. Ich hab mir gedacht, ich fahr nach Colorado rauf und geh ein paar Forellen angeln.«

»Wo ist Lois?«

»Sie ist mit den Mädchen ins Kino. Ich glaube, die sehen sich mindestens zehn Filme pro Woche an. Aber ich hab nichts dagegen. Sie kriegt verbilligte Karten von der Bank, und außerdem ist es besser für sie, als ständig vor der Glotze zu hängen und MTV zu gucken. Es sind schließlich ihre Kinder, stimmt's? Aber sag mal was anderes. Habe ich dich nicht heut vormittag unten an der Canal Street gesehen?«

»Schon möglich.«

»Willst du Jimmie besuchen?«
»Ich war heut nachmittag bei ihm.«
»Oh. Wie geht's ihm?«
»Er wird morgen noch mal operiert. Danach wissen wir mehr.«
»Die Sache mit ihm tut mir echt leid. Er ist 'n guter Kerl.«
»Vielen Dank, Clete. Ich weiß es zu schätzen.«
»Entschuldige das Durcheinander hier draußen. Schmeiß die Zeitschriften einfach auf den Boden und setz dich hin. Willst du 'ne Cola oder 'nen Kaffee oder sonst was?«
»Nein, danke.«
Er hatte die Sonnenterrasse vor drei Jahren selbst gebaut. Sie sah aus wie eine Keksdose, die er hinten an das Haus genagelt hatte. In den Fensteröffnungen hingen Töpfe mit vertrocknetem braunen Farn und verschrumpeltem Spinnenwurz, und die Teppiche, die er über den Betonboden gelegt hatte, wirkten wie alte, völlig verwaschene bunte Handtücher. In der Mitte der Veranda hatte er einen Spieltisch aufgestellt, auf dem eine Zange, mehrere Garnrollen, verschiedene Vogelfedern und ein Haufen winziger Angelhaken lagen. In einem Haltegestell klemmte eine zerrupft aussehende, nicht ganz fertige künstliche Fliege.
Er ließ sich in einen Segeltuchstuhl fallen und nahm ein neues Bier aus der mit Eis gefüllten Kühlbox.
»Ich nehme zwei Wochen Urlaub, und dann fahren wir nach Colorado«, sagte er. »Lois will ihren Buddhistenpriester besuchen und ihn hoffentlich ein für allemal loswerden, und dann ziehen wir uns an den Gunnison River zurück und angeln, wandern, schlafen im Zelt und so – mal so richtig gesund leben. Ich kann mir das Rauchen abgewöhnen, ein bißchen abnehmen und vielleicht auch meinen Alkoholkonsum ein bißchen einschränken. Es ist einfach 'ne gute Gelegenheit für uns beide, einen neuen Anfang zu machen. Ich freu mich richtig drauf.«
»Ich hab deine Neunmillimeter.«
»Was?«
»Ich bin dir zum Busbahnhof gefolgt.«
Er versuchte, seinem angespannten Gesicht ein faltiges Lächeln abzuringen.
»Wovon reden wir eigentlich?« fragte er.
»Ich bin dir heut morgen gefolgt, und heut nachmittag wieder.

Dann hab ich Bobo Getz gebeten, mir dein Schließfach zu öffnen. Du erinnerst dich doch an Bobo. Er hat früher den Nutten im Ramada immer die Zimmerschlüssel abgekauft.«

Sein Gesicht erstarrte. Er senkte die Augen und spielte mit einer Zigarette, die er in schneller Folge halb aus der Packung zog und wieder hineinschob.

»Was willst du mir eigentlich antun, Dave?« fragte er.

»Niemand hat dir irgendwas angetan. Du hast dich ganz allein in den Schlamassel reingeritten.«

»Na gut, ich schäme mich, daß ich meine Waffe in 'nem Schließfach im Busbahnhof aufbewahre. Aber dies hier ist kein Zuhause, sondern ein gottverdammtes Irrenhaus. Wer zum Teufel gibt dir das Recht, dich als mein Richter aufzuspielen?«

»Spar dir die Nummer für jemand anders. Die Ballistiker werden rausfinden, daß deine Waffe zu der Kugel paßt, die in Bobby Joe Starkweather steckte. Du hättest das Ding irgendwo verlieren sollen.«

»Ach ja? Vielleicht hab ich nicht damit gerechnet, daß mein Partner sie mir auf so hinterhältige Weise abknöpft.« Er nahm die Zigarette aus dem Päckchen, zündete sie mit einem Zippo an, das er anschließend mit lautem Geräusch auf die Tischplatte warf, und rieb sich mit der Hand das Gesicht, während er den Rauch ausstieß. »Du willst mich also in die Mangel nehmen?«

»Warum hast du es getan?«

»Zehntausend Eier.«

Ich sagte nichts. Ich sah auf seine großen Hände, in denen die Zigarette so winzig wirkte, und dann auf sein narbiges, aufgedunsenes Gesicht und fragte mich, was aus dem immer gutgelaunten und intelligenten Mann geworden war, mit dem ich früher zusammengearbeitet hatte.

»Komm schon, der Kerl war Abfall, das weißt du auch«, sagte er. »Meine Bank hat sich geweigert, mir einen neuen Kredit zu geben, ich zahl immer noch Alimente an meine erste Frau, ich bin noch 'nen Haufen Raten schuldig, und außerdem mußte ich jede Woche fünfzig Dollar an einen dieser Kredithaie blechen. Ich hätte das schon irgendwie hingekriegt, aber dann kamen noch die Komplikationen mit diesem Mädchen dazu. Sie sagt, sie wär schon 'nen Monat drüber, und hat mir 'nen Riesen dafür abgenommen, daß sie verschwunden ist, ohne Lois alles zu petzen. Das hätte gelangt, um sie ins Krankenhaus zu bringen.«

»Wer hat dich bezahlt, Clete?«

»Murphy.«

»Warum wollte er ihn umlegen lassen? Und warum wollte er, daß ein Cop die Sache erledigt?«

»Was macht das für 'nen Unterschied?«

»Du wirst es früher oder später jemand erklären müssen.«

»Er hat gesagt, der Typ ist ein Arschloch, er hat ihn nicht mehr unter Kontrolle oder so.«

»Murphy hatte es doch nicht nötig, einen Cop dafür zu bezahlen, daß er jemand umlegt.«

Er runzelte die Stirn und wischte sich einen Tabakkrümel aus dem Mundwinkel.

»Warum sagst du, ›hatte‹?«

»Er ist nicht mehr im Spiel.«

Es dauerte eine Weile, bis sich die Erkenntnis bis zu seinen Augen vorgearbeitet hatte.

»Mann, du machst keinen Scheiß, was?« sagte er dann.

»Komm schon, Clete. Warum mußte es ein Cop sein?«

Er zögerte einen Augenblick, und ich sah, wie die Hitze in sein Gesicht zurückkehrte.

»Er sagte, er arbeitet für jemand – für den General, nehme ich an, wie hieß er doch gleich? Der Kerl, in dessen Haus man dich festgenommen hat. Er sagte, dieser Typ hätte was dagegen, seine eigenen Leute fertigzumachen. Wahrscheinlich ist das Blödsinn. Die sind sowieso alle bloß Dreck.«

»Also hast du Murphy schon vorher gekannt?«

»Nein, aber er hat mich gekannt. Jedenfalls wußte er, daß ich bei 'nem Kredithai in der Kreide bin.« Er nahm einen Schluck Bier, zog an seiner Zigarette, betrachtete eine Weile seine Hände und hob dann wieder den Blick.

»Und wohin gehen wir von hier aus, Partner?« fragte er.

»Ich weiß es nicht.«

»Ist ein Stück Scheiße wie dieser Starkweather wirklich so wichtig?«

»Es ist nicht bloß deswegen, daß du einen Mann für Geld umgelegt hast. Du hättest ihn und Murphy aus dem Verkehr ziehen können. Du hättest mir aus der Patsche helfen können.«

»Ganz so seh ich die Sache nicht. Aber ich schätze, das spielt jetzt keine Rolle mehr. Gibst du mir meine Waffe zurück?«

»Ich hab sie gar nicht.«

»Was?«

»Ich habe einfach geraten, daß du sie in dem Schließfach deponiert und bei Bedarf wieder rausgeholt hast.«

Er schüttelte den Kopf und stieß die Luft aus den Lungen, als hätte ich ihm einen Tritt in den Magen verpaßt.«

»Verdammt, du bist echt gerissen, Streak.« Er fing an, mit dem Fingernagel nach der künstlichen Fliege zu schnippen, die in der Halterung steckte. »Und was meinst du, was ich jetzt machen soll?«

»Ist mir völlig wurscht, was du machst«, sagte ich. »Hau ab aus der Stadt. Geh nach Colorado. Mach mit Lois einen Zen-Kurs. Ich weiß bloß eins – nenn mich nie wieder ›Partner‹.«

12

Jimmies Operation war für den nächsten Morgen um acht Uhr angesetzt, und es war beinahe Mittag, als man ihn wieder ins Erholungszimmer brachte. Der Doktor fand mich im Warteraum und setzte sich noch in seinem grünen OP-Kittel neben mich auf das Ledersofa. Trotz seiner relativ jungen Jahre hatte er bereits einen Kahlkopf, und sein Akzent verriet mir, daß er aus West-Texas stammte. Seine Finger sahen aus, als könnten sie ohne weiteres einen Basketball umspannen.

»Ich würde das, was wir gemacht haben, als ›Aufräumen und Staubwischen‹ bezeichnen«, sagte er. »Es gab da ein oder zwei schwierige Stellen, aber ansonsten war das meiste nur an der Oberfläche. Insgesamt betrachtet, würde ich sagen, sieht alles ausgesprochen gut aus. Ich mache mir immer noch ein bißchen Sorgen wegen des Auges, aber ich bin mir zumindest sicher, daß wir keine Lähmungserscheinungen zu befürchten haben. Ich hoffe, das sind wenigstens gute Nachrichten für Sie heute morgen.«

»Das kann man wohl sagen, Doktor.«

»Was nun das Weitere betrifft – allgemeine Rekonvaleszenz, Nachwirkungen, psychologisches Trauma und so fort –, so können wir Ihnen wirklich noch nicht viel sagen. Das Gehirn birgt für uns immer noch viele Rätsel. Ich habe Fälle erlebt, wo ich jemandem den Schädel öffnen und sozusagen mit dem Eislöffel rein mußte, und irgendwie schienen die anderen Bereiche des Gehirns die Ausfälle zu kompensieren, und der Patient konnte ein relativ normales Leben führen. Auf der anderen Seite habe ich auch schon einfache Brüche erlebt, die einem Mann so starke Kopfschmerzen verursachten, daß er fast zum Selbstmord getrieben wurde. Es ist wie bei einem Schachtelmännchen. Manchmal weiß man einfach nicht, was einen da anspringen wird, wenn man den Deckel aufmacht. Jedenfalls haben wir einen großartigen Augenspezialisten hier und sehr gute Therapeuten, und ich bin sicher, daß es Ihrem Bruder mit jedem Tag bessergehen wird. Verstehen Sie, was ich meine?

Mit anderen Worten, es geht wieder bergauf, und das ist schließlich das Entscheidende.«

Wir schüttelten uns die Hände, und dann ging ich in den Geschenkladen hinunter und ließ Jimmie einen großen Strauß frischer Blumen aufs Zimmer schicken. Dann entdeckte ich eine große, rote Languste aus Plastik in einer der Vitrinen und bat die Verkäuferin, sie für mich mit einer Schleife an der Vase zu befestigen.

Im Archiv der *Picayune* machte ich mich noch einmal über die alten Materialien her. Wieder einmal versetzen mich die Fotografien und die Nachrichten zurück auf die andere Seite des Ozeans, zurück in eine Zeit, die immer die meine sein würde, ob ich es wollte oder nicht. Als ich auf die Bilder der Soldaten starrte, die ihre Verwundeten in einen Hubschrauber luden, das Elefantengras rings umher plattgedrückt von den Rotoren, ihre staubigen Gesichter von angetrocknetem Schweiß verklebt, den Kopf in Richtung des Geschützfeuers gedreht, das sie noch hinter sich hörten, da fühlte ich mich wie ein Aussätziger, der nicht aufhören kann, an seinen verkrusteten Wunden herumzukratzen. Und wie dieser Aussätzige wußte ich, daß ich dabei war, meinen Finger in eine dunkle Vertiefung aus Schmerz und Kummer zu stecken, die trotz der langen Zeit noch nicht ausgeheilt war. Ich spulte am Lesegerät die einzelnen Mikrofilme durch, bis ich die Fotografien wiedergefunden hatte, die während des Massakers von My Lai und danach aufgenommen worden waren. Besonders eines dieser Bilder hatte ich nicht vergessen können, seit ich es vor fünfzehn Jahren das erstemal in *Newsweek* gesehen hatte. Die Dorfbewohner waren zusammengetrieben worden, ein GI mit einem M-16 stand vor ihnen, und eine Frau machte mit beiden Händen eine flehende Bewegung, während ihr kleiner Sohn, nicht älter als fünf Jahre, sich an ihrem Rock festklammerte und dahinter hervorschaute, das Gesicht gezeichnet von verständnislosem Schrecken und Horror. Sein Mund war aufgerissen, die Haut straff über dem Schädel gespannt vor Angst, und in seinen weitgeöffneten Augen war das Wissen, daß die Worte seiner Mutter ihn nicht vor dem, was gleich geschehen würde, bewahren konnten.

Das nächste Bild auf dem Mikrofilm zeigte den Graben, an dem sie hingerichtet worden waren. Auf dem Grund dieses Grabens, mitten im Durcheinander der Gliedmaßen der Erwachsenen, lag der Körper eines kleinen Jungen, der die gleichen kurzen Hosen und das gleiche T-Shirt trug wie das Kind in der vorhergehenden Aufnahme. Das war der Krieg, den ein amerikanischer Präsident einen »heiligen Auftrag« genannt hatte.

Ich wußte, daß auch ich auf ewig von diesem Objektiv eingefangen, auf einem Filmbild festgehalten sein würde, mit dem nie jemand umgehen konnte, weil das bedeuten würde, sich einer Verantwortung zu stellen, die eine ganze Nation lähmen könnte.

Das ist auch der Grund, warum das Wort *Besessenheit* in unserem analytischen Vokabular so treffend ist. Es ist der Begriff, den wir auf die anwenden, die im Innern einer Kamera festsitzen, die sich nie wieder befreien können aus jenen dunklen Kapiteln der Geschichte, die von anderen für sie geschrieben wurden. Aber ich hatte das Gefühl, daß der General durchaus verstehen würde, was ich meinte, daß auch er in einem unerwarteten Augenblick das Klicken des Verschlusses gehört hatte, daß er sich mit plötzlichem Herzklopfen der Tatsache bewußt geworden war, daß einige von uns nur noch als Zaungäste in der Gegenwart weilen.

Später an diesem Nachmittag geschah etwas Seltsames. Ich fuhr zu meinem Hausboot zurück, machte mir ein Sandwich und trank dazu ein Glas Eistee, und plötzlich fühlte ich mich todmüde. Ich machte ein Nickerchen, während der Ventilator in der heißen Kabine für einen gewissen Luftzug sorgte, und wachte eine Stunde später mit der dumpfen Hitze des Nachmittags im Kopf wieder auf. Ich ließ Wasser in das Abwaschbecken in der Küche laufen, wusch mir das Gesicht und trocknete mich mit einem Papierhandtuch ab. Dann starrte ich gedankenverloren durch das Fenster in das gleißende Sonnenlicht hinaus. Nach einer Weile sah ich plötzlich einen Mann, der weiter unten am Strand unter einer Palme stand. Sein Haar war völlig weiß, seine Haut tief gebräunt, seine Haltung aufrecht und gerade. Er rauchte eine Zigarette, die in einer Spitze steckte, und schaute durch seine Pilotensonnenbrille über die schimmernde Wasserfläche des Sees. Ich wischte mir mit den Fingern das Wasser aus den Augen und sah noch einmal schärfer hin. Ich hatte das Gefühl, als sei ich tatsächlich besessen. Ich ging auf das Deck hinaus und sah, wie er sich umdrehte und zu mir herüberblickte. Der Wind wehte den Rauch der Zigarette aus seinem Mund. Ich stieg mit schnellen Schritten über die Gangway auf das Dock und ging am Strand entlang auf ihn zu. Er sah mich noch einen Augenblick lang an, nahm die Zigarette aus der Spitze und ließ sie in den Sand fallen. Dann ging er langsamen Schrittes zu einem dunkelgrauen Chrysler und fuhr davon. Die Hitze war wie heißer Dampf, der von einem glühenden Ofen aufstieg.

Ich zog meine Laufschuhe an und rannte vier Meilen am Strand entlang, dann duschte ich in meiner Blechdusche und rief Annie an, um ihr zu sagen, daß ich sie zum Dinner abholen würde, nachdem ich Jimmie im Krankenhaus besucht hatte. Gerade als ich wieder aufblickte, parkte Captain Guidry seinen Wagen unter den Palmen neben dem Dock und kam den Weg durch die Sanddünen auf mein Boot zu. Er hatte sich die Jacke über die Schulter geworfen. An der einen Seite seines Gürtels hin seine Dienstmarke, an der anderen das Halfter mit dem 38er. Er trug ein langärmeliges weißes Hemd und sogar eine Krawatte, obwohl es Sommer war, und unter seinen Achseln breiteten sich dunkle Schweißflecken aus.

»Ich hoffe, Sie haben ein paar Minuten Zeit für mich«, sagte er.

Ich öffnete ihm die Tür, machte ihm eine Cola mit Rum und mir selbst ein Glas fertigen Eistee aus der Dose und setzte mich dann draußen auf dem Deck zu ihm an den Tisch unter dem Segeltuchschirm. Die Hitze und Feuchtigkeit des Nachmittags wichen in der kühlen Abendluft, und draußen auf dem See sah ich dunkelblaue Flecken auf der grünen Wasserfläche treiben.

»Eigentlich sollte ich das nicht trinken«, sagte er. »Ich habe mir vorhin nach der Arbeit schon ein paar Kurze gegönnt und vertrage wahrscheinlich nicht mehr sehr viel. Aber . . . was soll's. Cheers, Dave.«

»Sie sind nicht grade ein Mann, der viele Laster hat, Captain.«

»Yeah, aber das bedeutet letzten Endes bloß, daß ich ein ziemlich langweiliges Leben führe. Zumindest so lange, wie ich mich nicht in einen Fall verbeiße. Ich möchte Sie wieder in unserer Abteilung haben. Sie sind viel zu wertvoll für uns, als daß Sie hier draußen auf Ihrem Boot Ihre Zeit verschwenden sollten. Ich will Ihnen mal was sagen, ganz ohne Umschweife. Sie sind wahrscheinlich der beste Untersuchungsbeamte, den ich je unter mir hatte. Sie haben weiß Gott echtes Talent und große Fähigkeiten. Es gibt niemanden, auf den ich mich so verlassen kann wie auf Sie.«

»Das ist sehr freundlich von Ihnen, Captain.«

»Lassen wir die Freundlichkeit beiseite. Ich möchte jemanden hinter Gitter bringen wegen des Anschlags auf Jimmie. Ich schäme mich wegen der Vielzahl von Mordfällen und versuchten Morden, die wir nicht weiter verfolgen können. Ich bin überzeugt, daß so gut wie jeder von den Burschen, die wir nicht erwischen, weiter Leute umbringt, bis er am Ende auf die Nase fällt. Ich habe nie an diese Nummer geglaubt, daß ein Mord bloß ein einmaliger Ausrutscher ist. Erinnern Sie sich noch an diesen Killer aus New Jersey, den wir vor fünf oder sechs Jahren verhaftet haben? Er wurde verdächtigt, etwa achtzehn Morde auf Bestellung begangen zu haben. Schwer zu glauben, was? Er würde immer noch frei rumlaufen, wenn ihm nicht jemand seiner Sorte einen Eispfriem ins Ohr verpaßt hätte. Wie dem auch sei, diesmal werden sie nicht ungeschoren davonkommen. Ich werde das Päckchen mit einer schönen Schleife versehen und eigenhändig zum Büro des Staatsanwalts rübertragen, wenn's sein muß, aber ich brauche ein bißchen Hilfe dabei. Also hören Sie endlich auf, mir Märchen zu erzählen, Dave. Sie haben doch was gewußt, als sie an dem Tag, als Jimmie angeschossen wurde, aus seinem Krankenzimmer kamen. Ich möchte von Ihnen wissen, was es war.«

»Ich wollte Ihnen nichts verheimlichen. Ich war mir nur nicht sicher, ob es was zu bedeuten hatte. Ehrlich gesagt, bin ich mir immer noch nicht sicher.«

»Was war es?«

»Jimmie hat mir den Finger auf die Brust gelegt, so als wollte er mir einen Namen auf die Haut malen.«

»Okay.«

»Ich glaube, er wußte, daß er nicht in der Lage war, einen vollständigen Namen zu schreiben. Aber was ist mit Initialen? Wer hat einen Namen, der so ähnlich klingt wie Initialen?«

»Sagen Sie's mir.«

»Didi Gee. Er hat mich benutzt. Er hat mich zum Lunch mit ihm und seiner Bande von Arschlöchern eingeladen, während jemand auf Jimmie schoß. Ich hab ihm nicht nur ein Alibi verschafft, sondern ihm auch noch Gelegenheit gegeben, mir die Hucke vollzuquatschen mit seinem Gerede über Moral und daß man ihn zwingen würde, gegen seine Prinzipien zu verstoßen.«

»Aber was für einen Grund hatte er, Jimmie umlegen zu lassen?«

»Er muß sich vor einem Schwurgericht verantworten, und ich wette mit Ihnen, daß Jimmie ebenfalls eine Vorladung kriegt. Er wußte, daß Jimmie nie einen Meineid leisten würde. Jimmie würde zugeben, daß er schuldig ist, und Didi würde reingezogen werden und mit ihm untergehen.«

Captain Guidry nahm einen Schluck von seiner Cola mit Rum und zog dann umständlich Pfeife und Tabaksbeutel aus der Tasche.

»Ich werde Ihnen ein paar Dinge erzählen, aber zuvor ist da noch was, worauf ich von Ihnen ein Ehrenwort haben möchte«, sagte er.

»Diese Dinge bedeuten mir schon lang nichts mehr, Captain. Ich meine das durchaus nicht zynisch. Angesichts dessen, was ich hinter mir habe, fällt es mir einfach schwer, weiter an persönliche Ehre zu glauben.«

»Das liegt bloß daran, daß Sie sich eingeredet haben, Sie wären einer der größten Sünder, die es auf unserer Welt gibt. Ich will Ihnen mal was sagen. Wahre Ehre bedeutet, daß Sie immer noch intakt sind und funktionieren, auch wenn man Ihre Seele durch 'ne Kanone geschossen hat.«

»Was wollen Sie von mir?«

»Das Versprechen, daß Sie nicht versuchen, Didi Gee umzulegen.«

»Das hatte ich nicht vor.«

»Sie hatten auch das nicht vor, was drüben in Biloxi passiert ist, als Sie dort hinfuhren, aber es ist trotzdem passiert, nicht wahr?«

»Ich habe im Dienst vier Menschen getötet, und ich werde Ihnen nicht verraten, was ich in Vietnam alles getan habe, abgesehen davon, daß mir die Sache zum Hals raushängt. Es wird immer jemand geben, der uns einzureden versucht, daß wir die anderen umlegen müssen, bloß dieses eine Mal noch, damit die Welt lebenswerter wird. Wenn Didi Gee mir keine Wahl läßt, ist das was anderes. Aber was mich betrifft, so hab ich die Nase voll vom Ramba-Zamba, Captain.«

Er hantierte eine Weile mit seiner Pfeife, dann steckte er sie wieder in seinen Tabaksbeutel und legte diesen auf den Tisch.

»Ich habe einen Anruf von der Polizei in Fort Lauderdale bekommen«, sagte er. »Die sind alle sehr bemüht, ihre örtlichen Ganoven im Griff zu behalten, aber einer hat sich offenbar losgerissen und für ein paar Tage die Stadt verlassen. Sie glauben, er könnte sich vielleicht hier bei uns rumtreiben.«

»Und wer ist das?«

»Ein bezahlter Killer, der für das Syndikat in New Jersey und in Süd-Florida arbeitet. Sie haben mir ein Foto des Mannes übermittelt, und ich habe es dem schwarzen Jungen zusammen mit fünf anderen gezeigt. Er sagt, das ist unser Mann.«

»Und wo ist dieser Kerl jetzt?«

»Unten am Strand beim Hummeressen, aber wir werden ihm den Spaß verderben. Wir werden aufgrund der Tatsache, daß der Junge ihn identifiziert hat, einen Haftbefehl ausstellen, die werden ihn für uns hopsnehmen, und dann lassen wir ihn nach New Orleans zurückbringen. Bis dahin ist vielleicht Jimmie in der Lage, ihn ebenfalls zu identifizieren. Wichtig ist bloß, daß wir diesen Kerl nicht mehr aus den Klauen lassen, wenn wir ihn mal haben.«

»Dann sollten Sie lieber eine verdammt hohe Kaution festsetzen lassen.«

»Das werde ich. Abgesehen davon lassen wir auf der Straße verbreiten, daß dieser Bursche auf der Durchreise ist und ein großes Risiko darstellt. Eines sollten Sie aber nicht vergessen, Dave. Wir brauchen Jimmie, wenn wir den Sack zubinden wollen. Ich glaube nicht, daß der Junge allein reicht.«

»Und was ist mit Didi Gee?«

»Das machen wir ganz langsam, Schritt für Schritt. Sollte uns nicht schwerfallen, ein Motiv nachzuweisen – der Staatsanwalt wollte Jimmie unter Anklage stellen und ihn als Zeuge gegen

Didi Gee aussagen lassen. Ich würde sagen, es hängt alles davon ab, wie lange unser Profikiller in Angola Zuckerrohr schneiden möchte. Fort Lauderdale meint, er war noch nie im Knast. Die Aussicht auf ein dreißigjähriges Gastspiel im Strafvollzug von Louisiana könnte sich vielleicht förderlich auf seine Bereitschaft zur Kooperation auswirken.«

»Sie sollten auf keinen Fall Purcel auf ihn ansetzen.«

»Purcel ist *mein* Problem. Machen Sie sich seinetwegen keine Gedanken.«

»Er hat Zehntausend kassiert für die Sache mit Starkweather, und er wird wieder Geld nehmen. Das war kein einmaliger Ausrutscher. Wenn Sie mir nicht glauben, können Sie ja seine Neunmillimeter von den Ballistikern untersuchen lassen. Aber ich wette mit Ihnen, daß er vorher einen Einbruch in sein Haus melden wird. Vielleicht können Sie die Waffe durch einen Vergleich mit den Kugeln aus der Schießerei mit Segura identifizieren, wenn das was bringt.«

»Ich hoffe, Sie kriegen eines Tages meinen Job, Dave. Dann sind Sie für alles verantwortlich, was im Ersten Revier nicht stimmt. Darauf freue ich mich schon heute.«

»Ich wollte nur offen zu Ihnen sein.«

»Natürlich, aber Sie könnten ein bißchen mehr Vertrauen in mich haben. Schließlich war ich es, der Sie von Anfang an gewarnt hat, sich in die Nesseln zu setzen, um Purcels Arsch zu retten, oder?«

Ich antwortete nicht. Der Wind war inzwischen recht kühl geworden und beutelte den Segeltuchschirm über unseren Köpfen. Weiter draußen auf dem See segelte ein halbes Dutzend Pelikane flach über dem Wasser. Ihre Schatten eilten ihnen auf der grünen Fläche voraus.

»Stimmt's, oder hab ich recht?« fragte er noch einmal und grinste.

»Sie haben recht.«

Dann wurde sein Gesicht wieder ernst.

»Also, Finger weg von Didi Gee, keine Wildwestaktionen, keine anderen Spielchen«, sagte er. »Der Dicke kommt in den Knast, darauf können Sie sich verlassen, aber immer streng nach den Regeln. In Ordnung?«

»In Ordnung«, antwortete ich.

Aber während er es sagte, dachte ich bei mir: *Wenn wir Gott gegenüber unser Wort brechen, warum sollten wir dann nicht ab und zu auch darüber hinwegsehen, was wir unseren Freunden und Vorgesetzten versprochen haben?*

Am Montagmorgen mußte ich eine weitere Befragung durch die Männer von Internal Affairs über mich ergehen lassen, diesmal wegen meiner letzten Auseinandersetzung mit einem ihrer Leute. Wir saßen zu dritten in einem geschlossenen, makellos weißen Raum, der nur mit einem Holztisch und drei Stühlen eingerichtet war. Meine Gesprächspartner machten sich über alles Notizen. Die gelben Schreibblöcke, die sie vor sich auf dem Tisch liegen hatten, waren über und über bedeckt mit den Kritzeleien ihrer schwarzen Filzstifte. Ich kannte keinen von ihnen.

»Warum haben Sie Lieutenant Baxter geschlagen?«

»Er hat mich provoziert.«

»Wie kam das?«

»Was geht Sie das an?«

»Wie bitte?«

»Ich sagte, warum stellen Sie mir diese Fragen? Sie arbeiten doch jeden Tag mit dem Mann zusammen. Sie sollten ihn besser kennen als ich.«

»Sollen wir schreiben, daß Sie sich weigern, diese Frage zu beantworten?«

»Ich habe Nate Baxter geschlagen, weil er ein schlechter Polizist ist. Er versucht immer, andere herumzuschubsen und zu erniedrigen. In meinem Fall hat er versucht, Beweismittel im Fall der Folterung und Ermordung eines Beamten der Bundespolizei zu ignorieren. Natürlich kann ich das nicht beweisen, aber es stimmt trotzdem, und Sie beide wissen das ganz genau.«

Beide sahen mich mit ausdruckslosen Gesichtern über den Tisch hinweg an. In der Stille konnte ich das Summen im Schacht der Klimaanlage hören.

* * *

Auf dem Weg nach draußen überredete ich einen der Verwaltungsangestellten, mir den Computerausdruck zu zeigen, den der Captain vom National Crime Information Center in Washington bekommen hatte. Es handelte sich um eine knappe, beinahe verschwommene Beschreibung – so ähnlich wie das Abbild eines Gesichtes, das mit Säure in eine Steinplatte geätzt wurde, zugleich verschwommen und brutal erscheinen kann.

GEB. 1957 IN CAMDEN, NEW JERSEY. HIGHSCHOOL-ABSCHLUSS 1975. 2 JAHRE MIAMI-DADE CITY COLLEGE. BERUF: REINIGUNGSFACHMANN, HAUSWART, VERTRETER. VERDACHT AUF BETEILIGUNG AN 6 MORDEN IM AUFTRAG DES SYNDIKATS. 1 ANKLAGE WEGEN MISSACHTUNG, DIE ZU 3 MONATEN HAFT IM GEFÄNGNIS VON BROWARD COUNTY FÜHRTE. DERZEITIGE ADRESSE: CASA DEL MAR, GALT OCEAN MILE, FORT LAUDERDALE, FLORIDA.

Ich versuchte mir den Mann vorzustellen. Sein Gesicht blieb ein leeres, dunkles Oval, ähnlich dem Kerngehäuse eines verfaulten Apfels, aber ich sah vor mir die affengleichen Hände. Sie waren kräftig, mit ausgeprägten Knöcheln und einer dicken Handfläche, aber sie waren weder für Arbeit geeignet noch dafür, die Brust einer Frau zu streicheln oder auch nur mit den Jungs ein paar Bälle hin und her zu werfen. Statt dessen legten sie sich beinahe auf natürliche Weise um bestimmte Werkzeuge, die wiederum nur Mittel zum Zweck waren: ein 22er Magnum Revolver, eine Pistole vom Kaliber .410, ein Rasiermesser, ein Eispfriem mit Korkaufsatz, eine Uzi-Maschinenpistole. Er löste die Seelen von den Körpern, den Kummer und Schreck aus ihren Augen; er entband sie von ihrer sterblichen Verankerung, sägte den Himmel vom Rand der Erde ab, versetzte sie zärtlich wie ein Liebhaber in das Räderwerk der Sterne. Manchmal sah er sich abends seine Taten in den Spätnachrichten an, löffelte dabei Eiskrem aus der Packung und verspürte eine seltsame sexuelle Erregung angesichts der Tatsache, daß alles so einfach war, angesichts der Reinheit, angesichts des stroboskopähnlichen Leuchtens der Stellen, wo man mit Kreide den Umriß ihrer Körper nachgezeichnet hatte, angesichts der Erinnerung an den Geruch des Todes, der gleichzeitig der Geruch des Meeres, des Liebesakts, der Geburt war.

Er war an jenem Morgen um halb zehn festgenommen worden, befand sich zur Zeit hinter Schloß und Riegel in einem Gefängnis in Fort Lauderdale und wartete auf seine Auslieferung nach Louisiana. Mit ein bißchen Glück konnte Jimmie ihn identifizieren, und mit der richtigen Drehung der Daumenschrauben wäre er bereit, Didi Gee in einen Flugzeugpropeller zu stoßen.

Eigentlich hätte es reichen müssen. Aber es reichte nicht.

Ich fuhr zu meinem Hausboot zurück und suchte den alten Geldbeutel aus Leintuch, in dem ich früher meine Münzsammlung verwahrt hatte. Die Leinwand war aus einem alten Segel getrennt und mit doppelten Nähten versehen, und man konnte den Beutel oben mit einem Lederband zusammenziehen und verschnüren. Dann durchwühlte ich meine Werkzeugkiste und fand ein halbes Dutzend Radschrauben, drei Kugellager und eine riesige eiserne Mutter, die ich immer zum Beschweren meiner Krabbenfallen benutzt hatte.

Oben am Himmel zogen Regenwolken vorbei, und mein Hausboot und der See lagen plötzlich im Schatten. Die Wellen hoben sich mit ihren weißen Kappen von der schiefergrünen Wasserfläche ab. Die Luft war kühl und roch nach Bäumen und Salz und nassem Sand, in dem zahllose Schalentiere lebten. Ich fühlte, wie in meinem Kopf die Warnleuchten angingen, wie es einem geht, wenn man auf das bernsteinfarbene Leuchten in einem Whiskeyglas starrt. Man hebt das Glas an den Mund und sieht sich Auge in Auge mit diesem proteischen, tanzenden gelben Lichtball, und dann trifft seine heiße Energie den Magen, brennt sich einem durch die Brust und reißt lange versiegelte Bereiche des Gehirns auf, von deren Existenz man gar nichts wußte. Aber die Ehe ist geschlossen, die Hyäne läßt sich nicht mehr abschütteln, das Warnsignal ist längst auf Rot gesprungen, und man hat nicht einmal das Vergnügen, Abscheu vor sich zu empfinden, denn die Metamorphose, auf die man sich eingelassen hat, ist das einzige, was jetzt noch von einem übrig ist.

Nein, es war nicht so, daß ich die Kontrolle verloren hatte. Es war nicht der Whiskey oder ein Adrenalinstoß, der meinen Körper erfaßt hatte. Ich mußte einfach ein paar Dinge geraderücken.

Und es gibt Situationen, in denen man etwas nicht dadurch geradeückt, daß man vernünftig ist oder denkt. *Vernunft* ist ein Wort, das ich immer mit Bürokraten, mit Papierkrieg und mit Komitees und Ausschüssen assoziierte, die von vornherein nicht dafür gedacht waren, irgendwelche Probleme zu lösen. Ich möchte nicht hart erscheinen. Was ich sagen will, ist vielleicht nur, daß das, was für andere Menschen funktioniert, mir nie viel weitergeholfen hat, und das liegt wahrscheinlich einfach daran, daß ich schon vor langer Zeit meine Schaltkreise überlastet und durchgebrannt hatte. Ich war nie gut im Umgang mit komplexen Situationen, und wenn ich mich damit beschäftigte, endete es in der Regel immer mit einer Katastrophe. Das war auch der Grund, warum ich soviel Sympathie für das hatte, was Robert Frost einmal im Zusammenhang mit seinem lebenslangen Engagement für die Kunst sagte. Er sagte, unsere Gottesfurcht stelle die Frage: Ist mein Opfer in Seinen Augen akzeptabel, ist es wertvoll genug? Wenn alles gesagt und getan ist, wird dann das Gute das Böse überwiegen? Habe ich wirklich mein Bestes gegeben, auch wenn es ein eher schwaches Spiel war, bis zum Ende des neunten und letzten Durchgangs?

Nein, vielleicht spreche ich einfach nur von Ehre. Ich konnte sie nicht definieren, soweit es mich betraf, aber ich erkannte sie in anderen, und ich war zutiefst überzeugt, daß diese Tugend nur wenig damit zu tun hatte, daß man vernünftig war. Außerdem war ich mir völlig sicher, daß es für einen Mann genauso unehrenhaft war, sich von anderen benutzen zu lassen, wie seinerseits andere Menschen zu benutzen. Und als Polizist war ich mir bewußt, daß das Benutzen anderer Menschen – wahrscheinlich die größte Sünde, die wir begehen können – von der Bruderschaft der Rechtsgelehrten zum Anlaß für endlose Moralpredigten genommen wurde.

Ich hatte also an diesem Nachmittag keine Verwendung für Warnlampen, auch wenn sie mich an jene bernsteinfarbene Hitze erinnerten, die sich beinahe durch das Glas hindurch in meine Hand fraß und mir den Arm emporkroch. Es war ein windiger Tag, ein Tag, an dem die Wellen auf dem See weiße Schaumkronen trugen, ein Tag, an dem die salzige Gischt durch meine Fenster sprühte. Die Palmwedel streckten sich gegen den grauen

Himmel, und die Schwimmer strebten eilig dem Ufer zu, als über mir der Donner rollte und ich meinen Wagen zum Eastern Expressway steuerte und die ersten Regentropfen auf meine Windschutzscheibe klatschten.

Er hatte sein Büro in dem großen Schnapsladen, den er sich an der Huey P. Long Avenue in Gretna eingerichtet hatte und von dem aus er seine beiden Biervertriebe, einen Catering-Service und einen Parkplatz-Service sowie ein halbes Dutzend Delikatessenläden leitete. Der Schnapsladen nahm fast den gesamten Häuserblock ein, mit breiten, hell erleuchteten Gängen und auf Hochglanz gebohnertem Fußboden, Musikberieselung aus versteckten Lautsprechern, Tradeskantien und Philodendron in den Fenstern, gläsernen Spendentöpfen zugunsten verkrüppelter Kinder und Plakattafeln mit dem Spielplan der Football-Mannschaften von LSU, Tulane und den Saints vor dem Tresen. Die Kunden gingen mit Drahtkörben am Arm durch die Gänge. Der separate Kühltresen mit Delikatessen war voll mit geschälten Shrimps, Tintenfisch, Eiern in scharfer Sauce, Lachs, Käse in Scheiben und Würsten und Schinken aus aller Welt.

Wahrscheinlich wollte er mit diesem Laden in gewisser Weise den Mangel kompensieren, unter dem er in seiner Kindheit gelitten hatte. Das Angebot an Lebensmitteln und Getränken war fast unbegrenzt. Die Inneneinrichtung bestand aus Glas, Kunststoff, Chrom und Edelstahl – den Materialien der Technologie, den Materialien von *heute* –, und die Leute, die hier ihren Schnaps und ihre Gourmetspeisen kauften, gehörten dem Timber Lane Country Club an und brachten ihm den Respekt entgegen, der einem erfolgreichen Geschäftsmann gebührt. Von hier aus war es nicht allzuweit bis zu dem am Fluß gelegenen Viertel in Algiers, wo er aufgewachsen war, selbst wenn es so schien, als sei es Lichtjahre entfernt seit damals, als der bloße Anblick seines offenen Wagens mit dem blutverschmierten Baseballschläger auf dem Rücksitz genügte, damit die italienischen Kaufleute und Händler mit Schweiß auf der Stirn an den Bordstein kamen, den mit Klebeband verschlossenen braunen Umschlag bereits in der Hand.

Ich spürte einen leichten Anflug von Angst ganz weit hinten in der Kehle, als hätte ich eine eitrige Stelle am Kehlkopf, als ich durch die elektronisch gesteuerten Automatiktüren schritt. Ich hatte mir den Lederriemen meines Geldbeutels um die Hand gewickelt und fühlte, wie die Sammlung von Kugellagern, Radschrauben und die große Eisenmutter beim Gehen an meinen Oberschenkel schlug. Die Kunden, die langsam durch die Gänge des Ladens spazierten, waren die gleichen Typen, wie man sie nur nachmittags in den Schnapsläden antrifft: Im großen und ganzen Amateure, die aufmerksam die Etiketten auf den Flaschen studieren, weil sie nicht wissen, was sie eigentlich wollen, und sie bewegen sich mit der entspannten Gelassenheit von Leuten, die das, was sie kaufen, erst Stunden oder Tage später trinken werden. Im hinteren Teil des Ladens befand sich eine Art Büro, das mit einem Mahagonigatter vom Einkaufsbereich abgetrennt war, ähnlich dem Bürobereich einer kleinen Bank. Didi Gee saß hinter einem Chefschreibtisch mit Glasplatte und unterhielt sich mit einem Angestellten in einer grauen Schürze und zwei mittelalten Männern mit dem breitschultrigen, massiven Körperbau und der leicht gebeugten Haltung, die man bekommt, wenn man sein Leben lang Gewichte stemmt oder schwere Güter schleppt und ißt und trinkt, was einem Spaß macht, ohne Rücksicht darauf, wie man aussieht. Didi Gee sah mich zuerst und unterbrach seinen Redefluß, und gleich darauf wandten mir alle den Kopf zu. Ihre Gesichter waren genauso ausdruckslos und nichtssagend, als stünden sie auf der Straße und hielten nach dem Bus Ausschau, der jeden Augenblick eintreffen müßte. Ich sah, wie sich Didi Gees Lippen bewegten, und dann kamen die beiden mittelalten Männer auf mich zu, den Angestellten hinter sich im Schlepptau. Er war sehr viel jünger als die beiden anderen und scheute sich, mir fest in die Augen zu sehen.

Wir standen in der Mitte des breiten Ganges, und ich spürte, wie die anderen Kunden plötzlich auf Distanz gingen, ihre Augen leicht verkniffen, die Brauen zusammengezogen, als käme eine drohende Gewalt nur dann über sie, wenn sie ihr direkt ins Auge blickten. Die beiden bulligen Männer trugen lange Hosen und kurzärmlige Hemden und hatten einen leichten, federnden Gang, wie er Boxern und alten Berufssoldaten eigen ist.

»Was wollen Sie?« fragte der Größere der beiden. Er trug dicke Ringe an den Fingern und eine goldene Armbanduhr mit schwarzem Zifferblatt, die genau zu der schwarzen Behaarung seiner Arme paßte.

»Bis jetzt habt ihr beiden noch nichts damit zu tun«, sagte ich.

»Wir haben mit allem zu tun. Also, was wollen Sie, Robicheaux?« fragte der Zweite. Er hatte eine runzlige Narbe am Hals. Er hatte einen Kaugummi im Mund, hatte aber aufgehört zu kauen.

»*Lieutenant* Robicheaux, wenn ich bitten darf.«

»Wollen Sie sich was zu trinken kaufen? Geh und hol ihm 'ne Flasche Jack Daniel's«, sagte der erste zu dem Verkäufer. »Auf Kosten des Hauses. Und was wollen Sie noch, bevor Sie wieder verschwinden?«

»Es lohnt sich nicht für euch«, sagte ich.

»Wir bringen Sie zu Ihrem Wagen. Charlie, pack ihm die Flasche in 'ne Tüte.«

Dann berührte mich der erste leicht am Arm, nur eine kurze Bewegung mit der schwieligen Innenseite der Handfläche. Ich holte von der Seite mit dem Leinensäckchen aus und erwischte ihn quer über Auge und Nasenbein. Schmerz und Schock trafen sein Gesicht wie eine Faust. Er stolperte rückwärts durch eine Pyramide fein säuberlich aufgestapelter grüner Flaschen, und der ganze Aufbau ergoß sich in einem Schwall von Glasscherben und Wein über den Gang. Ich sah, wie die Faust des zweiten Mannes seitlich auf meinem Kopf zugeflogen kam. Ich machte eine kurze, schnelle Bewegung und ging in die Knie, spürte einen Ring über meine Kopfhaut kratzen und traf ihn nach einer vollen Drehung mit dem Leinensäckchen direkt am Unterkiefer, zwischen Kinn und Mund. Seine Lippen platzten auf, seine Zähne waren rot von Blut, und seine Augen starrten mich in angstvoller Erwartung an. Ich holte noch einmal aus, doch diesmal hatte er die Schultern vorgebeugt und die Arme schützend über dem Kopf verschränkt. Irgendwo hinter mir fing eine Frau an zu schreien, und ich sah, wie ein Mann einen roten Einkaufskorb zu Boden fallenließ und mit schnellen Schritten auf die elektronischen Automatiktüren zuging. Andere standen am Ende des Ganges beisammen.

Der erste Mann kam jetzt mit knirschenden Schritten durch die Glasscherben und den ausgeflossenen Wein wieder auf mich zu. In der Hand hielt er den abgebrochenen Hals einer Wermutflasche. Die eine Seite seines Gesichts war rot und geschwollen, wo ich ihn erwischt hatte. Er stand mit gesenktem Kopf da, die Schultern hochgezogen, die Füße fest auf dem Boden, und starrte mich aus eng zusammenstehenden Augen feindselig an. Dann ging er mit der zerbrochenen Flasche auf mich los, als habe er einen Spieß in der Hand. Ich holte aus und zielte auf sein Handgelenk, traf aber nicht. Ich hörte, wie der Leinenbeutel die scharfe Kante der Flasche streifte, und dann kam er erneut auf mich zu und schlug nach meinem Gesicht. Er mußte mal ein guter Messerkämpfer gewesen sein, denn obwohl er übergewichtig war und sein Atem rasselte wie bei einem Kettenraucher, waren seine Reflexe schnell, seine Oberschenkel- und Gesäßmuskeln kräftig wie Stahlfedern, und in seinen Augen war nicht die geringste Furcht, nur das stetige heiße Leuchten – zu jedem Opfer bereit, um die Sache zu einem mörderischen Ende zu bringen.

Aber die Ungeduld war sein Verderben. Er machte erneut eine Bewegung mit der Flasche nach meinen Augen, und als er annahm, ich würde rückwärts ausweichen, hob er die Hand und versuchte meinen Kopf zu treffen. Doch ich wich nicht zurück, sondern holte hinter meinem Rücken mit dem schweren Säckchen aus. Ich hörte, wie das Leintuch pfeifend durch die Luft sauste, und traf ihn voll an der Schläfe. Sein Gesicht wurde plötzlich grau, er verdrehte die Augen, seine Lider flatterten wie Blütenblätter im Wind, dann fiel er mit lautem Krachen in das Flaschenregal und bewegte sich nicht mehr.

Irgend jemand war ans Telefon gegangen und benachrichtigte die Polizei. Der zweite der beiden mittelalten Männer und der Verkäufer mit der Schürze wichen vor mir zurück, als ich durch die Glasscherben und die Pfützen von Wein, Whiskey und Wermut schritt. Didi Gee erhob sich hinter seinem Schreibtisch wie ein aus der Tiefe auftauchender Leviathan. Beim Aufstehen hatte er seinen Aschenbecher umgeworfen, und seine parfümierte Zigarette brannte auf der Schreibunterlage. Sein Gesicht hatte immer noch den gleichen ungläubigen Ausdruck, aber in seinen Augen war noch etwas anderes am Werk – ein Aufflackern, ein Zucken, die erste kleine Welle Angst, die er sein Leben lang verborgen hatte.

»Sie sind am Arsch«, sagte er.

Nicht reden. Tu's doch. Jetzt, dachte ich.

»Haben Sie verstanden? Am Arsch. Ihr Bruder, Ihr Mädchen – alles im Päckchen inbegriffen.«

»Er dachte, Sie wären sein Freund. Sie sind ein Mistkerl«, sagte ich.

Ich sah, wie sein Blick den Laden absuchte, wie er machtlos auf seine Angestellten starrte, die jetzt nichts mehr mit der Sache zu tun haben wollten. Dann verschwand seine Hand in der Schreibtischschublade und schloß sich um eine blauschimmernde Automatik. Ich ging mit dem Leinensäckchen auf ihn los. Der Schlag traf ihn am Unterarm und riß die Seitenwand von der Schublade. Seine Finger streckten sich und zitterten unter der Schockwirkung, und er legte seine Hand über die Schwellung, drückte den Arm an seine Brust und wich vor mir zurück. Er stieß mit dem Hintern und der Rückseite seiner Oberschenkel an das Mahagonigeländer, das den Bürobereich abgrenzte. Mehrere Bolzen lösten sich aus ihrer Befestigung, und das ganze Geländer fiel jählings mit einem Knall auf den Fußboden. Dann drehte er sich um und rannte davon, den Kopf mir zugewandt.

Ich folgte ihm hinter den Tresen mit den Delikatessen, auf das Laufbrett, mitten zwischen die Verkäufer und Fleischer, deren Gesichter in dieser prekären Situation keinerlei Sympathien für die eine oder andere Seite erkennen ließen. Didi rang nach Atem, sein enormer Brustkorb arbeitete heftig, seine lockigen schwarzen Haare hingen ihm wie Schlangen ins Gesicht, die dunklen Augen hitzig und verzweifelt. Sein Atem klang, als drohe er an den Luftblasen in seiner Kehle zu ersticken. Unter dem Hemd zitterte das Fett über seinem Herzen. Er versuchte zu sprechen, wollte ein letztes Mal die Kontrolle über die Situation wiedergewinnen, die alten Tricks einsetzen, mit denen er aus Feinden stets verschreckte Bittsteller gemacht hatte. Statt dessen fiel er gegen den hölzernen Hackklotz und hielt sich mühsam an ihm fest. Der Klotz war braun gesprenkelt und mit den Resten gehackter Hühner übersät. Didis Bauch hing ihm über den Gürtel wie ein riesiger, mit Wasser gefüllter Ballon. Sein Gesicht war schweißnaß, und sein Mund kämpfte immer noch mit den Worten, die nicht kommen wollten.

»Sie haben 'ne Freikarte, Didi«, sagte ich und ließ den leinenen

Geldsack auf den Hackklotz fallen. »Geben Sie Ihren Angestellten 'ne Lohnerhöhung.«

Draußen hörte ich die Sirenen.

»Sagt den Cops, die sollen 'nen Krankenwagen schicken«, sagte einer der Verkäufer. »Dem läuft das Blut aus dem Sitzfleisch.«

Noch am selben Abend wurde Didi Gee operiert. Die Chirurgen sagten, er habe bösartige Geschwulste, so groß wie Enteneier, in seinen Gedärmen gehabt. Sie schnitten und schnippelten, nähten und hefteten fast die ganze Nacht durch, bis zum Morgengrauen. Sie nähten seinen Enddarm zu, setzten ihm einen Tropf in die Seite und ernährten ihn intravenös. Später würde er einen Plastikbeutel am abgezehrten Körper tragen müssen, der binnen eines Monats einhundertundfünfzig Pfund an Gewicht verlöre. Er würde den Psychologen zuhören, die mit ihm in einem Vokabular redeten, mit dem er nichts anfangen konnte. Er würde auf einem Laufband stehen lernen und in therapeutischen Gruppentreffen mit Menschen zu sitzen, die vom Leben sprachen, obgleich deutlich zu sehen war, daß sie am Sterben waren. Er würde stumm auf Prospekte für Ferienreisen auf die Inseln starren und sehen, wie seine Kinder mit Abscheu auf den Geruch reagierten, der unter seiner Bettdecke hervorkam.

Er würde anderen juristische Vollmachten übertragen, seinen Namenszug unter Papiere setzen, die jetzt kaum mehr Wert zu besitzen schienen als Konfetti, und versuchen, an den kommenden Herbst zu denken, an fliegende rote Blätter im Wind, an Weihnachtsbäume und Weinbrandkuchen und Eierpunsch, und an den folgenden Frühling, der sicherlich kommen würde, wenn er in Gedanken nur fest genug daran glaubte.

Irgendwo tief in seinem Innern wußte er, daß seine Angst vor einem Tod im Wasser immer nur eine närrische Einbildung gewesen war. Der Tod war ein Nagetier, das sich Zentimeter um Zentimeter durch seine Eingeweide fraß, seine Leber und seinen Magen anknabberte, die Sehnen von den Organen trennte und schließlich, wenn er allein im Dunkeln war, satt und glitschig neben seinem Kopf saß, die Augen geschlossen, das feuchte Maul wie zum Kuß gespitzt, und ihm ein Versprechen ins Ohr flüsterte.

Am nächsten Abend konnte ich nicht einschlafen. Zuerst dachte ich, es liege vielleicht an der Hitze, aber dann kam ich zu dem Schluß, daß es die Schlaflosigkeit war, die mich regelmäßig zwei- oder dreimal im Monat überkam und am nächsten Morgen lustlos und verwirrt aufwachen ließ. Endlich wurde mir klar, daß dies einfach der Preis war, den ich für meine Ambitionen bezahlen mußte. Der Mann aus Fort Lauderdale saß im Gefängnis, Didi Gee litt unter einer Strafe, die weit schlimmer war als jede, die ein Gericht ihm hätte auferlegen können, und ich wollte Wineburger und den General. Doch ich wußte, daß sie diese Runde gewonnen hatten, und diese Tatsache zu akzeptieren war für mich etwa so leicht, wie eine Rasierklinge zu verschlucken.

Gegen drei Uhr morgens fiel ich endlich in Schlaf und träumte. Shakespeare hat einmal gesagt, daß alle Macht in der Welt der Träume liegt, und ich glaube ihm. Auf irgendeine Weise läßt uns der Schlaf die Dinge, die im hellen Licht des Tages nur undeutlich zu erkennen sind, klarer sehen. Ich hörte wieder meinen Vater mit mir reden, ich sah seine kräftigen Muskeln unter dem Flanellhemd arbeiten, während er einen über drei Meter langen Alligator an einem Haken über das Scheunentor zog. Er stieß die Spitze seines Häutungsmessers in die dicke gelbe Haut unterhalb des Halses und schnitt dann mit beiden Händen eine lange rote Linie, die vom Maul bis zu der weißen Spitze unterhalb des Schwanzes verlief.

Ich hab ihn nicht gesehen, nein, sagte er. *Weil ich wie ich gedacht habe, nicht wie er. Ein 'Gator legt sich nicht auf 'nen Baumstamm, wenn er Hunger hat. Er versteckt sich unter toten Blättern, die beim Ufer treiben, und wartet auf die großen, fetten Waschbären, die zum Trinken ans Wasser kommen.*

Bei Tagesanbruch wachte ich auf, filterte mir eine Kanne Chicoréekaffee, wärmte einen kleinen Topf Milch an, toastete ein halbes Dutzend Scheiben Brot in der Bratpfanne und frühstückte draußen auf dem Deck, während sich ein rosiges Licht über den Himmel ausbreitete und die Möwen über mir zu jagen und kreischen begannen. Ich hatte mir immer eingebildet, ich sei ein guter Polizist, aber es erstaunte mich doch immer wieder, wie ich manchmal etwas übersehen konnte, das so offensichtlich war. Mein Vater konnte weder lesen noch schreiben, aber in vieler Hinsicht hatte er beim Fischen und Jagen da draußen im Marschland mehr gelernt als ich in all den Jahren als Student und später während meiner Ausbildung als Polizist. Ich fragte mich, ob er nicht am Ende ein besserer Polizeibeamter gewesen wäre als ich, einmal abgesehen von der Tatsache, daß er keine Vorschriften, keinerlei Autorität und keine Leute mochte, die sich zu ernst nehmen. Aber vielleicht war gerade das seine große Gabe, dachte ich; er lachte einfach über diese Ernsthaftigkeit der Leute, und das war auch der Grund, warum er sich von ihren Täuschungsmanövern und Ausflüchten nicht in die Irre führen ließ.

Um halb acht verließ ich mein Hausboot und war bereits am Gerichtsgebäude des Sprengels Jefferson, als um acht Uhr geöffnet wurde. Nach einer halben Stunde hatte ich gefunden, wonach ich suchte. Ich zitterte geradezu, als ich durch den mit Marmor getäfelten Flur zum öffentlichen Telefon ging und Fitzpatricks Vorgesetzten im Federal Building anrief.

»Endlich hab ich Larry Wineburgers Lagerhaus gefunden«, sagte ich.

»Tatsächlich?« fragte er.

»Ganz recht.«

Er antwortete nicht.

»Ich spreche von dem, das der Nicaraguaner auf dem Tonband erwähnt hat«, sagte ich. »Ich nehme doch an, daß Sie sich das Band angehört haben.«

»Das haben wir.«

»Es liegt drüben in Jefferson, neben der Barataria Road. ich hab die ganze Zeit im Katasteramt nach Besitzurkunden gesucht, bis ich endlich drauf kam. Warum sollte sich ein Slumlord wie Wineburger ein Lagerhaus kaufen? Er macht seine Immobiliengeschäfte doch vor allem mit den Wohlfahrtsempfängern. Ein Typ wie Whiplash kauft doch nichts, was ihm nicht sofort hohen Gewinn bringt. Also hab ich im Katasteramt noch mal nachgesehen, diesmal nach Pachtverträgen. Das Gesetz schreibt zwar nicht vor, daß man einen Pachtvertrag amtlich registrieren läßt, aber ein Anwalt macht so was automatisch, um sich abzusichern.«

»Könnten Sie mir verraten, warum Sie Ihre Allwissenheit mit uns zu teilen gedenken?«

»Was?«

»Von wem haben Sie diesen göttlichen Auftrag? Warum fühlen Sie sich verpflichtet, unseren Untersuchungen auf die Sprünge zu helfen?«

»Sind Sie nun an der Information interessiert oder nicht?«

»Wir haben das Lagerhaus gestern bereits versiegeln lassen und Wineburger gestern den offiziellen Haftbefehl zukommen lassen. Heute morgen hat er ein brennendes Interesse an unserem Kronzeugenprogramm entwickelt.«

Ich spürte, wie sich meine Gesichtshaut im Halbdunkel der Telefonzelle plötzlich spannte. Einen Moment lang war die Leitung still.

»Und was war in dem Lagerhaus?« fragte ich.

»Das geht Sie eigentlich nichts an, Lieutenant.«

»O doch, und das wissen Sie auch genau.«

»Eine Menge modifizierter AR-15. Außerdem Munition, medizinische Güter und – ob Sie's glauben oder nicht – eine Beech King Air B-2000, ausgerüstet mit den notwendigen Vorrichtungen zur Aufnahme von elektronischen Überwachungsgeräten.«

»Ein großer Tag für die Kavallerie«, sagte ich.

»Wir kommen fast immer ans Ziel.«

»Und was ist mit Abshire?«

»Der spielt doch an der Base bei den Dodgers, hab ich recht? Beruhigen Sie sich, Robicheaux.«

»Sie werden's nie schaffen, ihre Herzen und ihre Seelen zu gewinnen.«

»Ich möchte Ihnen noch etwas sagen, ehe ich auflege. Sie waren gar nicht mal schlecht für jemanden, der draußen in der Kälte steht. Und Sie haben sich Fitzpatrick gegenüber tatsächlich als ein guter Freund erwiesen. Das wissen wir durchaus zu schätzen. Und noch ein Letztes. Ich hoffe, dies ist das letzte Mal, daß ich mich mit Ihnen unterhalten muß.«

* * *

Ich hatte also keine Ahnung, was für Pläne sie mit dem General hatten, falls überhaupt, aber ich wußte, daß ich ihn noch einmal sehen mußte. Ich mochte ihn zwar nicht besonders, das ist richtig, aber ich empfand doch so etwas wie eine persönliche Beziehung zu ihm. Ich hatte im Leichenkeller der *Times-Picayune* etwas über ihn gelernt, was die meisten anderen Menschen wahrscheinlich nicht verstehen. Ähnlich wie die Soldaten der konföderierten Armee, die unter dem Rasen von Jefferson Davis' Residenz begraben liegen, teilen sich manche Leute historischen Grund und Boden, der auf alle Zeit ihr eigenes Land sein wird. Und ich wußte auch, daß man dem Tiger, will man sich von ihm befreien, manchmal direkt in die orange leuchtenden Augen blikken muß.

Nach dem Mittagessen stattete ich Jimmie im Krankenhaus einen Besuch ab. Er lag nicht mehr auf der Intensivstation, sondern in einem normalen Krankenzimmer. Die Jalousien waren aufgezogen, und das Sonnenlicht durchflutete den Raum. Auf dem Fensterbrett und der Kommode standen Vasen mit Rosen, Nelken und Dahlien. Die Krankenschwestern hatten ihn aufgesetzt und mit ein paar Kissen gestützt, und obwohl sein eines Auge bandagiert war und sein Gesicht immer noch reichlich grau aussah, brachte er es doch fertig, mich anzulächeln.

»Noch ein paar Wochen, und wir fahren wieder raus und fangen ein paar grüne Forellen«, sagte ich.

Er wollte mit flüsternder Stimme etwas sagen, und ich mußte mich auf die Bettkante setzen und zu ihm hinüberbeugen, ehe ich seine Worte verstehen konnte.

»Je t'aime, frère«, sagte er.

Ich antwortete ihm nicht sofort. Das war auch nicht nötig. Er wußte, daß ich ihn genauso liebte wie er mich, auf eine Art, wie sich eben nur zwei Männer lieben können. Ich reichte ihm sein Wasserglas und den gläsernen Trinkhalm und half ihm, einen Schluck zu trinken.

»Es ist immer nur das Heute, das zählt«, sagte ich. »Und es wird mit jedem Tag besser.«

Sein Mund sah mit dem Trinkhalm aus wie der Schnabel eines Vogels.

Ich verließ das Krankenhaus und fuhr meinen Mietwagen zurück zum Stadtbüro von Hertz. Ich konnte es mir nicht leisten, den Wagen noch länger zu behalten. Wenn die Abteilung mich wieder einstellte, würde ich auch bei der Kreditbank wieder besser dastehen und mir einen neuen Wagen kaufen. Und wenn ich meinen Job verlieren sollte, dann war es wahrscheinlich ohnehin an der Zeit, alles zu liquidieren und sich nach neuen Horizonten umzusehen. Es gab immer eine Alternative. Ich erinnerte mich noch an den schlimmsten Nachmittag in meiner Karriere als Spieler. Meine Frau und ich waren einmal in den Ferien nach Miami gefahren, und an unserem ersten Tag auf der Rennbahn in Hialeah hatte ich nach dem neunten Rennen gute sechshundert Dollar verloren. Ich saß auf der leeren Tribüne, Dutzende von zerrissenen Parimutuel-Wettscheine zu meinen Füßen. Ein kühler Wind wirbelte einen Haufen Papier über die Rennbahn, und ich gab mir alle Mühe, die Enttäuschung und den Ärger in den Augen meiner Frau nicht zu sehen. Dann hörte ich das angestrengte Motorengeräusch eines kleinen Propellerflugzeugs über mir und blickte in den Himmel. Es war ein Doppeldecker, der eine lange Stoffbahn hinter sich her zog mit der Aufschrift: KOMMEN SIE HEUTE ABEND ZUM HUNDERENNEN NACH BISCAYNE UND MACHEN SIE'S WIEDER WETT. Selbst ein Verlierer hatte noch eine Zukunft.

Ich fuhr mit der Straßenbahn die St. Charles Avenue hinunter zum Garden District. Es war ein schönes Gefühl, am offenen Fenster zu sitzen und die Esplanade entlangzurollen. Die Eisenräder schlugen auf den Schienen, Sonne und Schatten zuckten über meinen Arm. An jeder Haltestelle warteten ein paar Schwarze und weiße Arbeiter und Collegestudenten im Schatten der Eichen und Palmen, schwarze Teenager verkauften Eiskrem und Zuckerwatte aus kleinen Handwagen, und die Straßencafés vor den Hotels füllten sich bereits mit den ersten Dinnergästen. Aus irgendeinem Grund erscheint einem jeder Tag in New Orleans wie ein Feiertag, selbst wenn man arbeiten muß, und es gibt keine schönere Art, ihn zu genießen, als mit einer zugigen alten Straßenbahn, die schon seit Anfang des Jahrhunderts auf diesen Schienen gerollt ist, die Esplanade hinunterzufahren. Ich betrachtete die mit Säulen und Voluten geschmückten Antebellum-Häuser, die an meinem Auge vorbeizogen, die ausladenden

Eichen mit dem Spanischen Moos in den Zweigen, die kleinen Vorgärten mit den schmiedeeisernen Toren und den weißgestrichenen Backsteinmauern, die Palmwedel und Bananenstauden, die die alten, von Wurzeln aufgerissenen Gehsteige beschatteten. Dann kreuzten wir die Jackson Avenue, und ich stieg an der nächsten Haltestelle aus, trank bei Katz und Besthoff eine Cola mit Lime und ging dann die kurze backsteingepflasterte Straße hinunter zum Haus des Generals an der Prytania Street.

Am Gartentor blieb ich stehen. Durch die Regenschirmbäume längs des Zauns sah ich ihn im Garten neben dem Haus an einem weißen, gußeisernen Tisch sitzen, wo er Orangen und Avokados schälte und in eine Schale schnitt. Er trug Sandalen und Khakishorts, aber kein Hemd, und seine sonnengebräunte Haut und das weiße Haar waren gesprenkelt von den Strahlen der Sonne, die durch das Laub des Eichenbaums über ihm fielen. Unter seinen Armen sah ich die runzligen Gewebefalten, die alle alten Leute haben, aber sein Körper wirkte ansonsten noch sehr robust, und die Bewegungen seiner Hände waren kräftig und sicher, als er so mit den Früchten hantierte. Neben seinem Ellenbogen standen ein Aschenbecher mit einer Zigarettenspitze und eine verkorkte Weinflasche. Er unterbrach seine Arbeit, stöpselte die Flasche auf und goß etwas von dem Inhalt in ein kleines Glas, und dann waren seine azetylenblauen Augen plötzlich auf mich gerichtet.

Ich entriegelte das schmiedeeiserne Tor und ging quer über den Rasen auf ihn zu. Sein Gesicht war ausdruckslos, aber seine Augen betrachteten mich mit der gleichen Aufmerksamkeit, mit der man ein wildes Tier fixieren würde, das gerade aus seinem Käfig gelassen wurde.

»Ist noch jemand anders bei Ihnen?« fragte er.

»Nein, ich arbeite immer noch allein.«

»Ich verstehe.« Er musterte mich von oben bis unten, beobachtete meine Hände. Dann fuhr er mit der Spitze seines Schälmessers unter die Schale einer Orange und pellte sie ab. »Sind Sie auf Rache aus?«

»Man wird Sie sicher bald abholen. Es ist alles nur eine Frage der Zeit.«

»Vielleicht. Vielleicht auch nicht.«

»Da gibt es kein ›vielleicht‹, General. Wenn es nicht die Bundesbehörden sind, ist es auf jeden Fall mein Vorgesetzter. Er ist ein weit besserer Polizist als ich. Er hält sich zwar immer streng an die Regeln, aber das hat den Vorteil, daß er nie was verpatzt.«

»Ich verstehe nicht ganz, warum Sie dann hierhergekommen sind.«

»Was wollten Sie draußen bei meinem Hausboot?«

»Setzen Sie sich doch. Trinken Sie ein Glas Wein, oder möchten Sie vielleicht etwas Obst?«

»Nein, vielen Dank.«

Er steckte eine Zigarette in seine Spitze, zündete sie jedoch nicht an. Sein Blick schweifte über den Rasen zum Rand des Gartens, wo ein paar graue Eichhörnchen am Stamm einer Eiche emporkletterten.

»Ich möchte mich bei Ihnen entschuldigen«, sagte er.

»Ach?«

»Für all die Dinge, die Ihnen in letzter Zeit zugestoßen sind. Sie hätten in die ganze Sache überhaupt nicht hineingezogen werden sollen.«

»Polizisten werden immer mit hineingezogen, wenn man gegen das Gesetz verstößt.«

»Ich habe Ihnen eine Menge Kummer gemacht, Lieutenant. Zum Teil geschah es ohne mein Wissen, aber letzten Endes bin ich dafür verantwortlich. Deshalb möchte ich Ihnen eine Entschuldigung anbieten. Ich erwarte jedoch nicht, daß Sie sie annehmen.«

»Ich bin auch aus einem persönlichen Grund zu Ihnen gekommen. Nicht ich werde es sein, der mit einem Haftbefehl zu Ihnen kommen wird. Das macht ein anderer. Aber ich glaube, ich bin der einzige, der wirklich versteht, warum Sie sich an diesem Projekt ›Elephant Walk‹ beteiligt haben, oder wie immer Sie es nennen.«

»Und was macht Sie zu einem so guten Kenner meiner Seele, Lieutenant?«

»Sie waren der Inbegriff eines Soldaten. Sie sind keiner von diesen verrückten Rechtsradikalen. Sie stehen in dem Ruf, ein ehrbarer Mann zu sein. Ich nehme an, daß Leute wie Wineburger, Julio Segura und Philip Murphy Ihnen eine Gänsehaut über den Rücken jagen. Aber Sie haben sich auf die andere Straßenseite begeben und mit den Pennern und Paranoikern und Ganoven eingelassen, um Waffen nach Mittelamerika zu verkaufen. Ein paar unschuldige Menschen in diesem Lande mußten deswegen sterben, und Gott allein weiß, welchen Schaden diese Waffen da unten in Guatemala und Nicaragua angerichtet haben mögen. So also sieht es aus, wenn ein Mann, der nie was für Politiker übrig hatte, plötzlich Teil einer politischen Verschwörung wird. Irgendwie paßt das alles nicht, oder? Ich nehme an, es hat was mit Ihrem Sohn zu tun.«

»Sie mögen durchaus gute Absichten haben, aber Sie dringen sehr tief in mein Privatleben ein.«

»Ich war auch drüben, General. Das, was Sie wissen, und was ich auch weiß, wird nicht einfach verschwinden. Aber Sie müssen versuchen, die Dinge so sehen, wie sie nun mal sind. Sie können etwas Schreckliches nicht tief in Ihrem Innern vergraben und dann so tun, als wär's gar nicht vorhanden, und gleichzeitig einen anderen Krieg führen, der Sie zwingt, gegen Ihre eigenen Prinzipien zu verstoßen.«

»Wie meinen Sie das?«

»Ich spreche von dem Massaker in My Lai. Sie geben Ihrem Sohn die Schuld daran. Oder Sie geben die Schuld den Vietcong, die ihn gezwungen haben, diese Minen zu legen.«

»Nein.«

»O doch. Lassen Sie's endlich mal aus sich raus und betrachten Sie es bei Licht. Die haben ihn damals in der Nähe von Pinkville gefangengenommen und ihn gezwungen, diese Reisfelder zu verminen. Und dann wurden Calleys Leute von eben diesen Minen zerrissen, bevor sie nach My Lai kamen.«

Er legte die Orange und das Schälmesser vor sich auf den Tisch. Seine Hände lagen flach auf der Tischplatte. Er zwinkerte wiederholt, und ich konnte den Puls an seiner Halsschlagader sehen. Die Eichenblätter, unter denen er saß, bewegten sich im Wind und erzeugten ein ständig wechselndes Muster von Licht und Schatten auf seiner tiefgebräunten glatten Haut.

»Ich habe versucht, mich bei Ihnen zu entschuldigen. Ich bedaure zutiefst, was Ihnen zugestoßen ist. Aber Sie haben kein Recht, das zu tun, was Sie jetzt tun.«

»Ihren Sohn trifft keine Schuld. Er wurde gezwungen, diese Minen zu legen, und Sie müssen ihm dafür vergeben. Vielleicht sollten Sie sogar den Leuten vergeben, die ihn dazu gezwungen haben.«

»Wissen Sie, was die ihm angetan haben?« Eines seiner blauen Augen zuckte verdächtig.

»Ja.«

»Sie haben ihn mit dem Kopf in einen Käfig voller Ratten gesteckt.«

»Ich weiß.«

»Er hat die Armee nie gemocht. Er hatte eigentlich Medizin studieren wollen. Aber er hat nie vor etwas Angst gehabt und sich nie gedrückt.«

»Ich wette, er war ein großartiger junger Mann, General. Ein Freund von mir, der drüben an der Magazine Street wohnt, hat ihn gekannt. Er sagte mir, Ihr Sohn sei wirklich ein erstklassiger Kerl gewesen.«

»Ich habe keine Lust, weiter über dieses Thema zu sprechen, wenn Sie nichts dagegen haben.«

»In Ordnung.«

»Ihr Vorgesetzter . . . Sie sagen, er sei ein guter Polizist?« Er nahm die Orange wieder in die Hand und begann geistesabwesend ein Stück der Schale abzureißen.

»Ja.«

»Wird er dafür sorgen, daß Sie Ihre Stellung zurückbekommen?«

»Ich nehme es an.«

»Ich bin sicher, er ist ein Mann, der sein Wort hält. Was glauben Sie, wie lange wird es dauern, bis sie zu mir kommen?«

»Heute. Morgen. Wer weiß? Wahrscheinlich hängt's davon ab, wer die Jurisdiktion übernimmt. Warum kommen Sie ihnen nicht zuvor und gehen freiwillig hin?«

»Nein, ich glaube nicht.«

»Sie werden inzwischen erfahren haben, daß Wineburger verhaftet worden ist. Der verkauft Sie für das Gold in Ihrem Gebiß.«

Er zündete sich die Zigarette an. Der Rauch kräuselte um das Mundstück. Er blickte in den Schatten der Bäume.

»Nun, ich schätze, das ist nicht Ihr Stil«, sagte ich und erhob mich von meinem Stuhl. »Ich gehe jetzt. Sie sollten den heiligen Johannes vom Kreuz lesen. Es wird eine lange Nacht, General. Versuchen Sie nicht, mit Entschuldigungen durchzukommen. Unter Gentlemen mag das seine Berechtigung haben, aber den Toten gegenüber sind sie absolut wertlos.«

Ich ging zurück zur Haltestelle der Straßenbahn an der St. Charles Avenue. Die Esplanade lag im Schatten der ausladenden Eichenbäume, und der Wind blies Zeitungsfetzen über die Kreuzung. Die Schienen der Straßenbahn glänzten kupfern und vibrierten leise unter dem Gewicht des grünen Wagens, der eben am unteren Ende der Esplanade auftauchte. Der Wind war trokken und voller Staub, wie das abgebrannte Ende eines langen, heißen Nachmittags, und ich spürte den beißenden Geruch in der Nase, den die Straßenbahnen erzeugten, wenn sie funkenschlagend über einen elektrischen Kontakt fuhren. Am Himmel trieben ein paar mattschimmernde Wolken wie Wasserdampf vom Golf herüber, wo die Sonne bereits hinter einer violetten Gewitterwolke versank. Eine ältere schwarze Dame, die mit mir an der Haltestelle stand, hatte einen geblümten Schirm über dem Arm hängen. Auf dem kleinen Kopf hatte sie ein rundes Hütchen drapiert.

»Könnt noch Frösche regnen heut abend«, sagte sie. »Erst wird's heiß und windig, dann riecht's nach Fisch, dann flackern die Blitze rings um mein kleines Haus rum.«

Sie sah mich an und lächelte über ihren Witz. Ich half ihr in die Straßenbahn, in der zwei Schwarze saßen, die als Hausdiener im Garden District arbeiteten. Ich setzte mich neben die alte Dame auf eine der Holzbänke ganz hinten im Wagen, der langsam unter den Bäumen der Esplanade entlangrumpelte, vorbei an den mit Schnecken verzierten Balkongittern, den Straßencafés vor den Hotels, den blaugrünen Rasenflächen der Gärten, auf denen bereits die ersten Schatten lagen, den mit Marmorsäulen geschmückten Veranden, an denen einst Offiziere der Konföderierten ihre Pferde angebunden und mit ihren Damen Bourbon getrunken hatten. Von weit draußen über dem Golf hörte ich ein langes Donnergrollen, wie eine Batterie uralter Kanonen, die in immer kürzeren Abständen abgefeuert werden. Die schwarze Lady schüttelte feierlich den Kopf und gab ein tief in der Kehle erzeugtes feucht-sattes Summen von sich.

Epilog

Ich wurde wieder in den Polizeidienst aufgenommen, und die einzige disziplinarische Maßnahme, die mich traf, war eine schriftliche Ermahnung, weil ich Nate Baxter niedergeschlagen hatte. Innerhalb von zwei Tagen riefen etliche Cops an und gratulierten mir. Keiner von ihnen hatte etwas von sich hören lassen, als ich suspendiert war. Ich stellte fest, daß ich nicht bereit war, wieder zu arbeiten wie vorher, daß mein Aktenschrank voller Alptraumgestalten und Ängste in jenem alten Gebäude an der Basin Street, das einst Sklavenauktionen und Hahnenkämpfe beherbergt hatte, weiter unberührt bleiben würde. Ich nahm mir zwei Wochen Urlaub, und Annie und ich fuhren nach Key West, schlenderten im Schatten der Feigenbäume die Straßen um die Bucht entlang, wo einst Ernest Hemingway und James Audubon gelebt hatten, tauchten am Seven Mile Reef, wo das Wasser so klar und grün war, daß man die Sandkörner wie Diamantsplitter in der Hand zählen konnte, fingen Thunfische, Schnapper und Makrelen, aßen unten am Dock Platten voller gekochter Shrimps und frittierter Conch-Schnecken, während die Krabbenkutter in der Dünung an ihren morgendlichen Liegeplätzen auf und ab schaukelten.

Als die Zeit kam, da ich wieder hätte arbeiten müssen, hängte ich die von meinem Jahresurlaub verbleibende Woche an. Schließlich waren meine freien Tage aufgebraucht. Der Sommer war ausgebrannt; eines Tages blies eine frische Brise vom Golf die Hitze hinweg, das Blau des Himmels wurde dunkler, das Grün der Bäume tiefer. Starrköpfige Jungs versuchten nach wie vor, Baseball auf den Sandflächen zu spielen, aber nun wurde es jeden Morgen kühler, und nachmittags konnte man die Marschkapellen der High-Schools auf den Paradeplätzen für die Thanksgiving-Umzüge üben hören. An dem Tag, da ich die Arbeit wiederaufnehmen sollte, ging ich morgens um acht ins Erste Revier, füllte einen Antrag auf Auszahlung meiner Rentenguthaben aus und kündigte.

Es war Zeit, daß jemand anders den Kampf übernahm. Captain Guidry haderte mit mir und sagte, ich sei völlig rehabilitiert.

Doch eine Rehabilitierung hat nur dann einen Sinn, wenn man weiter Punkte machen will. Ich glaube, inzwischen hatte ich gelernt, daß man die Punkte ruhig sich selbst überlassen kann. Da steht man die ganze Zeit wie angewurzelt am Schlagmal, und eines Tages schaut man dann über die Schulter und ist freudig überrascht, daß das Ergebnis an der Anschlagtafel gestiegen ist.

Clete verduftete aus Dodge, als stünde die Stadt in Flammen. Er packte zwei Koffer, fälschte die Unterschrift seiner Frau auf einem Scheck, plünderte ihr gemeinsames Konto und ließ sein Auto mit offenen Vordertüren in zweiter Reihe am Flughafen stehen. Einen Monat später erhielt ich eine Postkarte von ihm, die in Honduras aufgegeben war. Auf der Karte war eine Maya-Pyramide aus Guatemala.

Lieber Streak,
beste Grüße aus Bongo-Bongo-Land. Würde Dir gern mitteilen, daß ich vom Sprit weg bin und für die lieben Schwestern arbeite. Tu ich aber nicht. Rate mal, was hier unten gefragt ist? Ein Kerl, der mit einer Handvoll Waffen klarkommt, ist automatisch ein Captain. Sind alles Kinder hier. Jemand, der einen Koffer Clearasil hat, könnte das ganze Land übernehmen.
Bis zur nächsten Inkarnation.
C.

P.S. Wenn Dir Lois über den Weg läuft, sag ihr, es tut mir leid, daß ich sie ausgenommen habe. Ich habe meine Zahnbürste im Bad gelassen. Sie kann sie von mir aus haben.

Ich nahm meine Rentenauszahlung, kaufte mir damit einen Bootsverleih samt Köderladen in New Iberia und ließ mein Hausboot von New Orleans über Morgan City hoch zum Bayou Teche schleppen. Annie und ich fuhren die letzten paar Meilen bis New Iberia auf dem Boot mit, aßen Langusten-*étouffée* an Deck und sahen zu, wie unser Kielwasser die Zypressen und Eichen entlang des Ufers umspülte, sahen zu, wie uns die Vergangenheit einholte – Schwarze mit Strohhüten, die den glubschäugigen Flußbarsch angelten, Rauch von Grillfeuern, der durch die Bäume trieb, haufenweise Oberschüler, die die Bratfischbuden und Krabbenküchen im Stadtpark umlagerten, rote Blätter, die vom Himmel segelten und sich wie ein Flüstern auf dem Wasser des Bayous niederließen. Es war das Louisiana, in dem ich großgeworden war, eine Gegend, die sich nie zu verändern schien, in der man dem natürlichen Gang der Dinge folgen und den Jahreszeiten ihren Lauf lassen konnte, ohne einen Verrat zu begehen. Das Blau des herbstlichen Himmels war so hart, daß man ein Streichholz hätte daran anreißen, das gelbe Licht so weich, daß es in einem Eichenfaß hätte gereift sein können.

Bitte beachten Sie
die folgende Seite

Schwarze Serie

»James Ellroy ist der derzeit härteste und beste Mann auf dem Krimimarkt.«

LUI

Browns Grabgesang (10359)
Heimlich (10364)
Blut auf dem Mond (10374)
In der Tiefe der Nacht (10464)
Hügel der Selbstmörder (10485)
Die schwarze Dahlie (10654)
Stiller Schrecken (22057)
Blutschatten (22178)

James Ellroy

Ullstein
Kriminalroman